시궁창 찬가

차례

06	우문
17	그 소음
52	그 악취
80	그 한기
186	그 광경
292	불문
304	반문

우문

　근래 들어… 그런 소문이 좀 도는 걸로 알아. 로이스터 대학교의 생명과학 교수 황인혜! 그녀가 우리네들의 보금자리 위에 고고히 서 있었던 로이스터 대학교의 식당이자… 신설된 지 5년가량밖에 되지 않았음으로써, 새 건물 취급을 받는 식당을 지나가다가… 그 길목에 있는 이 협곡에 '무언가'를 빠뜨려버렸다는 소문이 도는 걸로 알아. 정확한 금액은 모르겠지만, 일단 가격대가 어느 정도 있는 것이라고 하는 '무언가'를 빠뜨려버렸다는 소문이… 도는 걸로 알아. 뭐… 그녀가 그 로이스터 대학교에서 가장 유명했던 교수였기 때문이었을까? 아니면 그냥… 그녀가 그를 간절히 찾아다니고 있다는 소문도 함께 돌아서였을까? 둘 중 무엇 때문이었는지는 모르겠지만! 아니면 둘 다였고, 개중에서 무엇이 더 주효했어서 그리되었는지는 모르겠지만, 어쨌든 간에 가격대가 어느 정도 있는? 혹은 그에 의거해 있다고 보는 편이 맞겠을 무언가를 빠뜨려버리고야 말았다는 소문이⋯ 도는 걸로 알아.

또 그 소문들에 더해⋯ 그녀가 모종의 경위로 그것을 떨어뜨렸던 곳을 우리네들의 협곡으로 특정하기까지 했다는 소문도⋯ 도는 걸로 알아. 사실 그런 소문이 돌았으니만큼⋯ 앞선 소문도 돌 수 있었던 것이었겠지만! 어쨌든⋯ 그런 소문도 도는 걸로 알아. 그것도 무려 단순히 특정하기만 한 게 아니라⋯ 그에 아주 고농도의, 또 고강도의 확신을 품어두기까지 했다는 소문도⋯ 도는 걸로 알아. 그래 당장 내일 그녀가 이곳에 찾아와도 이상하지 않을 만큼 강한 확신을 품고 있다는⋯ 그런 소문까지도⋯.

또 뭐⋯ 그런 소문도 도는 걸로 알아. 썩 그리 좋은 이야기가 아니라서⋯ 부러 지금 이 시점에서 언급해야겠냐 싶긴 하지만, 정신 상태가 온전치 못했음으로써, 여간해서는 헛소리가 아닌 소리를 뱉어내지를 않는 우리네들의 위대하고, 또 유일했던 영도자 바구중바구가 그 소문을 듣고서는, 핏대를 있는 대로 세워가며 "그것만은 안 된다!" 따위의 구절? 아니 어쩌면 그 소문에 대한 감상을 뱉어냈었더라는 소문도⋯ 도는 걸로 알아. 뭐⋯ 그런 무시해 마땅했던 구절을 뱉어냈었더라는 소문도⋯ 도는 걸로 알아. 아니 그래서 실제로 무시해버렸던 소문도⋯ 도는 걸로 알아. 물론 그는 아직 멀쩡히 살아있으니만큼, 그의 침소에 찾아가 그에게 그 소문의 진상을 물어보면 모든 게 다 해결되겠지만, 딱히 그러고 싶지 않아서 그냥 소문으로 남겨뒀던 그런 소문도… 도는 걸로 알아. 맞아, 그의 막역지우이자 유일하고 영원했던 청자 핸태초이가 아직 우리 곁에 남아있어줬더라면, 그가 우리네들을 '대신해' 그와 대화를 나눠주는 것으로다가 그 진상을 파악해 불식시켜줬겠지만… 그가 남아있지 않아 그러지 못했고, 또 앞서 언급했듯 우리 역시 그 진상을 묻지 않아서 그냥 소문으로 남겨두고 치워버렸던 그런 소문도… 도는 걸로 알아. 그래 종합해 보자면, 그가 '왜' 그런 구절을 뱉어냈는지에 대한 궁금증이 조금도 피어오르지 않는 소문도… 도는 걸로 안다고.

또 뭐… 그런 소문도… 도는 걸로 알아. 어느 깊은 밤 누군가가 우리네들의 협곡으로 침입했었다가 부리나케 다시 빠져나갔었더라는 소문도… 도는 걸로 알아. 보다 정확한 표현으로는, 우리 동포들 중 누군가가… 어느 깊은 밤 협곡 어딘가에서 피어오른 듯했던… '샤샥'에 가까웠던 소리를 듣고서 잠에서 깨어났지만, 협곡에는 아무도 없었고, 또 그를 수상히 여겨 수색을 시작하자… 협곡의 초입이자 세상과 연결되어 있었던 유일한 통로였던 그 구멍 근처에서… 조금 전 들었었다던 그 '샤샥'에 가까웠던 소리가 다시 들려왔다고 주장했었음으로써 피어올랐던 그런 소문도… 도는 걸로 알아. 뭐… 그런 소리가 피어올랐었던 것이 맞기나 한지도 불명이었을뿐더러! 더해 그것이 참이었다 하더라도… 그것이 누군가가 우리 협곡에 왔다 갔다는 것을 증명하는 것은 아녔었던 만큼, 이러나저러나 소문 이상의 것이 될 수 없었던 그런 소문도… 도는 걸로 안다고.

또 뭐… 바구중바구가 그를 듣고서는, 다시금 핏대를 세우고서…"카도쿠라 님이 다시 오셨다느냐?" 같은 감상인지 질문인지 알 수 없었겠을 것을 토해냈었더라는 소문도… 도는 걸로 알아. 뭐… 백번 양보해서 누군가가 왔다 갔던 것이 맞았다 하더라도… 그의 정체는 사실 황인혜였으면 황인혜였겠지… 카도쿠라였을 리는 없었던 만큼! 앞선 것과 마찬가지로 무시해 마땅했고, 또 실제로도 무시해버렸으니만큼 소문으로 남을 수밖에 없었던 그런 소문도… 도는 걸로 알아.

그런 소문들 덕분에? 그래 그런 소문들이 피어올랐던 덕분에? 우리 심경은… 요즘 좀 복잡한 편이긴 해. 그럴 수밖에 없겠을 것이… 우리는 사실 아직 그 소문들에 대한 진상을 파악했기는커녕… 그 많은 소문들을 황인혜와 관련된 소문으로부터 비롯된 '소문들의 연쇄'로 취급할 것인지! 아니면 그들을 모두 개별적인 소문들로 취급할 것인지도 정하지 못한 상황이거든. 아니 그것도 모자라 '정녕' 그 소문들에 '관련된' 움직임을 이행할 것인지조차도 정하지 못한 상황이거든. 그러니만큼 어떠한 행동을 취할지 같은 건… 아직 무려 안건에조차 올리지 못한 채… 말 그대로 갈팡질팡하고 있는 상황이긴 하거든.

그 덕분에, 우리가 할 수 있는 것은 사실상… 오늘이 '수요일'인지 '수요일이 아닌 날'인지를 확인하는 것뿐이게 됐어. 그래 그런… 소문과는 무관하지만, 중요하기는 했던 일! 그것뿐이게 되었더라는 거지.

아 물론… 그것이 엄청시리 중요한 일인 것 자체는 맞아. 그래 그런 소문들이 피어올랐는지의 여부? 또 그 진상들이 밝혀졌는가의 여부? 또 그 진상들이 '각각' 어떤 것들인지의 여부… 따위들과는 무관하게… 그것은 반드시 이행해야 하는 일인 것 자체는 맞긴해. 무슨 뜬금없는 소리냐고 물을 수도 있겠지만, 사실 우리에게… 그것보다 중요한 일 같은 건 없긴 하거든.

그래 다른 게 아니라… 수요일에서 목요일로 넘어가는 밤과 새벽은 '특식'이라고 불리는 맛있는 음식들을 원 없이 먹을 수 있고, 또 원 없이 쟁여낼 수 있는 때거든. 다르게 표현해 보자면, 그 새벽은… 이제는 '쓰레기통'이라는 이름을 지닌 존재라는 것을 알게 되었고, 또 그래서 실제로도 그렇게 부르고 있지만, 이전까지는 '파란통'이라 불렀고, 또 실제로도 그런 줄로만 알았었던 그 통에 특식이랄 것이 가득 담겨있게 되는 때거든. 조금 더 깊이 파고들어 가보자면, 로이스터 대학교에 다니는 그리 파릇파릇하지 않은 꿈나무들이 입도 대지 않고 버려버렸었거나? 아니면 그냥 먹다 남기고, 또 버려버렸던 특식이랄 것들이 그에 가득 담기게 됨으로써, 우리가 그를 취할 수 있게 되는 때거든. 이제… 이해되지? 우리에게… 우리가 닿은 날이 수요일인지 아닌지를 구분하는 것보다 중요한 일은 없다는 표현을 썼던 게 다 이해되지?

어쨌든! 그렇게… 진즉 중에서도 진즉에 정립해뒀던 일들 간의 우선순위에 의거해… 우리는 오늘이 무슨 요일인가를 찾기 위한 셈을 진행했고, 또 그에 따라… 오늘이 바로 그 전설의 수요일이라는 것을 인지했고….

그 셈이 그러한 값을 낳아줌과 동시에! 식량 조달조로 편성되었던 나 하쿠피루와 내 막역지우 조우성우, 또 아누태규는… 그 달콤한 사실에 의거해? 혹은 그 셈의 결과에 따라? 아니면 우리가 맺었던 협의에 의거해… 일말의 지체함 없이 협곡 바깥으로 나섰었더랬지. 맞아, 달빛이 내려주던 그림자 속에 숨어… 식당 건물 바깥이자… 쓰레기통을 향해 말이지. 그 통이 제공해줬던 식량들만으로 일평생을 살아왔었음으로써, 그에 식량이 들어차 있다는 것을 모를 리가 없었던 우리들과! 반대로 그 통 안에 음식을 부어주는 존재였음으로써, 마찬가지로 그에 식량이 들어차 있다는 것을 모르는 게 이상했을 식당 노동자들만이… '사실은' 그저 파란 통이기만 한 게 아니라 음식이 들어찬 파란 통이라는 것을 알고 있었던 그 통을 향해 말이지. 그랬으니만큼… 그 노동자들이 '퇴근'이랄 것을 행함으로써 그 판에서 이탈해버린 이후였던 밤이나 새벽에는… 우리들 외에는 그 어떠한 생명체도 찾을 일이 없었고, 또 실제로도 늘 그래왔었던 통을 향해…. 말이지.

헌데… 헌데 말이지? 그러했던 우리의 예상은 보기 좋게 빗나가버리고야 말았었더랬지. 아니아니 지난 나날들 동안 쌓아왔던 경험, 또 노동자들의 퇴근이라는 근거들을 통해 빚어냈던… 그런 우리네들의 합리적이고, 또 합당했던 결론은 완벽히 무너져버리고야 말았었더랬지.

어째서인지… 우리도, 또 노동자도 아니었던 정체불명의 존재가! 또 단신이었던 정체불명의 존재가 '이미' 그 통에 닿아있던 것… 아녔었겠어? 그래 그런 모종의, 또 불명의 존재가 우리보다 먼저 그곳에 닿아 그에다가 자신의 머리를 처박아둔 채로… 어깻죽지에서부터 등어리까지를 들썩여대며… '쿰척' 또는 '허억' 따위의 불쾌한 신음? 아니 어쩌면 소음을 빚어내고 있던 것… 아녔었겠어? 그래 직접 묻지 않아서 잘 모르겠지만, 보고 있자니… 모르긴 몰라도 우리네들의 음식을 다 빼앗아 처먹고 있는 것이라 해석하는 게 맞겠을 행위를 이행하고 있더라고?

그러한 해석? 혹은 결론은… 그 광경과 눈을 맞춰냈던 우리를 그대로 얼어붙게 만드는 데에 부족함이 없었던 해석이자 결론이었더랬지. 아니 어쩌면, 지난 나날들을 통해 언제고 '참'이어왔고, 또 검증되어왔던 사실이 무너져버렸다는 것이… 우리를 얼어붙게 만들어버렸던 것이었을지도 모르겠긴 하지만….

어쨌든! 우리가 얼어붙게 되었던 경위가 무엇이었는지 같은 건… 별로 중요하지 않을지도 몰라. 중요했던 것은 어쨌든 우리가 그리되었던 덕분에, 우리는 '어쩌다 보니', 또 '본의 아니게' 그 정체 불명의 존재를 계속 주시하고 있을 수 있게 되었었더라는 것이었지. 그래 우리가 자신을 발견했다는 것을 아는지 모르는지… 계속 우리네들의 특식을 거덜 내고 있었던? 혹은 그러는 듯해 보였던 그 존재를 말이지.

뭐… 앞서 언급했듯 '본의 아니게'였기는 했지만, 그와는 별개로… 우리가 그 조금의 움직임도 이행하지 않고 있었던 덕분에, 그를 더없이 유심히 바라보고 있을 수 있었던 덕분이었을까? 아니면 그냥 그 주시를 이행했던 존재들이⋯ 지난날 우리를 찾아왔었던 그 고난들 속에서도 꿋꿋이 살아남아 지금 이 시점에까지 닿을 수 있었던 유능하디유능한 역전의 용사들⋯ 나 하쿠피루와 조우성우, 또 아누태규였던 덕분이었을까? 뭐⋯ 무엇 덕분이었는지는 잘 모르겠고, 또 별로 중요하지도 않겠다지만, 우리는 그 주시에 그리 오랜 시간을 투자하지 않고도⋯ 유의미한 결론을 하나 내릴 수 있었더랬지. 아니 그 둘은 어땠을지 몰라도 최소한 나는⋯ 그럴 수 있었더랬지.

그것은 바로⋯ 저 존재는 '그들'이라는 결론! 보다 정확히는, 그들의 일원⋯ 혹은 그들 중 하나라는 결론을⋯ 말이지. 물론 제일 정확한 표현으로는⋯ 그들 중 하나일지도 '모른다'였겠지만⋯.

풀어보자면 그래. '그들'과 엇비슷한 크기의 몸뚱어리! 또 그 몸뚱어리를 뒤덮고 있었던⋯ 그들의 것과 거의 똑같아 보였던 회색빛 털! 그것들을 종합해봤을 때? '저것'은 '그들'의 일원⋯이라는 결론? 혹은 일원일 수밖에 없으리라는 결론. 아니 정확히는, 얼핏 봤을 때⋯ '그들' 같아 보였기는 했지만, 그들은 애석하게도⋯ 비열하고, 또 악취가 난다는 중죄를 저질러버렸음으로써, '응당' 당해야 하는 절멸이랄 것을 당해버린 족속이었던 만큼⋯ 존재할 수 있을 리가 없고, 그러니만큼 당연히 우리들 눈앞에 존재할 수가 없지만⋯.

그래도 아무리 봐도 저것은⋯ 그들과 똑같았기에, 일단 '모른다' 정도의 소극적인 표현을 씌워볼 수밖에 없었던 결론! 혹은 그런 소극적인 표현을 씌워서라도 저것을 '그들'로 보는 게 맞겠다 싶었음으로써, 그 정도로나마라도 내려볼 수밖에 없었던 결론! 그래 그런 결론을 내릴 수 있었더라는 이야기야.

뭐… 그 광경이 앞서 언급했듯 그렇게 절멸당해 마땅했고, 또 '실제로도' 절멸당한 줄 '알았던' 족속들 중 누군가가… '아직' 혹은 '미처' 절멸당하지 않았을지도 모른다는 가능성을 제시하던 광경이었기 때문이었을까? 그러지 않고서는 피어오를 일이 없었던 광경…이었기 때문…이었을까? 아니면 그냥 그의 육신이 작디작았던 것도 모자라… 그는 무려 단신이기까지 했고, 또 우리는 식량 조달 조이자 다수로 이뤄져 있었기 때문이었을까? 그래 그러니까 그 상황이… 자신과 눈을 맞춰냈던 우리네들에게… 다수이고, 몸뚱어리가 작지 않은 우리가 그에게 달려들기만 한다면, 그렇게 식량을 뺏어 처먹고 있던 그를 단숨에 운명시킬 수 있을 것이라는 달콤하면서도 합당한 속삭임을 건네줬기 때문이었을까? 뭐… 무엇 때문이었는지는 모르겠고, 또 별로 중요하지도 않겠다지만, 우리는 누가 먼저랄 것도 없이 같은 뜻이 품어져 있으리라 믿어 의심치 않을 수 있었던 눈빛을 서로에게 쏘고, 또 서로가 쐈던 것을 건네받는 식으로 무언의 의사전달 및 협의까지를 이행하고서는, 일제히 그에게 달려들었지.

글쎄? 앞서 언급했듯 우리가 그렇게 작전이나 의사를 주고받는 행위를 그 어떠한 소리도 피어오르지 않는 눈빛 교환으로 이행하는 주도면밀하고, 또 전략적인 면모를 보여냈던 것? 아니면 그냥 그가 우리가 자신을 향해 돌진하고 있다는 사실을 인지하기도 전에 그를 덮칠 수 있었을 만큼… 우리가 날래고, 또 강하기까지 했던 존재들이었던 것? 무엇이 더 주효했는지는 알 수 없지만, 일단 그 당시의 우리는 그 정체불명의 머저리가 쓰레기통에다가 박아뒀던 머리를 채 빼내기도 전에… 그를 덮쳐버리는 데에 성공했고….

더해 우리는 그의 머리를 쓰레기통의 더욱 깊은 곳에까지 쑤셔 넣어버리고, 또 그가 그를 들어 올리지 못하게끔 우악스럽게도 눌러대는 것으로 그를 완벽히 제압하는 데까지도 성공해냈지.

뭐… 그렇게 그와 우리네들의 몸뚱어리가 단순히 근접했던 것을 넘어… 무려 합일을 이뤄내기까지 했던 덕분이었을까? 아니면 그게 전부이지는 않았고, 그 상황에서 그가 몸을 일으키거나 얼굴을 꺼내기 위해 계속 몸을 버둥거렸기 때문이었을까? 뭐… 무엇 때문이었는지는 모르겠고, 또 별로 중요하지도 않겠다지만… 어쨌든 간에 우리는 그렇게 그와 몸을 뒤섞었다면 뒤섞어버렸던 덕분에….

맡아버리고야… 말았었더랬지.

그의 몸뚱어리가 움직일 때마다 그의 몸뚱어리에서 피어오르던? 혹은 그냥 그의 몸에 배어있었음으로써 자연히 맡을 수밖에 없었던 악취를… 말이지.

보다 정확한 표현으로는….

그리 오래되지 않았던 그 언젠가에 이미 맡아봤었음으로써! 아니아니… 그리 오래되지 않았던 그 언젠가의 특정 시기를… 그를 주야장천 맡아가며 태워냈었음으로써, 조금도 낯설지 않은 악취로 자리매김해 있었던… 지난 '그 악취'와 거의 똑같다시피 했던 악취를… 말이지. 맞아, 어째서인지… 앞서 언급했던 그 절멸에 닿은 자들의 몸에서 늘 배어있었던 '그 악취'와 다른 구석이랄 게 조금도 없었었던… 악취를… 말이지. 그래 그들이 우리 앞에 다시 나타난 것이 아니고서는 피어오를 일도 없었던 악취….

또 그런 악취이니만큼 앞으로는 맡을 일도 없을 것이라 여기고서 기억 속에서 반쯤 지워버렸던 '그 악취'와 똑같다시피 했던… 악취를….

끝으로 뭐… 조우성우가 그를 맡음과 동시에 미간을 되는대로 찌푸려가며… 다음과 같은 구절이자 질문? 아니 사실상의… 우문(愚問)을 토해내게 했었던 악취를….

"이게… 이게 우찌 된 기고, 하쿠피루…야? 우짜면… 우짜면 좋겠노, 대체…"

아니… 이번엔 진짜 끝으로… 그와 동시에 나를! 앞서 언급했듯 그리 오래되지 않았던 그 기억 속으로의 여정을 떠나게 만들었던 악취를… 말이지.

첨언해 보자면, 어느 깊은 밤 난데없이도 '그 소음'이 들려오는 것으로 시작되었던? 혹은 들려왔던 '그 소음'을 외면하지 않았었음으로써 전개되고야 말았었던… 그 지난하고, 또 험난했던 일련의 참극에 관한 기억 속으로의 여정이자… 회상 속으로….

그 소음

 돌아보자. 그 소음이 언제 들려왔었더라? 뭐… 내 기억이 맞는다면 '지난여름', 또 '5개월 전' 따위의 표현을 써봐도 되겠지 싶은 때에… 들려왔었던 것 같고….
 역시 내 기억이 맞는다면, 아마… 그 소음을 들었던 날로부터 닷새 정도 일렀던 날쯤… 우리에게, 또 우리네들이 몸을 의탁해뒀던 협곡에게 엄청난 수준의 수재가 들이닥쳤었던 적이 있었어. 앞서 언급해뒀던 그 협곡과 바깥세상을 연결하는 유일한 통로였던 그 구멍을… 많은 양의 물을 무작스럽게도 토해내는 폭포로 변모시켜냈을 만큼… 심각했던 수재가! 또 그로써 협곡을 일정 부분 잠기게 했던… 수재가! 더해 그것들을 통해 이미 우리네들에게 어느 정도의 상흔을 안겨주는 데에 성공했음에도 불구하고, 그 정도로는 만족하지 못한다는 듯… 협곡이 그리된 이후에도 끊임없이 협곡 속으로다가 더 많은 물을 끊임없이 퍼부어주던 수재가… 말이지. 물론 뭐 다행스럽다면 다행스러웠게도? 혹은 당연하다면 당연했게도… 진짜 '끝도 없이' 혹은 '끊임없이' 들어차기만 했던 것은 아녔었긴 했어. '이따금씩' 같은 표현을 써야 할 만큼 간헐적으로… 들어찼던 물이 빠져주기도 했기야 했었거든. 하지만 사실… 그것도 그때뿐… 혹은 잠시뿐! 물이 약간이라도 빠지면… 그 수재랄 것이 이내 그를 비웃듯 더 많은 물을 협곡 속에다가 부어버렸고, 그 덕분에, 밤이 되면, 결국 협곡은 '늘' 전날 밤보다 많은 양의 물이 들어차 있는 상태가 되어 있었더랬지. 그래 우리네들의 '매일'이자 '일상'을 그렇게 만들었던 잔혹하디잔혹했던 수재가… 우리를 덮쳤던 적이 있었어.

 앞서 언급했듯 상황이 '늘' 그런 식으로 전개되었다 보니… 우리는 매일 밤을 공포에 젖은 채로 태워야만 했었어. 뭐… 언급하는 것 자체가 사치일 만큼, 당연히 앓아볼 수밖에 없었던 수장에 대한 공포! 매일 밤마다 그 물들이 나지막이도 읊조리는 것 같았던… 대략 '자는 것은 죽음이요, 또 조는 것이라고 죽음이 아닐 리는 없을지니….' 같은… 불쾌했지만, 상황이 그랬었던 만큼, 당최 퇴짜를 놔볼 수가 없었던 앓던 속삭임이 배양해줬던 수면과 수장… 혹은 죽음에 대한 공포! 또 그에 더해… 역시 앞서 언급했듯 통로가 그 모양이 되어줬던 덕분에, 일용할 양식을 구하러 가지 못하게 되었음으로써… 역시 마찬가지로 당연히 앓을 수밖에 없었던 아사에 대한 공포…

그래 그런 것들에 젖은 채로 태워야만 했었어, 매일 밤을.

그 당시의 우리는… 상황이 그랬었던 것에 의거해? 혹은 앞서 언급했듯 그 당시의 우리네들의 고막 속으로 파고들었던… '자는 것은 죽음이요, 또 조는 것이라고 죽음이 아닐 리는 없을지니…' 따위의 속삭임에 수긍하는 의미로… 말이지? 그 수재가 시작되고서부터 사흘째 저녁쯤 되었던 때부터… 정신력만으로 잠을 쫓아대며, 또 이따금씩 발현되던 생명체로서의 본능을 이기지 못하고 조는 동포들을 깨워주는 식으로다가 구조해가며… 길다면 길었던 시간을 '용케도' 죽지 않은 채로 태워내는 데에 성공했지만… 말이지? 애석하게도! 혹은 당연하게도… 쏟아지는 잠을 물리쳐내지 못하고서 끝내는… 나흘째에서 닷새째로 넘어가던 새벽쯤… 절대 들어서는 안 된다고 여겼었던 긴 잠에 들어버리고야 말았었더랬지. 그래 절로 감기던 눈을 번쩍 떠내지 못했음으로써 들어버리게 되었던 긴 잠에… 들어버리고야 말았었더랬지. 이 눈이 한번 감기면 절대 떠질 일이 없을 것이라 생각했었던 만큼, 절대 눈이 감기게 두어서는 안 된다며 안간힘을 써서 눈을 떠내려고 했지만, '그럼에도 불구하고' 그를 다시 열어재껴내는 것이 불가능했음으로써? 혹은 그 정도의 피로를 앓고 있었던 덕분에, 문자 그대로 '별수 없이' 그를 다시 떠내지 못했음으로써 들어서게 되었던 긴 잠에… 말이지.

그랬으니만큼 당연한 이야기겠지만, 우리는 그 잠에 들어섬과 동시에 단말마의 탄식을 토해냈었더랬지.

하지만 말이지? 다행스럽게도! 그 긴 잠은… 우리를 죽음에 닿게 하는 잠이지 않았었더라고? 그래 그 긴 잠은… 우리를 죽음이 아닌… '웬걸' 모든 문제들이 말끔히 해결되어 있었던 아침에 닿게 해주는 자애롭디자애로운 긴 잠이었던 것… 아녔었겠어?

풀어보자면 그래. 우리의 생각과는 달리… 우리의 눈은 다시 떠졌었더랬지. 보다 정확한 표현으로는, 기적적으로… 잠에 빠져있느라 우리의 눈이 감겨져 있었던 동안 물이 새롭게 더 들어차지 않아준 것도 모자라 기존에 들어차 있었던 물들마저도 모종의, 또 불명의 경위를 통해 다 빠져줬던 덕분에, 우리는 수장에 닿지 않을 수 있었고, 또 그 덕분에, 우리의 눈이… 영원히 감겨있지만은 않을 수 있게 되었던·것…이었더라고?

뭐… 그러니만큼 당연한 이야기겠지만, 우리는 눈을 떠냄과 동시에… 언제 물이랄 것이 차올랐었냐는 듯 평온해져 있었던 협곡과! 또 언제 자신이 '폭포'랄 것이 됐었냐는 듯… 지난 통로의 모습을 완벽히 복구해뒀던 통로와… 눈을 맞춰낼 수 있었더랬지. 맞아, 통로와 협곡이 닷새 전으로 완벽히 복귀해 있었던 광경과… 눈을 맞춰낼 수 있었더라는 거야.

그렇게… 다시는 펼쳐지지 않을 것이라 여겼었지만? 혹은 그렇게 여길 수밖에 없었지만, 그것은 마치 우리의 억측이기라도 했었다는 듯… 놀랍게도 우리네들 앞에 다시 펼쳐졌던 그 광경과 눈을 맞춰냈던 그 당시의 우리네들이 가장 먼저 행했던 행위가 무엇이었는지 알아?

그것은 바로 '그럼 그렇지.' 혹은 '아쉽지만 역시 죽어버렸군.' 따위의 의미를 담아둔 한숨이자 탄식을 토해내는 것이었더랬지. 그럴 수밖에 없었겠을 것이 그 당시의 우리가 낳아볼 수 있었던 그 광경에 대한 해석이라고는… 눈앞의 이 협곡이 사실은 협곡의 모습을 띤 '천국'이라는 해석? 또 그를 토대로 간밤의 잠을… 의도치 않았던 수면이었던 줄 알았지만, 알고 보니 실상은 '죽음'이었더라는… 해석들뿐이었거든. 또는 그럴 수밖에 없었던 입장, 또 상황이었거든. 생각해 봐. 그럴 수밖에 없지 않았겠어? 그 당시의 우리의 입장으로는, 우리는 '고작' 혹은 '기껏해야' 잠 한숨을 자고 일어났던 것뿐이었잖아? 헌데 그사이 협곡이 '그 정도의' 변화를 앓게 되었다는 것은… 믿기 어려웠긴 했지. 아니 그랬을 수밖에 없었지. 지난 닷새가량 우리를 괴롭혀댔던 수재가… 좀처럼 혹은 어지간해서는 매듭지어지기는커녕 약화될 기미도 보이지 않았을 만큼 맹위를 떨치고 있었기도 했고, 또 그 잠에 드는 경위 역시 따지고 보면, '졸음' 따위의… 사실 '죽음'과 한 끗 차이라고 볼만큼 석연찮았던 경위였긴 했으니까… 말이지. 그래 그랬으니만큼… 그 맹위를 떨쳐대던 수재가 겨우 그 정도의 시간 만에 '소멸'되었음으로써 협곡이 멀쩡해졌고, 우리가 그에 닿을 수 있었다고 생각하는 것보다는… 그냥 우리가 죽어버렸고, 그곳이 천국이었다고 생각해 보는 편이… 속 편했지. 아니 속 편한 문제가 아니라 그런 생각, 또 해석만이 가능했던 상황이었긴 했지. 실제로 만약… 그때 마침 그 통로이자 '옛' 폭포의 끝자락에 아슬아슬하게, 또 위태롭게 걸쳐져 있었던 나뭇가지가 협곡 바닥에 떨어지며 '딸그락' 따위의 소음을 뱉어주지 않았었더라면? 그래 그러는 것으로다가 우리네들이 정신을 퍼뜩 차릴 수 있게 해주지 않았었더라면?

또 그 직후… 노호중우가… 그에 답하기라도 하듯 "살았다!" 따위의 구절을 '크게'! 그래 우리가 정신을 퍼뜩 차려낼 수 있게 했을 만큼 크게 내질러주지 않았었더라면… 우리는 한동안은… 그 불쾌하지만, 감히 퇴짜를 놓아볼 수도 없을 만큼 합리적이었던 해석에 젖어있었어야만 했었을 거야.

어쨌든! 그렇게… 우리는 말이지? 노호중우 덕분에, 눈앞의 이곳이 협곡이 맞다는 것을! 또 그 통로가… 다시 통로로서의 기능을 복구해냈다는 것을! 더해 그네들을 종합해… 우리가 살아남은 것이 맞다는 것을 알아차림과 동시에 협곡 바깥으로 나가기 위해 빠르게 몸을 움직였지. 물론 지금에 와서 돌아보면, 협곡이 평온을 되찾았다는 것이… 바깥세상 '역시' 평온을 되찾았다는 것을 증명하는 것이지는 않으니만큼, 그를 보고서 지체 없이 바깥으로 나가기 위해 움직였던 것은… 사실 위험천만하고, 또 무모한 행위였던 것 같기는 하지만, 일단 그 당시의 우리는 그를 이행했었지. 아니 사실 위험천만하고, 무모한 행위라는 것을 알았었더라도… 그럴 수밖에 없었기는 했어. 뭐… 그럴 수밖에 없었겠을 것이… 그 당시의 우리는 '기적적으로' 수장에 대한 공포이자 위협에서는 벗어나는 데에 성공했지만, 아직 아사에 대한 공포이자 위협에서는 벗어나지 못했던 상황이었으니까! 그래 그러니만큼 언제고 양식이랄 것을 품고'는' 있었던 바깥세상에 닿아야만 하는 입장이었으니까! 맞아, 바깥세상이 어찌 되었든 간에… 이러나저러나 그곳에 닿기'는' 해야 했던 입장이었으니까….

어쨌든! 그렇게 우리는… 말이지? 바깥세상에 닿기 위해… 앞서 언급해뒀던 그 떨어진 나뭇가지와는 달리 '아직' 통로에 걸쳐져 있었던? 혹은 통로를 막고 있었던? 아니 어쩌면, 물에 휩쓸려 의도치 않게 여기까지 흘러들어왔기야 했다지만, 그 구멍을 통과하기에는 몸이 너무도 길었던 덕분에, 그를 통과하지 못한 채 구멍 전반에 가히 걸쳐져 있다시피 했던 나뭇가지들을… 마치 싸리나무 문을 열어재끼듯 밀어내고서는… 오랫동안이라면 오랫동안 작별했었던 바깥세상에 다시 닿을 수 있었고….

그 덕분에… 눈을 맞춰낼 수 있었더랬지. 바깥세상이 문자 그대로 쑥대밭이 되어있었던 광경과… 말이지. 풀어보자면, 오만 것들이 다 바닥에 흩뿌려지듯 널브러져 있었던 광경과… 말이지. 이를테면 찢긴 나뭇잎들! 또 꺾이다 놋해 박살 나버리기까지 했던 나뭇가지들! 또 나뭇가지와 진흙, 돌 등이 얽히고설키는 방식으로 잉태된 듯했던 유기체…라고 볼 수 있겠던 것! 하여튼 그런 것들이 곳곳에 널브러져 있었던 광경과… 말이지.

다르게 표현해 보자면, 그런 것들을 지천에 뿌려둔 것으로다가 바깥세상 역시도 그 수재에게 큰 부침을 앓았었더라는 것을 몸소 증명해대고 있는 것 같았었던 광경과….

또 다르게 표현해 보자면, 자신과 눈을 맞춰냈던 우리네들의 가슴 속에… 가여움… 따위의 감정을 배양시켜줬던… 그런 광경과…

말이지. 그래 우리가 아직 아사의 위험에 노출되어 있다는 것조차도 잊게 했을 만큼의 가여움! 맞아, 그로써 우리네들이… 우리네들 스스로? 혹은 자의로 발걸음을 멈춰내게 했을 만큼의 가여움! 그래 그 정도 수준의 가여움….

갑자기… 뭔 놈의 가여움이냐고 묻는다면! 아니 그 광경과 눈을 맞춰내고 왜 가여움이라는 감정을 앓게 된 것이었냐고 묻는다면….

뭐 앞서 언급해뒀던 나뭇잎들, 또 나뭇가지들 등등의 것들! 그래 그러니까 그 광경을 이루고 있었던 그들이 말이지? 너무도 낯선 존재들이었기 때문이었다고 하면 이해가 될까? 그렇게 하면 그 당시의 우리들이 가여움 따위의 감정을 앓게 된 이유가… 설명이 될까? 그래 그들은… 모르긴 몰라도 그 수재로 인해 머나먼 곳? 혹은 미지의 곳에서 '떠밀려온' 것이라고 보는 편이 맞겠다 싶을 만큼 완전한 초면이었었거든. 물론 우리가 이 근처에 있는 모든 식물들을 다 알고 있었던 것? 또 꿰고 있었던 것은 아녔었긴 했지만, '그럼에도 불구하고' 그들은… '최소한' 이 근처에 터를 잡은 이들이라고는 생각해 볼 수 없었을 만큼 낯설디낯선 존재들…이었었거든. 그래 모르긴 몰라도 그것 정도는 알겠었을 만큼 낯설었던 존재들…이었었거든. 그러니만큼 뭐… 가여움 정도는….

어쨌든! 그 당시의 우리가 가여움 따위의 감정을 앓는 게 합당하고, 또 합리적인 일이었든! 그렇지 않았었든 간에… 이러나저러나 그 감정의 요구에 따라 걸음을 멈추게 되었고, 또 그로써 그 광경과 오랫동안이라면 오랫동안 눈을 맞추고 있었더니….

'웬걸'… 별 요상한 것이 하나 눈에 들어오던 것 아녔었겠어? 보다 정확한 표현으로는, 정체도 모르겠었을 만큼 낯설었던 것이 하나 눈에 들어오던 것 아녔었겠어? 또 다른 표현으로는, 고향이 어디인지, 또 '정확한' 정체가 무엇이었는지는 알 수 없었긴 했지만, '그래도' 나뭇가지, 또 나뭇잎이라는 것 정도는 알겠었고, 또 확실했던 것들 사이에… 웬 요상한 것이 하나 끼어있던 것 아녔었겠어?

나뭇가지 같지도, 또 나뭇잎이나 돌 같지도, 또 그들이 뭉친 유기체 같지도 않아 보였던… 완전한 정체불명의 것! 그래 고향이 어디인지… 혹은 멀 것인지조차도 짐작할 수 없었을 만큼 완전한 정체불명의 것이자… 생면부지의 외형을 지니고 있었던 것… 말이지. 그래 그런 게 하나 숨어있던 것 아녔었겠어? 보다 정확한 표현으로는, 나뭇잎과 나뭇가지, 또 돌들 사이에 숨어있던 그것이 눈에 들어오던 것… 아녔었겠어?

글쎄 그에게 어떤 묘사를 건네줄 수 있을까? 아니 그나마라도 허용되는 묘사들에는 어떤 게 있을까? 크기는 농담으로라도 나뭇잎이라고 할 수 없겠을 만큼 거대했지만, 그의 육신이 얇고 평평했던 꼴을 보자니… 나뭇가지나 돌보다는 '그나마' 나뭇잎이라고 하는 게 맞겠다 싶었던 정체불명의 물체? 그래 나뭇가지나 돌보다는… 그쪽에 가까워 보였던? 혹은 그쪽의 친척쯤 되는 것 같았던 정체불명의 물체이자… 정체불명의 나뭇잎? 하지만 어째서인지 혹은 어떤 영문에서인지… 모종의, 또 불명의 경위로 누리끼리한 흰색 혹은 회색빛 몸뚱이를 지니고 있었던… 나뭇잎? 더해 마찬가지로 모종의, 또 불명의 경위로⋯ 그 몸뚱어리에다가 검은색 글자들을 빼곡히 박아뒀던 나뭇잎? 혹은 검은색 글자들을 빼곡히 박아뒀었고, 전체적으로는 누리끼리한 흰색 혹은 회색을 띠고 있었던 몸뚱어리를 지니고 있었던⋯ 나뭇잎? 그 정도면 될까? 그래 그런 느낌의 나뭇잎⋯ 정도면 되지 않을까 싶은데, 아닌가? 아님 말고, 그지?

뭐⋯ 그에게 어떤 묘사가 허락되는지? 혹은 가장 적합할지 같은 건 모르겠고, 또 별로 큰 의미도 없을 거 같아. 결국 가장 중요했던 것은 앞서 언급했듯 그 당시의 우리는⋯ 그렇게 그와 오랫동안이라면 오랫동안 눈을 맞췄음으로써, 그의 몸뚱어리에 들어찬 글자들을 읽을 수 있었더라는 것이었지.

내 기억이 맞는다면? 혹은 그 당시의 내가 제대로 봤던 것이 맞는다면, 그 글자들 중 다른 글자들과는 비교를 불허할 만큼 비대한 몸집을 지니고 있었던 글자들은⋯ 뭉치고 뭉쳐 다음과 같은 구절을 빚어둔 채로⋯ 우리를 맞아줬었던 걸로 기억해..

태풍 '애킨스' 북상⋯ 62년 만에 최대 규모 예상⋯ 철저한 대비로 피해 최소화해야⋯.

딱 보면 알겠지만, 그 구절은⋯ 읽어내는 것만으로는 의미를 파악할 수 없겠을 만큼 완전 불명의 구절이었지. 그래 그 구절은⋯ 그 당시의 우리가 알고 있었던 단어들을 하나도 품어두지 않았던 구절이었던 덕분에, 문자 그대로 완전 불명⋯이었던 구절이었지. 물론 그 당시의 우리가 알고 있었던 단어들이라고 해봤자… 뭐… '단호박', '당근', '치즈', '무', '냉동'… 정도뿐이었긴 했지만! 맞아, 파란 통 근처에 이따금씩 떨어져 있었던 '비닐'이라고 하는 것들이 품어뒀었던 덕분에, 심심찮게 읽을 수 있었고, 또 한 번씩 그 실체와도 마주할 수 있었던 그것들… 정도뿐이었긴 했지만….

어쨌든! 앞서 언급했듯 그 구절은 완전 불명의 구절이었고, 그러니만큼… 그를 해석하지 못하고 넘겨버릴 수밖에 없었었지만, 그래도 우리는 그에 굴하지 않고? 혹은 홀린 듯… 그 아래에 들어차 있었던 다른 글자들을 읽어나가기 시작했었더랬지. 그럴 수밖에 없었겠을 것이… 그 당시의 우리는 '일단' 눈에 담아낸 모든 글자들을 끝까지'는' 다 읽어내기'는' 했었던 존재들…이었거든. 그래 다르게 표현해 보자면, 한번 읽기 시작한 것을 중간에 끊었던 적은 없었던 존재들이었기는 했었거든. 아 물론 그래봤자… 그때까지의 우리가 눈을 맞춰냈던 이들 중에서 최장신을 뽑아보자면 기껏해야 '냉동 아스파라거스' 따위가… 뽑힐 수준이었던 만큼? 그래 그러니까 중간에 끊고 자시고 할 것도 없이 한눈에 다 담아낼 수 있을 길이의 것들과만 눈을 맞춰왔었던 만큼, 그랬는지 그랬지 않았었는지를 따지는 게 무슨 의미가 있겠냐만, 일단 우리는… 한번 읽기 시작한 것을 중간에 끊었던 적은 없었던 존재들이었기는 했었거든. 그래 그것은 명백하고, 자명한….

하여튼! 어쨌든 간에… 이러나저러나 우리는 그를 냅다… 읽어 버리고야 말았고….

그를 기어이 끝까지 다 읽어냈음으로써… 이런저런 정보들을 취해낼 수 있었더랬지. 이를테면… 다음과 같았던 정보들을 말이지.

'태풍'이라는 것은… 강한 비와 바람을 동반한 재해라는 것! 강을 범람시키거나 집을 수장시키는 것으로 존엄하디존엄한 생명체를 죽음에 닿게까지 할 수도 있는 악랄하고, 또 무자비하기까지 한 재해라는 것! 물론 많은 비바람을 품고 있다고 해서 다 태풍이 되는 것이지야 않으며, 또 모든 태풍이 강한 비바람을 품고 있지야 않다지만, 일단 이번에 북상한다는 11호 태풍 애킨스라는 녀석은 근 60년 이내 최고 수준의 강한 비바람을 품어둔… 강적 중의 강적! 또 진짜 중의 진짜라는 것! 또 못해도 그는 사흘에서 나흘가량 동안은… 맹위를 떨쳐낼 것이 확실할 만큼 강한 녀석이라는 것! 아니아니 과학자들? 기상학자들이 보기에는 그렇다는… 것!

더해… 그에게 당하지 않으려면? 아니아니… 슬프게도 이미 당할 것이, 또 피해를 앓을 것이 기정사실화된 상황이라면? '창문'이랄 것을 '미리' 막아둬야 한다는 것! 그래 그에다가… 무언가를 'X'자 형식으로 덧대어 막아내야 한다는 것! 또 그것이 완전히 소멸되기 전까지는 최대한 외출을 삼가야 한다는 것! 아니아니… 최대한 삼가는 것을 넘어… 하지 않을 수만 있다면 아예 하지 않기까지 해야 한다는 것! 그래 그 정도의 정보들을 취해낼 수 있었지.

또 그를 통해… 유의미하고, 또 '감히' 수긍하지 않아볼 수 없겠을 만큼 대단했던 결론까지도 꽃피워낼 수 있었고… 말이지.

말하자면….

지난 며칠간 우리를 괴롭혔던 것은 태풍이었다는 것! 보다 정확히는, 11호 태풍 애킨스였다는 것! 또 그 언젠가 우리를 반드시 찾아올 12호, 13호 애킨스들에게 신음하지 않으려면… 우리네들의 협곡 어딘가에 있을 '창문'이랄 곳들을? 혹은 것들을… 'X'자로 막아둬야 한다는 것! 그리한다면 애킨스가 품고 있는 비바람이 안겨다 줄 피해를 조금이나마? 혹은 최대한으로 줄여낼 수 있다는 것!

또 바깥세상을… 없는 세상이라 취급할 수 있기까지 해야 한다는 것! 보다 정확히는, 바깥세상에 나가지 않고서도 살아남을 수 있을 대책을 강구해둬야 한다는 것! 지난 닷새를 돌아봤을 때, 바깥세상에 닿지 못하게 되는 경우에서 앓게 되는 문제들 중 가장 큰 문제는 단연 식량에 대한 문제! 그래 '아사'에 대한 문제이니만큼… 어찌어찌 그에 대한 문제를 말끔히 지워낸 채로 애킨스를 맞이하게 된다면… 모든 게 해결된다는 것! 아니 되리라는 것! 그래 그리한다면 바깥에 나갈 일도 없게 될뿐더러… 결론직으로 그에게서 앓을 피해들을 최소화할 수 있으리라는 것! 식량을 쟁여두거나 하는 식으로 외출을 삼간다면? 아니아니 삼갈 수 있게 된다면… 모든 게 해결되리라는 것!

끝으로 그들에 의거해? 혹은 그들을 조합해… 바삐 움직여 당장의 아사에 대한 위험을 해소하고서 다시 협곡에 돌아가… 그 결론들의 요구사항들을 충실히 완수하는 것으로다가 우리네들의 안전을 확보해내야 한다는… 결론! 그래 그 언젠가 우리네들을 반드시 찾아올 또 다른 애킨스에서 우리네들의 몸을 지켜내기 위해… 그래야 한다는 결론….
 그래 그 정도의 결론을 꽃피워낼 수 있었더랬지. 보다 정확히는, '그 정도'의 결론이라고만 말하고 치울 게 아니라….
 '엉겁결에' 그 물체와 마주했고, 또 그를 '어쩌다 보니' 읽게 되었고, 또 그를 통해 지식을 얻었고, 또 그를 토대로 '우리'가 '직접' 머리를 굴려낸 '덕분에' 훗날 또 다른 애킨스가 우리를 다시 찾아오더라도… 지난 닷새처럼 지옥 같았던 시간 속에 젖어 들고, 또 그에 신음하지 않을 수 있게 되었다는… 좋은 울림을 지니고 있었던 그런 결론! 그래 그 정도나 되었던 결론까지도 꽃피워낼 수 있었더랬지.
 어쨌든! 그렇게 우리는 문자 그대로 만선을 이뤄낸 채로… 만선을 이뤄내느라 잠시 유예해뒀던 파란 통과의 재회를 이행하기 위해 그에게 다가가… '이변 없이' 그가 품어뒀었던 불어 터진 음식들? 또 잔뜩 젖어 있었던 음식들을 게걸스럽게 삼켜내는 것으로다가 아사에 대한 위험을 말끔히 다 해소해냈었더랬지. 게걸스럽디게걸스럽게 말이야.
 그렇게 문자 그대로 물질적인 만선까지도 이뤄냈음으로써, 이제는 돌아가지 않을 이유가 없게 되었던 협곡으로 돌아가려던 찰나! 아니아니… 그 유의미하디유의미했던 결론이 품어뒀던 요구사항들을 이행해내기 위해… 협곡으로 돌아가려던 찰나!
 난데없다면 난데없게도… 피어오르던 것 아녔었겠어? 응당 앓았어야 했던 의문? 혹은 '이미' 그 전에 해소해뒀어야 했던 의문이… 한참 늦었다면 늦었던 그때 난데없게도… 혹은 당연하게도 피어오르던 것 아녔었겠어?

　그것은 바로… 협곡에 '창문'이랄 것이 존재하는가 따위의 의문이었지. 맞아, 그 결론이 완수되기 위해서라면 꼭 존재해줘야만 했던 창문이랄 게… 존재하는가 따위의 의문…이었지. 그래 우리가 그 결론이 흘려주던 더없이 좋은 울림에 더없이 감복해버렸던 덕분에, 잠시 까먹어버렸던 것이었는지! 아니면 애초에… '그런 것'을 찾을 일이 없었음으로써 '부러' 찾아본 적이 없었었고, 그러니만큼 그때까지 정말 모르고 있었던 것이었는지는 모르겠지만… 우리네들의 협곡에… 창문이랄 게 정녕 있기나 했었는지가 모르겠던 것… 아녔었겠어? 아니 애초에 창문이라는 게… 대체 무엇인지조차도… 모르겠더란 말이지.

　물론 당연한 이야기겠지만, 우리가 그런 의문에 젖어 있었던 와중에도… 우리네들의 다리는 저어지고 있었던 만큼, 우리는 그리 머지않은 시점에 협곡에 복귀하는 데에 성공했고….

　그렇게 도착한 협곡에서 수색 중의 수색을 이행한 끝에, 우리는… 그 의구심이 결코 허투루 빚어진 의구심이 아녔었다는 것을 알 수 있게 되었더랬지. 그래 협곡에 도착해 협곡을 샅샅이 뒤져봐도… 협곡 그 어디에도 창문이라 할만한 것은 존재하지를 않던 것 아녔었겠어? 그래 아무리 봐도 협곡에 있는 구멍이라고는… 바깥세상과 연결되어 있었던 유일한 통로였던 그곳 혹은 그것뿐! 또 협곡의 정중앙에 위치해 있었던 '광장'과… 그와 연결되어 있었던 모든 방과 통로들 간에 났었던 구멍 정도들…뿐이었더라고? 아니 사실 구멍이라고 하기에도 뭣했을… 그냥 벽이 없었음으로써 생겨버렸던 사실상의 공백과도 같았던 부분들…뿐이었더라고?

허탈…하다 못해 암담했지. 그럴 수밖에 없었겠을 것이 그 결론이 품어뒀던 요구사항을 완수하지 못한다는 것은 곧 우리네들의 안전이 보장되지 못한다는 것과도 같았으며….

그것은 곧 우리가 머지않은 시기에? 혹은 언제인지는 알 수 없지만, 일단 '훗날'…이라고 해봐야겠을 그 어느 날에… 반드시 우리를 다시 찾아올 다음 애킨스의 농간에 신음하게 될 것이라는 것과도 같았었으니만큼… 허탈…하다 못해 암담할 수밖에 없었지.

그래 뭐… 하나 마나 한 이야기겠지만, 그것은 절대 안 됐으니만큼! 그래 아무리 경위가 '엉겁결에'였었다고 한들, 일단 우리네들에게 좋은 울림을 안겨줬던 그 결론을 내다 버려버릴 수는 없었으니만큼… 우리는 광장에 모여 진중하디진중했던 회의를 주재했고, 또 그 속에 우리네들의 몸뚱어리를 과감히도 던져냈었더랬지. 창문이 없는 상황에서… 창문 '대용'으로 쓸만한 것이 있을지? 또 그렇게 '대용'으로 간택된 것을 막아내는 것 역시도… 창문을 막아내는 것과 똑같은 효과를 낼 수 있을지 따위를 주제를 품어뒀었던 회의 속에… 말이지. 또 앞서 언급했다시피… 우리가 그 물체와 눈을 맞춰내고, 그를 읽어내고, 또 지식을 습득하고…의 과정을 밟아내지 못했었더라면, 애초에 피워올릴 수도 없었었을 회의였던 만큼… 가히 소중하디소중한 회의라 믿어 의심치 않을 수 있었고! 또 실제로도 모두가 그를 믿어 의심치 않는다는 듯 진중하게 진행해냈던 회의

속에 말이지.

　물론 뭐… 당연한 이야기이겠으니만큼 부러 언급할 것도 없겠다지만, 진중한 태도? 또 간절한 마음 같은 것들만으로 해결할 수 있는 일 같은 건… 존재하지 않았었어. 그래 그 회의는 답보 중에서도 답보만을 거듭했었지. 방금 같은 표현 정도는 무리 없이 쓸 수 있겠을 것이… 그 회의는… 주재되고서부터 한 시간가량이 더 지났을 동안에도… 기껏해야….

　창문(門)이라는 것에 주목해 협곡 곳곳에 흩어져 있고, 또 패어 있었던 도합 60개의 구멍들을? 혹은 다 세어봐야 할 일이 없었음으로써 세지 않았고, 그러니만큼 확실한 합은 모르겠지만, 뭐 대충 그 정도는 되어 보였던 그 모든 구멍들을 창문으로 취급하고서, 그네들을 모두 막아버리자는… 얼토당토않았던 안건?

　또 뭐… 비바람을 막는 것에 주목해… 다른 도합 60 남짓의 구멍들과는 달리 '유일하게' 바깥세상과 연결되어 있었음으로써, '유일하게' 비바람을 들여주는 구멍이었던 그곳 혹은 그것을 막아버리자는… 들을 가치도 없었던 안건? 그래 잘 알고 있겠다시피 유일하게 바깥세상과 연결되어 있었음으로써, 냅다 막아버렸다가는… 우리가 아사에 닿게 될 것이 분명했었던 그 구멍을 냅다 막아버리자는… 들을 가치도 없었던 안건? 그래 '그따위' 안건들만을 피워올렸을만큼? 혹은 그따위 안건들이 피워올렸던 것의 전부였을 만큼… 답보 중의 답보만을 앓아가며 우리네들의 시간을 갉아먹어댔었더랬지. 물론 애초에 그 회의는… 들었다시피 난제 중에서도 난제를 주제로 삼고 피어올랐었던 회의였던 만큼, 그가 답보를 앓는 것 자체야 당연했겠지만, 아무리 그래도… 그건 좀….

음… 어쨌든! 다행스럽게도? 어쩌면 당연하게도? '그런' 회의에도… 끝이랄 게 있기는 했었더랬지. 그래 그 회의는 '분명' 매듭지어졌었어. 내 기억이 맞는다면, 그 회의는… 회의가 피어오르고부터 한 시간 반에서 두 시간가량 지났던 때쯤… 회의랄 것을 더 이상 진행해 볼 수 없게 했을 만큼 대단했던 '사고'랄 것이 발생해버렸던 덕분에… 다행스럽다면 다행스럽게도 매듭…지어졌었어. 말하자면 '일단락'이라 이름 붙일 수 있겠을 경위를 통해… 말이지.

풀어보자면… 그래. 앞서 언급했듯 회의가 한 시간 반에서 두 시간가량 동안 진행되어줬던 덕분이었을까? 혹은 그 시간 자체보다는, 앞서 언급했듯 진척이 없었음으로써, 별수 없이… 그 한 시간 반에서 두 시간가량을… '수재'를 위시한 특정 단어들만을 반복하며 태워내야만 했고, 또 실제로도 그래버렸던 덕분이었을까? 달리 말하면… 그랬던 덕분에, 그 회의가… 정신이상자가 그저 그를 엿듣는 것만으로도 그 회의의 내용을 파악할 수 있을 만큼 간단명료하고, 또 친절하게 진행되어버렸기 때문이었을까? 뭐… 잘은 모르겠지만… 앞서 언급했듯 정신 상태가 온전치 못했던 덕분에, 회의에 참석시켜봤자 도움이 되겠기는커녕 방해만 될 것 같았었음으로써, 참석시키지 않을 수밖에 없었던… 바구중바구! 하지만 뭐… 그의 정신 상태가 온전치 못하다는 게… 그가 우리네들의 곁에 있지도 못하게까지 할 명분이 되어주기에는 약했음으로써, 접근 자체를 저지하지는 않았었고, 그러니만큼 접근이랄 게 윤허된 채… 우리네들의 곁에 가부좌를 틀고 있었던… 바구중바구! 그의… 소행이었지. 그래 그는 놀랍게도… 그냥 그렇게 우리네들의 옆에서 가부좌를 틀고 있기만 했었던 게 아니라… 그 상태로 그 회의를 엿듣고 있기까지 했었나 보더라고? 아니아니 그냥 엿듣기만 한 게 아니라… 그 회의의 내용을 '꽤 많이' 파악하는 데까지도 성공했었나 보더라고? 그렇게 회의가 시작된 지 한 시간 반에서 두 시간가량이 도과했던 시점, 웬걸… 그가 분연히 몸을 일으키더니… 자신의 가장 근처에 있었던 조우성우의 어깨를 붙잡고서는 다음과 같은 말을 토해버리던 것 아녔었겠어? 그것도 무려 목의 핏대를 잔뜩 세워낸 채로! 또 침을 잔뜩 튀겨가면서 말이지.

"그…그…그렇게… 그렇게 하면… 무….무….무…물이 들어차는 걸… 막을 수… 있는… 게냐? 그렇다는… 게냐, 어?"

그 당시의 조우성우는 그에 저잖이 놀랐었던 듯해. 다른 게 아니라 그 당시의 그는… 순간적으로 몸을 움찔거려내고서는, 가히 경박스럽다고 할 수 있겠을 어투로다가…"그…그런 셈이죠?"같은 답변을 뱉어냈었거든. 나도 이해하는 편이긴 해. 아무래도 그 답변은… 그 회의의 내용을 어느 정도나마라도 이해한 자가 아니고서는 뱉어낼 수 없을 답변…이었으니까! 또 그러니만큼? 혹은 그에 의거해… 다른 누구도 아닌 바구중바구의 입에서 뱉어질 가능성 같은 건… 감히 염두에 둬볼 수도 없었던 답변…이었으니까!

음… 어쨌든! 다시 그때로 돌아가서….

바구중바구… 그는 말이지? 그런 답변이 흩뿌려지자마자 밝은 미소를 꽃피워내고서는, 마른침을 한 번 삼켜내더니… 그대로 자신의 침소로 달려가… 침소 안을 굴러다니고 있었던 널찍한 나무 부스러기들? 혹은 조각들을 주워 들어다가… 자신의 침소와 협곡의 광장을 이어주던 유일한 통로였던 그 구멍을 막아대던 것 아녔었겠어? 그래 그 구멍에다가 그를 세우고, 또 기타 등등의 것들을 그에 덧대기 시작하던 것 아녔었겠어? 그래 그 구멍을… 메꾸기 위한 행위라 해석해 봐도 되겠을 법했던 해괴망측한 행위를 이행하기 시작하던 것… 아녔었겠어? 더해 그에서 그치지 않고, 그렇게 그의 손길이 닿아준 덕분에, 그 나뭇조각들이 그 구멍에 걸쳐지거나 땅을 딛고 서게 되자… 마찬가지로 침소에 굴러다니고 있었던 그것들보다는 짧고 얇은 나뭇가지들을 주워들어다가… 그 뒤에 'X'자로 교차시켜 갓다 대기까지 하던 것 아녔었겠어? 그래 그러니까 우리도 모르는 사이에 그의 침소와 광장을 연결하던 그 구멍이 '창문'으로 '간택'되었던 게 아녔고서는 이행할 이유가 없었던 그런 행위를… 이행해대기 시작했었더라는 이야기지. 그것도 무려… 다음과 같은 혼잣말을 '끝도 없이' 뱉어가며! 또 몸을 바들바들 떨어대기까지 하면서….

끝으로… 눈물을 두 방울에서 세 방울가량 떨어뜨리기까지 하면서 말이지.

"제가… 제가… 제가… 저희가… 저희가… 찾아냈습니다! 이제… 이제 다시는…."

뭐… 그 일련의 행위들이 당최 그 저의랄 것이 짐작도 되지 않았었던 행위였기 때문이었을까? 아니면 그것도 그거였는데… 그보다는, 그 저의랄 것이 그 정신이상자만이 알고 있는 것이었으니만큼 그를 파고들어봤자… 정상인의 시각으로는 이해할 수 있는 것일 리가 만무하다는 합당하디합당한 생각이 피어올랐기 때문이었을까? 그래 그러니까 그에 관여할 이유, 또 의미 자체가 없다고 여겨졌기 때문이었을까? 뭐… 무엇 때문이었는지는 모르겠고, 또 크게 중요하지도 않겠다지만, 어쨌든 간에 우리는… 꽤 오랫동안이라면 오랫동안 그 일련의 행위들이 이행되는 꼴을… 그저 멍하니 바라보고만 있었더랬지. 끝끝내 그의 침소에 났었던 구멍이 다 봉해지고야 말았던 그때까지도… 말이지.

아니 어쩌면 그 이후이자… 노호중우가 깊고도 무거운 한숨을 쉬며 '어느새' 막혀버린 침소의 벽 앞으로 달려가… 여길 이렇게 막아버리면 당신은 진정한 의미의 고립을 당하게 되며, 또 그러다가 결국 아사에 닿아버릴 수도 있으니만큼 이를 다시 거둬내고, 그에 더해 이 행위 자체를 그만두라는 합당하디합당한 충언을 토해내며… 그 새롭게 생긴 벽을 두드려대기 시작했던 그때까지도!

또 뭐… 그런 자재 비스무리했던 것들이 부족했던 탓이었을까? 아니면 그 시공을 맡았던 책임자 바구중바구의 힘이나 역량 등이 그를 견고히 건설하는 데에 턱없이 부족했기 때문이었을까? 그도 아니라면, 그냥 우리네들 중에서 가장 호전적이었고, 또 신체 능력이 가장 좋았었던 노호중우… 그의 힘이 너무도 대단했기 때문이었을까? 뭐 잘은 모르겠지만, 일단 그 벽이? 혹은 벽이라고 하기에도 뭣했을 그것이⋯ 노호중우의 두드림 몇 번 만에 개박살 나버리고서는, 자신의 몸을 이루고 있었던 자재들을 사방으로 흩뿌리며 내려앉아⋯ '다시' 우리가 침소 내부와 눈을 맞출 수 있게 되었던 그때까지도!

또 그렇게 침소 내부의 광경을 제공받기 전까지는 몰랐었지만, '알고 보니' 그를 이행하느라 구슬땀에 젖다 못해 찌든 상태이기까지 했었던 바구중바구가⋯ 자신이 그 정도로나 열정적으로 만들었던 것이⋯ 모종의, 또 불명의 경위로 한순간에 박살 나버리자?

아니아니⋯ 분명 조금 전까지는 모종의, 또 불명의 경위였겠고, 또 그렇게 생각했었겠지만, 그렇게 그가 내려앉았던 덕분에, 그를 박살 낸 존재와 눈을 맞출 수 있게 되었고, 그로써 그것이 새파랗게 어린 동포였던 노호중우의 소행이었다는 것을 인지하자마자⋯ 그에게 합당한 벌을 내려주기라도 하려는 듯⋯ 오롯이 분노만으로 속을 채워둔 듯했던 괴성을 지르며 노호중우에게 달려듦으로써 빚어진⋯ 촌극 중에서도 촌극이 개막했던 그때까지도! 그래 그가 그렇게 달려든 노호중우의 얼굴에 생채기를 내주려는 심산이기라도 하듯 팔을 매섭게도 휘둘러대고, 또 노호중우가 그의 낡아빠졌고, 또 얇아빠졌던 팔에게서 몸을 피해내거나⋯ 그를 '안전하게' 잡기 위해 팔을 조심히 뻗어대며 행해갔던 촌극이 개막했던 그때까지도? 혹은 그것들이 반복되며 깊어졌던 그때까지도! 또 바구중바구가 그 촌극을 이행해대며 끝도 없이 뱉어댔던 비이성적인 괴성? 더해 노호중우가… 바구중바구에게 부디 진정할 것을 당부 혹은 요구하는 차원에서 끝도 없이 뱉어댔던 이성적인 구절이자 충언? 그런 것들이… 그네들의 몸뚱어리들만큼이나 얽히고설킨 채 그를 관람하고 있었던 우리네들에게 날아들었던 그때까지도! 우리는 그를 그저… 얼어붙기라도 한 듯 멍하니 그를 바라보고만 있었더랬지. 뭐… 만약 그 촌극이… 수단과 방법을 가리지 않고 빠르게 매듭지어내고 싶었을 만큼 눈뜨고 못 봐주겠을 수준이었었더라면? 또 그에 휘말렸던 그 당시의 노호중우에게서… 바구중바구를 죽일 의사랄 것이 보였었거나 느껴졌었더라면? 또 그의 신체 능력이… 바구중바구를 '적절히' 다치지 않게 하며 그 촌극을 매듭지을 수 있을 만큼… 혹은 그렇게 그를 안전하게 '제압'할 수 있을 만큼 대단하지 않았었더라면? 우리는 그를 바라보고만 있지 않고서, 그에 달려들어… 그네들을 잡아 뜯어냈었겠지만, 앞서 언급했듯 그렇지는 않았었던 만큼, 우리는 그를 그냥 바라보고만… 있었더랬지. 물론 혀를 끌끌 차는 것 정도는… 했었던 것도 같고….

　음… 어쨌든! 그래 그런 촌극이 발생했고, 또 진행되고 있었음으로써, 협곡 전반에… 회의를 진행해 보기 어려웠겠을 수준의 소음이 꾸준히 피어오르게 되었기 때문이었을까? 아니면 뭐… 그런 촌극이 발생함으로써 노호중우가 '결원'이 되어버렸기 때문이었을까? 그래 가뜩이나 머리를 다 긁어모아 맞대어봐도 썩 괜찮은 답이 빚어지지 않고 있었던 상황에서… 그런 촌극이 발생해버렸던 덕분에, 그나마의 머릿수를 하나 더 줄여낸 채로 회의를 재개해야 하는 비극적인 상황이 펼쳐졌기 때문이었을까? 맞아, 그것이 우리네들의 의욕을 꺼뜨려내다 못해 완전연소 시켜내기까지 해버렸기 때문이었을까? 뭐… 무엇 때문이었는지는 모르겠지만, 일단 우리는 앞서 언급했듯 그 회의를 재개해내지 않았어. 그래 회의를 재개하지 않는 것으로다가… 창문이랄 것을 찾아내고, 또 그를 막아내는 것이자… 첫 번째 요구사항을 들어주는 것을 잠시라면 잠시 유예해내고서….

두 번째 성과를 이행하기 위해… 발걸음을 옮겨냈었지. 애킨스에게서 앓게 될 '또 다른' 피해이자… 아사에 대한 위험을 꺼뜨리기 위해 갖춰둬야 할 것! 맞아, 우리가… 또 다른 애킨스가 우리를 덮치는 '동안' 아사에 대한 위험을 앓지 않으며 바깥세상을 없는 세상으로 만들기 위해서 '미리' 갖춰둬야 할 것들을 '미리' 갖춰두기 위해 움직였었더라는 이야기야. 알다시피 그 갖춰져야 했던 것들은 바로 쟁여진 음식들…이었으며….

또 음식을 쟁여두기 위해서 닿아야 했던 곳은 당연히 '다시' 파란 통…이었더랬지. 그래 우리는 곧바로 다시 바깥세상으로 나가서 다시 파란 통에 닿아… 조금 전의 우리들이 미처 다 욱여넣지 못했음으로써? 혹은 굳이 그래야 할 이유가 없었었던 만큼 그러지 않았음으로써, 아직 그곳에 남아있었던 음식들을 되는대로 품에 끌어안고서는, 다시 협곡으로 돌아와… 그를 쟁여둘 곳을 찾기 위해 협곡을 쏘다니기 시작했지. 보다 정확히는, 이미 평생토록 쏘다녔음으로써 진즉 중에서도 진즉에 구조를 다 파악해뒀었던 그곳을 '부러'

또 쏘다니는 수고로운 일을 감행했었더랬지. 물론 그 당시의 그 쏘다님은… 지난 나날들 동안 그저 살아오며 자연히 이행했었던 '한낱' 쏘다님들과는 달리… '적합할 곳'을 찾아야 한다는 특정 목적을 품어두고서 이행했던 쏘다님이었음으로써, 둘을 동일선상에 두기는 어렵겠지만! 그래 풀어보자면, 그 당시의 그 쏘다님은… 협곡의 모든 구석구석들을 눈에 담고, 또 눈에 담았던 곳과 새로이 눈에 담은 곳을… 따지고 비교해가며 이행했던 쏘다님…이자 수색, 또 탐색이었으니만큼… 동일선상에 두기는 어렵겠지만! 어쨌든 그런 수고로운 행위를 다시… 이행해냈었더라는 이야기지, 뭐….

하여튼! 음… 글쎄? 애킨스의 농간에 다시 놀아날 수 없다는 우리의 의지가 너무도 강력하고, 또 강렬했으며… 끝내는 결연…하기까지 했던 덕분이었을까? 아니면 그냥 앞서 언급했듯… 우리가 이미 협곡의 지리를 다 꿰차뒀었던 덕분이었을까? 아니면 그런 쪽으로 접근할 게 아니라… 그 협곡이… 이미 우리에게 평생을 의탁한 근거지를 선사해줬던 것만으로도 충분히 증명됐다시피 더없이 은혜로운 땅이었던 덕분이었을까? 그래 우리의 모든 요구들을 다 수용해줬을 만큼 은혜로운 땅이었던 덕분이었을까? 그래서 그다음 요구마저도 수용될 수 있었던 것…뿐이었을까? 뭐… 무엇 때문이었는지는 잘 모르겠고, 별로 중요하지도 않겠다지만… 어쨌든 우리는 그리 많은 시간을 태워내지 않고도 적당하다면 적당해 보였던 곳을 한 군데 찾아낼 수 있었더랬지. 협곡에 들어섰을 때를 기준으로… 열 걸음 남짓을 걷고서 왼쪽으로 딱 한 번만 꺾으면 닿을 수 있었던 작은 공간이자… 별실! 그래 출입구와 가장 가까웠던 덕분에, 그 조금의 어려움도 없이 음식을 날라 쟁여둘 수 있었던 곳이었음으로써, 간택해 봄이 마땅했던 별실이자…

또 뭐… 모든 방들이 사실 다 그랬었긴 했지만, 일단… 출입구로써봄 직했던 구멍이랄 게 하나밖에 없었음으로써, 협곡에 다시 한번 대단한 수준의 물이 들어찬다고 하더라도… 뭐… 어찌어찌 그곳만을 막아낸다면! 그 식량들을 지켜낼 수 있을 것 같아 보였음으로써… 간택해 마지않을 수 있었던 별실! 종합해 보자면, 거리상의 문제도… 또 안전상의 문제도 앓지 않았음으로써… 간택해 마지않을 수 없었을 별실을 찾아내는 데에? 혹은 엄선해내는 데에 성공했고….

또 당연한 이야기겠지만, 그를 그것들에 의거해 '식량창고'로 간택하기까지 할 수 있었더랬지.

애초에 그러기 위해서 그랬던 것이었으니만큼 당연한 이야기겠지만, 우리가 그렇게 그곳을 간택하는 것으로다가… 식량창고랄 것이 확보됨과 동시에! 우리는 품에 안아뒀던 식량들을 그에 마구잡이로 쟁여대기 시작했지. 품을 가득 채운 음식들을 식량창고에다가 내리고… 쌓고! 또 그 그렇게 품이 비면, 다시 파란 통으로 달려가 품을 가득 채워내고서는, 그를 다시 창고에 쟁여대는 행위를 끝도 없이 반복해댔었더라는 이야기야. 그래 애킨스에게서 살아남고야 말겠다는 열망 하나로! 보다 정확히는, 우리가 지식이랄 것을 취해냈음으로써 '비로소' 살아남을 수 있게 되었다는 성취감 하나로? 혹은 그에 의거해… 결론적으로 우리가 우리를 살려내고 있는 것이나 다름없다는 사실이자⋯ 그 누구도 이견을 제시할 수 없겠을 만큼 합당했던 사실에 잔뜩 고무되어⋯ 지치기는커녕 지친 기색이랄 것도 보이지 않으며⋯ 말이지.

그렇게 우리는 품을 비우고, 또 그 품을 다시 채우고, 그 품을 다시 비워내고⋯를 반복해댄 끝에 기어이 그 별실이자 식량창고를⋯ 식량이자⋯ '희망'만이 가득한 곳으로 변모시켜낼 수 있었더랬지. 또 그렇게 가득 쌓인 식량의 양만큼이나 우리의 안전이 확보되었다는 달콤한 무언의 속삭임을 건네주던 광경과⋯ 눈을 맞춰낼 수 있었더랬지. 그래 우리가 우리 손으로, 또 직접⋯ 그만큼의? 혹은 무려 그 정도나 되었던 안전을 확보하는 데에 성공했다는 것을 넌지시 알려주던 광경과⋯ 혹은 몸소 증명해주던 광경과⋯ 말이지.

뭐⋯ 그렇게 건네받은 요구사항을? 아니아니 사실 이미 진즉에 건네받았었지만, 잠시 유예해뒀었던 요구사항을⋯ 그냥 완수하기만 했던 게 아니라 '김히' 더 나은 결과랄 게 있을 리 만무하다고까지 생각할 수 있겠을 수준으로다가 완수하는 데에 성공했던 우리는! 그 상황의 요구에 따라 안도의 한숨? 혹은 성취감이 들어찬 한숨을 약하게 뱉어내고서는⋯.

그를 완수하기 위해 움직이느라 잠깐 유예해뒀다면 유예해뒀던 첫 번째 요구사항의 경과를 알아내기 위해! 어쩌면 '유예'도 아니고, 그에 몸을 담아내는 것 자체를 포기했었던 첫 번째 요구사항의 진척을 알아내기 위해 바구중바구의 침소로 향했고! 혹은 침소를 향해 걸었고⋯.

협곡이 좁았다면 좁았던 덕분이었을까? 아니면 앞서 언급했듯 건네받은 요구사항을 완벽히 완수했음으로써… 앓아볼 수밖에 없었던 고무감이… 우리네들의 발걸음을 기민하디기민한 발걸음으로 만들어줬던 덕분이었을까? 뭐… 잘은 모르겠고, 무엇 때문이었는지 같은 건 별로 중요하지도 않겠다지만, 우리는 몇 걸음을 걷지 않고도… 땀에 찌든 채로 웬 벽에 기대앉아 축 늘어져 있었던 노호중우와 눈을 맞춰낼 수 있었더랬지. '웬 벽'… 그래 기억을 돌이켜보면, 바구중바구의 침소로 향하는 구멍이 있었던 위치에? 혹은 분명히 그랬었던 걸로 기억되던 위치에 '난데없게도' 세워져 있었던 낯설디낯설고, 또 조악하디조악했던 벽 옆에… 말이지.

우리네들 중에서 으뜸가는 호전성, 또 으뜸가는 신체 능력을 지니고 있었던 노호중우가… 그런 행색이자 몰골을 하고 있었던 광경? 다른 이라면 몰라도 '그런' 노호중우만큼은 평생토록 꽃피워내지 않을 것 같았던 광경? 그 광경은… 내 눈을 통해 내 머릿속으로 파고들어… 그 속에 들어섰었던 내 무의식이랄 것을 자극해… 그가 다음과 같은 구절이자 그 광경에 대한 감상을 토해내게 하는 월권행위를 저지르게끔 해버렸고!

"뭐고? 뭐가… 우찌 된 기고?"

뭐… 그를 뱉어내기 전까지는 몰랐었지만! 아니 그를 알았었다고 한들… 그것 외에는 뱉을 게 없었기도 했으니만큼 그를 뱉어내기야 했었겠지만! 아니 사실 앞서 언급했다시피 그것은 내가 뱉어낸 게 아니라 내 무의식이 뱉어냈던 것이었으니만큼… 사실 방금 같은 논의 자체가 무의미하기야 하겠지만, 어쨌든 간에… 그 구절이자 사실상의 질문은… 노호중우의 입에서 사실상 천일야화나 다름없었을 만큼 길고, 또 깊은 것도 모자라 무겁기까지 했던 이야기가 뱉어지게끔 했던 질문…이었더라고? 그래 말하자면, 우리가 그런 대업을 이루고 있었던 동안 그 촌극이 어떻게 진행되었고, 또 어떻게 마무리되었는지에 대한 답변이자….

축약해 보자면 대략….

노호중우의 술회에 따르면… 그의 저항은 거셌대. 아니아니… 몹시 거세디거세셨대. 그 촌극에 몸을 담고 있었던 그 시간들을… '분명' 늙고 병들었던 바구중바구가 대체 어떻게 '이 정도나 되는' 힘을 낼 수 있는가에 대한 의구심만을 앓아가며 태워내야 했을 만큼… 거세디거세셨대. 그 구멍을 봉해내고, 또 침소를 막아내는 것이 대체 왜, 또 대체 얼마나 중요한 일이길래… 그가 무려 이 정도나 되었던 저항을 이행하고 있는 것이며, 또 그 열의가 얼마나 강하길래 이 정도나 되는 힘을 끌어올릴 수 있는지에 대한 의구심만을 앓아가며 태워내야 했을 만큼 거세디거세셨대. 아니면 그것 외의 다른 감정이나 감상 같은 건 품어지지도 않았을 만큼… 거세디거세셨대. 뭐… 노호중우의 입장, 또 노호중우만의 해석이었긴 했지만, 바구중바구가 무슨 이유에서인지는 몰라도 자신의 침소를 봉해내는 것을 '대업' 정도로 취급하고 있는 것 같았으며, 또 그에 의거해서인지… 바구중바구의 눈에는… 어쩌다 보니 자신의 대업을 방해하는 꼴이 되어 있었던 본인을 향한 살기가… 잔뜩 들어차 있는 것 같았기도 했었대. 그래 그런 불쾌한 추측이 품어졌었다고도 했으며, 또 그가 그 모든 공격이나 몸부림들을 더없이 격정적으로 이행… 아니 감행하는 것으로다가… 그의 그러한 불쾌한 추측이 '참'이라는 것을 몸소 증명해내고 있는 것만 같았었대. 그래 그 정도로 거셌다나 뭐라나….

어쨌든! 그랬던 덕분에, 그는… 이대로 가면 바구중바구를 다치지 않게 제압하는 것은 꿈같은 이야기일 것이며, 그는커녕 여차하면 자신이 다칠 수도 있겠다는 생각까지도 품어버리고야 말았었대. 그런 합리적이고, 또 합리적이었던만큼 아니 품어볼 수 없었던 생각까지도… 품어버리고야 말았었대.

그때… 아니 어쩌면 그와 결이 같다면 같게도… 그뿐만 아니라… '과연 그를 크게 다치게 한다면 그를 멈춰낼 수 있을까?' 따위의… 비인도적인 궁여지책까지도 '멋대로' 피어올라 자신을 유혹하기 시작하기까지 했었다던… 그때!

문득… 문득… '설득'…이라는 묘수가… 떠올랐대. 아니 설득보다는 기만…이었었기야 했겠지만, 일단 그랬대. 풀어보자면, 어쩌면… 대화를 잘만 이행한다면? 혹은 그를 잘 속여내기만 한다면 이 상황을 매듭지어낼 수 있을지도 모르겠다는 생각이… 들었었대. 그래 그곳을 아예 막아내는 것 대신 그곳에 여닫을 수 있을 문을 만들어보자는 제안을 빚어내 뱉어내는 것으로다가… 상황을 종결시킬 수 있을지도 모르겠다는… 가당찮던 생각이 피어올랐었다더라고? 말하자면… 뭐… 그런 기지가 발휘됐었더라는 이야기였던 거 같아. 물론 창문을 막아내는 것과… 만들어진 문을 닫는 것은 결코 같을 수 없는 것이었긴 했지만, 다행스럽게도? 혹은 어쩌면 애석했게도… 그를 건네받게 되는 자는 알다시피 정신이상자였으니만큼… 충분히 걸어볼 만하다 싶었다더라고?

그래서 그는 지체 없이 그를 이행해냈고, 정말 다행스럽게도? 혹은 기적적이었게도? 그것은… 먹혀들었었다더라고? 그래 방금 같은 표현 정도는 무리 없이 써볼 수 있을 것이… 그런 제안이 흩뿌려짐과 동시에 바구중바구의 공격이자 몸부림 등의 물리적인 행위 자체는 중단됐었다나 뭐라나?

노호중우는… 그 틈을 타 그가 그를 재개하는 것을 막기 위해? 또 어쩌면, 자신의 그 기만이 기만이 아니라는 것을 증명하기 위해… 빠르게, 또 바쁘게 움직이기 시작했다더라고? 그래 자신이 직접 부숴냈던 나뭇조각들을 이어내고, 또 그로써 구멍을 막아내고 하는 등의 기행을 자신의 손으로 직접 이행했다더라고? 그러는 동안에도 끝도 없이? 혹은 이따금씩 흩뿌려지던… 그걸로도 똑같은 효과를 낼 수 있냐는 질문? 또 그렇게 하는 것만으로도 물이 들어차는 것을 '진정' 막을 수 있는 것이냐는 물음들에… "예.", "그럼요.", "되고 말고요." 따위의 무성의한 답변이자… 그저 그가 다른 생각을 품지 않게 하는 것만을 목적으로 두고서 빚어졌던 것이었으니만큼, 속이 텅 비어 있을 수밖에 없었고, 또 실제로도 그랬었다고 하던 답변들만을 이어 붙여대면서… 열심히… 또 성심성의껏….

어쨌든! 노호중우는 그렇게… 그런 식으로 뭐… 틈틈이 거행되었던 문답에 성실히 임해주는 것으로 바구중바구의 의심을 불식시켜가며… 끝내는 그 나뭇조각들로 문이랄 것도 만들고, 또 그를 닫아냄으로써… 종국에는 바구중바구가 원하는… 바구중바구의 침소가 봉해진 광경을 빚어내는 데에까지 성공했댔고….

그러자 바구중바구는… 자신의 눈에 들어찼던 그 광경이자… 자신이 '원하는 대로' 자신의 침소가 봉해진 광경의 요구대로 안도의 한숨을 한 번 내쉬고서는, 자신에게 전례 없이 밝은 미소를 한 번 지어 보여준 뒤… 그대로 잠에 들었었다더라고? 그래 그렇게 그 촌극은 막을 내렸다나 뭐라나?

어쨌든! 그렇게 노호중우가… 촌극이 마무리되었다는 안도감? 혹은 앞서 들었겠다시피 잘 알겠지만, 그 촌극이 요구했던 고강도의 육체노동들이 낳았었던 피로감? 그것의 요구에 따라 미처 쉬지 못했었던 안도의 한숨을 내쉬자… 그때 마침 우리가 그에게 찾아왔었더라는… 그런 이야기! 그래 방금처럼 축약해 볼 수 있겠을 만한 이야기를 담아뒀던 답변….

어쨌든! 뭐… 하나 마나 한 이야기겠지만, 그 답변은… 마무리됨과 동시에? 아니 어쩌면, 고막 너머로 넘겨냄과 동시에… 그의 등을 토닥여줄 수밖에 없었겠던 답변…이었더랬지. 그럴 수밖에 없었겠을 것이 그 답변은… 우리로서는 몰랐고, 또 알 길도 없었겠지만, 그 촌극이 사실은 그렇게나 격정적으로 진행됐었다는 것을 알려주던 답변이었으니까! 그래 그 답변이 그런 답변이었던 덕분에, 그를 들음으로써… 그 답변의 화자가 실상은 그랬었던 촌극을 소화해냈다는 것을 비로소, 또 늦게나마 알게 되었던 상황이었는데… 그 화자의 등을 아니 토닥여줄 수는….

어쨌든! 그렇게 우리는… 앞서 언급했다시피 유예를 넘어 사실상 포기하기까지 했던 첫 번째 요구사항이 놀랍게도? 혹은 다행스럽게도 무려 완수? 혹은 완수까지는 안 되겠더라도… 일단 '종결' 정도는 되었기는 했다는 낭보 중에서도 낭보를 전해줬던 노호중우에게… 그에 대한 답례를 이행하기라도 하듯… 그러는 동안 우리 역시도 나머지 하나의 것을 완수해왔다는 역시 낭보 중에서도 낭보였을 것을 전해줬고….

그렇게 우리는… 서로가 서로에게 각자가 전해줄 수 있는 낭보를 전해주는 것으로다가… 어쩌다 보니 두 쪽으로 나누어진 '각자'들이 각자에게 주어진 임무들을 모두 완수했고, 또 그로써 우리는 어느덧… 우리에게 주어져 있었던 모든 임무들을 다 완수했다는 기가 막힌 사실! 그래 그러니까 취함과 동시에 환호를 내지를 수밖에 없었을 만큼 대단했던 사실을 공유해낼 수 있었더랬지. 혹은 그 각자의 결론들을 종합해다가… 그런 유의미하디유의미한 결론을 꽃피워낼 수 있었더랬지.

뭐… 그 덕분에 맘이 편해졌다면 편해졌던 덕분이었을까? 아니면 뭐 알고 있겠다시피… 각자가 행했던 그 일련의 행위들이… 비단 긴 시간만을 투자할 것을 강제하는 데에서 그치지 않았고, 그를 넘어… 그 시간들을 무려 고강도의 육체노동을 해가며 태워낼 것을 강제했던 만큼, 그 일련의 것들을 밟아나가는 과정에서 우리네들의 몸에 쌓였던 결코 적지도, 또 작지도 않은 피로감이… 우리네들에게 '휴식'이랄 것을 취함으로써 빚을 갚을 것을 요구했기 때문이었을까? 뭐… 무엇 때문이었는지는 모르겠고, 또 무엇 때문이었는지 같은 건 별로 중요하지도 않겠다지만, 일단 우리는 그렇게 그 대화가 마무리됨과 동시에? 혹은 그 대화가 그런 달콤한 결론을 부산물로 낳은 채로 마무리됨과 동시에… 누가 먼저랄 것도 없이 깊디깊은 잠에 빠져들고야 말았었더랬지.

다르게 표현해 보자면, 애킨스가 멎었기도 했으니만큼! 평화롭디평화롭기만 할 아침에 닿게 해줄 것이라 믿어 의심치 않을 수 있었던… 긴 잠에?

또 다르게 표현해보자면, 모든 대비책들을 마련해두기는 했었던 만큼, 또 다른 애킨스가 우리를 찾아와 맹위를 떨치더라도… 더 이상 지난 나날들처럼 그에 신음하지 않을 수 있게 되었음으로써? 혹은 그런 날에 닿지 않을 수 있게 되었음으로써… 마찬가지로 평화롭디평화롭기만 할 아침에 닿게 해줄 것이라 믿어 의심치 않을 수 있었던… 긴 잠에! 맞아, 그렇게 볼 수밖에 없었던 긴 잠에….

하지만… 하지만!

놀라웠게도… 실상은 그렇지 않았었게도! 혹은 우리의 예상이 완전히 틀려먹었었게도… 그렇지 않았었던 긴 잠에! 맞아, 실상은… 우리를 아침이 아닌 밤에 데려다주는 것이었던… 길지 않았었던 잠에….

풀어보자면….

우리를… 웬 '소음' 때문에 도저히 잠을 더 이어가지 못하겠음으로써… 도중에 깨어나 맞이하게 되었던 해괴했던 밤으로 데려다주는 잠이었던 짧디짧은 잠에… 말이지. '찹찹', '부스럭'… 또 '덜그럭' 정도로 옮겨쓸 수 있겠을 정체불명의 소음이자….

음량으로 보나 그것이 피어올랐던 방향으로 보나… 식량창고에서 피어올라 부유한 끝에, 광장에 잠들어 있었던 우리네들의 고막 속으로까지 흘러들어왔던 것 같았었던 소음….

또는 뭐… 그때는 몰랐었지만, 아니 사실 알았었다 한들 잠을 청하지 않았지는 않았을 것이니만큼… 알았는지 몰랐는지 같은 건 별로 중요하지 않겠다지만, 어쨌든 간에… 우리네들을… '그 악취'를 맡게 하는 밤으로 데려다주는 잠이었던… 잠에….

어쨌든 뭐… 찹찹, 또 부스럭… 끝으로… 덜그럭….

그 악취

돌아볼까? 앞서 언급했듯 내가 그렇게 그 소음을 듣고 잠에서 깨어났을 때는 이미… 그 소음이 피어오르기 시작하고서부터 얼마가량의 시간이 흐른 뒤의 시점…이었었나 보더라고? 그래 정확히 얼마인지는 몰라도, 일단… 어느 정도의 시간이 흐른 뒤의 시점이었기는 했었나 보더라고? 맞아, 방금 같은 추측 정도는 어렵지 않게 꽃피워볼 수 있었던 것이… 다른 게 아니라… 나는 잠에서 깨어남과 동시에… 그 당시의 노호중우와 조우성우 그 두 동포들이… 이미 오래라면 오래전부터 잠에서 깨어나 있었기라도 했던 듯… 몸을 반쯤 일으켜 앉은 채로 식량창고 쪽을 한번 바라봤다가, 또 잠에서 깨어나 있었던 서로이자 상대방과 눈을 한번 맞췄었다가… 다시 식량창고 쪽으로 시선을 옮겨내는… 그런 해괴망측한 행위를 반복해대는 광경과 눈을 맞춰냈었거든. 맞아, 그런… 모르긴 몰라도 그들 '역시' 그 소음 때문에 잠에서 깨어났던 것이 맞고, 또 그들 '역시' 그 소음의 근원지를 식량창고 쪽이라? 혹은 쯤이라 추측하고 있는 게 맞다는 것을 증명하는 듯했던 행위를 이행해대고 있었던 광경과… 말이지.

내 기억이 맞다면, 나는… 그 광경과 눈을 맞춰냄과 동시에… 그들처럼 몸을 반쯤 일으켜 앉아 다음과 같은 구절이자 인사말을 뱉어냈었더랬지.

"와 그라노, 느그들?"

그 당시의 조우성우는… 그 구절이 흩뿌려짐과 동시에… 노호중우를 쓸쓸히도 버려두고서는 내게 조심히 다가와… 다음과 같은 답변을 속삭여줬었더랬지, 아마?

"하쿠피루야… 뭔가 좀… 이상한 기… 있다! 아까부터 계속… 식량창고 쪽에서… 이상한 소리가 들리는 거… 아이겠더나? 처음에는 뭐… 잘못 들은 건가 싶어서 그냥 다시 잘라 캤는데… 그기 아이더라꼬? 호중우도… 그걸 들었다 카더라고? 그래 호중우도 방금 그걸 듣고 깬 기라… 카대? 계속 뭐… 찹찹거리고… 바스락거리고… 하여튼 그런 소리들 있다이가?

그래서 뭐… 상황이 지금 이런데… 우째야 되겠노? 아니아니… 우쨌음 좋겠노?"

음… 글쎄? 해석하기 나름이겠지만, 그 답변은 일단… 그 둘의 회의가 생각보다 꽤 오래전부터 진행되었었더라는 것을 넌지시 알려주고 있는 듯했던 구절이었고, 또 그에 의거해 그 소음이 그저 한 번 피어오른 생활 소음이라고 취급하기에는 무리가 있겠을 만큼 오랫동안이라면 오랫동안 반복적으로 피어올랐었다는… 별로 썩 달갑지 않던 사실 역시도 간접적으로 증명하고 있는 듯했던 구절이었으며….

 끝으로 그를 고막 너머로 넘겨냈던 그 당시의 나를 막중한 책임감을 앓게 하는 답변이었기도 했었더랬지. 아니아니… 그렇게 해석해 볼 수 있겠을 답변이었어. 뭐 방금 같은 해석은 무리 없이 꽃피워볼 수 있었던 것이… 모르긴 몰라도 만약 내가 그에… 어떠한 행동거지가 담겨 있는 답변을 이어 붙여낸다면, 그 행동은 곧바로 '방안'이나 '대응책'이 될 것이 분명했고, 또 그렇게 우리 셋은 그를 이행하게 될 것이 마찬가지로 분명했으니… 그렇게 해석해볼 수밖에 없었지. 또 막중한 책임감… 앓아볼 수밖에 없었고 말이지.

 뭐… 그렇게 나는 그 책임감의 요구대로 마른침을 한번 삼켜내고서는, 그 상황의 요상함에 의거해… 다음과 같은 답변을 힘겹게 빚어내 뱉어냈었더랬지. 아니 어쩌면 그 당시의 내가 뱉어낼 수 있는 유일한 답변이었던 그를… 뱉어버리고야 말았었더랬지. 아무래도 뭐… 무려 셋이나 되었던 이들을 잠에서 깨워냈을 만큼 수상쩍었던 소음이… 다른 데도 아니라 우리네들의 희망과 안전이 들어차 있었던 식량창고에서! 그래 그런 곳이었으니만큼 여간해서는… 수상쩍은 일의 무대가 되지는 않았으면 했었던 식량창고에서 피어오르고 있었던 상황…이었으니까! 그 당시의 내가 뱉어낼 수 있었던 답변은… 그거 하나뿐이었지 않았을까 싶은데… 아닌가?

"맞다. 그르네. 무슨 소리가 들리는 것… 같기는 하네. 한번… 한번 가보자, 같이…."

조우성우와 노호중우… 그 둘은 그 답변이 흩뿌려짐과 동시에 퍼뜩 몸을 일으켜 식량창고로 달려갔었더랬지. 그래 그들은 여태껏… 그저 마치 둘은 틀리고, 셋은 옳아서 별수 없이 그런 회의를 진행하고 있었었을 뿐, 둘이 틀리지만 않았었더라면, 당장 그곳에 달려갔었을 것이라는 듯… 빠르게, 또 지체 없이 몸을 일으키고 내달렸었더랬지. 당연한 이야기겠지만, 나 역시… 내가 식량창고에 갈 것을 발의해 놓고, 그러지 않을 수 있었던 것은 아녔었던 만큼! 아니 그런 식으로 접근할 게 아니라… 나 역시도 그 소음의 정체가 궁금했었던 만큼… 퍼뜩 몸뚱어리를 일으켜 그들을 뒤따랐었지.

그렇게 우리는 뭐… 그 소음에 대해 품었었던 의구심을 속도로 치환시키기라도 했던 깃처럼? 혹온 노호중우와 조우성우에게 있어서만큼은, 그 회의를 진행하느라 본의 아니게 '날려버린' 시간을 갚을 심산이기라도 한 것처럼… 빠르다면 빠르게 내달린 끝에, 거의 '순식간'이라면 순식간 만에 식량창고 앞에 닿을 수 있었고….

그 덕분에, 역시 빠르게 눈에 담아낼 수 있었지. 우리네들의 몸뚱어리의 절반 정도 되는 듯했던 작고 왜소했던 몸뚱어리의 소유자들 둘이자… 신원불명의 두 존재, 또 개체가… 식량창고에 가득 들어차 있었던 그 식량 더미에다가 자기네들의 그 왜소해 빠진 몸뚱어리를 가히 박아둔 채로… 어깨를 들썩거리고 있었던 광경을…

말이지.

 또 그와 동시에 들을 수까지도 있었더랬지. 첩첩, 쩝쩝, 또 우걱우걱… 바스락 따위의 소음들까지도 말이지. 아니 알다시피 그것들은 이미 그곳에 닿기 전에도 들었었던 것들, 또 그곳에 닿는 중에도 들려왔었던 것들이었던 만큼, 그곳에 닿았음으로써 그를 들을 수 있게 되었던 것은 아녔긴 했지만….

 어쨌든! 우리는 말이지? 그와 눈을 맞추고, 또 그를 들음으로써? 혹은 그 광경과 그 소리를 조합하는 것으로 유의미하다면 결론을 하나 꽃피워낼 수 있었더랬지. 그래 정체불명의, 또 신원미상의 존재가 식량에 처박혀있고, 그랬던 그들의 어깨가 들썩거려지고 있었으며… 그들과 그 식량 더미가 합일을 이뤄냄으로써 형성되었던 유기체에서… 첩첩, 쩝쩝 등의… 누군가가 무언가를 처먹을 때나 피어오를 법했던 소리가 피어오르고 있었던 것…들을 조합하는 것으로다가….

 그 신원불명의 존재들이 '우리네들의' 식량을 먹어 치우고 있는 것이라는 결론을… 말이지.

 음… 글쎄? 뭐… 거기까지는 알 것 같았긴 했지만, 그 상황 자체에 대한 의구심이 피어올라서였을까? 아니면 그냥 그런 게 아니라 단순히 경탄이나 감탄의 구절…이었을 뿐이었을까? 뭐… 뭐가 어찌 된 것이었는지는 모르겠지만, 일단 그 당시의 조우성우는… 그와 눈을 맞춰냄과 동시에… 다음과 같은 구절이자… 어쩌면 질문이었겠을 것을 뱉어냈었더랬지.

"이게… 이게 무슨 일이고, 대체?"

그 상황의 무대였던 깊고도 고요했던 밤! 그래 그러니까 그들이 음식을 처먹고 있었던 것이 맞다면, 그저 음식을 처먹을 때 피어오르는 지저분하고, 작디작은 소음들을… 누군가의 잠을 깨워낼 수 있을 만큼의 소음으로까지 변모시켜냈을 만큼 고요했던 밤! 그랬던 밤이자 그랬던 무대는… 그 소음을 증폭시켰던 것과 같은 원리로 조우성우의 그 질문 역시 세상을 경천동지시킬 수준의 괴성으로 만들어줬었더랬지. 아니면 뭐… 그 정도까지는 아녔었더라도! 우리가 왔다는 것을 인지하지도 못한 채로 고개를 처박고서 그를 처먹고 있었던 그들이… 고개를 빠르게 빼내고서 뒤를 돌아보게는 만들었을 수준의… 우렁차다면 우렁찬 고함 정도로는 만들어줬었더랬지.

음… 어쨌든! 그 무대가 그런 무대였던 덕분에? 혹은 그들이 그에 발을 맞춰주는 차원으로다가 고개를 뒤로 돌려줬던 덕분에? 우리는… 엉겹결에라면 엉겁결에 눈에 담아낼 수 있었더랬지. 그들의 얼굴을! 그래 그의 몸뚱어리가 왜소했던 것만큼이나 삭아있었던? 혹은 볼품없이 쪼그라들어 있었던 얼굴을….

또 어째서인지 혹은 묘하게도 꼭… 조우성우, 노호중우, 바구중바구는 물론이거니와 이따금씩 유리인가 뭔가 하는 것에 비친 나하쿠피루… 그들과 닮은 구석이 아예 없지만은 않았었던 얼굴을! 아니 솔직히 살짝 닮기는 닮았었던 얼굴을! 그래 사실은 동포의 일원이었다고 해도 살짝은 믿길 것만 같았을 만큼 우리네들과 닮

앉았던 얼굴을! 하지만 당연하게도 동포의 일원이지는 않았었던 것을 넘어 생면부지 그 자체였던 만큼… 그 어떠한 이름도 붙여줘 볼 수는 없겠었던 얼굴을….

또 그들이 악행 중에서도 악행을 저지르고 있었던 상황이었던… 이상! 아니 반대로 그들이 그렇게나 간악해 빠진 존재들이었던 이상… 그들에게 이름을 붙여주고자 적당한 이름을 찾기 위해 머리를 굴려대는 수고로움을 이행하고 싶지가 않았음으로써… 당최 이름이랄 것을 붙여주려야 붙여줄 수가 없겠었던 얼굴을… 말이지.

뭐… 사실 그의 얼굴에 대한 감상이 어쨌었는지 같은 건 별로 중요하지 않은 거 같아. 결국 중요했던 것은 상황이 그리되어줬던 덕분에, 그들 역시도 우리네들의 얼굴과 몸뚱어리를 눈에 담아낼 수 있었고, 또 그를 통해 어떠한 감상을 품은 듯했다는 것이었더랬지. 그래 정황상 우리네들이 품었던 감상과는 정반대의 감상이었으리라 보는 편이 자연스러울 것 같고, 또 실제로도 그러했으리라 믿어 의심치 않을 수 있었을 감상을 품은 듯했다는 것이었더랬지. 그래 이를테면 자기네들의 것의 곱절은 더 되는 듯했음으로써… 자기네들을 압도하고도 남을 만큼 육중하고 거대한 육신을 지닌 자가… 무려 자기네들보다 하나가 더 많은 상태로 자기네들 앞에 도달해 있으니만큼… 문자 그대로 큰일이 났다는 감상이자… 그 상황에 대한 해석! 맞아, 그런 감상이었으리라 믿어 의심치 않을 수 있을 감상이랄 것을 품은 듯했다는 것… 중요했던 것은 그거였지.

방금 같은 추측 정도는 어렵지 않게 꽃피워낼 수 있었던 게….

그들은 말이지? 그렇게 우리네들과 눈을 맞춰냄과 동시에… 사실상 절규나 다름없었을 비명을 내지르며 뒤로 벌러덩 넘어지고야 말았었거든. 그래 모르긴 몰라도 그렇게 눈을 맞추고서 그런 류의 해석이나 감상을 꽃피워냈던 것이 아녔고서는, 쉬이 이행해 보기 어려웠을 그런 행위를 이행했었거든. 아 물론 뒤로 벌러덩 넘어지는 행위를… 정녕 혹은 과연 '선택한 행위'라 할 수 있을지는 모르겠긴 하지만, 어쨌든 간에… 그래버렸었거든. 그래 우리가 딱 덮쳐버리기 좋게!

보다 정확히는, 그네들에게… 그네들이 저질렀던 우리네들의 희망을 무단으로 도둑질해대는 파렴치한 중죄에 대한 엄벌을 행해주기 좋게 말이지.

그래 우리는 상황이 그리됨과 동시에 누가 먼저랄 것도 없이 그들에게 달려들었어. 아니아니 시금에 와서 돌아보면, 노호중우는 지난 닷새간 앓았던 응축되고 농축된 분노를 그들에게 마치 '해소'하기라도 하려는 듯 달려들었고, 우리는 '그저' 그를 따랐었던 것뿐이었긴 했지만, 일단 이러나저러나… 표면적으로는, 우리 모두는 그들에게 달려들었고….

그들은 소스라치게 놀라며 몸을 일으켜 양쪽으로 흩어지고야 말았었더랬지. 그래 그 덕분에, 순식간에 식량창고는… 나와 조우성우로 일컬어지는 두 구의 거구가… 그 조막만 한 것 하나를 추격하고! 또 노호중우라 일컬어지는 하나의 거구가 나머지 하나를 추격하는 방식으로 발발했고, 또 진행되었던 추격전의 무대가 되어버리고야 말았었지. 우리들은 딱 육중했던 만큼만 느렸고, 그네들은 딱 왜소했던 만큼만 빨랐었음으로써, 잡힐 듯 잡히지 않고, 또 그로써 끝날 듯 끝나지 않고서 지난하다면 지난하게 이어졌던 추격전의 무대가… 말이지. 맞아, 우리네들의 입장에서는… 그네들이 딱 그정도로만 빨랐던 덕분에, 우리가 몸을 던지고 팔을 뻗어낸다면, 그를 '단숨에' 낚아채듯 잡아챌 수 있을 것만 같았고, 또 그로써 '단숨에' 매듭지어낼 수 있을 것만 같았었던 추격전의 무대가… 말이지.

그러했던 속삭임? 맞아, 몸을 던지고 팔을 뻗어내 단숨에 그를 매듭지어내자는… 속삭임? '이제는' 그 속삭임을 받아들이고서, 몸을 던지려고 하면… 그러는 동안 몇 발짝을 더 내디딤으로써, 꽤 멀어져 있었던 이방인! 또 그런 식으로 한방에 모든 것을 매듭지으려는 생각 말고… 성실히 그를 쫓자며 그를 꺼뜨리고서, 다시 열심히 발을 굴러대고 있노라면, 어느덧 그도 지쳤던 것이었는지… 어느새 그도 느려져… 딱 조금 전까지의 달콤한 거리까지의 추격을 허용해뒀던 이방인! 혹은 그로써 우리네들이 다시 그 속삭임에 젖어들게끔 했던 이방인! 그리되었으니만큼 다시 그 속삭임을 받아들이려 하면… 그러는 동안에도 나 역시 지쳤다면 지쳤음으로써, 속력이 느려지고… 그러는 동안 딱 느려졌던 만큼'만' 다시 멀어져 있었던 이방인! 이를 더 지체했다가는, 이제는 몸을 던지는 도박을 해볼 상황에마저도 닿지 못하게 될 것이라 생각해… 죽을힘을 다해 속도를 끌어올리면, 그도 그것을 느꼈던 것이었는지… 나처럼 죽을 힘을 다해 거리를 벌려냈던 이방인! 혹은 거리가 좁혀지는 것을 막아냈던 이방인! 그래 정말 미치고 팔짝 뛸 것 같았고, 또 미치고 팔짝 뛰겠을 만큼 지난…했지.

어쨌든! 그랬던 덕분에? 혹은 그 추격전이 '그 정도'로나 진행되어줬던 덕분에, 이방인의 다리 외에는 그 어떤 것도 눈에 담지 못해가며… 그 추격전에 몸을 담고 있었던 그때! 맞아, 고개를 돌려볼 생각 같은 건 감히 피워내지도 못했고, 또 그래야 할 이유도 딱히 없었기는 했음으로써, 한눈팔지 않고… 충실하다면 충실히 그를 이행하고 있었던 그때!

웬걸… 난데없게도 들려오던 것 아녔었겠어? 나머지 하나의 이방인을 쫓고 있었던 노호중우의 목소리가 입혀져 있었던 다음과 같은 구절이자… 일종의 탄식이 말이지.

"하, 씨발!"

뭐… 당연한 이야기겠지만, 그 구절은… 그를 고막 너머로 넘겨냈던 우리를! 아니 최소한 나를… 노호중우와 그 나머지 이방인이 지난한 추격전을 펼치고 있을 곳이자… 그 소리가 피어올랐던 곳으로 고개를 돌리게 만들었던 구절이었고!

그 행위는… 뭐… 내가 미처 내리지 못했었던 그 결단이자… 이방인을 향해 몸을 던져버리는 결단을 '기어이' 내려버린 듯했지만, 애석하게도 그것이 '실패'랄 것으로 귀결되어버린 듯했음으로써, 그 무엇도 품에 안지 못한 채로… 꼴사납게도 엎어져 있었던? 혹은 엎어지게 되었던 노호중우와… 눈을 맞출 수 있게 했었던 행위…였었더랬지. 그래 그 참혹한 광경을 눈에 담아낼 수 있게 해주는 행위…였었더랬지.

더해 그뿐만 아니라….

'노호중우가 몸을 던졌음에도 불구하고', 그에게 뒷다리를 붙잡히지 않고서, 자유롭게도 내달릴 수 있었고, 또 내달린 끝에… 식량창고에 나 있었던 유일한 구멍이자… 문으로 도망가던 이방인의 뒷모습까지도… 눈에 담아낼 수 있게 해주는 행위…이기까지 했었더랬지. 그래 그런 차마 못 봐주겠던 광경과… 그닥 보고 싶지 않았던 두 전혀 다른 광경들을 한 번에 눈에 담을 수 있게 해주는 행위….

어쨌든! 그 광경을 보고 있자니 문득… 두 가지 생각이 떠오르던 것 아녔었겠어? 보다 정확히는, 두 개의 깨달음이 피어오르던 것 아녔었겠어?

하나는… 그에게 몸을 던져내는 선택은 '참'이지 못했었다는 깨달음! 그래 그 속삭임에 매료되어 몸을 던졌었다가는… 정말 큰일이 나버렸을 수도 있었겠다는 깨달음!

또 다음 깨달음이자 다른 깨달음은… 한참 늦었다면 늦었던 깨달음이었기야 했었지만, 사실 애초에 그 추격전이랄 것을 이행할 필요 자체가 없었었더라는 깨달음…이었었더랬지.

말하자면 그래. 우리가 애초에 그곳을 식량창고로 간택했던? 혹은 할 수 있었던 이유들 중에는 결국 그곳의 출입구가 한 곳뿐이었었던 것도 있었었잖아? 그냥 애초부터 그곳만을 막았었으면… 됐던 것 아녔겠나 싶더라고? 혹은 그러한 깨달음이 피어오르더라고?

당연한 이야기겠지만, 그 깨달음은… 결코 그냥 내다 버려버릴 수 없었던 깨달음이었던 만큼… 나는 그 깨달음을 품어냄과 동시에, 그를 모태로 다음과 같은 구절을 빚어내… 뱉어냈었고!

"내가… 내가 쫓을 테니까! 그동안… 문! 문부터 막아라, 문부터!"

조우성우와 노호중우… 그들 역시도… 그 광경을 보고서 나와 같은 깨달음을 얻어냈던 것이었을까? 아니면 그 구절을 듣고서 그러한 깨달음을 늦게나마도 피워올렸던 것이었을까? 뭐… 무엇 때문이었는지는 모르겠고, 또 별로 중요하지도 않겠다지만, 일단 그들은 내 그 구절이 흩뿌려짐과 동시에 고개를 끄덕이고서는, 그 구멍을 향해 달려가… 그 육중하디육중하고 거대하디거대했던 몸뚱어리를 그에 쑤셔 넣고야 말았었더랬지. 그래 그 구멍에다가 그것들을 쑤셔 넣는 방식으로… 그 구멍을 막아냈었더라는 이야기지.

그렇게 그들이 기민하나민 기민하게 움직여줬던 덕분에, 거대한 두 덩어리가 비좁게도 그 구멍에 들어차는 것으로다가… 그 구멍이 완전히 막혀버렸던 광경은! 그래 그 구멍이… 자신이 어찌해 볼 새도 없이 빠르게 막혔고, 또 '이제는' 뭘 어찌해 보려 해도 어찌해 볼 수가 없이 막혀버렸다는 것을 증명해대던 광경은… 그 단신의 이방인에게… 조금 전까지 이어가고 있었던 뜀박질을 이행하지 못하게 했을 만큼의 큰 좌절감을 안겨주는 데에 부족함이 없었던 광경이었고….

그렇게 그가 좌절감을 앓으며 문자 그대로 얼어붙고야 말았었

그 악취

던 상황은! 노호중우가… 조금 전 '미수'에 그쳤던 그 행위를 다시 이행하게 하는 데에 부족함이 없었던 상황…이었더랬지. 그래 그의 몸뚱어리에 자신의 몸뚱어리를 엎어내고, 또 포개기라도 하려는 듯… 그에게 자신의 몸뚱어리를 던져내게 하는 데에 부족함이 없었던 상황… 말이지. 그래 조금 전의 그가 간절히, 또 열렬히 원했었지만, 실패로 귀결되어버린? 혹은 미수에 그쳤던 그 행위를… 다시금 이행하게 하는 데에… 부족함이 없었던 상황…이었었더라는 이야기지.

뭐… 애초에 그의 뜀박질이 멈춰버렸던 상황이었던 만큼, 당연한 이야기겠지만, 그의 행위가 두 번의 미수를 기록하게 되는 일은 없었더랬지. 그래 노호중우는 '마침내' 그 이방인을 덮쳐 넘어뜨리고, 그의 위에 올라타는 데에 성공했지.

노호중우는… 동포 이방인처럼 먼저 도망치지 못했음으로써, 끝내는 도망치기는커녕 그 한낱 뜀박질마저도 이행하지 못하게 되었던 그 이방인에게… 그의 지난 동포가 자신에게 안겨준 무안함을 되갚기라도 하려는 듯! 하반신에다가 무게를 되는대로 실어 그를 뭉개버릴 듯 짓눌러대며… 다음과 같은 구절이자 질문을… 토해내듯 뱉어냈었더랬지.

"니… 누꼬? 뭐 하는… 뭐 하는 새끼고, 니?"

음… 글쎄? 그 이방인이 무엇을 하는 존재고, 또 그의 정체가 무엇인지 같은 건 우리에게 별로 중요한 정보이지는 않았었으니만큼! 아니아니 지금에 와서 돌아보면, '외려' 모르는 게 더 나았었던 정보이니만큼… 그에 이렇다 할 답변이 이어 붙지 못했었던 게 그리 애석한 일이지는 않았었긴 했겠지만, 사실 그건 지금의 우리의 입장일 뿐… 그 당시의 우리에게는 그렇지 않았었던만큼… '애석했게도'! 그 이방인은… 그에 그 어떠한 답변도 이어 붙여주지 않았었어. 아 물론 굳이 따져보자면, 그가 그 어떠한 답변도 뱉어내지 않았었던 것은 아녔었긴 했어. 그는 이성적인 답변이라고는 봐줄 수 없겠었던 "으아악…." 따위의 무의미하고 시답잖은 신음만을 끝도 없이 뱉어대기는 했었거든. 그러니만큼 뭐….

음… 어쨌든! 뭐… 그 이성적인 구석이라고는 찾아볼 수 없었던 신음은? 혹은 그가 겨우 그따위 것을 답변 대신 뱉어대고 있었던 그 상황은? 그 당시의 노호중우를 자극하는 데에 부족함이 없었던 신음, 또 상황이었나… 보더라고? 아니 그보다는, 그 신음과 상황은… 사실 지난 구국의 결단이 미수에 그치는 과정에서 이미 노호중우의 가슴속에 들어서 있었던 '분노'에 가까웠던 듯했던 감정과 암약을 맺어… 노호중우가 이성을 잃게 하는 협잡 정도는 무리 없이 이행할 수 있을 만큼 간악했던 작자들…이었었나 보더라고? 풀어보자면, 그를 자극해… 그가… 미간을 되는대로 찌푸려내고서는, 그 어느 때보다도 무거웠던 한숨을 곁들인 다음과 같은 답변을 뱉어내게 하는 협잡 정도는… 말이지.

"하… 이 새끼… 대체 어디서 굴러먹던 새끼고? 아니아니… 세상에 우째 이렇게 경우 없는 새끼가 다… 있을 수가 있노? 남의 것을… 남의 것을 훔쳐 처먹으면 쓰나, 이 새끼야!"

뭐… 알다시피 그 이방인의 몸뚱어리가 계속 그 육중한 노호중우의 몸뚱어리에 짓눌려지고 있었던 상황이었던 만큼… 가능성이 희박하기야 했겠다지만, 어느덧 그의 상태가… 답변을 뱉어낼 수 있을 정도로는 회복되었던 덕분이었을까? 아니면 그냥 그렇게 신음만을 뱉어내고 있었던 동안 노호중우가 추가 질문을 뱉어냈던 덕분에, 어느덧 답변해야 할 질문이 두 개로까지 불어났기 때문이었을까? 아니면 질문의 수와는 별개로, 그 두 번째 질문은… 꼭 답변을 이어 붙여보고 싶었던 질문이었기 때문이었을까? 뭐 잘은 모르겠지만, 그 질문이 흩뿌려지자… 마침내 그 이방인의 입에서… 신음이 아닌 다른 것이 토해져 나와주던 것 아녔었겠어? 그래 다음과 같은… 이성적이기는 했었던 답변이 말이지. 물론 내용이야 비이성적이고, 또 비상식적이었긴 했지만, 일단 뭐… 최소한 신음이지만은 않았었던….

"허… 니 끼 내 끼가… 어딨노? 먼저 묵는 사람이… 임자 아이가? 우리도… 우리도 좀 묵고살자! 우리도 좀… 묵고살아야 할 거 아이가…."

노호중우는… 그에 헛웃음을 잔뜩 곁들여둔 다음과 같은 '미완의' 답변을 이어 붙였었더랬지.

"그래 내가… 내가 하는 말이 그 말 아이가? 우리도… 살아야 한다, 그 말 아이가? 니… 니 이게 뭔지는 아나? 니 눈에는… 이게 그냥 음식 같제? 아니 그냥 음식이기만 한 거… 같제? 근데… 아이디? 절대 아이디, 이거? 이거는… 우리가… 니 말대로… 우리가 살라꼬 갖고 온기다. 살라꼬 챙겨온 기라꼬! 좀 살아볼라꼬… 우리가… 우리 발로 달려서 찾아온 기고, 우리 손으로 챙겨온 기다! 근데 그걸… 느그가 이래 빼앗아 물라 하면… 우짜노? 우리는 뭐… 뒤지뿌라는 기가? 와 남의 것을 갖다가 이렇게….”

뭐… 그 답변이 그렇게 미완으로 마무리되었던 이유? 혹은 그가 그를 완연한 구절로 '차마' 혹은 '미처' 매듭지어내지 못했었던 이유랄 게 따로 있었다면….

그 답변이… 앞서 언급해뒀던 부분까지 전개되었을 때쯤! 웬걸, 또 난데없이 그 이방인이… 노호중우가 그 답변에 곁들여뒀던 헛웃음보다 더 강하고, 더 진하고, 또 더 불쾌하기까지 했던 헛웃음을 뱉어버렸기 때문이었다고… 이야기할 수 있을 거 같아. 보다 정확히는, 그를 들은 노호중우가… 답변을 완연히 매듭지어내는 것을 미뤄내거나 아예 포기하는 한이 있더라도… 왜 그런 헛웃음을 토해냈는지를 몰이야겠다고 생각했을 만큼 의문투성이였던 헛웃음을 토해버렸기 때문이었다고… 이야기할 수 있을 거 같아. 아니 그렇게 이야기하는 게 맞을 거 같아. 그래 종합해 보자면, 그 이방인이… 그따위였던 헛웃음을 뱉어내는 것으로다가… 노호중우가 그 상황을… 자신의 답변을 완연한 답변으로 매듭지어낼 때가 아니라… 다음과 같은 질문을 던져내야 할 때라고 여기게끔 만들어버렸기 때문에… 그의 답변이 미완으로 매듭지어졌던 것이었다고 말하는 게….

"만다… 만다 빠개노?"

그에 이어 붙여졌던 답변이자⋯ 이방인이 그에 '맞춰' 토해냈던 답변은 다음과 같았었더랬지.

"이게⋯ 우리가 찾아낸 기지, 그럼⋯ 뭐고? 우리가⋯ 우리가 우리 발로 찾아왔고, 또 찾아낸⋯ 기지. 그게 아니면 대체⋯ 뭐란 말이고, 이게?"

노호중우는⋯ 그 답변을 고막 너머로 넘겨내고서는, 숨을 거칠게도 몰아쉬며 다음과 같은 답변을 토해냈었고⋯.

"이게⋯ 이게 씨발 찾은 기가? 니는 이걸 지금⋯ 찾은 기라고⋯ 생각하고, 또 그래 말하는 기가? 이딴 식으로 찾는 거⋯ 말고! 직접 세상을⋯ 누비고, 또 뒤져서 찾으란 말이다, 우리처럼! 우리처럼⋯ 이 새끼야!"

그에는⋯ 다음과 같은 역겨워빠졌던 답변이 이어 붙여졌었더랬지. 첨언해 보자면, 그 누구의 공감⋯ 동감⋯ 동의⋯랄 것도 끌어내지 못했을 만큼 역겨워빠졌었던⋯ 그런 답변이⋯ 말이지.

"진짜 느그가⋯ 뛰어서 얻은 기라고⋯ 생각하나? 아니아니⋯ 그라모 니는⋯ 우리가 정녕⋯ 뛰어본 적이 없다고 생각⋯하고 있는 기가? 그래 그래서⋯ 그래⋯ 얘기하는 기가, 지금?

이거는 느그가⋯ 누비고, 또 뒤져서 찾은 기 아니고⋯ 그냥⋯ 옮긴 것뿐이다. 그냥 옮길 수 있었던 것을 옮겨 와서⋯ 갖다 놓은 것뿐이다, 어. 그래 우리랑은 달리⋯ 그럴 수 있었어서⋯ 그럴 수 있었던 거고, 이거는⋯ 그것에 대한 결과일⋯뿐이다. 우리는 그럴 상황이 안됐어서⋯ 그래 그럴 수 없었어서⋯ 그러지 못했고, 또 그래서… 이래 한 기고! 그기… 그기 전부다, 그뿐이다, 그뿐….”

 뭐… 어때? 직접 들어보니까 잘 알겠고, 또 이견이 품어지지 않지? 그래 '역겨워빠졌던'이라는… 부러 안 써도 될 표현을 부러 붙여냈던 게 다 이해가 되지? 사실 뭐… 이해가 되었는지, 그렇지는 않았었는지 같은 건 그렇게까지 중요한 일이지 않은 것 같아. 결국 중요했던 것은… 그 당시의 노호중우 역시도 그 답변에 그와 비슷한 감상을 남겼었으리라는 것…이었지. 뭐… 방금 같은 짐작 정도는 어렵지 않게 꽃피워낼 수 있겠을 것이….

 그는… 그 답변이 흩뿌려짐과 동시에… 침을 있는 대로 튀겨가며, 또 자신에게 깔려있었던 이방인의 몸뚱어리를 말 그대로 바스러뜨릴 심산이기라도 한 듯 그를 강하게 짓눌러대며… 다음과 같은 정답만이 들어차 있었던 답변을 뱉어냈었거든. 그래 그런… 그가 그 답변을 역겨워빠졌던 답변이라 취급하지 않았었더라면 보이지 않았을 반응, 또 이행하지 않았을 행위를… 이행했었거든.

 "허… 그른 기 어딨노? 그럴 상황이 안 되는 기… 어딨냐꼬, 이 새끼야! 뭐… 와 그랬노? 어데 뭐 상황이 녹록지가 않더나? 그럼 어디 한번… 우리들 배는 더 뛰어보지 그랬노?

 그래 좋다! 니 말대로 할게! 우리는… 옮긴 기 맞다. 옮겨왔던 기 맞다고! 느그는 못 할 거! 그래 느그처럼 약해빠진 새끼들은 하고 싶어도 못 할 걸 해서… 이것들을 이래 둘 수 있게 되었던 기… 맞다! 그래 맞다꼬 할게! 이 정도는 되는 음식들… 느그는… 느그는 옮겨와 볼래야 볼 수가 없었을 끼다 싶다! 하고 싶어도… 못 했을 끼라! 내… 내 다 이해한다. 내 다 이해하고, 니 말이… 니 말이 다 맞다, 이 쪼꼬마한 새끼야!"

 우리로서는 몰랐었고, 또 알 길도 없었겠지만, 그 말이 사실… 그의 힘을 증폭시켜내는 주문이었던 덕분에, 그가… 그를 뱉어냄으로써, 그 정도의 힘을 끌어올릴 수 있게 되었던 덕분이었을까? 혹은 앞서 들었으니만큼 잘 알겠지만, 그 대화가 그딴 식으로 진행됐었던 덕분에, '그러했던' 대화가 진행되는 동안 차츰, 또 자연히 누적되고 있었던 분노가 '그때 마침' 폭발해줘… 그가 그 정도의 힘을 끌어올릴 수 있게 되었던 덕분이었을까? 무엇 때문이었는지는 모르겠고, 또 별로 중요하지도 않겠다지만, 그는 그렇게 그 답변을 매듭지음과 동시에… 그의 몸을 전례 없을 만큼 강하게 짓눌러댈 수 있게 되었고? 혹은… 그러기 시작했고….

 그리되고서부터… 3초? 아니 못해도 5초 미만이기는 했었던 시간이 흐른 뒤… 식량창고에서는, 무언가가 빠그라질 때나 피어오를 법했던 '빠그작'에 가장 가까웠던 소음이 피어올랐었더랬지. 또 그 소리가 피어올라 부유함과 동시에 그 이방인의 고개는 옆으로 재껴졌고….

 더 이상 그의 몸뚱어리에서는 그 어떠한 움직임도 피어오르지 않게 되었지. 그래 그를 기점으로 그의 육신은… 그 무의미해 빠졌던 몸부림조차도 이행하지 못하는? 더해 그 역겨워빠졌었던 대화마저도 이행하지 못하는 순도 100%의 고깃덩이가 되어버리고야 말았더라는 거야.

뭐… 앞서 언급했듯 그의 몸뚱어리가 그리되어줬음으로써, 더 이상 그를 깔고 앉아있어야 할 이유가 사라져버림과 동시에… 노호중우는… 그와 꽤 오랫동안 합일을 이뤄뒀었던 자신의 몸뚱어리를… 마치 그에서 뽑듯이 일으켜내고서는, 우리네들을 향해 다가왔었더랬지.

그랬으니만큼 당연하게도, 그에게…"고생했다." 따위의 아니 건네줄 수 없겠을 인사를 건네주려던 찰나! 그래 우리네들의 희망을 앗아가려 했던 적을 자신의 손으로 무찔러주는 노고를 우리 '대신' 이행해줬던 그에게… 그런… 건네주지 않을 수 없겠을 인사를 건네주려던… 찰나!

웬걸, 또 난데없이 그가… 다음과 같은 구절이자 요구의 언사를 먼저…라면 먼저 뱉어주던 것 아녔었겠어?

"잠깐… 잠깐 비키봐라, 좀….."

뭐… 들었으니만큼 잘 알셌시만, 그 요구는… 퇴짜를 놓아야 했을 만큼 대단히 어려운 요구가 아녔었기도 했을뿐더러… 앞서 언급했듯 우리를 대신해 우리네들의 희망을 지켜줬던 존재가 빚어냈던 요구였던 만큼… 최대한 빠르게 그의 요구에 응해주기 위해… 몸을 물러주려 했던 그때! 그래 그러니까 그를 뱉어내고서 걸음을 계속 이어간 끝에… 어느덧 우리네들의 앞에까지 닿아있었던 그에게 길을 터주기 위해… 몸을 물러주려 했던 그때!

웬걸… 맡고도 믿을 수 없겠었던 수준의 악취가 콧속으로 파고들던 것… 아녔었겠어? '정황상'… 또 노호중우와 우리네들 간의 위치상… 노호중우가 풍겨낸 게 아니고서는 설명이 되지 않았었지만, 평생을 동고동락해왔던 동포의 몸뚱어리에서 피어오른다고 하기에는 믿을 수 없겠을 만큼 낯설었고, 또 끔찍했던 악취가… 말이지. '썩은 내'나 '썩는 내' 따위라 표현해야겠을 악취가… 말이지. 또는 뭐… 호흡 자체를 불가능하게 했던 것은 물론이거니와… 그를 넘어 아예 그를 맡아냈던 우리네들의 무의식을 자극해… 우리네들이 연신 헛구역질을 이행하게끔 만들었을 만큼 대단했던 악취가… 말이지.

우리는 말이지? 헛구역질을 연신… 혹은 못해도 몇 번 정도는 해대고서는, '아뿔싸' 따위의 탄식을 뱉어내며… 퍼뜩 정신을 다잡고서, 그를 멈춰냈었더랬지. 그래 하나 마나 한 이야기겠지만, 우리를 '대신해' 악전고투를 치러줬던 그가 우리네들의 곁을 지나칠 때, 헛구역질을 해대는 것은… 결례 중에서도 결례인 행위였기는 했었으니까… 그래야만 했고, 또 그럴 수밖에 없었지. 물론 들었으니만큼 잘 알겠지만, 그것은 우리가 하고 싶어서 했던 것이 아녔고, 문자 그대로 '별수 없이' 이행했던 행위였던 만큼, 그랬던 그것을 그만두기 위해 정신을 다잡으려니 억울한 감이 없지 않아있었기는 했었고, 또 애초에 마찬가지로 그 정도의 악취가 풍겨와서 별수 없이 그를 이행했던 상황이었던 만큼… 그를 멈춰내기 위해… 본능을 거스를 수 있을 수준으로까지 정신을 다잡는 것은 결코 쉬운 일이지 않았기는 했었다지만, 일단 우리는… 어찌어찌 정신을 다잡는 데에 성공했고, 또 그를 매듭지어내는 데에 성공했었어. 아니아니 그를 넘어… 어찌어찌 사지를 분간해볼 수 있을 만큼으로 상태를 복구시키는 데까지도 성공했었더랬지.

그렇게 복구된 상태로… 상황을 파악하기 위해 주위를 둘러봤더니… 말이지? 웬걸, 또 난뎃벗이… 모종의, 또 불명의 경위로 노호중우가 사라져있던 것 아녔었겟어? 그래 아무리 주위를 둘러봐도… 노호중우의 모습은 보이지 않더라고? 맞아, 정신을 차려보니… 그가 우리를 지나쳐 어딘가로 향했고, 또 사라져버렸었던 상황…이었더라고?

뭐… 그렇게… 상황이 그리되었다는 것을 인지함과 동시에… 상황이 그리되었던 것에 의거해 그를 찾아 나서려던 찰나! 그래 협곡 바깥에 대한 수색이든, 협곡 전반에 대한 수색이든 간에… 그 어떤 수색이든 이행하려던 찰나!

웬걸, 또 난데없이… 피어올라 주던 것 아녔었겠어? '꾸웩!'에 가장 가까웠던 듯했던 소음이… 협곡 바깥이자 어딘가에서 피어올라 협곡 속으로 미끄러지듯 내려와 주던 것 아녔었겠어? 그것도 무려 단발적인 소음이 아니라… 소음의 '연쇄' 같은 표현을 어렵지 않게 써볼 수 있겠을 만큼 잦게, 또 반복되어 피어올라… 미끄러지듯 내려와 주던 것 아녔었겠어? 그래 모르긴 몰라도 생명체가 피워낸 것이라고밖에 볼 수 없겠던 소리들이? 부러 첨언해 보자면, 미상의, 또 불명의 생명체가… 모종의, 또 불명의 이유로 '구토'라 일컬어지는 행위를 이행하는 경우에나 피어오를 법했던 소리? 혹은 그럴 때 피어오르곤 하는 소리들이 피어올라… 협곡 속으로 미끄러지듯… 말이지.

어쨌든! 그래 줬던 덕분에? 그래 앞서 언급했듯… 협곡 바깥에 불명의, 또 미상의 생명체가 존재하고 있다는 것을 증명하고 있는 듯했던 소리들이 미끄러져 내려왔었던 덕분에, 우리는… 그를 고막 너머로 넘겨냄과 동시에… 마른침을 한번 삼켜내고서는, 눈빛 교환이라 일컬어지는 무언의 회의를 주재할 수 있었고, 또 그에 몸뚱어리를 던져낼 수 있었더랬지.

말하자면… 생명체가 빚어냈음이 확실했던 그 소리들을 빚어냈던 생명체를 '노호중우'라 보고서… 당장 협곡 바깥으로 내달릴 것인지에 대한 회의? 아니면 뭐… 그러지 않을 것인지에 대한 회의? 혹은 그들과 결이 같다면 같게도, 만약 그것이 '거짓'으로 밝혀진다면, 우리는 어느 정도 수준의 부작용을 앓게 될 것인지에 대한 회의… 정도였겠을 회의를 말이지.

뭐… 그렇게 그 회의를 꽤 오랫동안이라면 오랫동안 진행하고 있었던 그때! 아니 보다 정확히는, 들었으니만큼 잘 알겠지만, 그 회의는 난제 중에서도 난제였던 것을 주제로 두고서 이행되었던 회의였던 만큼, 이렇다 할 결론이랄 것도 꽃피워내지 못한 채… 그저 그에 투자되는 시간만을 불려가며, 소득 없이… 또 지난하게 그를 진행시키고 있었던 그때! 또 뭐… 그러는 동안에도 그러고 있었던 우리를 비웃기라도 하듯 끊임없이 피어오르고, 또 미끄러져 내려오던 그 소리들을… 그저 고막 너머로 넘겨대며, 그러했던 상황의 요구대로 아니 뱉어볼 수 없었던 한숨을 뱉어냈던 그때!

정말 뭐… 다행스러웠다면 다행스러웠게도? 아니 어쩌면 기적적이었게도? 그 소리가 멎어주던 것 아녔었겠어? 그래 더 이상 피어오르지 않던 것 아녔었겠어? 그래 바깥세상이… 언제 그런 소리랄 것을 피워올리기라도 했었냐는 듯! 아니면 뭐… 언제 어떠한 소리가 피어오르는 무대였었기라도 했었냐는 듯… 정적 중에서도 정적을 되찾아주던 것 아녔었겠어?

어쨌든! 그렇게 바깥세상이… 그 소리이자 회의의 주제랄 것을 말끔히도 증발시켜줬던 덕분에, 회의를 이어가지 않을 수 있게 되었던 것이야 맞았긴 했지만, 그렇다고 해서… 노호중우가 돌아왔던 것은 아녔었던 만큼! 그래 결국 상황은 똑같았었던 만큼… 우리가… 아니 삼켜볼 수 없었던 마른침을 삼켜냈던 그때!

마침내라면 마침내… 그 구멍이 토해주던 것 아녔었겠어? 그래 자신의 두 발로 당당히 걸어들어오던 노호중우를… 말이지. 하지만 뭐… 어째서인지 얼굴이 시체처럼 창백해져 있었던 덕분에, 농담으로라도 상태가 좋아 보인다고 할 수 없겠었던 노호중우를… 말이지. 그래 두 발로 걸어들어오는 것 자체가 기적이라 여겨졌을만큼… 상태가 많이 안 좋아 보였던 노호중우를… 말이지.

뭐… 그의 상태가 그랬었던 덕분에? 아니 그 정도나 됐었던 덕분에, 우리는… 그 이방인들이 죽음으로써 평화가 되찾아졌고, 또 그가 복귀해줬음으로써… 남아있었던 그나마의 문제마저도 해결되었고, 또 그로써 모든 상황이 종결되었다는 기쁨에 '차마' 혹은 '미처' 젖어보지도 못하고서, 그를 그냥 물끄러미 바라보고만 있었더랬지.

그는… 말이지? 그깟 것에는 관심도 없다는 듯 우리네들과 눈을 한번 맞춰주지를 않고서는, 또 말 한마디를 건네주지를 않고서는 우리를 그냥 지나쳐… 협곡의 광장 구석이자… 자신의 자리에 닿아 쓰러지듯 잠에 들었었더랬지. 아니면 뭐… 잠에 들 듯 쓰러졌던 것이었을 수도….

어쨌든! 우리는… 뭐… 앞서 언급했듯 그의 상태가 그랬었던 덕분에, 그의 복귀에 대한 기쁨 같은 건 품어보기 어려웠긴 했지만, 그렇다고 해서… 그가 다시 돌아온 것이 아니게 되는 것이지는 않았었던 만큼! 그래 그가 돌아왔다는 것, 또 그가 '일단은' 잠에 들었다는 것 자체는 불변의 사실이었던 만큼, 이전까지는 차마, 또 미처 뱉지 못했었던 안도의 한숨을 약하다면 약하게, 또 늦게나마라면 늦게나마 뱉어냈었더랬지. 그러고서는 상황이 그리되기 위해 밟아야만 했던 대부분의 절차들을 우리를 '대표해'… 혹은 '대신해' 밟아주고서는, 그 여파로 쓰러져버렸던 그를 대신해… 어쩌다 보니 유예해뒀다면 유예해두게 되었던 일을 마무리하기 위해 몸을 움직였었더랬지.

말하자면….

'타살' 따위의 표현을 내걸어볼 수 없겠을 경위로 죽음을 맞이했던 그 이방인의 사체를 치워내기 위해! 또는 그 더러운 병균 덩어리를 치워내기 위해! 맞아, 애킨스의 위협에서 스스로를 건져 올려냈던 우리네들을… 우리가 모르는 사이에 다시 그 위험 속에 빠뜨리려 했던 극악무도하고 파렴치한 범죄를 저지를 뻔했던? 혹은 살짝 저질러냈었던 그 고깃덩이를 치워내기 위해! 그래 한때는 살아 숨 쉬고, 또 움직이는 생명체였지만, 지금은… 사필귀정, 또 권선 징악 따위의 표현을 아니 붙여볼 수 없겠을 경위로다가 고깃덩이가 되어버렸던 '그것'을 치워내기 위해! 맞아, '유기'가 아닌 '청소'에 해당되었던 행위를 이행하기 위해… 몸을 움직였었더라는 거야.

 그렇게 말이지? 그러기 위해… 그것이자… 그 고깃덩이에게 다가섰더니!

 웬걸… 다시 내 콧속으로 파고들던 것 아녔었겠어? 보다 정확한 표현으로는, '알고 보니'… 그 고깃덩이에서 피어오르고 있던 것… 아녔었겠어? 노호중우의 몸에서 풍겼었던 그 악취가… 말이지.

 그 덕분에 우리는… 비로소라면 비로소 알 수 있게 되었더랬지. 그래 그 악취는 그 고깃덩이자 이방인의 것…이었더라는 것을 말이지. 아 물론 그것은… 여태껏 그런 악취를 풍겨냈던 역사랄 게 없었던 노호중우가… 그저 그 이방인과 몸을 섞었다면 섞어냈던 것만으로 그런 악취를 '무려' 풍겨내기까지 하는 존재로까지 변모했었던 것을 통해? 또 그 악취와 그 이방인이 모두 낯설디낯설었던 것들이라는 공통점을 품고 있었던 것을 통해… 짐작해보려면 충분히, 또 진즉에 짐작해볼 수 있었던 것이었긴 했었지만, 어쨌든… 그리되었던 덕분에, 비로소 그를 알 수 있게? 또는 확신할 수 있게 되었더랬지.

 어쨌든! 그렇게 우리는 그에 충실히 임하고, 또 열심히 움직인 끝에… 그 시체를 협곡 바깥으로 내던지는 것으로다가… 마지막으로 남았다면 남았던 과제였던 청소까지도 모두 끝마쳤더랬지.

또 그로써 혹은 비로소… 진정으로 모든 문제를 해결했다고 볼 수 있었던 상황에 닿을 수 있었더랬지.

그렇게 우리는… 그 상황의 요구대로? 혹은 또 그 일련의 일들이 자신을 거쳐 갔던 우리 둘에게 멋대로 배양시켜냈던 피로감의 요구대로? 혹은 알다시피 애초부터 양껏 잠을 청한 뒤에 그 일련의 일에 몸을 담게 되었던 것은 아녔었던 만큼, 아직 남아있을 수밖에 없었고, 또 남아있는 게 맞았었으며, 실제로도 남아있었던 '미처' 다 꺼뜨리지 못했던 지난 피로감들의 요구대로… 중단되었던 잠을 재개했었더랬지. 이제는 밤이 아닌 진정한 아침으로! 또 평화로운 오후를 낳고, 끝내 평화로운 밤까지를 낳아줄 것이라 믿어 의심치 않았었던 아침으로… 우리를 데려다줄 것이라 믿어 의심치 않았었던 잠을 재개했었더랬지.

하지만 말이지? 놀랍게도 말이지? 그때는 몰랐었지만! 또 알았었다고 한들 달리할 수 있겠는 게 없었음으로써, 결국 그를 행하기야 했을 것이니만큼… 알았는지 몰랐는지 같은 건 중요하지 않겠다지만….

사실… 우리가 꽃피워냈었던 그 '잠'과… 또 그를 통해 닿게 될 '아침'에 대한 추측은… 글쎄… 반은 맞고, 반은 틀린 추측…이었었더라고? 그래 그 잠은… 실상은 그렇지 않았었던 잠…이었더라고?

풀어보자면….

그래 그 잠은 여지없이 우리를 평화로운 아침으로 데려다줬었기는 했었고, 또 그 아침은 여느 아침들처럼 평화로운 오후까지'는' 어찌어찌 낳아줬었지만! 그래 거기까지는 예상대로 움직여줬지만….

애석하게도, 그는… 평화로운 밤까지를 낳아주는 아침이지는… 않았었던 것 아녔었겠어? 아니아니 방금 같은 데에서 그칠 게 아니라… 언제 평화로운 오후가 '꼭' 평화로운 밤'만'을 낳아줬었냐는 듯… 우리네들의 삶을 난장판으로 만들어버렸던 파렴치한 밤을 낳는… 파렴치한 아침…이었더라고? 혹은 그런 파렴치한 오후를 낳아주는 아침…이었더라고?

그 밤이… 어떤 밤이었냐고? 아니아니… 어떤 밤이었길래… '파렴치한 밤'…이라고까지 얘기한 거…냐고?

글쎄? 말하자면 뭐… 우리가… 시련을 앓게 하는 밤….

보다 정확한 표현으로는, '그 한기'를 앓게 하는 시련 속에 빠뜨려냈던 밤…이자….

우리네들의 삶을 난장판으로 만들어버렸던 밤….

그 한기

앞서 언급했듯 뭐… 그렇게 닿은 아침이나 오후는 평화로웠었고, 무색무취 그 자체였으니만큼 언급할 것도 없겠지 싶으니까… 그냥 바로 넘어가 보고….

깊디깊은 밤? 아니면 뭐… 깊디깊었으니만큼 '밤'보다는 '새벽'의 초입에 가까웠던 때? 그래 그쯤이었던 걸로 기억해. 역시 협곡 바깥 어딘가에서… '찰강찰강'? 아니면 '철컹철컹'… 정도로 옮겨볼 수 있겠을 소리들이 특정 주기를 두고 잦다면 잦게 피어올라 협곡 속으로 미끄러져 들어왔었던 때가 말이지. 그래 뭐… 그런 존재가 있을 리 없다고 생각되기는 하지만, 모든 발이 금속으로 이루어진 지네가 있고, 또 그런 존재가 협곡 초입에 깔린 유독 딱딱했던 회색빛 바닥을 걸어 다니고 있는 상황이라면 피어오를 법했던 소리? 그래 소리의 재질이나 주기, 또 소리가 피어올랐었던 위치 등을 종합해 봤을 때, 그렇게 보는 게 맞겠지 싶었던 소리? 혹은 그런 경우가 아니고서는… 피어오를 일 자체가 없을 것 같았지만, 일단 이러나저러나 불명이었기는 했었던 소리?

아니면 뭐… 다 필요 없고, 그저 낯설디낯설었고, 또 그때를 기준으로 '전날'에 피어올랐었던… 그 이방인들이 우리네들의 희망을 처먹어가며 피워냈던 소음과는 비교를 불허할 만큼 컸던 것도 모자라… 반복되는 주기 역시도 몹시도 짧았음으로써, 협곡에 잠들어 있었던 우리네들 모두를 깨워냈었던 소리가… 말이지. 그래 겨우 나 하쿠피루와 조우성우, 또 노호중우만을 깨웠던 그 소음과는 달리 말이지.

어쨌든! 각설하고….

뭐… 물론 그 소리는 생면부지 그 자체의 소리였긴 했으니만큼… 전날 밤의 소음과 그를 동일선상에 둬서는 안 되겠긴 하지만, 어쨌든 간에… 뭉뚱그려보자면 같은 '소음'이기는 했었던 것이 흘러들어와 자신의 잠을 깨워냈던 상황은… 잘 알고 있겠다시피 전날 엇비슷한 경위로 소음을 듣고 몸을 움직였었다가 홍역 중의 홍역을 치르게 됐었던 노호중우! 그래 그로써 겨우 하룻밤 만에 소음이라는 것에 극도로 민감한 존재로 변모해버렸던 노호중우를… 문자 그대로 길길이 날뛰게 하는 데에 부족함이 없었던 상황…이었었더랬지. 방금 같은 표현 정도는 무리 없이 써볼 수 있을 것이… 노호중우는 그렇게… 잠에서 깨어남과 동시에? 혹은 잠에서 깨어나 주위를 살짝 둘러보는 것으로다가 그 소음이 '이미' 모든 이들을 깨워냈다는 사실을 인지함과 동시에? 숨을 가쁘게도 몰아쉬며 다음과 같은 말을 토해내고서는, 지체 없이 몸을 일으켰었거든. 앞서 언급했듯 그 소음이 이미 모든 이들을 깨워냈던 것을 통해… 별도의 회의 없이도 충분히 '주목해 볼만한 소음'이라 여기기로 했었어서 그랬었던 것이었는지? 그래 그것만으로도 이미 충분히 증명되었다고 생각했어서… 그랬었던 것이었는지? 아니면 뭐… 마찬가지로 앞서 언급했듯 그가 소음이랄 것에 더없이 민감한 존재가 되어버렸으니만큼, 당연하다면 당연하게도… 그를 고막 너머로 넘겨냄과 동시에 이성을 잃어버렸고, 그로써 '미처' 회의를 꽃피워낼 생각조차도 품지 못하고서 그리했었던 것이었는지 같은 건 모르겠긴 하지만… 일단 그는 그렇게 그것이 흩뿌려짐과 동시에 곧바로 몸을 일으켰었어.

"또 뭐꼬, 진짜로!"

글쎄? 그가 품고 있었던 분노가… 그의 발걸음을 빠르게 만들었던 것이었는지? 아니면 그냥 그가 거대한 몸뚱어리의 소유자였음으로써, 그로써 빚어진 당연하게도 넓고 긴 보폭의 소유자였기까지도 했던 덕분에 그럴 수 있었던 것이었는지는 모르겠고, 또 별 의미도 없겠다지만, 어쨌든 간에… 그는! 자신이 흩뿌려냈던 그 구절의 파편들이 채 증발하기도 전에 협곡 바깥으로 나가버리고야 말았더랬지.

뭐 그렇게… 그가 바깥으로 나가고서부터 얼마 되지 않았던 때쯤! 그는 앞서 언급해뒀던 그 강철 지네와의 대면을 이뤄내기라도 한 듯? 또 그것이 그네들에게 건넬 인사말이기라도 한 듯…"느그들 어제 금마들이제?" 같은 구절을 피워내… 그를 그 소음들에 섞어둔 채로 협곡 아래로 떨어뜨렸었더랬지. 그래 잘 알고 있겠다시피 전날 밤을 그리 보냈었음으로써, '어제 금마들'이 누구를 지칭하는지에 대해 잘 알고 있었던 나 하쿠피루와 조우성우… 그 둘에게 있어서만큼은, 들음과 동시에 간밤에 관한 불쾌한 회상을 진행하게끔 만들었었던 그런 구절을 말이지.

'그들'이 다시 찾아왔다는 것? 혹은 그 불명의 소음을 꽃피워냈던 존재들이… 그저 노호중우에게 깔리는 것만으로도 죽음에 닿았을 만큼 시답잖았었던 전날의 그들이었다는 것? 그래 우리에게 그 어떠한 위협도 되지 못할 존재들이었던 그들…이었다는 것? 그것은 정말 다행스러웠던 소식이었지. 물론 그들이 꼭 '다시' 우리네들의 협곡을 침공하기 위해 왔던 것은 아녔었을 수도 있었긴 했지만! 그래 그러니만큼 다행이니 뭐니를 따질 것도 없었거나… 일렀던 상황이었긴 했지만, 일단 이러나저러나 최소한… 나쁠 것은 없다고 여겨졌었더랬지.

방금 같은 표현 정도는 무리 없이 쓸 수 있을 것이… 아무래도 존재하는지도 모르겠고, 또 그러니만큼 어느 정도의 힘을 지니고 있는지도 모르겠는 존재가 바깥에 있는 경우보다는….

어떤 존재들인지 아주 잘 알고 있고, 또 어느 정도의 힘을 지녔는지까지도 잘 알고 있음으로써? 아니 그냥 알기만 했던 게 아니라… 더럽게도 약해빠지기까지 했다는 것을 잘 알고 있음으로써…

침공할 의사가 있든 없든 간에 노호중우에게 박살 날 것이라 믿어 의심치 않을 수 있었던 존재가 바깥에 있는 경우가… 뭐가 됐든 간에 훨씬 더 나았기는 했잖아? 그러니만큼 뭐… 확실히 나쁠 것은 없었기는 했지. 아니 그 상황은… 그렇게 여겨볼 상황…이었기는 했지.

음… 어쨌든! 그런 해석에 의거해? 혹은 상황이 그랬었던 것에 의거해… 나 하쿠피루와 조우성우가… 아니 뱉어볼 수 없었던 한숨을 뱉어냈었던 그때!

그 한숨에 대한 답변이라고 봐도 무방하겠을 "으악!"에 가장 가까웠던 듯했던 소리가 바깥세상 그곳에서 피어올라… 협곡 속으로 미끄러져 내려와 주던 것 아녔었겠어? 맞아, 나 하쿠피루와 조우성우가 품었었던 추측, 또 품을 수밖에 없었던 추측, 또 '참'이지 않을 리가 없었던 추측이 '참'일 경우에만 피어오를 수 있었을 그런 소리가 말이지. 풀어보자면, 이방인이? 혹은 노호중우가 '어제 금마들' 같은 표현을 간택했던 것에 의거해… 이방인'들'이 노호중우에게 제대로, 또 당연하게도 된통 얻어맞고서 빚어내 토해냈던 것이라 믿어 의심치 않을 수 있겠었던 소리이자 비명이! 그래 그런… 노호중우가 그 이방인의 입을 빌려 울린 승전보와도 같았었던 비명이… 말이지.

어쨌든! 그런 비명이 들려왔던 상황이었으니만큼 당연한 이야기겠지만, 나 하쿠피루와 조우성우가… 그를 고막 너머로 넘겨냄과 동시에… 안도감으로 속을 채워둔 미소를 피워올리는 식으로 그에 대한 화답이라면 화답이었겠을 것을 이행해내자….

바깥세상은! 아니아니 그 바깥세상과 연결되어 있었던 그 구멍은! 우리처럼 또 그에 화답하기라도 하려는 듯… 피가 잔뜩 묻었다 못해 피에 함뿍 절여졌기까지 했었던? 혹은 그렇게 보는 게 맞겠었던 사체 한 구를… 협곡에다가 토해주던 것? 혹은 뱉어주던 것 아녔었겠어? 그래 앞서 언급했듯 비명이 들려왔었기도 했고, 또 전날 밤 '이미' 그랬던 전적이 있었기도 했고, 또 아무리 봐도 이방인과 똑같은 외형을 지니고 있었던 덕분에? 혹은 우리가 전날 치워냈던 그 고깃덩이와 똑같이 생겨 먹었던 고깃덩이였던 덕분에, 이방인의 것일 거라 믿어 의심치 않을 수 있었던 사체를 말이지. 맞아, 어쩌면 새롭게 사체가 형성된 게 아니라… 전날 우리가 치워냈었던 그 병균 덩어리 고깃덩이가 모종의, 또 불명의 경위로 다시 협곡으로 미끄러져 들어온 것일지도 모르겠다는 생각이 피어오르게 했을 만큼… 똑같은 외형을 지니고 있었던… 그런 사체를 말이지.

물론 그 광경을 눈에 담아내고서… 전날 밤 그네들과 대면했음으로써, 그네들이 어떻게 생겨 먹었는지를 알고 있었고, 또 그를 통해 그 사체가 이방인의 것이리라는 추측까지도 꽃피워낼 수 있었던 것은… 앞서 언급했듯, 또 당연하게도 나 하쿠피루와 조우성우, 둘에게만 해당되는, 또 적용되는 이야기였었더랬지. 또 그랬으니만큼 그 상황에서 안도감이랄 것에 젖을 수 있었던 이들은… 나 하쿠피루와 조우성우… 둘뿐이었더랬지. 그래 우리 둘을 제외한 나머지 이들에게 그 상황은… 바깥세상에서 웬 불명의 소리가 피어오르고, 그 때문에 노호중우가 바깥으로 나가고, 또 바깥에서 비명이 한번 터져 나오더니… 이내 웬걸 그 구멍에서 사체 한 구가 떨어지는… 충격적이고 공포스러웠던 상황…이었었나 보더라고? 또는 그렇게 해석했나… 보더라고?

그러니만큼 이해하지 못할 것도 없었긴 했지만, 그네들은… 상황이 그리되자… 누가 먼저랄 것도 없이 비명을 질러대며, 우왕좌왕… 또 혼비백산하며 협곡을 미친 듯이 뛰어다녀대기 시작했지. 맞아, 그런… 소요 중에서도 소요였을 것을 일으켜버리고야 말았었더라는 거야.

뭐… 앞서 언급했듯 그 상황을 그리 받아들일 수 있는 것은 나 하쿠피루와 조우성우 뿐이라는 것을 잘 알고 있었던 만큼 이해… 한다면 이해했기도 했고! 또 그들이 소요 사태를 일으킨다고 해서… 당장 큰일이 나는 것은 아니었던 만큼? 혹은 아닐 것이라 여겼던 만큼, 그를 심각한 수준의 비상사태라고까지 여기지는 않았기는 했지만, 일단 그래도 우리는… 그들을 진정시키기 위해 바삐 움직였더랬지. 이를테면 그들에게 달려가… 사체가 떨어졌으니 놀라는 것도 이해하고, 또 당연하다고 생각하지만, 사실 이것은 우리에게 좋은 상황이니… 다들 부디 진정하라는! 그래 사실 당신들은 모르겠지만, 저 사체는 우리네들의 식량을 탐하던 간악한 존재들이었던 이방인의 것이고, 그러니만큼 저 사체가 떨어진 것은 우리에게 좋은 일이니… 부디 다들 진정하라는 언사이자 부탁을 말 그대로 살포하기 위해… 바삐 움직였었더랬지.

음… 어쨌든! 그렇게 빨리, 또 바삐 움직이고 있었던 때쯤! 그래 그러니까 내 기억이 맞는다면, 그렇게 소요 사태를 일으키다가 볼썽사납게도? 또 쪽팔리게도… 넘어지고 말았던 임승혀누를 일으키고, 그를 설득시키려 할 때쯤! 누군가가… 내 어깨를 두드리며 다음과 같은 질문이었겠을 것을 뱉어내던 것… 아녔었겠어? 목소리가 앳됐었던 것으로 미루어봤을 때! 또 정녕 누군가가 내 어깨를 두드린 것이 맞기나 한가에 대한 의구심이 들었을 만큼, 내 어깨가… 그 조금의 충격이랄 것도 앓지 않았었던 것으로 미루어봤을 때? 핸태초이…일 수밖에 없겠었던 누군가가 말이지. 맞아, 도저히 같이 놀아주지 못했을 만큼 어렸었던 덕분에, 사실상 바구중바구에 준하는 취급이나 처우만을 해줬었던 핸태초이! 그래 회의에 배제시키는 등의 처우만을 해줬었던 어린양이자 핏덩이였던 핸태초이! 뭐… 이유야 서로 달랐긴 했지만, 어쨌든 간에… 이러나저러나 둘 모두가 우리에게 외면받았던 덕분에, 어쩌다 보니 서로기 아니고서는 대화를 할 존재가 없게 되었음으로써… 줄곧 바구중바구와만 대화를 하며 살아왔었던 핸태초이! 그래 그일 수밖에 없었겠지 싶었던 누군가가… 말이지.

"저 사체… 저거 호중우 형… 아니에요?"

뭐… 딱 들었으니만큼 잘 알겠지만, 그 구절은… 답변을 이어 붙여볼 가치가 없었던 구절이었긴 했지만! 또 알다시피 그 당시의 내 상황은… 임승혀누를 설득시켜야 했음으로써, 문자 그대로 바빠 죽겠던 상황이었긴 했지만, 나는 그에… 다음과 같은 답변을 이어 붙여줬었어. 글쎄? 어른으로서 아량을 베풀어줬던 것이었을 수도 있겠고! 아니면 그냥 핸태초가 역시도… 설득의 대상이라면 대상이었기는 했으니만큼… 일단 당장은 임승혀누를 설득하는 데에 집중하더라도… 우선 그가 피워올렸던 의구심을 꺼뜨리는 것 정도는 미리 해두는 편이 좋겠다 싶어서…였을 수도 있겠고….

"개소리하지 말고 꺼져!"

뭐… 됐고! 어쨌든 그렇게… 그를 뱉어주는 것으로다가… 그의 의구심을 해소해주는 데에 성공하고서, 다시 임승혀누를 향한 설득을 이행하려 했었던 그때! 아니 사실 그의 의구심이 정녕 해소됐는지 같은 것에는 관심 없었고, 일단 그런 답변을 이어 붙여주는 것으로 그 대화를 조속히 매듭지어내고서… 그러느라 이행하지 못하고 있었던 임승혀누에 대한 설득을… 비로소 이행하려 했었던… 그때!

문득… 피어오르던 것 아녔었겠어? 불쾌하디불쾌했던 의심이 하나… 말이지.

'어제 금마들'이라는 표현이 사실이라면? 그래 노호중우가 '들'이라는 표현을 써야 했을 만큼 다수였던 누군가들과 눈을 맞춰냈던 상황이라면? 또 예상대로, 더해 의심의 여지 없이 노호중우가 그 이방인들을 차례차례 박살 내버리고 있는 상황이라면?

'정황상' 바깥세상에서는 그 비명이 못해도 한 번쯤은 더 흘러나와야 하는 것 아니겠냐는 의구심이! 또 그 사체 역시도… 못해도 몇 구가 더 떨어져야 하는 것 아니겠냐는 의구심이… 말이지. 보다 정확히는, 그래야 말이 되지 않을까? 혹은 그편이 자연스럽지 않을까 하는 의구심이… 말이지.

그렇게 생각해봤더니! 아니아니… 그렇게 절로 피어올랐었던 그러한 의구심이자… 들었으니만큼 잘 알겠지만, 합당한 구석이 있기는 했었던 덕분에, 잘 꺼뜨려지지가 않았었음으로써, 그를 별수 없이 품어뒀다면 품어둔 채로… 생각이랄 것을 조금 더 전개해봤더니… 말이지? 확실히 뭔가가 좀 이상한 것 같기는 하더라고?

애석하게도? 혹은 공교롭게도… 백번 양보해서 소요 사태가 일어나버렸던 덕분에, 다음 비명이자… 다른 이방인이 뱉어내는 비명은 듣지 못했었다 하더라도… 사체랄 것이 더 이상 떨어지지 않고 있다는 것은 분명했고, 또 그에는… 확실히 석연찮은 구석이 있다면 있기는 한 것 같더라고? 아니 어떻게 생각해봐도 좋은 쪽으로 생각이 되지가… 않더라고?

알다시피 우리가 그들의 정확한 머릿수를 모르고 있었던 것에 주목해? 그래 그러니까 그 '금마들'의 규모를 가늠하지도 못했었던 것에 주목해… 사실 그들의 수가 사실 너무도 많았고, 그래서 그들의 저항이 생각보다 거셌거나… 유의미했던 덕분에, 노호중우가 좀처럼 다음 사체를 떨어뜨리지 못하게 되었음으로써… 그런 상황이 빚어지게 되었던 것이었다고 생각해봐도 말이 되는 듯했고….

또 그들의 얼굴이 묘하게도 우리네들과 닮았었던 것에 주목해… 사실 우리네들의 협곡에 떨어졌던 그 사체가… 핸태초이의 '억측'대로 이방인의 것이 아니라 무려 노호중우의 것이었고….

그렇게 노호중우이자… 하나의 세력의 구성원 전체가 사체가 되어 협곡으로 떨어졌음으로써… 격전을 치를 세력이 증발해버렸고, 그러니만큼 당연하게도, 바깥세상에서 더 이상의 사투가 벌어지지 않게 되었던 덕분에? 혹은 못하게 되었던 덕분에, 사체랄 것이 더 이상 떨어지지 못하게 되었던 것이었다고 생각해봐도 말이 되는 것도 같더라고? 그래 그런 꺼뜨려 마땅했지만, 합당한 구석이 있기는 했었던 덕분에, 쉬이 꺼뜨려지지 않던 의구심이… 마구마구 피어오르더라는 이야기지.

어쨌든! 이방인 집단의 규모가 어느 정도인지 같은 것은 당장에는 확인할 수 없는 것이었고, 그러니만큼 그를 모태로 두고 피어올랐었던 가설은 당장은 꺼뜨릴 수가 없는 상황이었으니만큼… 그는 잠시 미뤄두고….

그 사체의 주인이 노호중우인지 아닌지를 밝혀내는 것으로다가… 그 두 번째 의심이라도 꺼뜨려야겠다는 합당하다면 합당했던 생각에 의거해… 나는… 조금 전의 내가 대충 보고 넘겨냈던 그 사체에게 다가갔었는데 말이지? 그래 소요 사태를 진화시켜야 했음으로써, 대충 보고 넘겨낼 수밖에 없었고, 또 지나칠 수밖에 없었던 그 사체에게? 혹은 알다시피 애초에 그런 의심을 품지를 않았었어서… 부러 관심을 가져볼 필요가 없다고 여겼었고, 그로써 관심을 갖지 않았었던 이방인의 사체, 또 이방인이어야만 했던 사체에게… 다가가고야 말았었는데 말이지? 그래 그렇게 그에게 다가가… 면밀하디면밀한 검토를 이행했었는데… 말이지?

웬걸 그 사체에… 절대, 또 결코 달려있어서는 안 됐던 얼굴이 달려있던 것… 아녔었겠어? 그래 노호중우의 얼굴이… 그에 달려있던 것 아녔었겠어? 아무리 봐도! 또 눈을 몇 번이나 감았다가 다시 떠서 봐도 노호중우의 얼굴이었던 게 달려있던것 아녔었겠어? 그 사체가 알고 보니 노호중우의 것이 아녔고서는 달려있을 수 없었던 노호중우의 얼굴이… 말이지.

그렇게 그 사체는… 노호중우의 얼굴을 달아둔 채로 나와 눈을 맞춰주는 것으로다가 그 당시의 내게! 죽을 리 없었고, 죽어서도 안 됐으며, 늘 죽어오지 않았었던 노호중우가 '어쩌면' 죽었을지도 모른다는… 불쾌하고, 또 현실성도, 신빙성도 품어두지 못했던 속삭임을 건네줬고….

그 속삭임은… 고막을 통해 내 몸속으로 들어와 씨앗으로 분해 내 머릿속 깊은 곳에 스스로 묻혀서는, 이내 넝쿨이 되어… 내 사고회로를 휘감아 박살 내버리고서, 그로씨 생긴 빈자리를 꿰차고 앉아 이런저런 불쾌한 생각들을 꽃피워대기 시작했지.

이를테면 뭐….

만약 이게 사실이라면? 아니아니… 내 시야에 들어찬 이 광경이… 정녕 헛것이 아니라면? 결국 노호중우는 죽었다는 것이며, 그와 동시에 지금 협곡 바깥에는… 노호중우를 찰나의 순간 만에 이렇게 피 칠갑의 사체로 만들어낸 존재! 또 만들어낼 수 있는 존재가 있다는 것이며….

또 한 걸음 더 나아가 그네들이 만약 협곡 속으로 들어온다면?

우리는 무려… 노호중우의 부재 속에서 그런 존재들과 맞닥뜨려야 한다는 것! 그래 그런 불쾌한 생각들을 마구마구 꽃피워대기… 시작했지.

뭐 그런 생각들이 머리에 들어섰던 덕분에, 머리가 만선이 되었기도 했고! 또 앞서 언급했듯 기존의 사고회로가 박살 난 채… 사고회로가 아닌 것이 사고회로의 자리를 꿰차버림으로써, 정상적인 사고가 불가능했기도 했던 만큼 그럴 수밖에 없었겠지만, 그렇게 내가… 그 사체 앞에서 말 그대로 얼어붙고 말았었던 그때!

돌연, 또 난데없이… 그 구멍이! 그래 바깥세상과 연결되어 있었던 그 유일했던 구멍이! 돌연… 수십 마리의 이방인들이 토해주던 것… 아녔었겠어? 다르게 표현해 보자면, 그때… 수십 마리의 이방인들이 그 입구에서 쏟아져나와 협곡 속으로 파고들던 것… 아녔었겠어? 그래 전날 밤의 그 녀석 옆에 그 녀석, 또 그 녀석 옆에 그 녀석… 하여튼 그런 불쾌한 방식으로 모이고, 또 모여… '집단'이랄 것을 형성해뒀던… 이방인들이… 말이지.

보다 정확히는, 간밤의 그 녀석들과는 달리! 그네들의 손에는 들려있지 않았었던 정체불명의 회색빛 물체를 두당 하나씩은 꼭 쥐고 있었던 이방인들이… 말이지. 묘사해 보자면, 세 갈래로 갈라진 얇고 뾰족한 머리통이 달려있었던 회색빛 막대기? 또 협곡으로 스며들고 있었던 달빛과 가로등 불빛을 반사해대는 것으로 빛을 발산해대는 것으로다가… 자신의 날카로움을 과시하고 있는 듯했던 '정체불명의 회색빛 물건'을 쥐고 있었던 이방인 들이! 아니 그를 그냥 쥐고 있기만 했던 게 아니라… 그를 높게도 들어 올리고 있었던 이 방인들이… 말이지. 여담이라면 여담이겠지만, 개중에서 선두라면 선두에 섰던 둘에서 셋 정도 되었던 이방인들의 손에 들린 그것들에는… '정황상' 노호중우의 것으로 추정되었거나… 그리 추정해보는 게 맞겠다 싶었던 피가 잔뜩 묻어있었고….

어쨌든! 그 이방인들은 그렇게… 포효인지 괴성인지 알 수 없겠을 것들을 내질러대며 우리네들의 협곡 속으로 쏟아져 들어왔지. 어쩌면 괴성도 포효도 아닌 '실제로는' 다음과 같은 의미를 품어둔 속삭임이었을 수도 있겠던 것을 내질러대면서 말이지.

이를테면….

'너희는 우리의 수가 정확히 얼마인지는 모를 테지만, 그건 중요하지 않아. 또 우리네들의 손에 들려있는 이 물건들은… 너희들에게는 생면부지인 물건이겠고, 그러니만큼 당최 어디에다가 쓰는 물건이고, 또 어떻게 쓰는 물건인지 같은 셋 역시 모를 테지만, 그 역시 별로… 중요하지 않아. 또 간밤에는… 노호중우를 피 칠갑의 사체로 만들었기는커녕… 몸 위에 올라탔었던 그를 뿌리치지도 못했었던 우리들이… 어떻게 간밤 만에 그를 이렇게 고깃덩이로 만들어낼 수 있었던 것이었는지 역시도 모를 테지만, 그 역시 그리 중요하지 않아. 그래 그것이 보다시피 이렇게나 늘어나다 못해 불어나기까지 한 머릿수가 만들어낸 성과였는지? 아니면 우리들의 손에 들려있었던 이것의 성과 혹은 농간이었는지마저도 확신하지 못하겠지만, 그건 우리 알 바가 아니야.

'일단' 어찌 됐든 우리는… 보다시피 이렇게 너희들이 신뢰해 마지않는 노호중우를 운명시킬 수 있는 존재로까지 발돋움하기는 했으니만큼… 이런 우리들에게서 도망치지 못하는 것은 죽음이요! 아니 그냥 냅다 도망치기만 하는 것은 죽음이 아닐 리 없고, 우리들에게서 죽지 않을 수 있게끔 도망치는 것만이 살길이라지.

헌데 그것이 무엇인지 같은 건 우리는 모르는 일! 설사 모르는 일이 아니라 하더라도… 우리가 그를 너희들에게 가르쳐줄 리도 없고….

그러니 그냥… 일단 도망치지 못하는 것은 죽음이라는 것 정도만 알아둬. 도망치지 못하는 것은 죽음… 죽음이요…'

정도는 되는 것 같았었던….

어쨌든! 뭐… 들었으니만큼 잘 알겠지만, 그 속삭임은 더럽게도 불쾌했던 속삭임이기야 했었다지만, 그러면서도 한편으로는, 수용하지 않아보려야 않아볼 수가 없었을만큼 합당했던 속삭임…이었기도 했지. 그랬었던 만큼, 나는, 또 우리는 그를 고막 너머로 넘겨냄과 동시에 퍼뜩 몸을 뒤로 돌려 내달리기 시작했지. 그래 협곡 더욱 깊은 곳으로 우리네들의 몸뚱어리를 스스로 밀어 넣기 시작했었더라는 거야. 알다시피 그네들이 그 유일했던 구멍에서 쏟아져 나오고 있었던 상황이었던 만큼, 그 구멍으로 내달려 협곡 바깥으로 나가는 선택지는 택해볼 수가 없게 되었음으로써… '별수 없이'라면 별수 없이… 우리네들에게 허락되어 있었던 유일한 길이었던 보다 깊은 곳…으로 파고들기 시작했었더랬지. 맞아, 그 길은 결국 종국에는 우리를 막다른 곳에 닿게 하는 길이었음으로써, 좋게 봐줘도 죽음을 '유예'해주는 것이 최대였던 길이었을 뿐, 우리네들의 안전을 보장해줄 리 만무했던 길이었긴 했지만, 앞서 언급했듯 일단 별수 없이 우리는 그 길을 택했고, 또 내달렸지.

음 글쎄? 그렇게 얼마를 내달렸을까? 혹은 얼마의 시간 동안 죽음을 유예해냈을까? 뭐 잘 모르겠지만, 일단 어느 정도의 시간 동안 그를 유예해냈고, 또 더 많은 시간 동안 그를 유예나마라도 하기 위해 계속 발을 굴려대고 있었던 그때!

돌연… 그래 돌연… 들려오던 것 아녔었겠어? '철푸덕'에 가장 가까웠던 소음이자… 내 뒤편 어딘가에서 피어오른 듯했음으로써, 피어오름과 동시에 뜀박질을 멈춰내고서, 고개를 뒤로 돌리게끔 만들었던 그런 소음이 말이지.

그렇게 성실히, 또 충실히 그 소음의 요구를 이행해 고개를 돌렸었던 나를 빈겨줬던 광경이 어떤 광경이었는지 알아? 그것은 바로 임승혀누가 모종의, 또 불명의 이유로 바닥에 쓰러져 있었던 광경! 그래 그것도 무려… 그와 우리를 쫓고 있었던 이방인들과의 거리가 다섯 걸음도 채 되지 않아 보였었을 만큼… 그들과 가까웠다면 가까웠던 곳에 쓰러져 있었던 광경…이었더랬지.

그와 눈을 맞춰냄과 거의 동시에! 또 그 이방인들과 임승혀누 간의 거리에 관한 셈을 끝마침과 거의 동시에! 이방인들 중 하나이자… 가장 선두에 섰던 이방인은… 내가 자신과 임승혀누 간의 거리에 대한 셈을 이행했던 것을 비웃기라도 하려는 듯… 만면에 사악하기 그지없던 미소를 꽃피워내고서는, 몸을 겨우 한 번 던져내는 것만으로 곧바로 그의 몸뚱어리 위에 올라타는 데에 성공해버리고서는….

그 회색빛 물체를 높게도 들어버리기까지 하던 것… 아녔었겠어?

내가 그렇게 몸을 돌려줬던 덕분에? 아니면 그가 그런 행위를 취해줬던 덕분에, 다시금 눈을 맞출 수 있게 되었던 그 빛은! 그래 앞서 언급했듯… 그 회색빛 물체가 달빛과 가로등 불빛을 반사해대는 방식으로다가 발산해대고 있었던 그 잔인하리만치 밝았고, 또 섬찟하리만치 차가웠던 그 빛은! 자신과 눈을 맞춰냈던 내게… 다음과 같은 무언의 속삭임을 건네줬었더랬지. 아니아니… 건네주는 것 같았어.

'곧 임승혀누 역시 노호중우와 같은 운명에 닿을 것이야. 당신은 노호중우가 그리되는 과정을 못 봐서 잘 모르겠지만, 그 과정은 참혹하고 잔인하니! 또 그러니만큼… 당연하게도, 이번 과정 역시도 참혹하고 잔인할지니! 맞아, 차마 눈에 담지도 못할 만큼 참혹하고 잔인할지니… 그를 눈에 담고 싶지 않거들랑? 냅다 눈을 감아버리고, 앞으로 계속 내달리기를 추천해. 아니 그것이 유일한 방법이야.

뭐… 당신이 이를 받아들이든 말든… 일단 당신 역시도 곧 이리 될 것이니만큼, 기대해도 좋아….'

따위의? 혹은 정도는 되는 것 같았던… 불쾌하디불쾌했지만, 합당하다면 합당했던 구석이 있었던 덕분에, 퇴짜를 놓아보려야 볼 수가 없었던 그런 속삭임을… 말이지.

임승혀누…에게는 미안한 이야기겠지만! 앞서 언급했듯 그 속삭임이 그런 속삭임이었던 덕분에, 나는… 그를 고막 너머로 넘겨냄과 동시에 눈을 질근 감고서 몸을 '다시' 돌려낸 뒤 '다시' 내달리기 시작했지. 그래 내가 그 뜀박질이랄 것을 언제 중단했었고, 또 언제 고개를 돌렸으며, 또 그로써 뒤에서 무슨 일이 펼쳐지는지 같은 걸 언제 알았었던 적이 있기나 했었냐는 듯 빠르게 내달리기 시작했지. 정황상 이내 "으악!"에 가까운 비명이 다시 피어올라 흩뿌려질 것이라는… 품어보고 싶지는 않았었지만, 더없이 합당했던 덕분에, 품어볼 수밖에 없었었던 불쾌한 추측이자 염려를 품어둔 채로! 아니아니… '품어둔 채로' 같은 표현보다는, 상황이 그랬었던 덕분에, 절로 품어졌던 그를… 꺼뜨리지 못한 채로 말이지. 또 임승혀누를 향한 가여움? 혹은 그 상황에서 그 어떤 것도 하지 못한 채 그를 떠나보낼 수밖에 없었던 나 자신의 무능함과 무기력함으로 속을 채워둔 통탄의 눈물을 세 방울가량 흩뿌려내면서 말이지.

그래 그렇게… 임승혀누를 가슴에 묻은 채로 뜀박질을 재개하고서부터… 3초? 아니 어쩌면 5초가량의 시간이 더 흘렀던 때쯤!

내 뒤쪽 어딘가이자… 임승혀누와 이방인이 합일을 이뤄냄으로써 형성되었던 유기체가 위치했을 곳이라 보는 게 맞겠을 어딘가에서는… "으악!"에 가까웠던 괴성이 '다시금' 피어오르고야 말았었더랬지. 그래 그 빛의 속삭임이 '참'이었던 경우에나 피어오를 법했던 그런 괴성이! 또는 뭐… 그와 결이 같다면 같게도, 그랬던 속삭임을 수용하고서 내달렸던 선택 역시… '참'이었다는 것을 알려주는 듯했던 괴성이 말이지.

음… 글쎄? 이 역시 마찬가지로 임승혀누에게는 미안한 이야기겠지만, 그렇게… 임승혀누가 운명당한 것이 확실하다는 것을 증명하는 듯했던 소리가 들려왔음으로써… 당연하다면 당연하게도, 더 이상 뒤편 어딘가에 신경 써볼 것도, 또 미련을 가져볼 것도 없게 되었던 만큼, 속도를 보다 더 높이려 했던 그때! 그래 그러니까 보다 괜찮은 안전을 확보하기 위해? 혹은 일단 확보해냈던 안전을 보다 더 공고히 해내기 위해? 속도를 더 끌어올려, 더 멀리 달아나려 했던 그때!

웬걸, 또 난데없이… 들려오던 것… 아녔었겠어? '쨍그랑' 혹은 '찰캉' 정도로 옮겨와 볼 수 있겠을 쇳소리가! 모르긴 몰라도 쇠로 된 무언가가 바닥에 떨어지고, 또 구르는 과정에서나 피어오를 법했던 그런 소리가!

또 그에 더해… 정황상 입혀져 있으면 안 될 목소리였던? 혹은 입혀져 있을 수가 없는 목소리였던 임승혀누의 목소리가 입혀져 있었던… "놔라, 이 새끼야!" 같은… 괴성도, 신음도, 또 소음도 아닌 이성적이디이성적이었던 구절도… 말이지. 그래 임승혀누가 '예상과는 달리' 혹은 '정황상의 추측이 빗나갔었게도'… '아직' 운명당한 것이 아녔고서는, 피어오를 수 없었던 그런 소리가 말이지.

뭐… 그런 소리가 들려왔던 상황이었던 만큼, 당연한 이야기겠지만, 나는… '다시금' 뜀박질을 중단시켜내고서는, 또다시…라면 또 다시 뒤를 돌아봤고!

그랬던 나를 반겨줬던 것은… 임승혀누가 '용케도' 노호중우와 같은 운명에 닿지 않고… 자신의 몸에 올라타 있었던 이방인과 푸닥거리를 하고 있었던 광경이었더랬지. 그래 임승혀누가… 그 이방인을 자신의 몸 밖으로 밀쳐내기 위해? 혹은 떨어뜨리기 위해 격정적이디격정적인 몸부림을 치고 있었던 광경! 또 반대로 그 이방인은… 그의 몸뚱어리에서 떨어지지 않기 위해? 맞아, 임승혀누가 몸부림을 쳐대는 것으로 피어올랐던 격동 속에서 자신의 몸뚱어리가 나가떨어지는 것을 막기 위해? 혹은 그것도 막고, 또 손에 들려있었던 물체를 떨어뜨리는 상황에 닿는 것까지를 '다' 막기 위해 안간힘을 써대고 있었던 광경! 그래 그런 것들이 얽히고설킨 복합적인 푸닥거리를 하고 있었던 광경이었더랬지.

음… 글쎄? 그 광경의 진심…이랄 것에 대해서는 알 길이 없었기는 했지만, 그 당시의 나는… 그 광경을… 시사하는 바가 두 가지 정도 됐었던 광경이라 해석했었어.

우선 그 광경은… 임승혀누의 몸부림이 유의미했다는 것을? 혹은 유의미하다는 것을 증명하고, 또 시사하는 광경…이었다고 해석했고! 그래 그러지 않았었거나 못 했었더라면, 그런 광경이 피어오르지 못 했었으리라는 합리적인 추측에 의거해… 그 광경을… 그런 것을 시사하는 광경이었다고 해석했고!

다음으로는… 그에 어느 정도의 힘이 덧대지기만 한다면? 아니 아니… 어느 정도의 힘만이라도 덧대진다면? 어쩌면 상황 자체가 아예 뒤집힐 수도 있다는 것을 넌지시 알려주고 있었던 광경? 그래 그런 가능성을 시사하고 있었던 광경? 혹은 그의 방증과도 같았던 광경이었다고도 해석…했더랬지. 그렇지 않았고서는… 그런 광경이 펼쳐지지 않았었을… 테니까….

어쨌든! 뭐… 하나 마나 한 이야기겠지만, 나는 그러한 해석을 내림과 동시에… 그에 발을 맞추는 의미로다가 곧바로 내달렸던 길을 거꾸로 거슬러 올라가기 시작했었더랬지. 그래 상황이 그리될 것을 알았었더라면 달리지 않았을 길을 거슬러 올라갔고, 또 그럴 줄 알았었더라면 벌어지지 않았을 거리를 좁혀내기 위해 열심히 내달렸더라는 거지. 맞아, 임승혀누가 그러한 광경을 빚어주는 방식으로다가 내게 요구하고 있었던 그 '어느 정도의 힘'을 그에게 덧대 주고, 또 그로써 상황을 엎어내기 위해… 말이지.

거기까지는 참 좋았고, 그것은 참 좋은 울림이었지만….

애석했던 게 하나? 아니 둘 정도 있었다면….

첫 번째로는… 그러한 울림을 흩뿌려냈던 존재가? 또 그러한 광경을 빚어주는 것으로다가… 동포들에게 '어느 정도의 힘'을 덧대 주기를 요구하고 있었던 존재가… 임승혀누 하나뿐이지는 않았었더라는 것…이었지. 그래 임승혀누의 몸에 올라타 있었던 이방인 역시도… 그러한 광경을 빚어주는 것으로다가! 자신의 동포들에게… 자신이 '어느 정도의 힘'이 부족해 '아직' 임승혀누를 완전히 운명시키지 못하고 있으니만큼… 어서 자신에게 달려와 그 '어느 정도의 힘'을 덧대달라는 무언의 속삭임을 흩뿌려대고 있었더라는 것…이었고….

두 번째로는….

알다시피 눈을 질끈 감고 뒤로 한참을 내달렸음으로써, 그 유기체와 거리를 꽤 많이 벌려냈었던 상황에서! 또 그만큼 멀었다면 멀었던 곳에서 그런 속삭임을 건네받았던 나와는 달리! 그래 그러니까 그 유기체에게 닿으려면 다시 한참을 뒤로 내달려야 하는 상황, 또 입장이었던 나와는 달리….

그 이방인의 동포들은… 겨우 두 발짝에서 세 발짝 남짓만을 그저 앞으로 걸어가기만 하면 그 유기체에게 닿을 수 있을 만큼 가까웠던 곳에서… 그러한 요구를 건네받았던 입장, 또 상황이었더라는 것…이었지. 글쎄? 앞서 언급했듯 임승혀누 위에 올라탔던 그 이방인이 애초에 그 이방인들의 무리의 선두에 섰던 존재였음으로써, 당연히 그리될 수밖에 없었던 것이었는지! 아니면 '아직' 제압해냈던 임승혀누를 운명시키지 못했던 상황이었던 만큼, 추격을 잠시 중단했다면 중단해뒀음으로써… 그리되었던 것이었는지는 모르겠고, 또 별로 중요하지도 않겠다지만, 어쨌든… 그랬었더라는 것이었지.

물론 뭐… 그렇다고 해서! 그래 그네들과 나 사이에 그 정도나 되었던 차이가 있다고 해서… 그를 그냥 냅다 포기해버릴 수는 없었던 만큼! 그래 그에게 그 어느 정도의 힘을 덧대주고서, 그로써 그가 운명당하지 않게 하는 것 자체를 포기해버릴 수는 없었던 만큼… 열심히 내달리고 내달린 끝에, 어느덧 그 유기체에 닿기까지 세 걸음가량만을 남겨뒀었던 그때! 그래 그 거사라면 거사였을 것을 목전에 남겨뒀던 그때!

그 이방인은! 맞아, 임승혀누의 몸에 올라타 있었던 그 이방인의 동포쯤 되는 듯했던 다른 이방인은⋯ 말이지? 그렇게⋯ 그런 상황에서도 포기하지 않고 뜀박질을 이어가고 있었던 나를 비웃으려는 심산이기라도 하듯! 아니면 애초에 나한테는 그 조금의 관심도 없고, 그냥 건네진 요구를 충실히 이행하기라도 하듯⋯ 그저 세 걸음가량만을 내딛는 것만으로 임승혀누의 머리통의 바로 옆에 닿아⋯ 그의 손에도 역시 들려있었던 회색 물체를 높게도 들어 올려버리고야 말던 것⋯ 아녔었겠어? 그래 그것이 무슨 행위인지, 또 그 회색 물체가 어떤 효용을 지니고 있었는지에 대해서는 알 길이 없었던 만큼, '불명'의 행위였다고 표현하는 게 맞기야 하겠지만, 일단 그가 '부러' 걸음을 내디딘 끝에 그러한 행위를 이행했었던 것으로 미루어봤을 때, 모르긴 몰라도⋯ 임승혀누를 운명시키는 데에 큰 도움이 될 것 같은 행위이거나⋯ 그 절차의 일부쯤은 되는 듯했던 행위를⋯ 이행해냈었더라는 이야기지, 기어이⋯.

어쨌든! 앞선 것들을 토대로! 또 아직 임승혀누가 죽지 않았었던 것을 토대로⋯ 나는⋯ 그가 이행하려 하는 그 불명의 행위는 아직 완수되지 않았고, 그러니만큼 그것이 완수되기 전에 그에게 달려들어⋯ 그가 그 어떠한 행위든 간에 이행하지 못하게끔 제압해낸다면⋯ 임승혀누가 살아남을 수 있을 것이라는 합리적이디합리적인 결론을 꽃피워냈고! 또 그러기 위해서라면⋯ 일단 못해도 그 이방인처럼 임승혀누의 바로 옆에까지는 닿아야겠다는⋯ 마찬가지로 합리적이디합리적인 결론까지도⋯ 꽃피워냈고!

그에 따라… 나는… 지체 없다면 지체 없이 몸을 내던져버리고야 말았었더랬지. 그래 그를 완수할 수 있는 유일했던 방법이었던? 맞아, 그 세 걸음가량을 '단숨에' 좁혀낼 수 있는 유일한 방책이었던… 몸을 던져내는 것을 감행해냈었더랬지. 그래 내 몸을… 그 이방인을 착지점으로 설정해뒀던 비행 아닌 비행을 이행하게끔 만들어…냈었더라는 이야기지.

헌데… 헌데 말이지?

애석했게도! 때는… 그래 때는 이미 너무 늦었더라고? 방금 같은 표현 정도는 무리 없이 써볼 수 있겠을 것이… 그는… 내 몸이 궤도라면 궤도였을 것에 오름과 거의 동시에… 기어이 그 회색빛 물체를 내리꽂아… 그 회색빛 물체의 끝에 달려있었던 그의 뾰족하디뾰족했던 머리를… 임승혀누의 머리에 쑤셔 넣어버리고야 말았거든. 그래 그렇게… 그 막대기의 머리와 임승혀누의 머리 간의 합일을 성사시키고야 말았었거든. 그것도 무려… 그냥 그를 성사시키기만 했던 게 아니라… 임승혀누의 위에 올라탔었던 그 이방인이… 임승혀누와 합일을 이뤄냈던 그 당시에 꽃피워냈었던 미소보다 더 음흉하고, 더 짙은 미소를 만면에 꽃피워낸 채로까지… 말이지. 마치 동포를 버리고 도망친 것도 모자라… 다시 돌아오는 걸음마저도 느려터졌었음으로써, 한참 늦어버렸던 나를 향한 비웃음? 그래 내 비겁함과 무능함을 향한 비웃음이라고밖에 볼 수 없겠었던 것으로 만면을 화려하게도 꾸며둔 채로 말이지.

그러했던 광경? 혹은 그러한 일련의 상황? 그것은 그와 눈을 맞쳤던 것도 모자라… 그 상황의 일원이라면 일원이었을 신분이자 입장으로 그를 함께 밟아가기는 했었던 그 당시의 나를… 이런저런 감상들에 신음하게 했던 광경이자 상황…이었었더랬지.

이를테면….

비록 내가… 그를 그 위험 속에서 건져 올려내 줄 뻔했었던 것은 아녔었긴 했지만! 그래 그가 스스로의 힘으로 스스로를 '잠시' 건져 올려냈던 것뿐이었긴 했지만, 어쨌든 임승혀누가… 노호중우가 될 운명에서 '잠시' 건져 올려졌다가 다시 그에 닿아버리고야 말았다는 비극적인 사실이 낳은 비참함? 그것도 무려 대단한 게 아니라 그 '어느 정도의 힘'이 덧대지지 못했었다는 이유만으로? 혹은 그 이방인의 동포가 먼저 그 '어느 정도의 힘'을 그의 동포 이방인이자… 임승혀누의 상대에게 덧대줬다는 이유만으로? 물론 그 이방인은 그 이방인을 도와주는 식으로 힘을 덧대주지 않았고, 옆에서 그를 별도로 운명시키는 식으로 덧대주기야 했었다지만, 어쨌든 그런 이유만으로 '그랬던' 그가 기어이 운명당하고야 말았다는 사실이 낳은… 비참함?

또 그 '어느 정도의 힘'을 가장 먼저, 또 유일하게 덧댈 수 있었던 존재였던 내가… 거리가 멀었었다든지 하는 이유만으로? 혹은 되돌아가는 선택지를 택한 때가 너무 늦었었더라는 이유만으로? 그를 덧대주지 못했던 덕분에, 끝내는 그가 운명당했다는 것에 대한 죄책감이자… 자책감?

아니면 거기까지 갈 것도 없이… 그냥 어느덧 그 이방인들이 운명시켰던 우리 동포들의 숫자가 둘로까지 불어나고야 말았었다는 사실이 낳은… 분노? 그래 그런 것들에 신음하게 했던 광경, 또 상황이었더랬지.

뭐… 그런 감정들의 요구였을까? 아니면 그냥 내가 자연의 법칙인 '관성'이라고 하는 것을 극복하지 못했던 것이었을까? 아니면 그를 거스를 생각조차 하지 않았었던 것이었을까? 그래 그냥 그에게 내던져지고 있었던 내 몸을 거둬들이거나 멈춰 세울 생각조차 하지 않았었던 것이었을까? 뭐 잘은 모르겠고, 또 별로 중요하지도 않겠다지만, 나는… 임승혀누가 이미 운명당했음으로써, 늦었다면 늦었던 그 상황에서도… 그 비행을 이어간 끝에? 혹은 이어지고 있었던 비행을 따로 멈추지 않아냈던 끝에? 그 착지점에 닿아버리고야 말았었더랬지. 그래 달리 말하면, 임승혀누를 운명시켰던 그 이방인을 그대로 덮쳐버리는 식으로 그를 밀어 넘어뜨리고, 그의 위에 '의도치 않게' 올라탐으로써… 그와의 합일을 이뤄내고야 말았었더라는 이야기지.

어쨌든! 뭐… 그의 몸뚱어리가 형편없이 왜소했기 때문이었을까? 아니면 그가 자신의 막대기와 임승혀누를 합일시키는 데에 집중하고 있었던 상황이었음으로써, 사실상 무방비 상태나 다름없었던 상태로… 그에 닿아버렸기 때문이었을까? 뭐 잘은 모르겠지만, 그는 그 과정에서 '쾅'에 가까웠던 소음이 피어올랐을 만큼 강하게 바닥에 머리를 찧어버리고야 말았고….

몰랐었지만! 아니 그를 알았었더라면, 외려 그를 더 기꺼이 이행했을 것이니만큼, 알았는지 몰랐는지 같은 건 별로 중요하지 않겠다지만, 그 일련의 과정은? 혹은 합일을 '그런 식'으로 이행하는 행위는… 그 이방인을 한순간에 초점을 잃은 사체로 만드는 데에 부족함이 없었던 행위…였었더라고? 아니 사실 앞서 언급했듯 합일이 '그런 식'으로, 또 이방인의 입장에서는 '그런 상황'에서 벌어졌기 때문이었겠지만! 끝으로 굳이 따지고 보면, 내 행위가 그를 사체로 만들어냈던 것은 아녔고, 결국 언제나 굳건히, 또 고고히 그 자리에 있었던 딱딱하디딱딱한 바닥이 그의 두개골을 으스러뜨리고, 또 그를 사체로 만들어냈던 것이었긴 했겠지만, 어쨌든 간에 그렇게 그에게 날아들고, 그를 덮쳐내는 것은… '경우에 따라서' 그에 대한 '제압'이 아니라 무려 그의 '죽음'이라는 유의미하디유의미한 성과를 낳아주기도 하는 행위…였었더라고?

아니면 뭐… 그네들과 우리네들 간의 차이는… 그 정도로 극명하고, 또 극심했었…더라고? 나는… 나는 몰랐지. 그래 그를 덮쳐내는 것만으로 그를 운명시켰던 그때에 닿기 전까지는 몰랐고, 또 사실… 상상해보기도 자못 어려웠긴 했지. 아무리 우리네들이 강했고, 또 그네들이 약했다 하더라도… 우리네들이 그 정도로나 강했고, 또 그네들이 그 정도로나 약했…으리라고는….

어쨌든! 그런… 기분 좋은 깨달음? 혹은 그 상황이 안겨줬던 가르침? 아니면 그냥 그것들과는 무관하게… 그렇게 한순간에 그를 운명시키는 유의미한 성과를 피워냈다는 자명하디자명하면서도 고무적이었던 사실? 그들을 취했던 그 당시의 나는… 그들의 요구대로 옅디옅은 미소를 품어둔 채로 몸을 일으켰고! 아니 그에서 그치지 않고….

언제 도망이랄 것을 쳤었냐는 듯… 그네들에게 달려들기까지 했었더랬지. 보다 정확히는, '아직' 임승혀누의 위에 올라타 있었던 그 이방인에게 달려들기까지도… 했었더랬지. 아니 그럴 수까지도… 있었더랬지. 더 나은 표현으로는, 그들이 내게… 무려 그 정도나 되었던 용기를 배양시켜줬던 덕분에, 그럴 수까지도 있었었더랬지. 물론 내가 그러한 용기를 배양 받았던 것과는 무관하게… 그네들의 수는 '여전히' 많았고, 또 그네들의 손에는… 임승혀누와 노호중우를 한순간에 운명시킬 수 있었던 그것들이 '여전히' 들려있었긴 했지만, 일단… 그럴 수 있었고, 또 실제로도 그랬었어. 그래 그러니까 최소한 그 머릿수와 그 물건에 대한 '공포' 정도는 불식시켜낼 수 있었을 만큼의 용기는… 배양 받았었고, 그를 그러한 행동으로 꽃피워내기까지는 했었더라는 거야.

뭐… 그가 내 기세에 짓눌려버렸던 탓이었을까? 아니면 알다시피 그는 직전까지 임승혀누와 푸닥거리를 거칠다면 거칠게, 또 격정적이라면 격정적이게 이행했던 입장이었으니만큼, 당연하다면 당연한 이야기겠지만, 그에 대한 여파로… 체력이 바닥나있었던 상황이었기 때문이었을까? 아니면 그냥 그가 그 푸닥거리 속에서 그 물건을 놓쳐버렸던 덕분에, 그가… 지난 식량창고에서 만났었던 그 이방인과 똑같은 이방인이 되어버려 있었기 때문이었을까? 그래 그렇게 하찮아빠졌던 존재로 전락해버려 있었기 때문이었을까? 그도 아니라면 그냥 우리네들의 몸뚱어리가 그럴 수 있을 만큼 강인했던 것뿐이었을까? 뭐⋯ 잘은 모르겠고, 또 조금도 중요하지 않겠다지만⋯ 어쨌든⋯ 나는 그에게 달려듦과 동시에 그를 덮쳐 넘어뜨리고서, 또 그의 위에 올라탈 수까지 있었고⋯.

또 그 과정에서 '또' 피어올랐던 '쾅'에 가까웠던 소음 역시 들어낼 수까지 있었지. 그래 직전의 이방인과 합일을 이루던 과정에서 흩뿌려졌었던 그 소음과 똑같았던 소음이자⋯.

고맙게도, 아니 어쩌면 다행스럽게도! 똑같은 결과까지도 낳아줬었던⋯ 소음! 그래 그를 한순간에 싸늘한 사체로 만들어버리는 소음까지도⋯ 말이지.

그렇게 찰나라면 찰나였던 순간 만에⋯ 무려 둘씩이나 되었던 이방인들을 그저 넘어뜨리는 것만으로 운명시키는 성과를 올리기야 했지만, 일단 그래도 앞서 언급했듯 그들의 머릿수는 고고했기는 했으니만큼, 그 성과에 마냥 젖어 있어서는 안 되었기도 했으며! 또 그의 몸 위에 올라타 있는 것은⋯ 다음 공격을 이행하는 데에 아무런 도움이 되지 않는 자세였기도 했으며! 또 이러나저러나 그가 운명당한 상황이었던 만큼, 그의 몸에 더 올라타 있을 필요가 없게 되었기도 했었음으로써, 당연하다면 당연하게도⋯ 일으키지 않을 이유가 없었던 몸을 일으켜내고서⋯ 상황을 파악하기 위해⋯ 주위라면 주위를 둘러보기 시작했었는데 말이지?

웬걸⋯ 난데없이? 아니 어쩌면 당연하게도? 눈에 들어오던 것⋯ 아녔었겠어? 임승혀누의 몸에 올라타 있었던 이방인이 진즉에 떨어뜨렸음으로써, 또 그가 죽어버렸음으로써, 주인 없는 존재가 되어 바닥에 널브러져 있었던 '그것'이 말이지. 그래 임승혀누와 '정황상' 노호중우를 순식간에 운명시킨 물건이었던… 그것이! 혹은 그 왜소해 빠졌었던 이방인들에게… 그럴 수 있을 만큼의 힘을 안겨주는 존재이자 물건이었던 그것이….

또 주워 들지 않아야 할 이유가 없었고, 또 주워 들지 않는 게 바보였을 만큼 유용하디유용한 물건? 혹은 유용하디유용한 물건이라 믿어 의심치 않을 수 있겠었던 '그것'이 말이지.

나는 그와 눈이 맞춰짐과 동시에… 그를 향해 내달리는 것으로다가 그와의 거리를 순식간에 좁혀낸 뒤, 마른침을 한번 삼키고서는 그것을 주워버리고야 말았었더랬지.

생면부지의 물건이었던 만큼, 당연히 몰랐을 수밖에 없었음으로써… 사실 이런 표현을 쓸 것도 없겠다 싶기는 하지만! 일단은… '몰랐었지만, 알고 보니'… 무게가 꽤 나간다면 나간다고 볼 수 있었던 그것을 말이지. 맞아, 알다시피 왜소해 빠진 이방인들도 들고 다녔던 것이었던 만큼, 못 들 수준까지는 결코 아니었고, 그럴 리도 없었긴 했지만, 그냥 안일하게 그를 집어 들어야겠다는 생각만을 품어둔 채로 그를 냅다 집어 들어버렸더니… 웬걸 내 몸뚱어리가 순간적으로 앞으로 꽤 쏠렸었을 만큼? 혹은 내 몸뚱어리를 그렇게 만들었을 만큼의 무게는 지니고 있었었던 그것을! 그래 그 정도로 적당히 무겁기는 했었던 그것을… 말이지.

더해 이 역시도 앞선 것과 마찬가지의 이유로… 몰랐었고, 또 모를 수밖에 없었었지만… 알고 보니! 자신과 살을 맞대는 존재에게 극한의 한기와 섬찟함…을 안겨주는 자애롭지 못한 존재였던 그것을 말이지. 음… 뭐… 한기야 그냥 그가 차가웠음으로써 앓게 되었던 것이었으니만큼… 구태여 말할 것도 없겠지 싶고….

섬찟함….

그래 동포가 운명당하는 광경을 눈으로 보는 것으로 취할 수 있게 되었고, 또 부정할 수도 없게 되었던 사실에 의거해… 이 물건은 그냥 막대기가 아니라 이따위 이방인들에게 그 정도의 힘을 선사하는 물건이고, 지금의 나는… 그를 손에 쥐고 있다는 사실이 낳은… 섬찟함?

또는 그와 결이 같다면 같게도, 여태껏 단 한 번도 만난 적 없었던 존재였지만, 어느 날 문득… 내 삶에 들어와 내 삶을 쑥대밭으로 만들었던 그 존재가… 이제는 무려 내 손에 들려있기까지 하다는 사실이 낳은… 섬찟함?

혹은 앞서 언급했던 그 둘들을 조합해봤을 때, 이 이방인들이 '그런' 존재인 이것을 어떻게 찾아냈고, 또 어떻게 손에 쥘 수까지 있었는가 따위의… 의구심이면서도 섬찟함! 맞아, 일순간 나를 살짝 얼어붙게 만들었을 정도의 섬찟함…이면서도 의구심! 그래 그런 느낌의 섬찟함…을 앓게 하는 것이었던 그것을 말이지.

뭐… 들었으니만큼 잘 알겠지만, 그 감정들은 더없이 탄탄한 근거를 두고 피어올랐던 감정들이었으니만큼, 그만큼 강렬하고 또 탄탄했으며!

또 그러니만큼 이 역시 당연한 이야기겠지만, 그가 낳아줬던 부작용? 맞아, 몸이 얼어붙었던 부작용 역시… 대단했지. 그래 대단했고, 또 치명적이었지.

방금 같은 표현 정도는 무리 없이 써볼 수 있겠을 것이… 나는… 좀처럼 내 몸뚱어리를 해동시키지 못했었거든. 아직 모든 위험은커녕 이렇다 할 위험마저도 해소되지 않았던 상황이었던 만큼, 퍼뜩 몸을 다시 녹여내고, 또 움직여야 한다는 자명하디자명하고 합당하디합당한 사실을 십수 번도 더 되뇌고 난 뒤에야… 겨우 몸을 움직일 수 있게 되었었거든. 아니 그러기 전에는… 몸이 꿈쩍도 하지를 않았었거든. 물론 지금에 와서 돌아보면, 겨우 그것을 되뇌는 것만으로도 몸이 해동되었던 것 자체가… 기적…이었다면 기적이었던 것도 같기는 한데….

어쨌든! 그렇게 다시? 혹은 어찌어찌 퍼뜩 정신을 차려내고서 그네들을 다시 봤더니….

웬걸? 그네들이 글쎄… 몸을 바들바들 떨고 있던 것 아녔었겠어? 보다 정확히는, 그저 몸을 바들바들 떨고만 있던 거 아녔었겠어? 그래 모두가 그저 나와 눈을 맞춰두기만 한 채로! 내가 자기네들을 향해 접근하지 못하게 하려는 듯? 혹은 그러지 말아 달라는 무언의 읍소를 하고 있기라도 하듯… 그 회색빛 물건을 앞으로 뻗어두기만 한 채로… 어깻죽지에서부터 허벅지 전반까지를 바들바들 떨어대고 있기만 하던 것 아녔었겠어?

뭐… 사실 그때까지는 인지하지 못했었지만! 아니아니… 그가 안겨줬던 한기와 섬찟함을 앓느라… 신경도 채 쓰지 못했었지만, 그 꼴을 보고 있자니… 그런 생각이 들던 것 아녔었겠어?

글쎄? 당연하다면 당연한 이야기겠지만, 내가 일으켰던 그 한 바탕의 난리는? 혹은 그로써 빚어졌던 그 상황은? 맞아, 내가 이름 모를 이방인들이자… 이름이 그다지 궁금하지도 않았었던 이방인들을… 그 찰나라면 찰나였던 순간 만에 무려 둘씩이나 운명시켰던 것도 모자라… 그네들의 그 '무기'를 집어 들기까지 했었던 그 상황은? 그네들에게는… 그렇게 짧다면 짧았던 순간 만에 자신의 동포들을 무려 둘씩이나 운명시켰을 만큼 대단했던 존재가… 그들을 운명시켰던 것에서 그치지 않고, 이제는 무려 자기네들의 '무기'를 집어 들어버리기까지 했던… 공포스럽기 그지없었던 상황…이었었나 보더라고? 혹은 그렇게 해석해 마땅한 상황이라 여겼었나 보더라고? 이를테면… '그런' 존재, 또 '그랬던' 존재인 내게 달려들었다가는… 자신 역시도 그 동포들과 같은 운명에 처하게 될 것이라는… 공포! 그래 앞서 운명당했던 그 두 동포들은 별다른 이유 없이… 그저 '자신들과는 달리' 저 존재의 근처에 있었던 덕분에, '먼저' 그리되어버렸던 것이었을 뿐, 자기네들도 언제든? 또는 그런 존재였던 나와 거리를 좁혀낸다면? 이변 없이 그런 운명에 닿게 될 것이라는… 공포! 아니 어쩌면 '반드시' 그렇게 될 것이라는 공포! 맞아, 그런 공포에 젖어 들게 했던 상황…이었었나 보더라고?

그들이 그냥 단순히 그 감정의 농간으로 얼어붙었던 것이었을까? 아니면 그들이 그 공포라는 감정이 그들에게 건네줬던 전언을 완벽히 이해했고, 또 그로써 운명이 당하고 싶지 않다면… 나와의 거리를 좁혀내서는 안 된다는 것을 깨달아냈음으로써, 운명당하지 않기 위한 부작위를 이행했던 것이었을까? 무엇 때문이었는지는 모르겠고, 또 별로 상관도 없겠다지만, 어쨌든 간에 그들이 그렇게 내게 달려들지는 않아 준 덕분에, 우리의 사투는 중단되었고, 그 빈 자리에는 '대치' 혹은 '교착 상태'라 명명해봐도 되겠을 것이 들어서게 되었더랬지.

상황이 그리되어줬던 덕분에, 내가 미뤄뒀다면 미뤄뒀던 숨 고르기를 이행했던 찰나! 아니 어쩌면, 사태가 더없이 심각했던 덕분에, 다시는 이행하지 못할 수도 있겠다고 여겨뒀었던 그것을… 이행했던 찰나!

그 이방인들의 무리 속 어딘가에 있었던… 정황상… 그에 속했던 이들 중 하나의 입이 "퇴각!"… 정도로 옮겨쓸 수 있을법했던 괴성을 피워올렸고!

그 소리가 흩뿌려짐과 동시에 그네들은… 언제 우리에게 달려들었었냐는 듯! 몸을 급하게, 또 격정적으로 완전히 반대로 돌려내고서는, 언제 협곡 속으로 파고들었었냐는 듯… 그대로 협곡을 빠져나가고야 말았더랬지. 마치 다시는 올 일이 없다는 듯 쏜살같이….

뭐… 그렇게 그네들이 빠르게, 또 한 개체의 예외도 없이 말 그대로 남김없이 사라져줬던 덕분에, 협곡은 언제 괴성이랄 게 울려퍼졌고, 또 언제 누군가의 피가 흩뿌려졌거나 터져 나왔었냐는 듯 고요하고 평화로운 곳으로의 변모를 이뤄줬었더랬지. 그래 애킨스가 우리네들의 삶에서 사라져줬던 그다음 날의 그 모습을… 되찾아줬었더라는 거야.

뭐 그렇게… 상황이 겨우 한순간 만에 평화롭다면 평화로운 상황으로 변모해줬던 덕분에, 긴장이 다 풀려버렸던 탓이었을까? 아니면 그저 그 지난하디지난했고, 또 고강도의 육체노동을 요구하기까지 했던 그 일련의 과정들을 충실히 밟느라 알게 모르게? 혹은 당연하게도 쌓이게 되었던 피로감이… 그때 마침 터져버렸던 탓이었을까? 무엇 때문이었는지는 모르겠고, 또 별로 중요하지도 않겠다지만, 나는… 상황이 그리됨과 동시에 그대로 바닥에 퍼질러 앉아버리고야 말았지. 아 물론 너무 당연한 이야기이겠으니만큼 부러 첨언할 것도 없겠다지만, 내 몸뚱어리를 내가 직접 앉혀냈던 것은 아녔고, 그냥 온몸에 힘이 쫙 빠져버림으로써 별수 없이, 또 자연스럽게….

어쨌든! 그렇게 나는… 퍼질러 앉아 가쁘게 숨을 몰아쉬며, 눈깔을 이리저리 굴려대는 것으로 이내 임승혀누를 찾아내고서는, 그에게 조심히 다가갔었더랬지. 맞아, 상황이 그랬었던 덕분에 미처 하지 못했었던? 아니 어쩌면 할 수 없었었던 그와의 마지막 인사이자… 이행해 마땅했던 참회를 이행하기 위해 말이지. 그래 그 '어느 정도의 힘'을 덧대주지 못했던 자의 이름으로! 혹은 어쩌면 덧대주지 못하는 것으로다가… 사실상 그를 진정으로 운명시켰던 장본인이나 다름없었던 존재의 이름으로! 그래 그런 더러워빠진 이름으로… 이제는 사체이자 고깃덩이가 되어버렸지만, 한때는 임승혀누였던 것이 분명했던 무언가를 끌어안고서… 비통의 눈물을 쏟아내는 방식으로 진행될 참회? 혹은 그 외의 방식은 허용되지 않았던 참회를 이행하기 위해 말이지. 아니 그냥 복잡한 표현을 쓸 것도 없이… 어떤 방식으로 진행할 것인지에 대한 생각 같은 건 품어두지 않은 채로 그에게 다가가 그를 그저 끌어안았을 뿐이었는데, 곧바로 눈물이 터져버려서… 얼떨결에 그런 식으로 진행되어버렸던 참회를? 그래 들었으니만큼 잘 알겠지만, 그 당시의 나조차도 그런 방식으로 진행될 줄 몰랐었던 참회를… 이행하기 위해 말이지.

어쨌든! 그 당시의 내가… 그를 알았었는지 몰랐었는지 같은 건 별로 중요하지 않겠고, 그렇게 뭐… 얼떨결에? 혹은 당연하게도 눈물을 잔뜩 쏟아내고 있었던 그때!

눈물이 가득 들어찼던 덕분에 잔뜩 흐릿해졌던 시야에… 웬 해괴망측한 광경이 들어서던 것 아녔었겠어? 임승혀누의 머리에 꽂혀 있었던 그 물체에… 웬 손이 얹히던 광경이! 아니아니… 얼핏 봤을 때 이방인의 것 같아 보였었던 손이 뻗쳐져 그 위에 얹혔던 것도 모자라… 그를 쥐어버리기까지 하던 광경이 말이지. 그래 앞서 언급했듯 시야가 가히 '엉망'이 되어버렸다고 할 수 있을 만큼 망가져 있었던 상태에서 담아냈던 덕분에, 흐릿한 광경이었음에도 불구하고, 그 손이 이방인의 것이라는 추측 정도는 강하게도 피워올려 볼 수 있었을 만큼, 그와 똑같은 외형을 지니고 있었던 손이 빚어내고 있었던… 그런 광경이 말이지.

또 다르게 표현해 보자면….

그 이방인들이 사실은 '남김없이' 협곡에서 빠져나갔었던 게 아니라 '실제로는' 하나 혹은 여럿을 남겨두고 빠져나갔었던 것이 아녔고서는? 혹은 그 하나 혹은 여럿의 이방인들이… 나머지 이방인들이 협곡에서 빠져나갔을 때, 모종의 이유로 협곡에 남아있었다가… 내가 '그런 식'의 참회를 택하고, 또 이행하고 있었던 것을 '틈타' 그 물체를 집어 들었던 것이 아녔고서는?

혹은 그 이방인들의 퇴각이 애초에 거짓 퇴각, 또 기만전술이었고, 내가 '그런 식'으로의 참회를 이행하기 시작하자? 혹은 그네들만이 알고 있을 기준을 통해 세운 특정 시간이 지나자 다시 협곡에 돌아와… 그 물체를 집어 들었던 것이 아녔고서는 피어오를 일이 없어 보였던 광경? 혹은 없다고 여겨졌던 광경이… 말이지. 그래 아무리 봐도… 그닥 좋은 경위를 통해 피어올랐을 것 같지만은 않아 보였던 광경이? 아니면 반대로… 생각해 볼만했던 경위들 중에 썩 괜찮은 구석이 있었던 경위랄 게 존재하지 않았음으로써, 결론적으로… 좋은 경위를 통해 피어오른 것이라 생각해 보기 어려웠던… 그런 광경이… 말이지.

뭐… '그런' 광경과 눈을 맞췄던 상황이었으니만큼 당연한 이야기겠지만, 그와 눈을 맞춰냈던 그 당시의 내가… '그런' 광경이 낳아준 섬찟함? 혹은 앞서 언급했듯… 그런 광경이 피어오르게 되었던 경위이자… '일단' 모종의, 또 불명의 경위였기야 했지만, '정황상' 딱히 좋은 쪽일 것 같지 않다고 여겨졌었던 경위가 낳아준 섬찟함을 앓으며… 그의 요구대로 마른침을 삼켜냈던 그때!

문득… 다음과 같은 구절이 내 위쪽 어딘가에서 피어올라 내려와 주던 것 아녔었겠어? 그래 그 상념이 낳은 여러 경우의 수들 중… 단 한 군데에서도 등장하지 않았었던 존재의 목소리가 입혀져 있었던 구절이자….

놀랍게도? 혹은 기적적이었게도? 아니 그냥… 예상치도 못했었게도, 내 막역지우 조우성우의 목소리가 입혀져 있었던 구절이… 말이지.

"고생했다, 하쿠피루…야….."

글쎄? 앞서 언급했듯 그 광경과 눈을 맞추기 전까지 참회 중의 참회를 이행하고 있었던 상황에서? 아니면 그런 광경이 내 시야에 들어섰던 덕분에, 잠시 참회를 중단했던 것이었을 뿐, 알다시피 '아직' 그 참회 자체가 매듭지어졌던 것은 아녔었던 상황에서… 그 구절이 많고 많은 방향들 중 '마침', 또 '하필' 위에서 내려와 줬던 덕분이었을까? 그래 마치 '하사'되기라도 하듯 내려와 줬던 덕분이었을까? 아니면 역시 앞서 언급했듯 그냥 그에 입혀져 있었던 목소리가… 나를 헤칠 리 만무했던 은혜롭고, 또 자애로운 존재였던 내 막역지우 조우성우의 것이었기 때문이었을까? 또 그도 아니라면, 들었다시피 잘 알겠지만, 내 노력과 공을 치하하는 자애롭디자애로운 구절이 흩뿌려졌기 때문이었을까? 뭐 무엇 때문이었는지는 모르겠고, 그리 중요하지도 않겠다지만… 나는 그 구절이 흩뿌려짐과 동시에… 마치 신의 응답이나 부름을 받은 어린 양이 되기라도 한 것처럼 입을 되는대로 벌려둔 채로? 혹은 통곡하느라 '이미' 열려

있었던 입을 '미처' 닫을 생각도 하지 못한 채로… 고개를 들어 올렸고!

그랬던 덕분에, 나는… 통곡을 이어가고 있었던 나만큼이나 눈물에 절여졌었던 조우성우의 얼굴을 눈에 담아낼 수 있게… 되었더랬지.

그렇게 나는 그를 눈에 담음과 동시에 몸을 일으켜 그의 품에 안겨버렸고….

우리는 그렇게 서로를 부둥켜안은 채로 꽤 한참 동안 대성통곡 중의 대성통곡을 이행하게 되었더랬지.

글쎄? 그 당시의 우리가 그 대성통곡에 어느 정도의 시간을 투자했었는지 같은 건… 솔직히 말하자면, 기억나지 않아. 일단 확실했던 것은 분 단위는 당연하게도? 또 아득히도 넘겼을 만큼의 시간을 투자해냈었더라는 것이며….

또 그 시간이 썩 유의미했었더라는 것이었지. 혹은 그렇게나 적잖은 시간을 투자하여 대성통곡을 이행해댔던 것은 정답…이었었더라는 것이었지. 방금 같은 표현 정도는 무리 없이 쓸 수 있겠을 것이… 우리는 그 대성통곡에 많다면 많았던 시간을 투자했던 덕분에, 서로를 완벽히라면 완벽히 진정시켜낼 수 있었었거든. 그래 앞서 언급했듯 서로를 부둥켜안고서… 본격적인 대성통곡을 이행하기 전부터도 이미 눈물범벅이었었을 만큼, 상태가 좋지 않았다면 좋지 않았던 서로를… 그 대성통곡을 통해 이성적이디이성적인 상태로까지 복구시켜낼 수 있었었거든. 그래 말하자면, 협곡에 '다시' 평화가 찾아왔다는 사실에 주목할 수 있을 정도로까지 이성적인 상태로⋯ 말이지.

어쨌든! 우리는 그렇게⋯ 이성적인 상태를 되찾음과 동시에⋯ 그 대성통곡이 허사가 아니었다는 것을 증명하기라도 하듯! 순식간에 가벼워졌고, 또 개운해진 몸뚱어리를 옮기고, 또 옮겨 그 병균 덩어리 사체들을 바깥에 내던지는 '청소'라고 하던 것을 이행했고⋯.

또 '분명' 한때나마 고결하고 위대한 존재였지만, 이제는 가엾디가여운 존재가 되어버렸던 동포들의 시신에 대한 수습까지도⋯ 이행해낼 수 있었더랬지. 그 이방인들이⋯ 하룻밤은커녕 겨우 한 시간도 채 되지 않았을 만큼 짧았던 시간 동안 협곡에 체류하는 것만으로도⋯ 협곡에 한가득 들어차게 했고, 또 곳곳에 배어있게 했던 악취를! 그래 그렇게 들어차 있게 되었고, 또 배어있게 되었던 악취를⋯ 다시금, 또 끝도 없이 맡아가면서 말이지.

뭐⋯ 그를 맡고 있자니⋯ 문득⋯ 궁금해지던 것 아니었겠어? 아니 그런 표현보다는, 근원적이디근원적인 의구심이 피어오르던 것 아니었겠어?

이를테면⋯.

'그런' 그들에게⋯ 왜 '그러지 않았던' 우리 동포들은 죽임을 당해야 했으며, 또 왜 죽음에 대한 공포에 떨어야만 하는가! 맞아, 이 정도나 되는 악취를 '가히' 품어두기까지 했을 만큼 더럽고 고약했던 것도 모자라⋯ 머릿수만을 내세워? 혹은 어디에서 어떻게 얻었는지도 모르겠을 그 물건을 취하고, 또 그를 내세워 남의 땅을 침략하고, 남의 식량을 약탈했던 '비열해 빠진' 그들에게! 맞아, 죽어 마땅했던 이유, 또 근거들을 잔뜩 품고 있었던 그들에게!

악취랄 것은 평생 품어본 적도 없었고, 또 머릿수 같은 걸 내세운 적도 없었던 우리가! 아니아니 애초에 남의 땅을 침략하거나 남의 식량을 약탈해보려 했던 적도 없었음으로써, 무언가를 내세워봤던 적은커녕… 내세우려 해봤던 적도 없었던 우리 동포들은 왜 죽임을 당해야 했는가! 혹은 용케 죽임을 당하지는 않았었더라도… 왜 죽음의 공포에 떨기는 해야 했는가….

그래 그런 죽어 마땅한 이유들을 잔뜩 품고 있었던 그들이… 외려… 죽어 마땅할 이유랄 것을 하나도 품지 않았었던 우리를 해하는 것은 '이치'에 맞지 않는 일이지 않나….

또 그러니만큼 그런 일은 더 이상 일어나서는 안 되지 않나….

정도로 풀어서 볼 수 있겠을 합당하디합당한 의구심이… 말이지.

음… 글쎄? 앞서 언급했듯 그 악취이자 속삭임이 협곡 곳곳에 들어차 있었고, 또 배어있었던 덕분에, '그들'을 수습하고, '그것들'을 청소하는 과정에서… 그를 너무도 많이 몸속으로 집어넣게 되었고, 또 그로써 우리네들의 머리가 그 악취가 낳은 의구심들만으로 꽉 차버리게 되었기 때문이었을까? 아니면 뭐… 사실 하나 마나 한 이야기겠지만, 그들을 수습하고, 그것들을 청소하는 것이… 협곡 곳곳에 말 그대로 '배어있었던' 그 악취들이자 속삭임들'까지'를 빼낼 수 있는 행위이지는 않았음으로써, 그 행위를 끝마친 이후에까지도 용케도 살아남을 수 있었고, 실제로도 살아남았었던 그들이 협곡을 부유한 끝에… 우리네들의 몸속으로 새롭다면 새롭게 파고들었고, 그로써… 우리네들의 머리가 그것들로 가득 차버리게 되었기 때문이었을까? 뭐 잘은 모르겠고, 별로 중요하지도 않겠다지만… 우리는 그런 거룩한 행위를 끝마치는 것으로 협곡에 완연한 평화를 불러일으켜 놓고도! 또 모든 과제를 해결했음으로써, 휴식이랄 것을 취해봐도 안 될 게 없겠을 상황을 빚어놓고도… 변변찮은 휴식이랄 것을 취하지 못한 채? 혹은 그 조금의 휴식마저도 취해보지 못한 채… 다시금 광장에 모여 머리를 맞대고, 또 굴려대기 시작했지. 그래 그 의구심에 따르면, 일어나서는 안 되는 일이었던 그것을! 맞아, '그런' 그들에게서 '그러지 않았던', 또 '앞으로도 그러지 않을' 우리들이 운명당하는 온당치 못한 일이 더 이상 일어나지 않게 하는 방법을 찾기 위한 회의를 주재했고, 그에 우리네들의 몸뚱어리를 던져냈었지. 바꿔 말하면, 우리가 '어떻게' 그런 온당치 못한 일이 일어나지 않게 할 수 있는가! 혹은 '어떻게' 그를 막을 수 있는가 따위를 주제로 삼은 회의를 주재했고, 그에 우리네들의 몸뚱어리를… 던져냈었더라는 거야.

어쨌든! 사실 뭐… 그를 주재하기 전까지는 몰랐었지만! 아니 알았었다고 한들 그를 주재하지 않았을 수는 없었겠으니만큼, 그를 알았었는지 몰랐었는지 같은 건 별로 중요하지 않겠지만, 어쨌든 간에… 그때까지는 몰랐었지만! 그 회의의 주제이자 '그것'은… 머리를 굴려보는 것으로는 답을 찾아낼 수 없었던 난제였었더라고? 아니 사실 그보다는, 그런 상황에서? 그래 그러니까 우리가 모르고 있었던 것이자… '예방책'이라면 예방책이었겠을 것을 찾아야 하는 상황에서… 그를 찾기 위한 행위로 '회의'를 택했던 것은 패착, 또 실책…이었었더라고? 알다시피 그 당시의 우리는 모두가 똑같은 광경을 눈에 담고, 또 똑같은 상황에 닿았었던 덕분에, 모두가 똑같이 알고, 또 똑같은 만큼만 알고 있었던 상황…이었었잖아? 그래 그랬던 이들이 구성원의 전부이자 전원…이었던 상황…이었었잖아? 그런 그들을 구성원으로 두고서? 혹은 그랬던 이들만을 구성원으로 두고서 회의랄 것을 꽃피워내봤자… 결국 무의미한 회의만이 주재되고, 또 진행될 뿐…이었더라고? 맞아, 똑같은 말들만이 피어오를 뿐이었고, 또 반복될 뿐이었었더랬지. 결국 모두가 지난 결전을 통해 다 같이 취해낼 수 있었고, 실제로도 그러했던 정보들이나… 기껏해야 '대응책'? 혹은 그 이방인에게 엄벌을 내려줄 수 있을 방법… 정도라고 해줘 볼 수 있겠을 것들만이 끝도 없이 피어오르고, 또 무의미한 부유를 이행한 끝에 증발되는 회의만이 진행될 뿐…이었었더랬지. 이를테면 그네들은 약하고, 또 이 물건은 대단하고, 또 이 물건으로 상대를 운명시키는 방법은… 상대의 몸뚱어리와 이 물건 간의 합일을 이뤄내게 하는 것이며… 등등의 것들! 그래 아무리 가공하고, 또 조합해봐도… 예방책으로의 변모를 이행해줄 수 있을 리는 만무해 보였던 그런 것들만이 끝도 없이 피어오르고, 또 무의미한 부유를… 음….

어쨌든! 회의라는 행위 자체의 문제였는지? 아니면 그를 이행했던 구성원들의 문제였는지는 모르겠고, 또 별로 중요하지도 않겠다 지만, 이러나저러나 그렇게⋯ 회의가 지난하면서도 무의미하게 진행되었던 덕분에? 아니 그에서 그치지 않고, 그에 의거해⋯ 회의를 더 이행해봤자⋯ 달라질 게 없을 것 같다는 합당하디합당한 생각이 들어줬던 덕분에, 일단은 우리도 그 물건을 얻어냈다는 것에, 또 임승혀누의 희생 덕분에⋯ 그것으로 어떻게 상대를 운명시키는지에 대한 지식까지도 취해냈다는 것에 만족하고서, 회의를 매듭지어내려 했었던 그때! 아니 사실 그에 만족하지 않아봤자 달라질 것은 없었으니만큼⋯ 일단 만족'이라도' 하고서 회의를 매듭지어내려 했었던⋯ 그때!

　돌연⋯ 떠올라주던 것 아녔었겠어? 그래 머릿속 깊은 곳에 파묻혀있었던 기억이⋯ 자신을 덮어버리고, 또 깔아뭉개댔던 흙무더기를 제 손으로 다 파헤쳐내고 다시 올라와 주던 것 아녔었겠어?

　그래 맞아. 생각해 보니까! 까먹고 있었지만, 우리에게는, '이미' 그랬었던 적이 있었었더라고? 그래 무언가를 취해내고, 그를 통해 '예방책'이랄 것을 빚어내고, 또 그를 실행에 옮기기까지 했었던 전적이 있었었더라고? 그 당시의 우리가 꼭 해야 했지만, 애석하게도, 좀처럼 하지 못하고 있었던 것을⋯ 무려 성공적으로까지 했었던 적이 있었더라고? 그래 '새로운 지식'이랄 것을 취해내는 것으로다가 '예방책'이랄 것을 꽃피워냈었던 전적이⋯ 분명⋯ 그래 분명 있었더랬지.

　맞아, 우리는 애킨스에 대해 무지했던 상황에서⋯ '무언가'와 눈을 맞춰내는 것으로 그에 대한 지식을 섭렵하고, 또 그를 통해 예방책을 꽃피워내고, 또 그를 완수하기까지 했었어. 그랬던 전적이 이미 있었었더라는 거야.

또 그랬으니만큼 우리는… 아주 잘 알고 있었던 상황, 또 입장이었어. 지난날의 우리처럼 무지하디무지했던 우리를… 무려 예방책이랄 것을 꽃피워내고 완수할 수까지 있었던 존재로 발돋움시켜 줬던 존재가? 혹은 그럴 수 있는 존재가… 이 세상에 존재하고 있다는 것을… 이미 아주 잘 알고 있었던 상황…이었더라고?

그래 맞아, 회색빛 몸뚱어리에다가 검은 글자들을 잔뜩 박아뒀던 그 친구! 그래 지식이랄 것을 그저 품고 있는 데에서 그치지 않고, 자신과 눈을 맞춰내는 자들에게 그 지식을 공유해줬기까지 했었을 만큼 자애롭디자애롭던 그 친구… 말이지.

생각이 그 정도에까지 미쳤더니 말이지? 궁금해지던 것 아녔었겠어? 그래 의구심이랄 게 피어오르던 것 아녔었겠어? 알다시피 그 친구는 우리가 애킨스에게 신음하지 않을 수 있을 방법들을 다 품어뒀을 만큼 박학다식했고, 또 그를 공유해줬기까지 했을 만큼 자애로웠던 것은 맞지만! 그래 그것은 확실했긴 했지만….

과연, 또 정녕… 우리가 그 이방인들에게 신음할 수 있지 않게 해주는 방법'까지도' 품어뒀을만큼 박학다식할 것인가? 또 그것'까지도' 공유해줄 만큼 자애로울 것인가… 정도로 옮겨쓸 수 있겠을 의구심이 피어오르더라고?

물론 다행스럽다면 다행스러웠게도, 우리는… 그 의구심을 해소해내는 방법 역시도 이미 알고 있다면 있기는 했었던 상황…이었더라고?

그래 그것은 뭐… 알다시피… 어떻게든 다시 그를 만나… 다시 그와 눈을 맞춰내는 것…이었더랬지.

우리는 그렇게… 그 친구에 관한 기억이 되살아났던 덕분에, 언제 그렇게 쓸데없는 회의랄 것을 주재했고, 또 그에 몸을 담았었냐는 듯… 그 조금의 도움도 되지 못하고 있었던 회의랄 것을 퍼뜩 매듭지어내고서는… 움직였더랬지. 그와의 감격스럽고, 또 큰 도움이 되어줄 것이라 믿어 의심치 않았었던 재회랄 것을 이뤄내기 위해… 협곡 바깥세상으로 달려갔더라는 이야기야. 또 그렇게 바깥세상에 닿아… 그 당시의 그가 몸을 뉘어뒀었던 그 구멍맡을 샅샅이 수색하기까지 했었더랬지.

헌데… 헌데….

애석하게도! 또 통탄스럽게도, 그와의 재회 같은 건 이뤄지지 않았었더랬지. 그래 우리의 소망, 또 기억과는 달리… 그는 그곳에 존재하지 않았었어. 그래 그 협곡으로 통하는 구멍맡이자 회색 땅은! 언제 자신이 그런 것에게 낄 자리를 제공해줬었기라도 했었냐는 듯! 혹은 언제 이 몸에게 그런 것이 뉘어져 있었기라도 했었냐는 듯… 자신의 몸뚱어리 위에 그 어떤 것도 들여두지 않았던 상태로 우리를 반겨주던 것 아녔었겠어? 그래 거칠고 모났었던 자신의 살갗으로 내리쬐는 달빛을 반사해대는 것으로다가 야속하게도 반짝거리기만 하면서… 말이지.

어쨌든! 하나 마나 한 이야기겠지만, 그의 부재는… 동포들을 더 이상 운명시킬 수 없었던 그 당시의 우리에게 있어서만큼은… 있을 수 없는 일? 아니 그보다는, 또 있어서는 안 됐던 일이었지. 그랬던 덕분에, 우리는… 그의 부재를 부정하는 차원에서? 혹은 그가 잠시 부재했던 것 자체는 사실이었긴 했지만, 그래도 우리의 노력을 높이 사 다시 돌아와 주기를 바라는 차원에서… 20여 분은 족히 넘었었던 시간 동안 그 근방을 샅샅이 수색했지만! 다르게 표현해 보자면, 그 정도의 시간 동안 훑을 수 있을 만큼의 반경 내를 샅샅이 수색했지만, 애석하게도… 그랬음에도 불구하고, 우리의 재회는 진정 이뤄지지 않고야 말았었더랬지. 그래 그는 애석했게도? 혹은 그랬으면 안 됐음에도 불구하고, 그렇게 넓다면 넓었던 곳 그 어디에도 존재하지 않고 있었던 상황…이었더랬지.

그렇게 앞서 언급했듯 최소한 눈에 보이던 곳들에 대한 수색을 끝마쳐냈음으로써… 이제는 더 탐색해 볼 곳이 마땅찮아졌고! 또 탐색이랄 것을 이행하는 것 자체가 마뜩잖아졌던 덕분에, 그러고만 있을 수밖에 없었던 것이었을까? 그래 그것 외에는 달리할 수 있겠는 것이 없었음으로써, 그거 '라도' 했던 것뿐이었을까? 뭐 무엇 때문이었는지는 모르겠고, 또 별로 중요하지도 않겠다지만, 그렇게 우리는… 멍하니라면 멍하니 서서… 그와의 첫 만남이 이뤄졌던 그 당시에 대한 복기와 회상을 이행하기 시작했지. 맞아, 그 당시의 그 광경을 기억 속에서 꺼내와… 눈앞의 광경과 그를 대조, 또 비교… 하여튼 그런 것들을 해댔었더라는 거야.

그렇게… 얼마의 시간을 태워냈을까? 맞아, 기억 속의 그 광경과… 눈앞의 광경 간의 비교를 몇 번이나 이행했을까? 뭐… 잘 모르겠고, 또 개개인의 차이는 있겠지만, 그 당시의 내 기준에서… 다섯 번은 족히 넘었을 비교… 대조… 비스무리했던 것을 이행했던 때쯤! 바꿔 말하면, 그를 다섯 번 이행하는 데에 소요되었을 만큼의 시간을… 오롯이 복기와 회상, 또 대조와 비교만을 하며 태워냈던 때쯤!

뭔가가… 짚이던 것 아녔었겠어? 앞서 언급했듯 다섯 번…을 이행한 뒤에 꺼낼 이야기이지는 않겠지만, 그렇게 끄집어냈던 그 오래 전 광경 속에… 주목해 볼만한 점이 있는 것도 같다는 생각이 들던 것… 아녔었겠어? 그래 그런 생각이… 새삼스럽다면 새삼스럽게도 피어오르던 것 아녔었겠어?

그래 생각해 보니까… 그 당시 그곳에 흩뿌려져 있었던 나뭇잎과 나뭇가지들? 또 그 광경을 채우고 있었던 나뭇잎과 나뭇가지들은… 죄다 어디에서 왔는지, 또 어디에서 굴러먹으며 살아왔던 것이었는지를 모르겠었을 만큼 낯설디낯설었던 친구들…이었었잖아? 맞아, 어딘지는 모르겠고, 또 그런 곳이 정녕 있기나 한지는 모르겠지만, 일단 최소 근방은 아닌 듯했던 곳에 터를 잡아두고 살고 있었었다가… 웬걸, 또 난데없게도 불어닥친 애킨스에게 휩쓸려왔다고 보는 편이 맞겠다 싶었던 존재들? 혹은 그렇지 않고서는 말이 안 되지 싶었을 만큼 낯설었던 존재들…이었었잖아? 그것은 그 당시의 우리네들도… 그 광경과 최초로, 또 갓 눈을 맞췄던 순간에 이미 피워올렸었을 만큼… 해묵었다면 해묵었던 감상이면서도, 그와 동시에… 그만큼 합리적이라면 합리적이었던 감상…이었었잖아, 안 그래?

그러한 감상은… 사실 그 은혜로우면서도 자애롭고, 또 정체불명이었던 그 친구에게도 적용되었던 감상…이었었잖아, 맞지?

그렇게 생각해 보니까… 그가 '지금 당장' 구멍맡에 부재하고 있었던 것 역시도 설명이 되는 것 같았고, 또 이해가 되는 것 같았지.

더해… 그에서 그치지 않고….

'그러니만큼' 그는 '그저' 여기이자 구멍맡에만 부재하고 있는 것일 뿐, 이 세상 어딘가에는 존재하고 있다고 보는 편이 타당하겠다 싶기도 했으며….

또 사실 짚이는 곳이 딱히 없었긴 했지만, 어딘가로든 떠난다면? 그래 어딘가로든의 수색을 이행해낸다면… 그와의 재회를 이뤄낼 수 있겠다고 보는 게… 역시 타당하지 않겠나 싶더라고? 그래 그와의 재회를 포기하기에는 아직 이르다고 보는 게… 맞지 않겠나 싶더라고?

나는… 그런 고무적이면서도 합당하다 못해 타당…하기까지 했던 생각이 피어오름과 동시에… 그를 동포들에게 전파해줬고….

그렇게 우리는 그 생각의 요구대로… 어디인지, 또 얼마나 멀 것인지, 더해 우리가 정녕 닿을 수 있기나 할 것인지도 알 수 없을 곳으로까지의 수색을 이행하기로 가닥을 잡아냈었지.

그리고서는, 우리는 그를 보다 효과적으로, 또 안전하게 이행하기 위해… 나 하쿠피루가 지휘하는 '앞 원정대'와… 내 막역지우 조우성우가 지휘하는 '뒤 원정대'… 도합 두 개의 원정대를 꾸려내고서는, 나머지 동포들을 둘로 나눠 각 덩어리에 배치해냈지. 우리가 많은 덩어리로 쪼개어질수록 많은 방향을 수색하게 될 수 있을 것이 분명했고, 또 그리된다면 많거나 다양한 성과를 올려낼 것이 분명했으니만큼… 보다 많은 원정대를 꾸려내고 싶었었지만! 그래 보다 많은 덩어리로 쪼개고 싶었었지만! 알다시피 애석하게도, 노획품이자 '호신용' 무기랄 것이 두 개밖에 없었었던 덕분에, 그건 좀 어려웠긴 했지. 그럴 수밖에 없었겠을 것이… 알다시피 그 당시는… 그 이방인들이 궤멸을 당했던 게 아니라… 세를 거의 온전히 지켜낸 채로 그저 협곡을 빠져나가기만 했었던 상황…이었었잖아? 또 그렇게 빠져나가서 어디로 향했고, 어디에 있는지조차 알 수 없었던 상황…이었었잖아? 그러니만큼 그들과의 대면은 언제든 이뤄질 수 있는 것이라 보는 편이 맞겠다 싶었고, 또 그러니만큼 그를 대비하는 편이… 맞겠다 싶었지. 그래서… 그럴 수밖에 없었던 거야. 둘보다 많은 덩어리로 쪼개어질 수는… 없었던 거야.

어쨌든! 그렇게 형성되었던 원정대이자… 앞 원정대였던 '우리'는… 앞으로, 또 앞으로 향하며… 눈앞에 있는, 또 바닥에 있는 모든 것들을 꼭 한 번씩은 다 뒤집어냈고, 또 눈앞에 보이는 모든 통들을 꼭 한 번씩은 다 열어봤으며, 나무나 '전봇대'라고 일컬어지던 회색 기둥의 뒤편으로도 꼭 한 번씩은 고개를 밀어 넣는 등의 강도 높은 수색을 이행해댔지. 그래 아마 30분은 아득히 넘는 시간 동안

백 단위는 훌쩍 넘겼을 만큼의 많은 나뭇잎들을 뒤집어냈고, 또 두 손으로도 다 세지 못할 만큼의 많은 나무들의 그림자들을 탐해냈었더라는 거야.

헌데… 애석하게도, 우리는 그를 찾아내지 못했지. 그래 그것은 그 어디에도 존재하지 않았었더랬지. 그래 그는 애석하게도 뒤집힌 채 나뭇잎의 형상을 띠고 있지도 않았으며, 또 나무들의 그림자들 속에 숨어 있지도 않았었더랬지.

그렇게 앞서 언급했듯… 30분가량을 통째로 날려버렸었던 때쯤… 우리는… 그때 닿아있었던 웬 흙밭 비스무리했던 곳에 퍼질러 앉아 깊디깊은 한숨이자 탄식 비스무리했던 것을 토해냈었더랬지. 30분가량을 통째로 날려버리게 되었음으로써, 앓을 수밖에 없었고, 또 실제로도 앓았었던 끝 모를 허탈감의 요구대로! 또 알다시피 그를 오롯이 육체노동만을 해가며 태워냈었던 것에 대한 대가로 앓을 수밖에 없었던 피로감의 요구대로… 말이지.

뭐… 다른 동포들의 입장도 만만찮았긴 했겠지만, 알다시피 다른 동포들과는 달리… 그 적당히 무거웠던 그것을 들고 수색을 이행하느라… 다른 동포들이 앓았던 것보다 더 많은 피로감을 앓을 수밖에 없었던 그 당시의 내가… 다른 동포들보다 더 짙고, 더 무거웠던 피로감의 요구대로… 고개를 떨궜었던 그때! 그래 그저 탄식만을 뱉어내기만 했었던 다른 동포들과는 달리… 딱 고개를 떨궈야 했을 만큼만 더 피로했었음으로써, 그 요구대로… 고개를 떨구기까지 했었던 그때!

돌연 우리 덩어리이자 '앞 원정대'에 속해 있었던 배구상열우의 목소리가 입혀져 있었고, 또 다급하디다급한 어투가 배어있었던 다음과 같은 구절이 내 뒤편 어딘가에서 피어오르던 것… 아녔었겠어?

"저기… 뭔가가 있다, 저기!"

뭐… 앞서 언급했듯 그가 많다면 많은 어투들 중 다급하디다급한 어투를 택했기도 했었고! 또 들었으니만큼 잘 알겠지만, 그 구절이 좋게 보면… 썩 고무적인 구절이었기는 했었던 만큼, 나는 그를 고막 너머로 넘겨냄과 동시에… 그 구절이 피어올랐던 뒤를 향해 고개를 돌려버렸었더랬지.

그렇게 그의 요구대로 고개를 돌렸던 나를 반겨줬던 것은… 배구상열우가 손가락을 뻗어 어딘가를 가리키고 있었던 광경이었더랬지. 맞아, 그가… 자신과 눈을 맞춰냈던 내게… 자신의 손가락의 끝을 향해 눈알을 굴려낼 것을 권유해대고 있는 듯했던 광경… 말이지.

그렇게 나는… 그 광경의 요구대로 그의 손가락의 끝을 향해 눈알을 굴려냈던 덕분에, 네모나고 반듯하고 거대했던 무언가와? 또 흔히 '건물'이라 불리는 것 혹은 곳이자… 눈을 맞춰낼 수 있었고….

그와 눈을 맞춰낸 뒤… 눈알을 어느 정도 더 굴려대는 것으로다가… 그의 몸뚱어리의 상단에 박혀 있었던 '도서관' 따위의 글자까지도 읽어낼 수 있었을뿐만 아니라….

그에서 눈알을 어느 정도 더 굴려대는 것으로다가… 그가 품고 있었던 투명하고 단단한 벽? 혹은 '창문'이라고들 하던 것과도 눈을 맞춰낼 수 있게 되었고….

더해 그 투명했던 것과 더 심도 있다면 심도 있는 눈맞춤을 이행하는 것으로다가… 그의 '속'이자 건물 '내부', 또 '창문 너머'라고 일컬어지는 곳까지도 눈에 담아낼 수… 있었더랬지.

또 그로써… 그의 속… 건물 내부… 또 창문 너머! 그곳에… 들어서 있었던 것들과도 눈을 맞춰낼 수까지 있었더랬지. 아니아니… 그로써 그곳에 어떤 것들이 들어서 있는지를 알아낼 수까지도… 있었더랬지.

그래 그 거대하고 널찍했던 품속에… 몸뚱어리에다가 글자랄 것들을 박아뒀던 존재들이 무려 한 무더기 수준으로까지 들어서 있던 것… 아녔었겠어? 초록색, 빨간색, 파란색 등등… 몸뚱어리의 색깔들은 각기, 또 저마다 달랐었지만, 하나같이… 또 예외 없이 몸뚱어리에 글자랄 것들을 박아뒀던 존재들이… 문자 그대로 한 무더기 수준으로까지 말이지.

그 하나가 아니었던 광경들의 연쇄…가 시사하던 바는 명확하다면 명확했지.

그것은 바로… 물론 애킨스에 관한 지식을 품어뒀던 존재였던 그와는 다르게 생겨 먹었었기는 했었지만, 일단 그것'처럼' 몸뚱어리에 글자들을 박아뒀던 존재들이… 그 창문 너머이자 도서관이라는 건물 안에 '잔뜩' 들어서 있다는 것! 그것도 무려 앞서 언급했듯 한 무더기… 같은 표현을 써볼 수 있겠을 만큼 많이도 들어차 있다는 것…이었더랬지. 아니… 이었던 것 같았지.

뭐… 하나 마나 한 이야기겠지만, 그를 취해냈던 그 당시의 우리가 해야 했던 것은… 하나…뿐이었었더랬지.

그것은 바로… 그곳에 들어가는 방법을 찾아내는 것! 아니아니… 문자 그대로 미친 듯이 찾아내는 것….

그렇게 우리는 그를 미친 듯이 찾아댄 끝에? 혹은 그러기 위해 주위를 샅샅이 뒤져댄 끝에 '왠지' 그곳으로 연결되어 있을 것만 같았던 구멍을? 혹은 그래준다면 더없이 좋겠다 싶었던 구멍을? 아니 그냥 다른 표현을 쓸 것도 없이… 그곳으로 들어가는 통로와도 같아 보였고, 또 그랬으면 좋겠었던 구멍을 하나 찾아낼 수 있었고….

그러기 위해 그를 찾아냈던 것이었던 만큼 당연한 이야기겠지만, 우리는… 그와 눈을 맞춰냄과 동시에… 그에 우리네들의 몸뚱어리를 쑤셔 넣어버리고야 말았었더랬지. 그때는 몰랐었지만! 아니 알았었는지 몰랐었는지 같은 건 별로 중요하지 않겠다지만, 어쨌든 간에… 그때는 몰랐지만, 자신의 품속으로 몸을 들였던 이들을… 어두컴컴하디어두컴컴한 통로 속으로 빠뜨려버리는 구멍이었던 그에… 우리네들의 몸뚱어리를 쑤셔 넣어버리고야 말았었더라는 거야.

그렇게 우리는 대단히 어두컴컴하고 좁아터졌었던 그 구멍 속이자… 통로를 기고, 또 기었더랬지. 그 통로 전반에 스며들어 있었던 물비린내를 맡아가면서! 또 그가 요구하던 헛구역질을 간헐적으로 해대면서 말이지.

그렇게 얼마의 시간을 태워냈을까? 아니 얼마의 시간을 투자해 얼마의 거리를 기어댔을까? 잘은 모르겠지만, 우리는 그리 짧지 않은 시간을 태워내고, 또 짧지 않은 거리를 기어댄 끝에… 어느덧 물비린내가 더 이상 풍겨오지 않던 곳? 혹은 낯설면서도 역했지만, 일단 얼핏 꽃내음 같기는 했었던 모종의, 또 불명의 향기가 물비린내를 대신해 풍겨오기 시작하던 곳에까지 닿을 수 있었더랬지. 그래 모르긴 몰라도 그 통로의 분기점 정도에 해당되는 것 같았었던 곳에 말이지. 맞아, 그 향기가 도서관인가 뭔가 하던 곳이 품고 있는 향기라고 한다면, 어쩌면 우리가 어느덧 그 통로 바깥이자 우리가 들어왔었던 곳보다… 그 통로의 반대쪽 끝이자 그 도서관인가 뭔가 하던 곳의 내부와 더 가까워진 곳이라 취급해볼 수 있을 것 같았던 곳에까지 말이지. 그래 그렇게 전반에 깔린 향기를 변화시켜주는 것으로다가… 우리네들에게… 우리네들의 그 암흑천지에서의 여정이 곧 매듭지어지리라는 것을 간접적으로 알려주고 있는 듯했던 그런 곳에까지… 말이지.

여정이 곧 매듭지어질 것이다… 뭐… '참'인지 '거짓'인지는 알 수 없었긴 했지만, 일단 '참'이라면 더할 나위 없이 좋겠었을 그런 추측이 품어졌다는 사실이? 아니 어쩌면 그보다는, 우리가 그러한 변화를 앓을 수 있는 곳에까지 닿았음으로써, 이전과는 달리 그러한 추측을 품을 수 있게 되었다는 사실이… 우리를 고무시켜냈던 것이었을까? 아니면 그냥… 앞서 언급했듯 역하기는 했지만, 역해 봤자 물비린내보다 역할 리 없었고, 또 이러나저러나 썩 달콤하기는 했었던 꽃내음이 유의미할 만큼 달콤했기는 했었기 때문이었을까? 뭐… 무엇 때문이었는지는 잘 모르겠고, 또 무엇 때문이었는지 같은 건 크게 중요하지도 않겠다지만, 어쨌든, 그때를 기해서 우리네들의 발걸음은 놀라우리만치 빨라졌고….

그 덕분에 우리는… 빠르다면 빠르게 마침내 그 통로의 진짜배기 끝자락에 닿을 수 있었고, 그렇게 닿았었던 곳이자… 통로가 아닌 진정 내부와도 같았던 낯설디낯설었던 곳에… 우리네들의 몸뚱어리를 내려낼 수 있었더랬지. 맞아, 여기가 바로 그 언젠가부터 우리네들을 맞아줬던 그 꽃내음의 근원지라는 것을 알려주기라도 하듯… 통로 내부에서 맡았었던 것과는 비교를 불허할 만큼 짙었던 꽃내음을 '가히' 전역에 품어뒀고, 또 풍겨대고 있었던 그곳에….

또 통로 내부와는 달리… '다행스럽게도' 그리 어둡지만은 않았었던 그곳에 말이지. 그래 가로등 비스무리한 게 내부 어딘가에 있기라도 했던 듯? 혹은 그런 게 아녔고서는 말이 되지 않겠다고 여겨졌을 만큼… 적당히 밝았다면 밝았었던 그곳에 말이지.

뭐… 그곳이 그런 곳이었던 덕분에, 우리는… 그에 들어섬과 동시에… 외부에서 창문인가 뭔가 하던 것 너머로 봤었던 그것들이자… 몸뚱어리에 글자들을 박아뒀던 존재들이었던 그것들과… 선명하다면 선명한 재회를 이행할 수 있었더랬지. 맞아, 각자의 몸뚱어리들에 '이방인', '군주론', '다시는 치즈를 못 먹어도 돼!' 끝으로 '계통분류학' 등등의 글자들을 박아두고서, 일렬횡대를 갖춰둔 채로 우리를 기다리고 있었다면 있었던 듯했던 그것들과의 재회를 말이지.

그네들과의 재회는 썩 감격스러웠던 재회…였긴 했지만!

애석하게도 우리는… 그에 마냥 웃을 수만은 없었어. 사실 그럴 수밖에 없었겠을 것이… 그네들은 가뜩이나 우리보다 키가 컸었는데… 그것도 모자라… 그것만으로는 부족하다는 듯 높다면 높은 곳에 터를 잡고 있기까지 했었었거든. 그래 우리네들이 몸뚱어리를 던져내지 않는다면, 감히 건드려보기조차 어려웠겠을 만큼 높다면 높은 곳에 말이지.

물론 그렇다고 해서… 그들과의 재회를 거기에서 매듭지어낼 수 있었던 것은 아녔었던 만큼! 그래 예방책이랄 것을 빚어냈기는커녕… 그렇게 그들의 몸뚱어리와 보다 선명히 눈을 맞춰내기 위해 수색을 이행했고, 또 통로 속을 기었던 것은 아녔었던 만큼! 맞아, 동포들을 운명시키지 않게 하겠다는 우리의 일념이나 열의가… 그 정도밖에 되지 않았었던 것은 절대 아녔었던 만큼… 우리는 마른침을 삼키고서는, 그에 우리네들의 몸뚱어리를 던져냈었더랬지.

그렇게 던져졌던 우리네들의 몸뚱어리가… 그네들에게 닿았던 그때! 보다 정확히는, 몸뚱어리 중에서도 우리네들의 손이… 그네들을 마치 낚아채기라도 하려는 듯 그네들의 몸뚱어리에 강하고, 또 날카롭게 얹혔던 그때!

그네들의 몸뚱어리가… 들썩…이던 것 아녔었겠어? 아니 그에서 그쳤다면 다행이었지, 그네들의 몸뚱어리가… 그 큰 키가 무색했게도, 우리네들의 몸뚱어리의 무게를 이기지 못하고서… 그 높다면 높았던 거처에서 뜯겨 나오듯 딸려 나오던 것 아녔었겠어? 그래 마치 그 거처와 분리되기라도 하듯… 그에서 떨어져 나와버리고야 말았었더라는 거야.

뭐… 하나 마나 한 이야기겠지만, 그네들이 그렇게 뜯겨 나오듯 떨어져 나와줬던 덕분에, 앞서 언급했듯 비행이라면 비행이었겠을 것을 이행한 끝에 그를 잡아버렸던 우리네들 역시… 그 여파로 그네들과 함께 떨어져… 바닥에 내동댕이쳐지고야 말았었더랬지. 우리네들의 등이 바닥과 세게 부딪히며 '쿵!' 따위의 비명을 내질렀었을 만큼 강하게 말이지.

뭐… 들었으니만큼 잘 알겠지만? 아니 들었으니만큼 그랬었으리라 짐작할 수 있겠지만, 그가 안겨다 준 충격은 상당했고, 그 여파는 대단했지. 방금 같은 표현 정도는 무리 없이 쓸 수 있겠을 것이… 실제로 우리는 그렇게 낙상 중에서도 낙상! 또 추락 중에서도 추락을 당하고 난 직후로부터 10여 초가량의 시간을… 몸을 일으키지 못하고, 신음만을 토해대며, 또 몸부림만을 쳐가며 태워내야 했었거든. 그래 그것은… 우리에게… 그 한낱 몸을 일으키는 행위마저도 이행하지 못하게 했을 만큼 대단했던 고통을 안겨줬었거든.

어쨌든! 앞서 언급했듯 그렇게… 그 몸부림이 이행되고서부터 10여 초가량이 흘렀었던 때쯤이자….

앞서 언급했듯 끝도 없이 신음이랄 것을 토해냈던 덕분에, 몸 안에 들어차 있었던 공기들이 모두 소진되어버렸음으로써, 우리네들이 별수 없이 날숨…이랄 것만을 이행하기 시작했던 그때! 그래 그러니까 모두가 신음을 뱉어내는 것 대신 날숨이랄 것을 이행하느라… 썩 유의미한 소리랄 게 피어오르지 않게 되었고, 그로써 결과적으로 그 도서관인가 뭔가 하던 곳에… 의도치 않았고, 또 예기치 않았었던 정적…이랄 것이 깔렸었던 그때!

웬걸, 또 난데없이… 피어오르던 것… 아녔었겠어? '파락' 혹은 '파라락' 정도로 옮겨쓸 수 있을 것 같았던 웬 소음이 말이지. 피어올랐었던 방향으로 미루어봤을 때, 우리와 함께 추락이랄 것에 신음했었던 '그것들'의 몸뚱어리에서 피어오르고 있는 듯했던 웬 정체불명의 소음이… 말이지. 그래 그의 비명이나 신음이지 않을까 싶었었던 그런 소음이… 말이지.

뭐… 알다시피 그 당시의 우리는 누군가의 신음이나 비명 따위에 신경을 써주고, 또 그를 뱉어냈던 자를 간호해줄 수 있는 입장도, 또 상황도 아녔었긴 했지만, 알다시피 그를 뱉어냈던 자가… 우리가 간절히 찾아 헤맸었던 존재였던 만큼! 그래 그것도 무려… 원정대를 꾸려가며, 또 수색을 이행하며, 또 통로를 기면서까지 찾아 헤맸었던 존재였던 만큼, 우리는 그 신음이 흩뿌려짐과 동시에? 혹은 그를 들어냄과 동시에… 퍼뜩 정신을 차려내고서 몸을 일으켰었더랬지. 그래 미처 치유되지 않았던 고통을? 혹은 겨우 그렇게 신음을 뱉어대며 몸부림을 쳐대는 것만으로는 치유될 리 없었던 고통을 외면하다시피 유예해내고서… 몸을 일으켰었더라는 거야.

그렇게 몸을 일으켰던 그 당시의 우리네들을 반겨줬던 광경이… 어떤 광경이었는지 알아? 혹은 그네들이… 우리가 그런 선택을 해주기만을 기다리며… 비명을 뱉어대는 틈틈이 꽃피워뒀었던 광경이… 어떤 광경이었는지 알아?

그것은 바로… 그네들이 바닥에 엎질러지듯 널브러진 채로… 자신의 품을 열어재껴뒀었던 광경…이었더랬지. 맞아, 그로써 자기네들의 품속이라면 품속이었을 곳을… 혹은 것을 여과 없이 드러내고 있었던 광경…이었더랬지. 그래 그렇게 드러누운 채로… 얇디얇은 한 겹의 속살을? 혹은 '낱장'이라고 불러줄 수 있겠을 속살을… 모종의, 또 불명의 경위로다가 펄럭…거려대고 있었던 광경… 말이지.

그를 보고 있자니….

웬걸… 그네들의 속살들이 말이지? 어째서인지 그 옛날의 우리네들이 눈을 맞췄었던 '그것'이자… 애킨스에 관한 지식을 품고 있었던 그 자애롭던 것과 똑같은 외형을 지니고 있던 것 아녔었겠어? 그래 그네들의 속살들은… 그것과 똑같이 생겨… 먹었었더라고? 맞아, 그네들은… 그런 속살들을 지니고 있었어. 허연 듯한 것 같기도? 또 누런 듯한 것 같기도 했던… 모르긴 몰라도 '면'이라고 할 수 있겠을 얇디얇은 부분들에 글자들이 빼곡히도 박혀 있었던 속살…들을 말이지.

아니 그렇게 이야기할 게 아니라….

보아하니 그네들은… 웬걸 그런 속살들로 속을 채워뒀던 존재들…이었었더라고? 그래 그것과 똑같은 외형을 지닌 속살 한 겹! 또 앞선 한 겹과는 물론이거니와… 그 옛날의 그것과 똑같은 외형을 지니고 있었던 다음 속살 한 겹이자⋯ 다른 속살 한 겹! 또 앞선 것과 똑같은 경위와 방식으로 형성되었던 다음 속살 한 겹이자⋯ 다른 속살 한 겹! 그래 그네들은⋯ 그런 속살들의 연쇄이자⋯ 유기체와도 같았던 존재⋯였었더라고? 아니 어쩌면, '존재'나 별개의 '개체'가 아니라⋯ 그 옛날의 그것들이 엮이고 엮여 형성된 유기체? 혹은 모이고 모여 형성된 유기체⋯나 다름없었던 존재? 혹은 그것들의 다발⋯이나 다름없었던 존재⋯였었더라고? 아니 그런 것 같았고, 또 그래 보이더라고?

그것은 분명⋯ 놀랍다면 놀라웠던 깨달음, 또 신선하다면 신선했던 깨달음이나 추측⋯이었긴 했지만⋯.

애석하다면 애석했게도? 혹은 당연하다면 당연했게도? 그 깨달음이자 추측은⋯ 그 당시의 우리네들에게 그 어떠한 반향도 불러일으키지 못했던 깨달음이나⋯ 추측⋯이었었더랬지. 아니 반향을 일으키기는 고사하고, 그네들은 우리네들에게서⋯ 그 조금의 관심이나 주목도 받아 챙기지 못했었더랬지. 그래 알다시피 그네들의 정체나 실체 같은 것은⋯ 그 당시의 우리네들에게는 신경 써봐야 할 축에도 끼지 못했었던 것이었어. 그 당시의 우리에게 신경 써봐야 했던 유일한 것은⋯ 뭐⋯ 우리가 기어이 '그것'을 넘어 '그것들'의 다발'들을 찾아내는 데에 성공하고야 말았었다는 고무적이디 고무적인 사실⋯뿐이었었지. 그래 그토록 바라왔고, 또 그토록 간절히 찾아왔었던 그것들을 찾아냈다는⋯ 그런⋯.

어쨌든! 뭐⋯ 그렇게 '그것'을 넘어 무려 그것들의 다발을! 아니

아니 무려 그것들의 다발'들'을 찾아내는 데에 성공했었던 그 당시의 우리가 해야 했던 일은 하나…뿐이었더랬지.

그것은 바로… 그것들이 마치 음식이라도 되는 것마냥? 혹은 마음의 양식 정도는 되는 것마냥… 그것들을 게걸스럽게도 먹어 치워대는 것! 하나의 다발을 다 먹어 치워내면, 곧바로 다음 다발을 꺼내 들어 그를 또 먹어 치워대는 것! 또 그를 다 먹어 치워내면 그다음, 또 그다음…의 과정을 반복해대는 것뿐이게 되었지.

내 기억이 맞는다면, 그렇게 우리는 두 시간가량 동안 그 행위를 반복하는 것으로? 아니아니 그것들만을 반복해가며 꼬박 두 시간가량을 태워내는 것으로 세기에도 벅찰 만큼의 많은 다발들을 먹어 치워낼 수 있었고….

그 덕분에, 우리는… 세기에도 벅찰 수준의 지식들을 취해낼 수 있었더랬지. 그래 그것들의 냄새만 맡아도 구토감이 피어올랐을 만큼 대단했던 수준의 포만감을 앓게 되었었더라는 이야기야. 맞아, 그들과 눈을 맞추고, 지식을 습득하는 것을 갈망하고 갈망해왔었던 우리를! 맞아, 앞서 언급했듯 그러기 위해 그 정도나 되었던 여정을 떠나왔었을 만큼 그를 갈망해왔었던 우리를… 종국에는 그들에게 눈길도 주지 않는 존재로 만들어버렸을 만큼 많은 지식들을 취해낼 수 있게 되었었더라는 거야. 그래 그 정도로 대단했고, 또 유의미했던 폭식…이라면 폭식이었겠을 이행했었더라는 이야기지.

내 기억이 맞는다면, 그 당시의 우리가 그 폭식이랄 것을 통해 취해냈었던 지식들은… 다음과 같았어.

'수적 우위'를 점한 자들이 언제나 승리하는 것은 아니라는 지식! 또 수적 우위를 점하지 못함으로써, 혹은 수적 열위에 놓임으로써 빚어지는 차이와 불리함은… 무마해내려면 얼마든지 무마해낼 수 있고, 또 상쇄해내려면 얼마든지 상쇄해낼 수 있는 것이라는 지식! 역사적으로 상대 집단과의 수적 차이를 계산하는 것 자체가 불가능할 만큼 압도적인 수적 열세에 몰려있었던 집단이… 그와 정반대의 상황에 놓여있었던 상대 집단을 갈아내는 경우가 왕왕 발생해왔었더라는 지식!

'왕왕' 같은 표현을 썼던 것을 통해 미루어 짐작해 볼 수 있겠지만, 그랬던 경우는 많았다면 많았고, 또 그랬던 만큼이나… '그리 되었던 이유' 역시 많았다면 많았었지만, 개중에서 가장 주목해 볼 만했던 것? 혹은 우리네들이 써먹을 수 있겠던 것이었음으로써… 주목해 볼만했던 것은 바로… '지형적 결함'! 그래 수적 우위를 점한 집단이 '지형적 결함'이랄 것을 앓게 된 덕분에, 갈려 나갔던 역사가 적지만은 않았더라는 지식! 또 그러니만큼 지형적 결함이라는 것은… 수적 우위랄 것을 무위로 만들어낼 수 있는 것이라는 지식!

예를 들면… 두 집단이… 최대 하나에서 둘 정도만의 출입을 윤허할 만큼 좁아터진 통로에서 싸우게 된다면? 맞아, 각 집단이 몇 명의 가용병력을 품고 있는지 같은 것 따위에는 그 조금의 관심도 없는 그런 통로의 통제하에서… 그 두 집단이 맞붙게 된다면? 그 통로의 요구하에… '당장' 상대에게 창칼을 뻗어낼 수 있게 되는 존재가 겨우 하나에서 둘 남짓으로 강제되어버리니만큼… 수적 우위 니, 열위니 하는 것들은 다 없는 일이 되고, '오롯이' 두 집단에 속한 개개인 간의 역량 차이만이 승패에 관여하게 됨으로써, 애석하게도? 혹은 꼴사납게도… 개개인의 역량이 아니라 수적 우위'만'을 내세워왔던 집단이 갈려 나가버리는 경우가… 왕왕 발생해왔었더라는 지식!

또 그에 의거해… 수적 열세에 놓인 집단이… 모종의, 또 불명의 경위로? 혹은 아무럼 어땠을 경위로 수적 우위를 점한 집단과 혈전을 벌여야 하는 상황에 닿게 된다면? 그런 상황에 닿게 되는 것이 확실시되었다면? 그 무대이자 격전지를… 좁아터진 통로로 '미리' 설정해놓는다면… 재미를 좀 볼 수 있을 것이라는 지식! 그래 '할 수만 있다면' 그리해두는 편이 좋을 것이라는 지식! 그래 그와 결이 같다면 같게도, 수적 열세라는 것은… 그렇게 전략적인 판단을 미리미리 빚이내 둬야만 어찌어찌 극복해낼 수 있을 만큼 치명적인 난제라는 지식!

또 그와 동시에? 혹은 그에 의거해… 소위 '작전', 또 '전략'이라 일컬어지는 것은… '그 정도'나 되었던 수적 우위를 단숨에 없던 일로 만들어낼 수 있을 만큼 대단한 것이라는… 지식!

또 무릇 그런 작전이라는 것이 원활히 이행되기 위해서라면? 혹은 무릇 '집단'이자… 격전과 방위를 위한 집단인 '군'이라는 게 효율적으로 움직이려면… '대장', '왕', 또 '영도자'라는 존재가, 또 '장군'이라는 존재가 있어야 한다는 지식!

맞아, 대장이나 왕, 또 영도자 등의 존재가… 직접 수립했거나 헌책 받은 작전들을 '장군', 또는 '부하'들에게 하달해내고, 그들이 그를 완수하기 위해 최선을 다하는 것! 또 대장, 왕, 또 영도자 등이 이따금씩 그 장군들이자 부하들에게 연설이나 훈시 등을 이행하는 것으로다가… 그들의 가슴 속에 영도자 본인이나… 국가, 또 집단에 대한 '충성심'이랄 것을 배양시키고….

그 장군이나 부하들이 유사시… 그 배양 받았던 충성심이랄 것을 임무를 완수하는 데에 필요한 힘으로 치환시켜내며 달리거나… 혹은 그에 감복할 대로 감복해… 임무를 완수하기 위해 죽음을 불사해내기까지 하는 것! 그래 그렇게 그들이 각자가 맡은 바들에 충실히 임함으로써… 작전이 완수되는 것! 그것은 역사의 수레바퀴랄 것이 수천 년 동안 굴러오며, 틈틈이… 또 몸소 증명해왔던… 가장 이상적이고, 또 정석적인 방식이라는… 지식!

그러니만큼… 대장, 왕, 또 영도자가! 더해 장군이라는 존재가 필요한 게 확실하고, 또 누군가를 그에 추대시키는 편이 나은 것을 넘어 맞기까지 하다는 지식!

또 대부분의 왕, 대장, 또 영도자들은? 혹은 그로 '추대'되었던 인물들은? 연륜이나 경험이 많은 존재였었더라는 지식! 아니 반대로 연륜이나 경험이 많은 자를 대장, 왕 또 영도자로 추대시키는 편이 낫거나 맞다는 지식! 그럴 수밖에 없겠을 것이… 연륜이나 경험이라는 것은… 보다 나은 작전을 빚어내는 데에 큰 도움을 주며, 또 앞서 언급했듯 그가 이따금씩 이행해줘야 했던 연설이나 훈시랄 것을 보다 호소력 짙은 연설이나 훈시…로 만들어줄 수 있으니만큼, 그런 것들을 많이 품어둔 자를 추대시키는 편이… 낫거나 맞다는 지식!

또 지휘 체계를 혼란스럽거나 난잡하게 꾸려둔다면, 작전에 차질이 빚어지는 것을 넘어… 무려 작전이 실패하기까지 할 수 있으니만큼, 왕, 대장, 또 영도자의 자리에는 단 한 명만이 앉아야 한다는 지식! 아니 그것이 나은 것을 넘어 맞기까지 하다는 지식!

또 '장군'이라는 존재는 대부분 젊고 날렵하거나 힘이 무진장 센 자'들'이 '추대'되는 편이 낫거나 맞다는 지식! 그래 결국 장군이라는 존재는… 최전방 혹은 전장의 중심에서 적들과 살갗을 맞대야 하는 존재들이니만큼, 그래 그렇게 작전을 완수해야 하는 임무를 띤 존재들이니만큼… 젊고 날렵하고, 또 힘이 무진장 셌음으로써, 최소한 신체적 능력이 부족해 작전을 완수하지 못하는 불상사는 야기시키지 않게 할 존재들을… 추대시키는 게 낫거나 맞다는 지식!

더해 장군이 많을수록 이행할 수 있을? 혹은 끝끝내 완수할 수 있게 되는 작전이 많아지거나… 이행되는 작전의 성공률이 높아진다면 높아질 것이니만큼? 또 끝으로 그들의 수가 많다고 해서 지휘 체계에 그리 큰 혼란이 빚어지지는 않으니만큼… 장군의 자리에는… '들' 단위의 이들이 앉아도 되었던 것을 넘어… '들' 단위의 이들이 앉는 편이 좋거나 맞다는 지식!

그들을 종합해봤을 때….

썩 괜찮은 작전을 하달하는 왕과… 그를 완수할 수 있을 만큼의 힘을 지녔고, 또 그를 실제로 완수해오는 장군! 또 적절한 때에 적절한 연설이나 훈시를 이행하는 왕과… 또 그를 통해 배양받은 충성심을 통해 죽음을 불사하는 결단을 내려가며 임무를 완수해오는 장군! 그런 그들의 조합은… 여태껏 세기에도 벅찰 만큼 긴 시간 동안… 세기에도 벅찰 만큼 많은 이들이… 열거하기에도 벅찰 만큼 많은 전투를 치러가며 피워내고, 또 증명해낸 '승리 공식'이라는… 지식! 혹은 치러냈음으로써 피워올릴 수 있었던 '필승 공식'… 이라는 지식!

물론 암군… 혹은 실정을 거듭하는 무능한 왕! 또 용맹하지 못한 장군… 혹은 용맹하지 못했기만 했던 것을 넘어 적을 분쇄하지도 못할 만큼 무능해 빠졌었던 장군… 정도의 반례들도 존재하기야 했었다지만! 그래 그러니까 왕과 장군이 있기만 하다고 모든 게 다 해결되는 것은 아니었긴 했지만….

암군의 경우… 그 휘하에 불세출의 장군이 있기만 하다면?

또 무능한 장군들밖에 없는 경우… 그네들의 위에 장군의 몫까지 해낼 수 있을 만큼 입지전적인 인물이 왕으로 군림해 있기만 하다면… 모든 게 다 해결되어왔기는 했으니만큼! 일단 이러나저러나 그 자리들은 반드시 채워져야 한다는 지식! 그래 그에 추대되는 개개인의 역량들도 물론 중요하긴 하지만, 그건 부차적이라면 부차적인 문제고, 일단 그 자리가 채워짐으로써, 그 공식을 굴려낼 수 있게 되는지… 혹은 못 하게 되는지에 승패가 갈릴 수 있으니만큼, 그 자리들은… 반드시 채워져야만 하는 자리라는 지식! 혹은 그 자리들을… 반드시 채워내야만 한다는 지식!

또 그 이방인들이 들고 있었던 그것들이자… 우리에게도 두 개가 떨어졌던 그 회색 물건의 이름은 '포크'이며, 인간들이 음식을 꽂아서 집어 들 때 쓰곤 하는 도구라는 지식! 맞아, 그 날카롭고도 단단했던 끄트머리? 혹은 갈라진 끝자락이자… 임승혀누와 정황상 노호중우의 몸뚱어리를 파고들었었던 그 부분을 음식에다가 쑤셔 넣고서, 그와 연결되어 있었던 막대 부분을 들어 올리는 일련의 절차를 밟아내는 것으로다가… 음식을 들어 올릴 수 있게 해주는 도구? 혹은 그를 위해 만들어진 도구라는 지식!

끝으로….

그 이방인들은 '쥐'라는 정식 이름을 지닌 개체… 혹은 생명체였더라는… 지식…까지도 취해낼 수 있었더랬지. 그래 여러 병균들을 품어뒀던 것으로다가… 자기네들과 살갗을 맞닿아냈던 자들을 치명적인 병환을 앓게 만들어 왔었더라는… 더러워빠졌었던 족속…이었더라는 지식! 또 다른 이들에게 짓밟히고, 걷어차이고, 된통 얻어맞은 끝에 죽거나 잡아먹히는 것이 일상이었었더라는… 나약해 빠졌었던 족속…이었더라는 지식!

아니 나약해 빠졌기만 했었던 족속! 또 번식력이랄 게 원체고 좋았음으로써? 아니면 그것 말고는 특출난 게 없었음으로써… 그렇게 불린 수를 이용해… 특정 상황을 전개하거나… 끈질기게도 명맥을 유지해왔었더라는… 더러웠던 것도 모자라 비열하기까지 했었던 족속…이었더라는 지식!

 또 그렇게나 보잘것없는 존재들이었음에도 불구하고, '마침' 혹은 '하필' 인간들이 먹다 남긴 음식 쓰레기들을 입맛에 맞아 했던 덕분에, 명맥을 유지할 수 있었을 뿐이었더라는 족속…이었더라는 지식! 달리 말하면, 지금처럼… 인간이라는 존재가… 자기네들이 먹다 남긴 음식이랄 것들이 지천으로 흩뿌려질 수 있게까지 했을 만큼… 풍요롭거나 풍족한 삶을 영위하지 못했었더라면? 그래 세상을 그리 만들 수 있었을 만큼의 절대자로 군림하지 못했었더라면? 진즉에 멸종인가 뭔가 하는 것을 당해버렸을 만큼 시답잖고, 하찮았으며… 무능하기 짝이 없었던 족속…이었더라는 지식! 그래 문자 그대로 인간 세상에 기생하는 족속이자… '해수'…였었더라는 지식까지도… 취해낼 수 있었더랬지.

 어때? 정말 푸짐했지? 그래 정말 많은 지식들이 취해졌었지? 그래 그저 다른 거 없이 다른 동포들이 더 운명당하지 않게 하는 방법만을 찾기 위해 그곳에 왔었던 우리네들에게… 너무도 많은 정보들이, 또 지식들이 제공되었지? 앞서 내가 왜… 우리가 종국에는 그들에게 눈길도 주지 않는 존재가 되었다는 표현을 썼었는지가 다 이해가 되지? 그래 뭐 당장 이해를 할 수 있겠든 말든, 그 당시의 우리는 그리되었고….

 또 그러니만큼 당연한 이야기겠지만, 우리는… 그렇게 마지막 지식을 취해냄과 동시에? 혹은 앞서 들었다시피 잘 알겠지만, 더없이 많은 지식을 취해냈음으로써, 순서상 마지막으로 취했던 그 지식을 진정 '마지막 지식'이라 취해봐도 되겠다는 생각이 듦과 동시에? 혹은 그런 피어올라 마땅했던 생각이 피어오름과 동시에… 도서관에서 빠져나와 협곡으로 빠르게 내달렸지. 그래 그 지식들의 요구들에 응하기 위해 말이지.

뭐… 굳이 언급하지 않아도 될 것 같긴 하지만, 부러 '이를테면'….

첫째로는… 그에 의거해 이방인들의 수적 우세를 무위로 만들어낼 수 있을 좁디좁은 통로를 찾아두라는 요구! 그래 그런 간택해 마땅할 곳을 찾아다가 전장으로 '미리' 간택해 두라는 요구!

또 둘째로는… '미리' 누군가를 왕, 대장 또 영도자로 추대해 두라는 요구… 말이지. 보다 정확히는, 왕, 대장 또 영도자로 추대해 마땅한 인물을 미리 선별하고, 실제로 '미리' 추대해 두라는 요구… 말이지. 그래 그래야만이 그다음 이방인들의 침공에게서 우리네들의 동포들을 지켜낼 수 있게 되니만큼, 그들을 잃고 싶지 않다면? 수용하고, 또 이행해야만 했던 요구들! 혹은 그 상황이 우리네들에게 이행할 것을 강요해냈던 요구… 말이지. 물론 알다시피 그 이방인들은… 마치 다시는 협곡에 돌아오지 않을 심산이기라도 한 것처럼 냅다, 또 부리나케 도망쳤었기야 했었다지만! 그래 그러니만큼 그네들이 '반드시' 협곡에 '다시' 찾아올 것이라는 것은… 확신할 수 없었기는 했지만! 사실 따지고 보면, 그리 오래되지 않았던 옛날에… 그들은 이미 그렇게 도망쳐놓고, 얼마 뒤 다시 '세를 불려' 협곡으로 쏟아져 들어왔었던 전적이 있었었잖아? 또 아직 그네들의 세랄 것은… 굳건…하다면 굳건했긴 했잖아? 그래 그 역겨울 만큼 많았던 수에서 겨우 둘 정도가 빠지는… 한낱 생채기'조차도' 되지 못할 것을 앓았던 것이 전부였으니만큼! 그네들의 침공이랄 것이 언제 다시 이행되더라도 이상할 게 없었던 상황이었지. 아니 그렇게 보는 게 맞겠다 싶었던 상황…이었지.

어쨌든! 당연한 이야기겠지만, 그렇게 우리는 다시 협곡에 도착함과 동시에 광장에 모여 앉아… 그 어느 때보다도 엄중하고, 또 진중했던 회의를 주재하고, 그에 모두의 몸뚱어리를 던져냈더랬지. 개중 두 번째 요구를 완수하는 것을 목표로 삼아냈던 회의이자….

대략….

정신 상태가 온전치 못했음으로써, 수행 능력이랄 것에 세기에도 벅찰 만큼의 많은 의문부호가 붙었던 존재였기는 했지만, 일단 다른 동포들과는 비교를 불허할 수준의 경험이나 연륜의 소유자였기는 했었던 만큼… 왕으로 추대시킴이 마땅했던? 혹은 지난 역사가 그랬었던 것에 '의거해'… 추대시켜야 하지 않을까 싶었던 바구중바구! 그를 왕, 대장, 또 영도자로 추대시킬 것인지? 혹은 그래도 될 것인지에 대한 회의!

아니면 '차마' 그러지는 못하겠으니만큼! 그래 그건 '아무래도' 안 되겠으니만큼… 연륜이나 경험은 그에 비할 수준이 못 됐기는 했지만, 그래도 신체 능력이나 정신 상태에 있어서만큼은… 그와 비교하는 것 자체가 실례였을만큼 온전했고, 또 그러니만큼 당연하게도… 그것들을 모태로 둔 수행 능력이랄 것 역시도 그와 비교를 불허할 만큼 걸출할 것 같았던 나 하쿠피루와 내 막역지우 조우성우를… 왕, 대장, 또 영도자로 추대시킬 것인지…에 대한 회의! 아니 사실 하나의 개체가 둘로 분한 것이나 다름없었던 나 하쿠피루와 내 막역지우 조우성우가… 각기 다른 직위를 취하게 되는 것이 가능한 일이기는 한가에 대한 회의? 아니 가당키나 한 일이기는 한가에 대한 회의?

또 그렇다면, 또 정녕 그래야만 한다면… 누구를 추대시킬 것인지에 대한 회의…였다고 할 수 있겠을 회의에 말이지.

뭐 딱 들었으니만큼 잘 알겠지만, 그 회의는 난제 중에서도 난제를 주제로 두고 이행되었던 회의였던 만큼, 지난할 수밖에 없었고, 또 실제로도 지난했었더랬지. 그 덕분에, 우리는… 30분에서 30분 가량을 그 조금의 진전도 없이 그저 무의미하게 태워버리고야 말았었더랬지. 그래 얼마의 시간을 '더' 태워내야 그를 매듭지어낼 수 있을지에 대한 확신은 물론이거니와… 얼마의 시간이든 더 태워낸다고 해서… 정녕 그 회의를 유의미하게 매듭지어낼 수 있을지에 대한 확신마저도 품어보지 못한 채로… 무의미하게… 말이지. 물론 투자되었던 시간만을 따지고 보면, 창문이랄 것을 찾기 위해 열렸던 회의와 비교할 수준이 안 됐었기는 했지만, 그것도 사실 '아직'에 불과하다고 여겨졌을 만큼! 그래 그를 우습게도 뛰어넘을 수 있을 것이라 여겨졌을 만큼… 그 조금의 진전도 없이… 그때보다 훨씬 더 무의미하게 시간을 태워대며… 진행…됐었더랬지.

그렇게… 그러했던 우리의 추측? 혹은 나 혼자만의 추측이…

영 못 써먹을 추측이지는 않다는 것을 증명하기라도 하려는 듯… 그렇게 무의미함을 유지해가며, 그에 투자되었던 시간이… 기어이 한 시간을 넘어가려 했었던 그때!

돌연 떠올라주던 것 아녔었겠어? 맞아, 생각이 나주던 것 아녔었겠어? 그래 그 회의를 매듭지어내는 데에 크게 도움이 될 것 같았던 지식이자… 이미 우리가 취해뒀었던 지식이었음으로써, 어쩌면 이미 진즉에 떠올리고, 또 떠올리는 것으로다가 진즉에 회의를 매듭지어냈었어야 했을 지식이… 늦게나마라면 늦게나마… 떠올라주던 것 아녔었겠어?

그래 그것들과 눈을 맞춰냈던 것으로 취해낼 수 있었던 지식 중의 일부이자….

멈추지 않을 것처럼 쉬지 않고 굴러왔고, 또 지금 이 순간에도 굴러가고 있는 역사의 수레바퀴가 훑고 지나갔던 여로 곳곳에 등장했었던 유수의 암군들과 불세출의 명장들이 낳아주고, 또 직접 '참'이라 증명해냈기까지 했던… 그 사실! 그래 그들이 자기네들의 나라랄 곳에 태평성대랄 것을 불러일으키는 것으로다가? 또 유수의 전투들에서 승리를 거머쥐는 것으로다가 '참'이라는 것을 증명해줬고, 또 증명해왔었던 그 사실!

맞아, 불세출의 명장이 있기만 하다면, 암군이 권세를 잡아내도 문제 될 것이 없다는 그 자명하디자명했던 사실이… 떠올라주던 것 아녔었겠어?

그것이 떠올라줬던 덕분에, 우리는… 그를 우리에게 대입하는 것으로다가? 혹은 우리네들의 입장에서 그 지식을 재구성하는 것으로다가⋯ 더없이 유의미했던 결론⋯을 하나 꽃피워낼 수 있었더랬지.

그 지식에 의거해? 혹은 그 지식이 그러했었던 것에 의거해⋯ 바구중바구⋯ 그를 그의 연륜을 높게 사주는 의미로다가 왕, 대장, 또 영도자로 추대시키는 동시에⋯ 그에게 '암군'의 역할을 안겨주고⋯.

노호중우만큼은 아녔었긴 했지만, 적당한 수준의 힘이자 역량을 지니고 있었고, 또 마침 젊고 날렵했었던 나 하쿠피루와 조우성우를 '장군'으로 추대시키고, 또 그와 동시에 그 둘에게 '불세출의 명장'의 역할을 안겨준다면⋯ 모든 게 다 해결될 것이니만큼⋯ '퍼뜩' 그를 왕으로, 또 그 둘을 장군으로 추대시켜야 한다는 결론⋯을 말이지.

음⋯ 어때? 들었으니만큼 잘 알겠지만, 정말 반론이 제기되는 것 자체를 윤허하지 않을 만큼 대단했던 결론이었지? 그래 그보다 더 나은 결론이랄 게 정녕 있기나 할까 싶을 만큼 대단했던 결론이었지? 뭐⋯ 하나 마나 한 이야기, 또 당연한 이야기겠지만, 그 당시의 우리의 생각 역시 그랬었어. 그래 그 당시의 우리의 입장이나 생각 역시 그럴 수밖에 없었고, 또 실제로도 그랬었던 덕분에, 우리는 그러한 결론이 피어오름과 동시에 그 무의미하기 짝이 없었던 회의랄 것을 빠르게 매듭지어낼 수 있었고⋯.

그렇게 그 회의가 매듭지어짐과 동시에⋯ 순식간이라면 순식간

만에 장군으로 추대되었던 나 하쿠피루와 조우성우는… 정신 상태가 온전치 못했던 덕분에, '이번' 회의에도 '역시' 참석하지 못했음으로써? 아니 이번 회의의 참석'마저도' 윤허되지 못했음으로써, 회의가 주재됐었다는 사실은 물론이거니와… 그 회의를 통해 자신이 '암군'으로 간택되었다는 사실마저도 알 수 없었고, 또 알았을 리 없었던 바구중바구와의 알현이라면 알현이었겠을 것을 이행하기 위해… 그의 골방으로 들어섰었더랬지. 그래 '그때까지만 해도' 이름만 떠올려도 눈물이 피어올랐을 만큼 그립디그리웠던 오래된 동포 노호중우가… 바구중바구를 위해 공들여 만들어뒀던 그 오래된 문을 재껴내고서 말이지.

그렇게 그에 들어선 우리는… 엎질러졌다고도? 또 널브러져 있었다고도 할 수 있겠을 만큼 흐물흐물한 상태로 바닥에 누워있었던 바구중바구와의 재회 아닌 재회… 혹은 알현 아닌 알현을 이행해낼 수 있었고….

그렇게 나는… 사실 잠에 든 상태라고 봐도 문제 될 게 없다 싶었을 만큼… 절반가량 감겨 있었던 바구중바구의 눈에다가 내 눈을 맞춰내고서는, 다음과 같은 인사말이자… 축약되디축약된 구절을 토해냈었더랬지. 아니 축약되디축약될 수밖에 없었음으로써 겨우 그 정도밖에 되지 못했고, 또 될 수 없었던 구절을 토해냈었더랬지.

"바구중바구… 님. 잠시… 가주셔야 할 곳이… 있겠고, 또 되어주셔야 할 게… 있겠습니다."

알다시피 축약…할 수밖에 없었고, 생략…할 수밖에 없었어서 그런 구절을 뱉어낼 수밖에 없었었지만, 그것은 사실 내 사정이었고! 그에게 있어서 그 당시의 그 상황은… 그저 듣는 것만으로는 의중은커녕 의미마저도 파악할 수 없겠었던 구절이 흩뿌려졌던 상황이었기 때문이었을까? 아니면 지겹게도 언급했듯 그의 정신 상태가 그따위였기 때문이었을까? 뭐 잘은 모르겠고, 별로 중요하지도 않겠다지만… 그는 그 구절이 흩뿌려짐과 동시에… 반쯤 감겨 있었던 눈을 볼품없게도 두어 번가량 끔뻑여대고서는, 다음과 같은 답변을 뱉어냈었더랬지. 그래 그 구절을 조금도 이해하지 못했던 경우가 아녔고서는 뱉어내기 어려웠을 그런 답변을 말이지.

"어… 음? 그기… 그기 뭔 소리고, 갑자기?"

하나 마나 한 이야기겠지만, 그에 이어 붙여볼 수 있었던 답변은… "그… '왕'이란 게 되어주셔야겠습니다."… 정도뿐이었었더랬지.

뭐… 직접 묻지는 않았었으니만큼 잘 모르겠고, 또 별로 궁금하지도 않다지만, 그에게 그 답변은… "그기 뭐 하는 긴데?" 따위의 답변이자 반문을 이어 붙여볼 수밖에 없겠었던 답변…이었나 보더라고? 그 답변을… 그냥 "알았다. 퍼뜩 가보자!" 따위의 답변을 이어 붙여내고서, 몸을 일으켜줘 마땅한 답변이라 받아들이고… 그리 해줬었더라면… 참 더할 나위 없이 좋았을 텐데, 아쉽다, 그지?

어쨌든! 뭐… 그가 그를 어떻게 받아들였었는지 같은 건 모르겠고, 또 별로 중요하지도 않겠지 싶어. 중요했던 것은… 어쨌든 간에, 또 이러나저러나… 그의 그 늙고 병든 몸뚱어리는 '그 정도의 답변만으로는' 일으켜낼 수 있었던 게 아녔었더라는 것…이었고….

또 애석하게도, 우리는… '그런' 그의 몸을 '어떻게든' 일으켜내 야 한다는 것…이었더랬지.

그에 주목해… 머리를 굴려봤다면 굴려봤더니… 말이지? 택해 볼 수 있겠을 선택지가… 둘 정도 되는 것 같더라고?

첫 번째의 경우… 그에게 우리가 당면한 상황과 취해냈던 지식 들을 소상히, 또 구체적으로 밝히는 것으로 왕의 필요성을 역설하 고! 또 실상은 어땠었는지와는 무관하게? 혹은 실상은 어땠었는지 같은 건 비밀로 두고, 그에게만큼은… 우리가 그의 연륜이나 경험 을 높게 사기로 했고, 또 그를 토대로 그를 왕으로 추대시키기로 했 다는 것을 밝히고, 그들을 종합해… 그에게… 진정 왕으로 군림해 줄 것을 읍소하는 선택지! 그래 그런 이상적이었다면 이상적이었던 선택지!

두 번째의 경우… 그에게… 당신이 암군이 되는 것? 혹은 우리 가 당신을 암군으로 추대시키기로 한 것? 그것은 모두 앞서 언급했 듯… 당신은 모르고, 또 이해할 수도 없을 그 승리 공식이랄 것을 완성시키기 위해 그저 공란을 메꿔내는 행위에 불과하니만큼, 우리 에게는 당신을 이해시킬 필요나 의무 같은 게 없고! 또 당신의 정 신 상태는 망가져 있으니… 어차피 말해줘봤자 이해하지도 못할 것 이니만큼, 그냥 죽 닥치고? 또 잔말 말고… 그 병든 몸뚱어리를 꺼 내 침소 바깥으로 기어 나와서… 우리가 열어재끼는 추대식에 몸 을 담아내라는… 명령 중에서도 명령이었겠을 것을 뱉어내는 선택지! 그래 과격한 감이 없지 않아 있었던 것 같긴 했지만, 우리의 상황이나… 바구중바구의 상황이 그랬었던 것에 의거해… 아니 택해 볼 수 없었던 선택지이기까지 하다고 여겨졌을 만큼 합당하디합당했던 선택지! 그래 그 둘 정도 되는 것… 같더라고?

뭐… 그 당시의 내가 택했던 것은 무엇이었을까? 아쉽게도? 혹은 애석하게도… 그 당시의 내가 택했던 것은 전자였지. 후자의 선택지가 참 감미로웠긴 했지만, 애석하게도 그것은 택해보기에는 뭣 했었던 감이 없지 않아 있기는 했었던 선택지였던 덕분에, 그 당시의 나는… 별수 없이라면 별수 없이… 전자를 택해버렸었어. 그래 전자를 택했고, 다음과 같은 답변을… 나지막이도 읊조리듯 뱉어냈었더랬지.

"아… 뭐… 그냥… 대장… 그런 거라 생각하시면 됩니다.

잘 모르시겠지만, 사실… 지금 저희 상황이 많이 안좋습니다. 저희는… 지금… 좀 많이 곤혹스러운 상황에 처해 있습니다. 그… 뭐라고 해야겠습니까? 저희는 지금… '쥐'…라고들 한다고 하는 비열하고 간악한 존재에게… 그리 가볍지만은 않은 수준의 유린…을 당하고 있는 상황입니다. 그… 개개인의 역량은 저희들의 것의 반의 반도 되지 못할 만큼 처참하지만? 예, 일대일로 붙는다면 저희들에게 아주 손쉽게 제압당할 만큼 형편없지만, 저희네들의 몇 배는 되는 머릿수로다가… 세라면 세랄 것을 꾸려내 저희에게서 수적 우위를 점해내고, 그로써 많은 것을 해결하려 드는… 비겁한 족속들에게! 또 인간의 것을 제 것처럼 쓰고, 그를 통해… 그것이 없었을 경우에서는 감히 꿈꿔볼 수도 없었을 과분하디과분한 결실들을 탐해 내고, 또 실제로도 일정 부분 그래왔었던… 그런… 파렴치하고 몹쓸 족속들에게! 예, 그런… 간악하고, 또 비열한 족속들에게… 유린… 중에서도 유린을 당하고 있는 상황…입니다. 예, 그들은 앞서 언급드렸던 그것들을 앞세워… 저희들이 비축해 놓은 식량이자 희망을 빼앗아 갔던 것도 모자라… 살아있고, 또 눈에 보이는 소중한 동포들을 무려 둘씩이나 앗아가고… 말았습니다. 노호중우와… 임승혀누! 그 두 그리운 동포들을… 말입니다.

아니 거기서 끝이 아닐 겁니다. 지금 당장은 저희가 그네들을 쫓아내서, 평화…라면 평화랄 것이 되찾아졌고, 또 당장은… 피해 역시 이 정도에서 멈췄다면 멈춘 상황이라지만! 예, 지금까지는 이 정도뿐이라면 이 정도…뿐이겠지만, 이 평화…가 그리 오래가지 않을 겁니다. 아 물론 평화…라고 하기는 뭣하기는 하지만, 일단 이 평화가… 그리 오래 가지는… 않을 겁니다.

예, 그들은 저희를 다시 찾아올 것입니다. 실제로 그들은… 이전보다 더 세를 불려다가 저희네들에게 다시 찾아왔었던 전적이 있었던 만큼… 그들은 곧, 또 반드시 저희를 다시 찾아올 것입니다. 그리된다면 저희네들의 피해가… 얼마로까지… 불어나게 될지 모르겠고, 또 생각…하고 싶지도 않습니다. 물론 노호중우와 임승혀누… 그 둘이라고 해서 괜찮다는 이야기이지야 않습니다만, 그… 더 이상은 안 되지 않겠습니까? 더 이상의 희생은… 안 되지 않겠습니까?

그래서… 저희가 온 겁니다. 아니 정확히 말씀드려보자면… 그럴 수 있는 방법을 찾았고, 그러기 위해서라면 바구중바구님께서… 힘을 좀 써주셔야 할 것 같아서… 이렇게 찾아뵙게 된 것입니다.

바구중바구… 님! 저희의… 왕, 또 대장… 아니아니 영도자! 영도자가 되어주십시오! 예, 바구중바구 님이… 영도자가 되어서 저희를 끌어주셔야만이… 저희가… 그에 닿지 않을 수 있게 됩니다! 예, 그것만이… 저희가… 그에 닿지 않을 수 있게 되는 방법! 그 피해를 앓지 않는 유일한 길…입니다! 아니아니… 라고들… 하덥디다, 예!"

그는 말이지? 자신에게 답변을 요구하거나… 못해도 고개를 끄덕이거나 저어대는 것 정도는 요구하는 구절이었던 내 구절이자… 그런 읍소의 언사가 흩뿌려진 상황이었음에도 불구하고, 그저 입을 쩝쩝거려대기만 하며 10여 초는 우습게도 넘었던 시간을 태워버리던 것 아녔었겠어? 그래 문자 그대로… '부작위'라고 할만한 것을 택했고, 또 많고 많은 선택지들 중에서 부작위…라고 할만한 것을 택하는 것으로 내 요구이자 우리네들의 요구에 퇴짜…를 놓는 것 같았었더랬지. 아니 그렇게 생각해 볼만했던 행위를 이행…했었더라는 거지.

뭐 상황이 그리되었으니만큼 당연하다면 당연한 이야기겠지만, 그가 그랬던 덕분에, 내가… 전자이자 읍소를 택했던 것을 후회하기 시작했던 그때! 맞아, 후자이자… 겁박이나 명령을 토해내는 그 선택지를 택했었더라면 상황이 달라졌을까 따위의… 젖어 들 수밖에 없었던 아쉬움에 젖어 들기 시작했던 그때!

흩뿌려지던 것… 아녔었겠어? 세상에 흩뿌려지지 않을 것 같았었던 그의 목소리가 입혀져 있었던 다음과 같은 구절이… 말이지.

 "안되지! 절대 안 되지! 더 이상의… 더 이상의 희생은… 절대… 절대 안 되지! 그건… 그건 절대 안 되지! 안 된다고 했고, 나도… 안 한다고… 했었으니까… 그건… 그건 절대… 안 되지! 암… 암 암 그렇고말고…."

 그는 말이지? 그를 뱉어내고서는, 마른침을 한 번 삼켜낸 뒤… 다음과 같은 구절이자 질문을 추가로 뱉어냈었더랬지.

 "뭐를… 해야 하노, 그라모? 영도자… 영도자… 그거 할라카면…."

 그 질문에게 어떤 감상이나 해석을 안겨다 줄 수 있을까? 뭐… 여러 감상이나 해석을 안겨다 줄 수 있을 것 같긴 하지만, 나는 개중에서도 특히! 그 구절은… 조금 전의 내가 전자의 선택지를 택했던 게 '참'이었다는 것을 증명하는 질문…이었다는 감상이자 해석을 안겨다 줘보고 싶어. 또 그가 부작위를 택했던 것을 보고서? 혹은 적잖은 시간을 부작위만을 택해가며 태워냈던 것을 보고서… 틀려먹은 선택지라 여기기로 했었던 그 선택지가! 맞아, 택했던 것을 후회하기까지 했었던 그 선택지가… 사실은 참이었다는 것을 증명해줬던 질문이었다는 감상이자… 해석을 말이지. 뭐… 그럴 수 밖에 없었겠을 것이 그 반문은… 그가 내가 뱉어냈던 장황했다면 장황했던 그 구절들을 어느 정도 이해했던 게 아녔고서는? 또 그를 받아들일 생각이 있었던 게 아녔고서는… 빚어낼 수도, 또 뱉어낼 수도 없었던 반문…이었었잖아? 그랬으니만큼… 그렇게 보는 게 맞겠다 싶었지.

뭐… 어쨌든! 그런 상황이었으니만큼 당연한 이야기겠지만, 나는… 그를 알아먹어 준 것에 대한, 또 수용해주기로 해준 것에 대한 감사를 가득 담은 답변을 뱉어내기 위해… 머리랄 것을 굴려대기 시작했었는데 말이지?

웬걸, 또 난데없이? 혹은 당연하게도… 아무리 머리를 굴려봐도… 답변이랄 게 빚어지지가 않던 것 아녔었겠어? 뭐… 들었으니만큼 잘 알겠지만, 그 질문은… 내게… 내가 '특정 행위'랄 것이 서린 답변을 뱉어낼 것을 요구하는 질문…이었었잖아? 또 그 상황은… 내가 그에 내가 특정 행위가 서려있는 답변을 이어 붙여내고, 그가 그를 받아들인다면… 바구중바구가 '곧' 혹은 '언젠가' 그 특정 행위를 이행하게 될 것이 분명했던 상황…이었었잖아? 그래서… 그럴 수 없었지. 맞아, 그는 몰랐겠지만, 알다시피 그 당시의 우리네들이 그를 암군으로나마라도 추대시키려 했던 이유는 결국… 그가 어떠한 행위를 이행해줄 것을 바랐어서가 아니라… 그저 그 공란을 채우기 위해서였던 것뿐이었었으니까! 그러니만큼… 우리는 그에게 어떤 행위를 이행해줄 것을 요구할 것인지를 미리 정해뒀었기는커녕… 그가 암군이 '되어' 어떠한 행위'든' 이행할 것이라는? 혹은 이행할 수도 있다는 생각 자체를 안 해뒀던 상황이었었는데….

답이… 없었어. 알다시피 도서관에서 얻어냈던 지식들 중에서 '암군'이 무엇을 해야 하는지, 혹은 무엇을 해도 되는지에 대한 지식 같은 건… 없었었거든. 아니 애초에 그런 지식이 있기는 한지 모르겠지만, 일단 최소한 내 머릿속에 없었기는 했더라고? 그래 내 머릿속에 있었던 암군에 관한 지식이라 해봤자… 불세출의 명장이 있다면 암군'이어도' 괜찮다 정도뿐이었었거든.

 암군…이 뭘 할 수 있겠고, 또 뭘 해도 되겠어? 특히 뭐… 그냥 암군이기만 했던 게 아니라… 망가질 대로 망가져 있었던 정신 상태의 소유자였던 그이자 암군 바구중바구가… 뭘 할 수 있겠고, 또 뭘 해도 되겠어? 그래 정신 상태가 완전히 망가져 있었음으로써, 우리를 궤멸에 닿게 할 작전을 수립하거나… 헌책 받은 여러 작전들 중에서 괜찮은 작전들을 놔두고 우리를 궤멸에 닿게 할 작전을 간택해 하달해버려도 이상하지 않을 존재였던 그가… 뭘 할 수 있겠고, 또 뭘 해도 되겠어? 또 그랬던 그에게… 뭘 해달라고 할 수… 있겠고, 뭘 해도 된다고 할 수… 있겠어? 정말… 정말 답이 없었지.

 하지만 그렇다고 해서 부작위를 택할 수는 없었던 노릇이었던 만큼, 어떠한 답변이든 빚어내 뱉어내기 위해… 상념이라면 상념이었겠을 것을 더 이어가며… 시간을 태워냈던 그때! 혹은 시간을 태워내고만 있었던 그때!

 마침! 혹은 기어이… 떠올라주던 것 아녔었겠어? 그래 놀랍게도? 아니 정말 생각지도 못 했었게도… 앞서 언급했던 그것들과는 달리… 영도자의 유능함이나 무능함 따위에 크게 구애받지 않는 행위이자… 영도자라면 무릇 이행해야 하는 일이 하나 더 있었더라는 게 떠올라주던 것 아녔었겠어?

그래 결과가 어떻게 되든 간에⋯ 일단 해보려면 해볼 수는 있었던 일이! 맞아, 그의 정신 상태가 그따위라도⋯ 어떻게든 해보려면 해볼 수는 있었던 일이! 더해 제대로 하지 못한다고 해서 우리가 궤멸에 닿을 일도 없을 만큼⋯ 짊어지는 책임이 가히 없다시피 할 수 있겠을 만한 일이⋯ 하나 더 있었던 것 아녔었겠어?

그래 그것은 우리네들의 전의를 고양시킬 수 있는 '연설'이었고⋯.

그가 떠올라줬던 덕분에, 나는⋯ 비로소 혹은 마침내 다음과 같은 답변을 빚어내 뱉어낼 수 있었더랬지.

"그걸⋯ 해주셔야겠습니다. 연설! 예, 광장에서⋯ 연설을 조금 해주셔야겠습니다. 그걸 해주셔서 저희들의 전의를⋯ 고양시켜⋯ 주셔야⋯겠습니다. 그래야만이⋯ 예, 그래야만이 저희가! 그 영악하고⋯ 악랄하고⋯ 비열하고⋯ 또 뭐⋯ 악취가 진동을 하는⋯ 그⋯ 적지 않은 수의 그 족속들에게서⋯ 저희를⋯ 지켜낼 수 있을 것⋯ 같습니다. 아니아니⋯ 있게 될 것⋯ 같습니다. 예, 그래야만이⋯ 말입니다."

그는 말이지? 내 답변이 매듭지어짐과 동시에⋯ 우리네들에게도? 혹은 못 해도 내게까지는 그 소리가 들려왔을 만큼 격정적으로 마른침을 한번 삼켜내고서는⋯.

다음과 같은 답변을⋯ 더없이 비장한 어투로다가 토해낸 뒤⋯ 일으켜질 일이 없을 것이라 여겨졌었던 자신의 몸뚱어리를 일으켜 줬었더랬지.

"그래… 그래 퍼뜩 가보자, 퍼뜩….."

그는… 말이지? 사실 안 쓰려면 안 쓸 수 있었고, 또 그래도 아무 문제가 없었을 '퍼뜩'이라는 표현을 무려 두 번이나 썼던 것이 허사도, 또 허세도 아녔었다는 것을 증명하기라도 하려는 듯! 혹은 뭐… 그러기 위해 그를 썼던 것은 아녔었다 하더라도, 일단 사후(事後)적으로나마라도 그에 대한 책임을 다하기라도 하려는 듯… 빠르게 발걸음을 옮겨댔었고….

그렇게 그는… 그리 많은 시간을 태우지 않고도? 또 몇 걸음을 채 옮기지 않고, 곧바로라면 곧바로 광장으로의 행차를 완수해낼 수 있었더랬지. 맞아, 그 회의가 바구중바구를 영도자로 추대시키자는 결론을 낳으며 마무리되었던 만큼, 나머지 동포들이… 곧 열릴 것이 기정사실화되어 있었던 추대식이 거행되기만을 기다리며… 지난하다면 지난한 대기를 이어가고 있었던 광장으로의 행차를… 말이지.

뭐… 영도자가 눈앞에 모습을 드러내고서… 광장의 중앙이라면 중앙이었던 곳에까지 다다랐었던 상황이었기 때문이었을까? 아니면 그가 그로써 지난하다면 지난했던 대기를 매듭지어줬던 상황이었기 때문이었을까? 잘은 모르겠고, 또 무엇 때문이었는지 같은 건 별로 중요하지도 않겠다지만, 그 동포들은! 그렇게 영도자와 두 장군들이 자기네들의 앞이자… 그들이 곧 거행될 추대식을 위해 부러 비워뒀었던 중앙에 다다름과 동시에? 혹은 그로써 자기네들이 이행하고 있었던 지난했던 대기의 종말을 불러일으킴과 동시에…

그에 화답하기라도 하려는 듯… 우레와 같은 함성과… 박수갈채를 쏟아줬고!

바구중바구는… 말이지? 그에 대한 화답을 하기라도 하듯… 눈시울을 붉혀냈던 것도 모자라 그 찰나의 순간 만에 세 방울에서 네 방울가량의 눈물을 영글어내 떨어뜨리기까지 했었더랬지. 사실 그 지난했고 비참했던 시간들을 오롯이 골방에 틀어박혀서 태워냈던 그가! 또 그 이후, 겨우 내게 축약되디축약된 구절을 건네받았던 것이 전부였던 그가… 알아봤자 대체 뭘 얼마나 안다고 그렇게 눈물꽃을 피워내는 것인지는 이해가 안 됐었긴 했지만! 그래 그러니만큼… 그가 그러고 있었던 게 꼴사납다면 꼴사나웠긴 했지만, 뭐… 괜찮긴 했어. 그가 암군이 되어주기만 하면? 혹은 누구로든 간에 그 자리가 채워지기만 하면 만족할 수 있었으니까!

어쨌든! 그렇게 그의 눈물은 떨어졌고, 다행스럽다면 다행스러웠게도, 다섯 번째 눈물은 영글지 않아줬고, 그에 따라 자연히… 그의 눈물이 떨어졌던 때에 최고점에 다다랐었던 동포들의 환호 역시도 사그라들어줬지. 그 덕분에, 광장은 다시 정적이라면 정적이랄 것을 되찾아줬어. 다르게 표현해 보자면, 그 덕분에 광장은… 무릇 화자의 말이 청자에게 어려움 없이 전달되는 환경에서 진행되는 편이 최선일 연설…이랄 것의 무대가 되기에 충분해졌었더랬지.

바구중바구는… 광장이 그를 갖춰냄과 동시에… 기다렸다는 듯… 굳게 닫혀있었던 입을? 아니 흐느낌만을 뱉어내고 있었던 입을 열어재껴버리고야 말았고….

그렇게… 시작되어…버리고야 말았었더랬지. 위대하고, 또 유일한 영도자의 연설이자… 다음과 같은 구절로 이루어져 있었던 연설이 말이지.

"여러분! 여러분! 친애하는… 아니아니… 친애하고, 또 친애하는 동포 여러분! 지금… 지금 이 시점에… 이런 걸 여쭙자니 면이 안 서고, 염치가 없긴 합니다마는! 또 제가 이걸 여쭸을 때, 여러분들께서… 혹시 아직 그에서마저도 자유로워지지들 못했다는 답변을 뱉어주신다면, 무슨 말씀을 드릴 수 있을지도 모르겠어서… 참 여쭙는 것마저도 조심스럽긴 합니다마는! 예, 여쭤도 되겠나 싶기는 합니다마는! 어찌… 지난번에 저희를 덮쳤던 수재가 낳은 상흔…들에서는… 다… 완치들 되셨습니까? 부디 아직 그에서마저도… 완치되지 못하신 동포분이 계신다면… 하루빨리… 완치를 이뤄내실 수 있으시기를 바랍니다! 또 그렇지 않은 다른 동포분들께서는… 그런 동포분들의 목소리에… 귀들을 좀 기울여 주시고, 그분들이 그에서 완치되실 수 있으시게끔… 도와주셨으면… 합니다! 아 물론… 저 역시도… 당연히 그럴 것이고 말입니다.

다시… 다시! 여러분… 예, 친애하고, 또 친애하는… 동포 여러분! 하쿠피루와 조우성우… 이 두 용맹하고 존경받아 마땅한 동포분들께… 다 들었습니다. 그간 저희가! 아니아니… 그간 제 친애하고, 또 친애하는 동포 여러분들이… 제가 모르는 사이에, 또 제가 모르고 있었던 동안… 차마… 입에 담아볼 수 없을 수준의 아픔과 슬픔, 또 비탄에 빠져 계셨었더라는 것을… 말입니다. 몰랐어서…

미안합니다! 함께하지 못했고, 또 함께 앓지 못했었어서… 정말 미안합니다! 몰라서는 안 됐던 그것들을 몰랐었음으로써… 여러분들만이 그를 앓게 해버려서… 정말… 죄송합니다! 함께 앓았어야 했던 그 시간들을… 그를 앓지 않으며 보냈었던 것이 죄스럽습니다. 예, 죽음으로 사죄할 수만 있다면 그러고 싶을 만큼… 죄스럽….

흠… 그런 사실에… 더해! 예, 그런 비극적인 사실에 더해… 그것들까지도… 확실히 들었습니다. 그들이 어떻게 그럴 수 있었는지! 아니아니… 그들이 어떻게 저희들에게… 그렇게나 극심한 피해를 안겨줄 수 있었는지에 대해서도… 확실히, 또 분명히… 들었습니다. 맞습니다. 그들이 얼마나 더럽고, 또 불쾌하고, 또 비열하며… 비겁한 존재들인지까지도! 예, 찢어 죽여도 마뜩잖을 존재라는 것까지도… 다… 들었다는 이야기입니다! 그렇게 돼먹지 못했었던 그들에게! 예, 그런 족속들에게… 그대들이… 노호중우가… 임승혀누가….

각설… 다시 각설! 예, 이런 작금의… 상황에서! 또 지금 이 자리에서… 저는… 여러분들이 이미 아주 잘 알고 계실 것이고, 또 그러지 않으시더라도 부정할 수 없을 당연하디당연한 사실을 한번… 부러 제 입으로 내뱉어 볼까 합니다. 예, 제 입으로 직접 한번 뱉어봐 보고… 여쭤봐 볼까… 합니다.

여러분! 친애하고, 또 친애하는… 동포 여러분! 그렇게 비열하고, 간악하고 더러운 그네들에게! 예, 파렴치한 그 자체인 그 족속들에게… 비열하지도, 간악하지도 않음으로써… 파렴치함과도 거리가 멀었던 저희들이… 죽어 나가는 게… 정녕… 옳게 된 일이라고 생각하십니까?

그렇…겠고, 또 그럴 리가… 있겠습니까? 그까짓 족속들의 배가 불려지기 위해… 저희네들이 배를 곯는다거나… 저희네들 중 몇몇이 눈을 감게 되는 것이… 정녕… 옳게 된 일일 리가… 있겠습니까? 그렇겠고… 또 그럴 리가… 있겠습니까? 아니 그럴 수가… 있겠으며! 그래서… 되겠습니까? 그건… 그건 말도 안 되는 이야기이지 않겠습니까, 여러분!

맞습니다. 여러분… 여러분! 움직입시다. 움직이고, 또 움직여…다… 이겨내고, 또 지켜냅시다! 돼먹지 못한 그 족속들의 일상과는… 비교를 불허할 만큼 찬란한… 저희들의 일상을, 또 삶을! 예, 그런… 이어져야 할 이유가 없고, 또 이어져서도 안 될… 파렴치한 그네들의 삶과… 비교되는 것 자체가 수치스러울 만큼 찬란하고, 가치로우며… 고결한… 저희들의 일상과 삶을… 지켜냅시다! 안 됩니다. 절대… 안 됩니다. 더 이상의… 더 이상의 희생은!"

그는 말이지? 연설을 방금 언급한 부분까지만 진행해놓고는… 모종의, 또 불명의 경위로다가 돌연 연설을 중단시키고서는, 고개를 아래로 처박아버리던 것 아녔었겠어? 그러고서는 난데없게도 숨을 거칠게, 또 가쁘게 몰아쉬기 시작하던 것 아녔었겠어? 그래 그러니까 마지막으로 뱉어냈던 문장이 완연한 문장으로 매듭지어져 있지 않았었던 상황이었음에도 불구하고? 혹은 그를 완연한 문장으로 매듭지어내지 않았음에도 불구하고, 그깟 것에는 아무 관심도 없다는 듯… 그를 매듭지어내는 데에 쓰면 그를 얼마든지 매듭지어낼 수 있을 만큼의 많은 호흡을… 그저 토해내고, 또 흩뿌려대는 것으로 소진해버리고야 말았었더랬지. 또 당연한 이야기겠지만, 그를 반복하는 것으로다가… 시간 역시도 무의미하게 꽤 태워버리고? 아니 날려버렸고 말이지. 뭐… 들었겠으니만큼 잘 알겠지만, 그 당시의 그 '중단'은… 뜬금없고 난데없었던 만큼! 그래 우리네들의 입장에서는, 그 공백이… 연설이 잠시 '중단'됨으로써 빚어졌던 공백이었는지, 혹은 연설 자체가 '종료'되었음으로써 들어서게 되었던 영원토록 지속될 공백이었는지에 대해 확신할 수 없었던 만큼… 그 시간을 재지를 않았어서 확신할 수는 없겠지만, 아마 그는 10초는 우습게도 넘겼을 만큼 긴 시간을 그렇게… 숨을 토해내기만 하며 날려버렸었지. 그래 그렇게 기억해.

어쨌든! 그렇게 앞서 언급했듯… 그가 그렇게나 많은 시간을 날려버렸었던 것에 의거해? 혹은 그렇게나 많은 시간이 흘렀음에도… 연설이 재개되지 않고 있었던 것에 의거해? 그가 연설을 잠시 중단시켜낸 것이 아니라… 그가 연설을 사실 종료해냈던 것이었다는 합리적인 추측이 스멀스멀 피어오르기 시작했던 그때!

아니 어쩌면 그보다는, 일단 함께 싸우고, 또 지켜내자는 이야기 등이 '이미' 흩뿌려졌기는 했음으로써, 사실 거기에서 연설이 매듭지어져도 문제 될 것이 없기는 했으니만큼, 그에 의거해… 앞서 언급했듯 피어올랐던 그런 추측을 부러 꺼뜨리지 않았었던 것도 모자라… 그것을 '참'이라 받아들이기로까지 했었던… 그때! 아니 그러는 게 맞지 않겠냐는 생각이 들었던 그때!

아니 제일 나은 표현으로는, 알다시피 그 연설은… 어떤 결과를 낳는지, 또 무엇을 담고 있는지 같은 것에 주목해볼 이유도 없는… 그저 그를 암군으로 만드는 절차상의 일부였을 뿐이었으니만큼, 거기에서 매듭지어져도? 아니 애초에 그보다 훨씬 전에 매듭지어졌었어도 문제 될 게 없다는 합당하디합당한 생각에 의거해? 혹은 그를 넘어 빠르다면 빠르게 매듭지어내는 편이 오히려 더 좋다는 '더' 합당하디합당했던 생각에 의거해… 실상이 어쨌었는지와는 무관하게, 그를 조속히 매듭지어내기 위해… 박수를 치려 했었던 그때! 맞아, 그것이 실제로는 '중단'에 해당된 공백이었다 하더라도… 그런 공백이 피어올랐던 것을 틈타 박수를 쳐주는 것으로, 그 공백을 결과적으로 '종결'이 빚어냈던 공백으로 만들어내려 했었던 그때!

그는 마치 다시는 들어 올릴 일 없을 것처럼 깊게도 처박아뒀던 고개를 들어 올리고서는! 더해 다시는 거친 숨을 뱉는 것 외의 행위는 이행하지 않을 것처럼… 거친 숨만을 뱉어대던 입으로다가… 다음과 같은 이성적이디이성적인 추가 구절을 뱉어내고야 말던 것 아녔었겠어? 그것도 무려 더없이 비장하게, 또 더없이 격정적으로… 말이지. 그래 그는… 그러는 것으로다가… 그 당시의 우리네들로서는 존재하는지도 모르고 있었던 연설의 '대미'랄 것을 열어재껴줬었더라는 거야. 그래 연설을 도중에 중단시키고, 그 정도의 숨 고르기를 이행했던 것이 이해가 되었을 만큼 대단했던 대미랄 것을… 말이지.

그 대미는… 다음과 같은 구절을 통해 열어재껴졌었어.

"여러분! 상황이 이렇게 되어버렸으니만큼… 미리… 전하겠습니다. 그 옛날 저희 아버지가… 눈을 감으시며 제게 전해주셨던 이야기! 또 그랬으니만큼… 저 역시도 훗날 눈을 감을 때… 조우성우와 하쿠피루… 두 듬직한 친구들께 전하려 했던 이야기를… 지금… 전하겠습니다.

여러분께서는 모르시겠지만… 말이죠? 여러분들께는… '조상님' 정도로 취급될 분이실 제 할아버지! 예, 그러니까 이름을 떠올리기만 해도 가슴이 저며오는… 위대하셨던 저희 할아버지… 가르시아! 예, 그분과… 그분의 막역지우셨던 여러 동포분들과… 그분의 슬하에 계셨던 분들께서는? 예, 그러니까 뭉뚱그려… 저희들의 조상님들이셨던 분들께서는… 한때 과반은 족히 됐었던 수준의 동포들을 잃었었던 적이… 있었다고… 하셨습니다. 예, 그런 치명적인 사고를 당했었던 적이 있었고, 그가 낳은 상흔에 신음했었던 적이… 있으셨다고… 하셨습니다.

그 치명적인… 사고의 정체는 바로… 수재! 예, 수재였다고… 하셨습니다. 그것도 무려… 최근 저희가 앓았었던 수재와는 궤를 달리할 만큼… 치명적이었다던 수재…였다고 하셨습니다. 예, 그렇게 들었습니다. 아니아니… 물론 그 당시의 그분들은… 최근의 저희가 앓았었던 그 수재가 어느 정도의 수재인지를 모르셨으니만큼… 방금 같은 표현은 쓰시려야 쓰실 수가 없으셨음으로써, 쓰시지 않으셨지만! 예, 그러니까 방금 같은 표현은 그냥 제가 들었던 바에 의거해… 제가 직접 붙여냈던 것이었긴 했지만, 하여튼… 그 정도는 됐었다던 수재…였다고 하셨습니다. 다량의 물과… 뭐… 하 으면서도 탁했던 돌 부스러기들과 먼지들이 뒤엉켜서, 또 한 번에 협곡 속으로 밀려 들어오던 수재! 또 하늘이 무너지는 경우가 아니고서는 피어오를 일이 없을 것 같았었던… 굉음! 그렇게 생각해보는 게 맞겠지 싶었을 만큼 굉장했던… 굉음! 예, 그러니까 반대로… 뭐… 고막 너머로 넘겨내는 순간, 하늘이 무너지고 있다는 착각에 빠져들게 했을 만큼 대단했던 굉음! 그런 것들을 한데 모아다가 협곡 속으로 쏟아부었던 수재! 아니 그랬었다던 수재…였다고 하셨습니다. 절반 이상의 동포들을 낚아채듯 휩쓸어갔었던 수재! 예, 그분들과… 나머지 동포분들이자 남은 조상님들이… 죽을 때까지 다시 만나지 못하게 했던! 예, 그분들을 찾지 못하게 했던… 그런 비극적인 결말을 낳아버린 수재! 예, 떠밀려가지 않고 살아남은 조상님들도 평안을 누리지 못하게끔 만들었던! 아니아니… 오히려 그분들에게 더한 지옥을 안겨줬던… 예, 그런 수재… 말입니다.

예, 그 당시의 상황은… '지옥도' 외의 표현은 허하지 않을 만큼 심각한 상황이었었다고… 들었습니다. 예, 살아남은? 그러니까 떠밀려가지 않은 그 당시의 저희 조상님들께서는… 매일 밤을 눈물로 적셔가며 태워내야 하셨고, 또 아침이나 낮 등은… 식음을 전폐하며 태워내야 하셨고, 또 끝으로… 뭐… 뭐라고 해야겠습니까? 특히… 특히 저희 할아버지인 가르시아… 님! 그분께서는… 마지막까지 수재에 휩쓸리던 막역지우… 카도쿠라 님의 손을 붙잡고 있었었지만, 종국에는… 그만… 그 물살에 그를 놓쳐버리고 말았음으로써 앓게 되었던… 죄책감! 예, 그것 때문에 정신이 반쯤 나가버린 정신병자가 되어… 살아도 사는 게 아닌 상태로 여생을 태워내셔야 했다고… 하셨습니다. '호사다마'… 같은 표현을 써야 할지! 아니면 그냥 '운명의 장난'… 같은 표현을 써야 할지는 모르겠지만, 어째서 인지 그 수재가 휩쓸고 지나가자… 모종의, 또 불명의 경위로… 이 전에 비해서는 식량을 구하기가 쉬워졌었던 덕분에, 그나마 정신이 온전하셨던 나머지 조상분들께서… 그를 직접 가져와… 저희 할아버지와… 나머지 기타 등등의 조상님들께 먹여주셨고… 그 덕분에! 예, 식음을 전폐한 동포분들의 입에다가… 그것들을 넣어주는 수고로움을 감행들 해주셨던 덕분에! 겨우겨우 살아남을 수 있으셨다고 하셨을 만큼… 심각…했었다고… 하셨습니다. 예, 그러지 못하셨더라면 지금의 저희는 이 자리에 없었을 수도 있었을 만큼 참혹하고 비참했던… 삶… 그런 삶을 태워내셨어야 했고, 또 그런 삶에 녹아들게 되었던 적이 한 번… 있으셨다고… 하셨습니다.

이 이야기를! 부러 지금 드리는 이유가 뭔지… 아십니까? 예, 그러니까… 수재가 아닌… 비열하고, 비겁하고, 저열하고… 하여튼… 그런 이방인들에게 유린당하고 있는 이 상황에서… 방금 같은 이야기를 부러 꺼냈던 이유가… 무엇인지 아십니까?

추려보자면… 예, 추려보자면… 둘 정도 있겠습니다. 아니 둘 정도… 되겠습니다.

첫 번째로는! 결국… 저희는… 최근 저희를 찾아왔던 수재 속에서도… 살아남은 존재들이라는 것을… 여러분들께 다시 상기시켜 드리기… 위함이었습니다. 예, 저희네들의 조상님들처럼… 말이죠. 맞습니다, 한때 저희 조상님들은 물론이거니와 지금의 저희들까지도 다 절멸시킬 뻔했었던 수재 속에서! 예, 저희 조상님들을 유린했던 것도 모자라… 이제는 기어이 저희를 찾아오기까지 했었던 그 수재 속에서도… 이리 굳건히 살아남은 존재라는 것을… 상기시켜 드리기 위함…이었습니다. 물론 두 수재 간의… 정도의 차이는 있을 수 있겠지만! 아니아니… 있기야 하겠지만! 일단 저희는… 살아남았습니다, 그렇지 않습니까? 예, 저희는 살아남았고, 또 저희의 조상님들 역시 살아남았으며… 둘 모두 절멸당하지 않고… 살아남아… 누군가들에게는 다음 세대가 되었고, 또 다음 세대에 닿기 위한… 하루, 또 하루를 살아가고 있습니다, 틀렸습니까? 저희는 이렇게나 대단한 존재들이라는 것! 또 살아남아 마땅한 존재들이라는 것! 끝으로… 저희 조상님들 역시 그랬었고, 저희 역시… 모두를 눈물짓게 했던 수재 속에서도 살아남은… 강인한 존재들이라는 것을 상기시켜 드리기… 위함…이었고….

두 번째로는….

여러분들은 잘 모르시겠지만! 아니아니 사실 저 역시도… 그저 듣기만 했던 입장이었으니만큼… 정확히는 모른다고 볼 수 있겠지만, 결국 다… '그것'을 위함…이었습니다.

동포를 잃는 것은! 보다 정확한 표현으로는… 동포를 절반 이상이나 잃는 것은… 여러분들께서 감히 상상도 하지 못하실 만큼 비극적인 일이라는 것을… 알려드리기… 위함이었습니다. 예, 그것을 상기시켜 드리기 위해서였고, 전파…드리기 위함이었습니다. 여러분들은 사실… 이미 다 잘 알고 계시잖습니까? 동포들을 잃는 것은 얼마나 비참하고, 또 참혹하고… 잔혹한 일인지를… 아주 잘 알고… 계시잖습니까? 이런 이야기를 드리기 위해 그 고결하고, 숭고하며… 가여운 두 동포분들의 존함을 들먹이는 것은 경우가 아니고, 또 예의가 아니라고 생각하기는 합니다만, 여러분들은 다… 알고 계시지 않으십니까? 노호중우, 임승혀누… 그 가여운 동포들이 떠나버린 작금의 상황이… 얼마나 비참하고, 참혹한지….

여러분! 저희가… 조상님들이 몸을 담으셨던 그 참혹한 일상에… 다시 몸을 담아야겠습니까? 예, 저희 조상님들이 앓으셨던 그 비통함을… 저희가 또… 혹은 저희가 꼭 다시… 앓아야만겠습니까? 겨우 두 동포를 잃은 것만으로도… 이리… 하늘이 무너질 것 같은데! 예, 그 굉음이 들려오는 것 같은데… 앞서 언급드렸듯 그의 몇 배는 되는 동포들을 잃음으로써, 지금의 여러분들이 몸을 담고 계신 이 잔혹한 일상보다 몇 배는 더 잔혹할 것이 분명한 그 일상에… 몸을 담으셔야겠습니까? 그래서는… 안 되지 않겠습니까? 그건… 그건… 당사자인 저희 스스로들에게도 못 할 짓이며….

또 아무리 식량을 조달하기가 쉬워졌었다 한들… 다 같이 큰 충격을 받은 상황에서… 식음을 전폐한 다른 동포들을 위해… 몸소 식량을 조달하러 가주는 노력을 감행함으로써… 지금의 저희가 이 자리에 있을 수 있게 해주셨던 다른 조상님들! 또 아무리 그들이 직접 그를 조달했던 것은 아녔었다 하더라도… 그렇게나 정신적으로 큰 충격을 받았던 상황에서도… 저희가 절멸에 닿지 않을 수 있게끔… 움직이지 않던 턱을 움직여… 음식을 씹어 넘겨주셨던 다른 조상님들께도… 할 짓이 아니지 않겠습니까? 해서는 안 될 짓이고, 그분들을 욕보이는 행위이지… 않겠습니까?

여러분… 움직입시다! 움직이고, 또 지켜냅시다! 저희를 지금 이 자리에 있을 수 있게 해주셨던 조상님들의 노고와… 은덕! 예, 그것들을 위해서라도… 지켜냅시다! 지금 이 자리에 계신 동포분들 중… 어느 동포분의 조상님이신지는 알 수 없지만, 또 어느 분이신지 같은 건 별로 중요하지 않겠다지만, 저희 할아버지께 식량을 조달하셨던 어느 조상님의 후손이신 분께… 저희 할아버지가 입으셨던 은혜를 갚기 위해! 또 지난날… 여러분들이 그런 부침을 겪으셨던 것을 까맣게 모르고… 그저… 평안하게 하루하루를 태워냈던… 제… 지난 과오를 청산하기 위해… 저… 저 바구중바구는… 여러분들보다 배는 더 움직일 것이며, 여러분들이 지켜내는 것보다… 곱절… 아니 수십 곱절은 더 될 것들을 지켜내겠습니다! 그러니… 그러니!"

그는 말이지? 그 말을 뱉어내고서는! 아니아니 대미랄 것을 거기까지 진행하고서는, 그 자리에 그대로… 쓰러져버리고야 말았어. 말 그대로 엎질러지듯 쓰러지고 말았지. 그래 나 하쿠피루와 조우 성우를 깜짝 놀라 그에게 달려들게 했을 만큼 격정적으로 말이지.

그렇게 그에게 달려들어… 그의 얼굴을 봤더니 말이지? 웬걸… 다행스럽다면 다행스러웠게도? 아니 그냥 다행스러웠게도, 그의 얼굴에는⋯ 더없이 평온한 미소가 들어차 있던 것 아녔었겠어? 그래 그가 어쩌면 졸도가 아닌 사망에 닿은 것일지도 모르겠다는 생각 같은 건 품어보기도 어려웠을 만큼? 아니 꽃피워내는 것 자체가 불가능했을 만큼⋯ 평온하고, 또 평안했던 미소가 말이지. 뭐⋯ 숨소리 역시도 더없이 평온했고, 또 안정적이었고 말이지.

뭐⋯ 어쨌든! 그렇게 그의 얼굴을 봄으로써? 또 그의 숨소리를 들음으로써⋯ 우리는⋯ 그가 죽은 것이 아니라는 희망차디희망찬 사실을 취해낼 수 있었더랬지. 맞아, 기껏 추대시켰던 영도자가 연설을 이행하던 중 죽음을 맞이해버림으로써, 그 자리가 다시 공석이 되어버리고, 그로써 다시 그를 채우기 위해⋯ 그럴 수 있겠을 자를 선별하고, 간택하는 회의를 주재하지 않아도 된다는⋯ 다행스럽디다행스러우며 희망차디희망찼던 사실을 말이지.

그렇게 그 사실의 요구대로⋯ 아니 내쉴 수 없었던 안도의 한숨을 내쉬었던 그때!

웬걸 동포들이자 군중들이 운집해 있었던 그곳이자⋯ 그 동포들의 덩어리 속에서⋯ 흐느낌이랄 것이 피어올라⋯ 우리네들을 향해 날아오던 것 아녔었겠어?

또 그 소리들의 요구대로 고개를 돌려 동포들을 바라봤더니⋯ 그들 모두의 얼굴이⋯ 눈물범벅이 되어 있던 것 아녔었겠어? 직접 묻지 않았으니만큼, 잘 모르겠고, 그러니만큼 확신에 차서 이야기할 수는 없겠지만⋯.

그들은⋯ 그 연설이 청자들이자 우리네들의 가슴 속에 배양시켜준… 이름 모를, 또 얼굴 모를 조상들을 향한 애도? 아니면 그런 상황 속에서도 버티고 버텨 지금의 우리를 있게 해줬던 것에 대한 감사이자 감격? 그도 아니라면, 그렇게 끈질기게 살아남았던 우리네들이자… 그렇게 기적적으로 이어져 왔었던 우리네들의 삶을 위협하려 드는 그 파렴치한 이방인들을 향한 증오와… 그네들을 필멸시켜내고야 말겠다는 복수심? 뭐… 그런 것들로 속을 채워뒀던 눈물? 아니면 그런 것들을 모태로 두고 꽃피워냈던 것이라 믿어 의심치 않을 수 있겠었던 눈물에… 문자 그대로 절여져 있다시피 했던 상황이었더라고? 뭐… 사실 눈물을 흘리지 않고 있었던 유이한 존재였던 나 하쿠피루와 조우성우에게도 그것이 이해하지 못할 행위이기까지는 아녔었긴 했어. 아니 그 연설을 듣고서, 눈물을 흘려내는 것? 이행해 마땅한 행위라 받아들일 수까지 있었어. 우리 둘도 사실… 그가 태생부터 암군으로 간택된 존재이고, 그 연설은 그 절차상의 일부일 뿐이라는 것을 잘 알고 있었던 덕분에, 그저 그 연설이 피어오르고, 또 매듭지어지는 것에만 관심을 가진 채로… 그를 듣고 있었었어서 눈물을 흘리지 않았다면 않았었던 것뿐이었으니까! 그래 우리의 입장이 그 나머지 동포들과 같았었더라면… 우리도 필시 그러했던 눈물을 잔뜩 쏟아냈지 않았었을까? 맞아, 그 연설은… 그 정도로 호소력 짙은 연설이었긴 했었으니까! 아니 그렇게 봐줄 수 있겠다… 싶었으니까!

　음 어쨌든! 직접 들었으니만큼 잘 알겠지만, 그 연설은… 그저 이행되기만 해도 됐었던 연설이었음에도 불구하고, 마치 월권을 저지르기라도 하듯… 그렇게 더 낮을 수 있겠을 것이 없겠을 만큼… 이미 충분하다 못해 과한 수준으로까지 많은 것을 낮아줬기도 했고! 또 그렇지 않았었다 하더라도, 그가 졸도에 닿아버렸던 이상… 더 이어질 수도 없었기도 했었던 만큼 당연한 이야기겠지만, 그렇게 그 연설은… 그가 쓰러짐과 동시에 매듭지어졌지. 아니아니 나 하쿠피루와 조우성우가 그를 그의 골방에 쑤셔 넣는 것으로 연설을 확정적으로, 또 공식적으로 종료시켰지.

그렇게 그 추대식과 연설이 앞서 언급했듯 더없이 성공적으로 마무리되어줬음으로써, 우리는 그 도서관인가 뭔가 하던 곳에서 건네받았던 지식들의 두 개의 요구사항들 중 하나를 완수하게 되었고….

그러니만큼 당연한 이야기겠지만, 우리는… 남아있던 하나의 요구사항이자… 어쩌면 그깟 연설과는 궤를 달리할 만큼 승패에 가장 직접적인 영향을 끼칠 '나머지 요구사항을'을 완수하기 위해 빠르게 움직이기 시작했었더랬지. 그래 그를 이뤄내는지… 이뤄내지 못하는지에 따라 가히 승패가 결정된다고까지 볼 수 있었을 만큼 유의미하고, 중요했던 것을 완수하기 위해 말이지.

풀어보자면….

좁디좁은 골목! 그래 그러니까 그네들의 무덤이 되어주기에 적합할 곳! 그래 그러니까 그네들의 수적 우위를 상쇄시킬 수 있을 곳! 맞아, 그네들과 우리네들의 혈투를… 그네들의 무리에서 차출된 하찮은 육신을 지닌 단신과… 우리네들의 무리에서 차출된 강인하디강인한 육신을 지닌 단신 간의 대결, 또 그 대결의 반복이자 연쇄로 만들어낼 수 있을 곳! 그래 그를 강제시킬 만큼 좁디좁은 폭을 지닌 곳을 찾기 위해 빠르게, 또 분주히 움직였더라는 이야기야. 뭐… 식량창고를 찾기 위해 움직였던 그때도 엇비슷한 표현을 썼었던 것 같긴 한데… 이미 우리네들의 근거지이자 평생토록 떠나지 않았었던 고향이었던 덕분에, 모르는 곳이 없었고, 또 눈에 익지 않은 곳이 없었던 협곡을 돌고, 또다시 도는 지난하고도 지루한 행위를 다시 이행했었더라는 거지. 물론 적합한 곳을 딱 한 군데를 찾는 편이 바람직했었던? 혹은 여러 군데들 중 단 한 군데만을 추려내 정해야만 했었던 그때와는 달리! 꼭 한 곳이 아니었어도 됐었던 만큼? 혹은 뭐… 물론 많다고 꼭 좋은지는 모르겠긴 했지만, 최소한 많다고 나쁠 것 같지는 않았었던 만큼… 그때에 비해 쉬워졌다면 쉬워진 목표를 품어둔 탐색…이랄 것을 이행했었더라는 거지.

물론 뭐… 보다 쉬워진 목표가 품어졌다고 해서… '탐색'이랄 것을 진중하지 않게 이행할 수 있었던 것은 아녔었던 만큼? 당연한 이야기겠지만, 그렇게 우리는… 당연하게도 진중하디진중한 얼굴을 한 채로 걷고 또 걸으며, 마주하는 모든 골목들에 하나에서 둘 정도 되는 동포들을 밀어 넣는 것으로… 그 폭을 재고, 폭이 넓다 싶으면… 세차게 고개를 저었고, 반대로 적당히 좁다 싶으면… 더없이 진지한 얼굴을 하고서 고개를 약하게 끄덕이고서는, 다음 골목으로 향해 다시 걷고…를 반복해댔었더랬지.

그렇게 그를 반복해댔음으로써, 어느덧 짧다면 짧았던 시간 만에 다섯 번째 골목까지의 판별을 끝마치고서, 여섯 번째 골목의 판별을 시작하기 위해 몸을 움직였던 그때! 아니아니 움직이려 했던 그때!

돌연 내 등 뒤에서 다음과 같은 구절이 피어올라 내 귓속으로 날아들던 것 아녔었겠어? 그래 목소리가 앳되었던 것으로 봤을 때, 햇태초이가 뱉어냈던 것이라 보는 것이 맞겠다 싶었었던 구절이… 말이지. 그래 뭐… 자신의 막역지우가 그렇게 졸도랄 것을 해버림으로써… 운신할 곳이 없어졌던 덕분에, 별수 없이 우리를 따라다니고 있었던 듯했던? 혹은 우리가 그를 찾는 데에 혈안이 되어 있었기 때문은 물론이거니와… 사실 그의 거취랄 것에 신경을 써줘야 할 이유가 없었음으로써… 몰랐었지만, 알고 보니 우리를 따라다니고 있었던 듯했던 햇태초이가 뱉어냈던 것이라 보는 게 맞겠다 싶었던 구절이 말이지.

또 여담이지만, 심각하리만치 울먹거리는 어투가 입혀져 있었던 구절이 말이지.

"그거 죽이는… 거? 그 이방인들…이랑 싸우는 거? 그… 이방인들을 죽이는 거… 그거… 그거 안 하면… 안 되나요?"

'죽이는 거'… 그것은 고막 너머로 넘기는 것만으로도 열이 뻗쳤을만큼 가당찮았던 표현이었긴 했지만….

그러면서도 한편으로는 그냥저냥 넘어가 줄 수 있겠었던 표현이었기도 했지. 아니 그보다는, '그런' 그가 빚어냈다는 것에 주목해 보자면, 그냥 넘어가 줄 수 있겠었던 표현이었기도 했지. 방금 같은 표현 정도는 무리 없이 써볼 수 있겠을 것이⋯ 알다시피 그의 정신 상태는 바구중바구와 진배없이 이성적이지 못했⋯었잖아? 아 물론 바구중바구와는 달리⋯ 그것은 그저 그가 어렸던 것에 기인했던 문제였기는 했지만, 어쨌든 이러나저러나⋯ 그는 정석적이고, 또 정상적인 사고를 할 수 없었던 존재였었던 것 자체는⋯ 사실이었긴 했잖아? 맞아, 그러니만큼 그는⋯ 이것은 '말살'을 효과적으로 이행하기 위한 준비과정이 아니라⋯ '수호' 및 '방위'를 효과적이다 못해 최선으로 이행하기 위한 준비과정이라는 것을 이해할 수 있을 리가 만무했으니! 그래 그는 그런 존재였으니⋯ 그가 그런 표현을 썼던 것은⋯ 이해해주려면 이해해줄 수 있겠던 영역 내의 일이었기는 했었지.

물론 뭐⋯ 당연한 이야기겠지만, 이해해줄 수 있겠는 것과⋯ 그 대화에 적극적으로 임해주는 것은 차원이 다른 일이었던 만큼, 그 당시의 내가 그에게 베풀어줄 수 있었던 최소한의 아량이랄 것은⋯.

계속 발걸음을 앞으로 내딛는 것은 멈추지 않으며, 그가 듣든지 말든지 따위에는 신경도 쓰지 않고서, "와 그렇게 생각하노?" 따위의 반문이자 답변을 내던지듯 흩뿌려내는 것⋯뿐이었더랬지.

뭐⋯ 앞서 언급했듯 그 당시의 나는⋯ 그가 그를 듣든지 말든지 따위에마저도 관심이 없었던 상황이었던 만큼, 그가 그에 어떠한 답변을 이어 붙여내는지 같은 것에는⋯ 당연히 관심을 뒀었을 리가 만무했음으로써⋯ 제대로 듣지 못했고, 또 그러니만큼 잘 기억나지는 않지만….

그는 아마 그에 "뭔가 좀 이상한 것 같아서요." 같은 답변을? 혹은 그와 엇비슷했던 답변을 이어 붙여냈었던 걸로 기억해. 별로 중요한 이야기이지야 않겠다지만….

어쨌든! 그렇게 우리는 그 이후로부터도 두 시간여의 시간을 더 투자해낸 끝에 탐색을 끝마쳤고, 또 그 이후로부터 20여 분의 시간을 더 투자해 엄선 중에서도 엄선을 거듭한 끝에… 그 모든 통로들 중… 그 기준에 부합하는 통로가 두 개 정도 된다는 결론을 내릴 수 있었더랬지. 더해 공교롭게도? 혹은 우연찮게도 '마침' 딱 장군의 수, 또 포크의 수와 맞게 떨어졌음으로써, 우리가 도서관을 찾아 나섰던 그때와 똑같은 방식으로 두 덩이로 나누어져… 각자의 곳들로 들어가 그들을 유인해 낸다면, 모든 게 다 해결될 것이라는 결론까지도! 또 그러니만큼 부러 무리를 재편하는 수고로운 행위를 이행하지 않아도 될 것 같다는 결론까지도 내릴 수 있었고 말이지. 또 하나 마나 한 이야기겠지만, 그렇게… 두 번째 요구사항 역시도 완수되었다는? 혹은 우리가 완수해냈다는 희망차디희망차고 고무적이디고무적인 결론까지도… 내려낼 수 있었고 말이지.

그렇게 두 번째 요구사항까지도 완수했음으로써, 더 이상 완수해야 할 것이 없게 되었던 덕분에, 몸을 움직일 이유가 없게 되어버렸던 덕분이었을까? 아니면 뭐 직접 들었으니만큼 잘 알겠지만, 그 두 요구사항들을 완수하는 과정에 더없이 열정적으로, 또 격정적으로 임했었던 것에 대한 대가로… 우리네들의 몸뚱어리 안에 더 이상은 유예해낼 수 없을 만큼의 심각한 피로감이 누적되게 되었던 탓이었을까? 아니면 뭐… 그 요구사항들을 이행해내느라 새롭게 쌓여버렸던 피로감이… 알다시피 무려 도서관에 닿기도 전이었던 그 까마득한 옛날에 치렀었던 사투가 진즉에 낳아줬었던 것이었음으로써, '이미' 우리네들의 몸뚱어리 안에 진즉에 들어차 있었던 그 오래된 피로감과 암약이랄 것을 맺고… 우리네들의 몸뚱어리를 눕혀버렸던 탓이었을까? 뭐 잘은 모르겠고, 또 무엇 때문이었는지 같은 건 별로 중요하지도 않겠다지만, 우리는 그때를 기해서 자연스럽게 감기기 시작하던 눈을 부러 부릅떠내기 위한 노력일랑 행하지 않고서? 혹은 그러지 못하고서… 그가 그렇게 감기게끔 둬버리고야 말았었더랬지. 그래 그러는 것으로다가… 깊다면 깊었던 잠에 빠져들고야 말았었지. 그래 당장은 초대하지 않았던 손님이었던 '잠'이라는 손님을… 우리네들의 몸속으로 들여버렸었더라는 이야기야.

뭐… 그때는 몰랐었지만! 아니 사실 알았었다 하더라도, 앞서 언급했듯 상황이 그랬으니만큼, 그를 우리네들의 몸뚱어리 속으로 들여줄 수밖에 없었겠지만, 사실 그냥 '잠'이기만 했었던 손님이 아니라….

알고 보니 우리를… 어김없이 또 우리를 찾아왔던 그 이방인들과의 재회가 예정되어 있었던… 늦고 불쾌한 밤을 품고 있었던 다음날로 데려다주는 불청객이었던… 잠이라는 손님을!

끝으로… 이번에는 진짜 몰랐었고, 또 예상치도 못했을뿐더러… 만약 그를 알았었더라면, 그에게 일고의 여지 없이 퇴짜를 먹였었을 만큼! 아니아니 어떻게든 퇴짜를 먹였었을 만큼 불쾌하기 짝이 없었던… '그 광경'과 눈을 맞추게 해주는 불청객이었던… 잠…이라는 손님을!

그래 그렇게나 간악하다 못해 잔악무도하기까지 했었던 밤을 품고 있었던… 불청객이자… 잠…이라는 손님을….

뭐… 하여튼 간에.

그 광경

그렇게 닿은 그다음 날을… 적당히 태워내고서 닿았던 그날 밤에? 보다 정확히는, 그렇게 닿은 밤, 잠을 청하고, 또 이어가던 중에 피어올라와… 우리네들의 잠을 깨워냈던 그 소리들! 그래 그러니까 협곡의 초입쯤에서 피어오른 듯했던… 일전에 들었었던 날카로운 쇳소리와… 적지 않은 수의 다리들이 피워냈던 것이라 믿어 의심치 않을 수 있었던 그 소리들! 맞아, 지난 경험을 통해 딱 들어도 포크가 낸 소리와… 그를 움켜쥔 '여러' 이방인들이 피워올린 소리라 믿어 의심치 않을 수 있었었던 그 소리들에게… 어떤 감상을 안겨줄 수 있을까? 혹은 그가 들려왔던 그 상황에게 어떤 표현을 안겨줄 수 있을까? 당연한 이야기겠지만, 최소한 '바라던 대로' 같은 표현은 절대 허용되지 않을 것 같아. 그래 우리가 지난 경험들을 통해 그네들이 다시 우리를 침공해 오리라는 것을 예측했었고, 또 그를 통해 그네들의 침공에 대한 대비를 해뒀었던 게… 그네들의 침공이 진정으로 성사되기를 바라서였었던 것은 아녔었잖아? 뭐… 그러니만큼 '바라던 대로'… 같은 표현은 절대 안 되겠고, 그러면 남은 표현이자… 그에 붙여볼 수 있겠을 표현이라고는 기껏해야 '예상했게도' 혹은 '올 것이 왔게도' 정도밖에 안 되지 않을까 싶어. 뭐… 실제로도 그럴 것이고….

어쨌든! 우리는 예상했게도, 혹은 올 것이 왔게도… 그런 소리가 협곡에 울려 퍼짐과 동시에 그 누구의 예외도 없이 퍼뜩 몸을 일으켰었더랬지. 당연한 이야기겠지만, 나 하쿠피루와 조우성우는 그냥 몸을 일으키기만 했던 게 아니라… 유사시에 퍼뜩 들어 올릴 수 있게끔 잠에 들기 전에 미리 머리맡에 뒀었던 그 포크를 냅다 들어 올리기까지 하며 몸을 일으켰었고….

그와 동시에… 그 소리를 빚어냈던 주체이자 역시 그 이방인들이었던 그네들은! 혹은 전과는 비교를 불허할 만큼 많은 수가 들어차 있는 것으로 형성되어 있었던 그 군세는! 기다렸다는 듯 협곡으로 쏟아져 들어왔었더랬지. 그래 역시 그 그리 오래되지 않았던 그 옛날처럼… 어김없이 포효를 내질러대며! 또 마찬가지로 두당 하나씩 손에 쥐여 있었던… 이제는 포크라는 것을 잘 알고 있었던 그것들로다가… 협곡으로 스며들어왔던 달빛과 가로등 불빛을 반사해 대면서 말이지. 맞아, 그런 것들을 통해… 자기네들이 '다시' 돌아왔다는 것을 알려주고, 또 자기네들의 군세는 여전히 막강하며, 또 자기네들의 의지는 역시나 굳건하며….

 그 포크는 역시… 여전히, 또 유구히 날카롭다는 것을 증명하고, 또 과시해대면서 말이지.

 뭐… 당연한 이야기겠지만, 우리는… 우리가 어떠한 문제도 앓고 있지 않고, 또 그러니만큼 마찬가지로 당연히 이전에 벌였었던 그런 소요 사태일랑 벌일 생각이 없다는 것을 증명하기라도 하듯 지체 없이, 또 일말의 미적거림도 없이 몸뚱어리를 굴려대 '합의된' 두 덩어리로 쪼개어졌었더랬지. 엄선되고 엄선된 두 개의 통로 중 왼쪽 통로로 파고드는 왼쪽 덩어리 이자 조우성우가 통솔하고, 또 그의 통제를 받는 이들로 구성된 왼쪽 덩어리! 또 나 하쿠피루가 통솔하고, 내 통제를 받는 이들로 구성된 오른쪽 덩어리! 그래 그렇게 미리, 또 이미 합의되어 있었던 두 덩어리로 말이지.

 뭐 그네들은 꿈에도 몰랐었겠지만, 우리네들은… 그렇게 두 덩어리로 갈라지기로 했었던 것도, 또 그렇게 갈라진 뒤 어디로 갈 것인지까지도 미리 다 정해뒀었던 덕분에? 아니면 뭐… 사실 빠른 쪽으로 특화된 것은 아녔었긴 했지만, 일단 이러나저러나… 그네들과는 비교를 불허할 만큼 괜찮은 육신의 소유자들이었던 덕분에? 발을 구르기 시작함과 거의 동시에… 각자의 목적지에 닿을 수 있었지. 아니 조우성우와 왼쪽 덩어리의 입장이야 어땠을지 모르겠지만, 일단 우리 덩어리는 그랬지.

 그렇게 우리 덩어리가 합의된 통로 앞에 닿음과 동시에, 나는 그 대열에서 빠져나와… 덩어리이자 그에 속해 있었던 구성원들을 그 통로로 밀어 넣기 시작했지. 그래 장군의 이름으로! 맞아, 그 통로의 끝자락이자 최전방에서⋯ 지형적인 결함을 앓게 되어 수적 우위를 못 살리게 되어버림으로써, 금세고 시답잖고 하찮아진 그네들과 맞닥뜨려 그네들을 격파해야 하는 임무를 띤 장군의 이름으로! 벽에 딱 붙은 채로 몸을 돌려 동포들을 통로에 밀어 넣어대기 시작했었더라는 거야. 그 이방인들이 어디까지 쫓아왔는지, 또 얼마나 쫓아왔는지를 파악해가면서 말이지. 맞아, 그런 주도면밀하다면 주도면밀한 그 행렬에 대한 엄호 아닌 엄호를 이행했었더라는 거야.

글쎄? 애초에 우리네들의 협곡이, 또 광장이 그렇게까지 광활하지는 않았었기 때문이었을까? 아니면 뭐⋯ 그네들의 수가 앞서 언급했듯 너무도 많았었음으로써, 속도가 줄어드는 이방인이나 낙오자가 생기더라도⋯ 나머지 이방인들이 그 자리를 메꿔가며 달려오면 그뿐이었고, 또 실제로도 그럴 수 있었음으로써, 우리 눈에는 '얼핏' 그네들이 속도를 유지하며 우리네들에게 달려오는 것처럼 보였기 때문이었을까? 아니면 실제로도 그렇게 해서 그 덩어리 자체는 나름대로 그 속도를 유지해내며 달려올 수 있었던 덕분이었을까? 아니면 그런 쪽에 주목해 볼 게 아니라⋯ 음⋯ 그 통로가 더없이 협소했음으로써, 그에 들어서는 우리네들의 행렬이 대단한 수준의 교통체증을 앓게 되었기 때문이었을까? 아 물론 애초에 그 통로가 그 정도로 협소하지 않았었더라면, 우리가 그곳을 격전지로 간택하고, 또 그로써 그곳에 몸을 쑤셔 넣는 일 자체가 없었겠으니만큼⋯ 그건 사실 어쩔 수 없는 일이었기야 했었겠지만, 어쨌든 그리

되었음으로써, 우리가… 극심한 수준의 교통체증을 앓게 되었기 때문이었을까? 무엇 때문이었는지는 모르겠고, 또 무엇 때문이었는지 같은 건 상관도 없겠다지만, 우리는 그만… 그들에게 뒤를 잡혀버렸다면 잡혀버렸던 상황에 놓이고 말았었더랬지. 그래 그렇게 그 행렬에 속했던 동포들이! 맞아, 대업을 위해 그 통로에 다 들어차야만 했던 동포들이 '아직' 채 절반도 그 통로 속에 들어서지 못했었던 상황에서….

그러는 동안 열심히 달려오고 있었던 그 이방인들이자… 그들 중 최선두에 섰었던 이방인이! 우리 행렬의 끝자락이자… 꼬리에 해당되는 위치에 있었던 배구상열우! 그의 바로 앞에까지 닿아버린 상황에 닿아버리고야 말았었더랬지. 그래 노획품이자 포크랄 것이 두 개밖에 없었다는 이유로? 또 다른 동포들보다 빠르게 달리지 못했었다는 이유로? 혹은 직접 묻지는 않았던 것도 모자라 '이제는' 물을 수도 없게 되어버린 만큼… 진실은 알 수 없겠지만, 어쩌면 다른 동포들을 배려해주며 달리다가 늦어버렸었다든지 하는 등의 모종의, 또 불명의 이유로다가 '본의 아니게'… 무방비 상태로 그 행렬의 끝자락에 놓여있게 되었던 배구상열우…의 바로 앞에까지 말이지.

뭐… 하나 마나 한 이야기겠지만, 나는 그런 광경과 눈을 맞춰내는 것으로다가… 그 상황을 인지함과 동시에… 포크를 든 자의 책무를 다하기 위해 그 행렬을 밀어 넣는 것을 잠시 멈춰내고서는, 배구상열우에게 달려갔지만!

애석하게도… 때는 이미 늦었었더라고? 아 사실 애초에 그 당시의 나라고 해서… 내가 아직 절반 가까이 그 행렬을 다 거슬러 내야만이 그 끝에 닿을 수 있는 입장, 또 상황이라는 것을 몰랐었던 것은 아녔었긴 했었던 만큼! 또 내 상황은 그랬었지만, 그에 반해 그 이방인은 그냥 팔을 뻗기만 하면 모든 걸 다 해결할 수 있는 상황이라는 것을 몰랐었던 것은 아녔었기는 했었던 만큼… 내가 '아직' 늦지 않았을지 모르겠다고 생각해 몸을 움직였던 것은 아녔었긴 했지만! 그래 그냥 배구상열우가 그렇게 절체절명의 위기에 놓이게 되었다는 것이 인식됨과 동시에… 내 두 다리가 멋대로 굴려졌던 것뿐이었긴 했지만, 어쨌든 간에… 일단 늦었었긴 했었더라고?

그래 그 이방인은 나를 비웃기라도 하듯… 내 다리가 움직임과 동시에! 아니 사실 그가 내 변화에 신경을 쓰고 있었을 확률은 희박하니만큼, 방금 같은 표현은 없었던 걸로 하고, 배구상열우이자… 그에게는 이름 모를 존재였던 '적'이… 포크를 뻗기만 하면 찔러낼 수 있는 위치에 있다는 것을 인지해냄과 동시에! 혹은 자신이 거기까지 닿았다는 것을 인지해냄과 동시에… 협곡에 들어서며 내질렀던 것과 똑같은 수준의 포효를 내지르며 팔을 뻗어버렸고, 그로써 그 포크인가 뭔가 하는 것을 기어이 배구상열우의 몸뚱어리에다가 쑤셔 넣어버리고야 말았었더랬지.

그로써 우리네들의 열망은 '일단은' 또 좌절되고야 말았었더랬지. 그래 우리가 그렇게나 많은 땀을 흘려내고, 또 우리네들의 머리를 스스로 갈아버렸다고 할 수 있을 만큼 가열차게 굴려대면서까지 이뤄내고자 했던 열망! 맞아, 동포들이 더 이상 운명당하지 않게 하겠다는 열망은… 일단 좌절되고야 말았고….

당연한 이야기겠지만, 그것이 또 한 번 좌절되고야 말았다는 사실은? 혹은… 그러한 상황은? 나를… 쉬이? 아니 어쩌면 결코 꺼뜨릴 수 없을 수준의 분노에 젖어 들게 만들고야 말았었더랬지. 더해 그 격노는… 멈추지 않았고, 또 멈출 수도 없었던 내 두 다리가 보다 빠르게 저어지게끔 만들었었더랬지. 맞아, 결국… 그 이방인들을 패퇴시켜내거나, 그 행렬이 모두 통로에게 집어삼켜짐으로써, 그 이방인들이 더 이상 운명시킬 존재가 남아있지 않게 되는 것이 아닌 이상… '그것'은 끝도 없이 반복될 것이 당연했었으니까! 그래 배구상열우의 앞에 있었던 추서노우가 '같은 방식으로' 배구상열우가 되고, 또 그의 앞에 있었던 저누형우가 '이내 같은 방식으로' 배구상열우이자 추서노우가 되는 식으로 반복될 것이 뻔했으니까… 멈추지 않았고, 또 멈출 수도 없었던 내 두 다리가… 보다 빠르게 저어지게끔… 음….

어쨌든! 전혀 달갑지 않았었게도! 그런 예상을 품고서? 혹은 절로 품어졌던 그런 예상을 꺼뜨리지 않고서, 뜀박질을 멈추지 않았었던 선택 자체는 '참'이었긴 했지. 그래 애석하게도! 아니 어쩌면 당연하게도… 내 예상은 틀리지 않았었어. 맞아, 다른 게 아니라… 배구상열우가 그렇게 비명을 내지르며 쓰러짐과 동시에… 그를 그렇게 만들어버렸던 이방인의 뒤에서… 웬 또 다른 이방인이 튀어나와 조금 전의 배구상열우와 같은 상황에 놓여있었던 추서노우의 몸뚱어리에다가… 그의 손에 들려있었던 포크를 '똑같은 방식으로' 쑤셔 넣어버리고야 말았었거든. 그래 그것도 무려… 만면에 미소… 혹은 비웃음이랄 것을 채워두기까지 한 채로 말이지. 맞아, 마치 내게… 내가 참이었던 예상을 품고, 참이었던 행동을 이행하는 것은 높이 사주겠다지만! 애석하게도… 내 몸이 그를 완수해내기에는 어려웠을 만큼 느려터졌었기 때문에? 혹은 그 '참'이었던 예상을 늦게 꽃피워냈고, 또 그로써 그 '참'인 행위를 한참 늦게 이행하기 시작했기 때문에, 결과적으로는… 그를 품지 못했거나 그를 이행하지 못했을 때에나 받을 법한 성적표를 받아 챙기게 되었던 나를 향한 비웃음이라고 해석해 마땅했던 음흉한 미소를… 말이지.

어쨌든 그렇게… 그 이후로도 그는 계속 반복되어버렸지. 주체만 달라졌을 뿐, 그와 똑같은 경위로? 아니 어쩌면 별개의 개체이기는 했으니만큼 '정황상' 달라졌다고 추측할 수 있겠을 뿐, 사실 '부러' 다른 존재라 취급하기도 뭣했을 만큼 똑같이 생겨 먹었었던 또 다른 이방인들이 똑같은 경위로… 그의 앞에 있었던 저누형우와 이무가큐까지를… 운명…시키고야 말았었더랬지.

그렇게 찰나의 순간 만에… 운명당해버린 동포가 넷으로까지 불어나고야 말았었던 때쯤이자… 쓰러진 이무가큐의 눈이 확실히, 또 공식적으로 감겨버렸던 때쯤!

나는 드디어? 혹은 비로소 그들 앞이자… 그 유혈의 전장에 닿을 수 있었더랬지. 아니아니 그냥 닿기만 했던 것을 넘어, 그에 닿음과 동시에 포크를 뺀기까지 해… 하나의 이방인이자 배구상열우를 운명시켰던 그 이방인의 몸뚱어리에다가… 그를 쑤셔 넣어버리는 데에까지 성공했었더랬지. 그래 그렇게 하나의 이방인을 운명시킬 수 있었더랬지.

그러고서는, 그러는 과정에서 얼떨결에 그 이방인이 꽂혀버리게 되었던 포크를 그대로 횡으로 휘둘러내는 것으로다가? 맞아, 그렇게 뭐… 그 포크가 사실은 포크가 아니라… 그 이방인이라는 무게 추를 끝에 달아둔 철퇴였기라도 했던 것마냥 그를 휘둘러대는 것으로다가… 그의 옆에 있었던 두 이방인들을 넘어뜨리는 데에까지도 성공…했었더랬지. 보다 정확히는, 그들을… 그 과정에서 '쾅' 소리가 났을 만큼 강하게 바닥에 뒤통수를 찧게 하며 넘어지게 하는 것으로 그들을 운명시킬 수까지… 있었더랬지.

뭐… 알다시피 내 몸뚱어리는 강인하기야 했고, 내 힘 역시… 괜찮았다면 괜찮았긴 했지만! 또 그 포크 끝에 매달리게 된 그 이방인의 몸뚱어리는… 왜소했던 만큼 가벼웠기야 했었다지만, 그래도 무게가 어느 정도 있기는 한 고깃덩이 하나가 매달려 있는 막대기를 횡으로 크게 휘두르는 공격을 이행하는 것은… 그리 손쉽기만 한 행위이지는 않았었던 만큼, 내가 그랬던 공격을 이행했던 것에 대한 대가이자 여파로! 가빠졌다면 가빠졌던 숨을 몰아쉬고 있었던 그때!

내 뒤편 어딘가에서… '철푸덕'… 정도로 옮겨쓸 수 있겠었을 소음이 피어오르던 것 아녔었겠어?

뭐… 하나 마나 한 이야기겠지만, 나는 그를 고막 너머로 넘겨냄과 동시에… 고개를 돌려냈고!

그로써 나는… 바닥에 꼴사납게도 엎어져 있었던 웬 이방인의 왜소하디왜소한 등짝을 눈에 담아낼 수 있었더랬지. 뭐… 어찌 된 영문이었는지는 알 수 없었긴 했지만, 정황상… 내가 앞서 언급했던 그런 공격을 이행하느라? 그래 그러니까 '찌르기'보다 더 많은 시간을 투자해야만 이행할 수 있었던 공격을 이행하느라… 꽤 오랫동안이라면 오랫동안 무방비 상태에 놓여있었던 내 등짝에다가 포크를 꽂아주기 위해 달려왔다가… 배구상열우였던 것이었는지, 추서노우였던 것이었는지, 저누형우였던 것이었는지… 아니면 첫 번째 이방인이었던 것이었는지는 알 수 없겠고, 또 별로 궁금하지도 않았던 웬 사체에 발이 걸려 넘어져… 그 꼴이 되어버렸었던 듯했던… 머저리 같았던 이방인의 등짝을 말이지.

뭐… 하나 마나 한 이야기겠지만, 그렇게 나는 그 이방인의 뒤통수를 강하게 지르밟는 것으로… 운명당한 이방인의 합을 넷으로까지 불렸고….

그러는 동시에… 이방인이 꽂혀버림으로써 '찌르기'의 기능을 상실해버렸고, 그로써 내게 앞서 언급해뒀던 부작용을 앓게 하는 '휘두르기' 따위의 공격만을 윤허하게 되었던 그 포크를 냅다 버려버리는 것으로다가 그를 퇴역시키고서는….

앞선 그 격전의 여파로 주인을 잃은 채 바닥에 널브러져 있었던 네 개의 포크들 중 하나를 집었었더랬지. '찌르기'와 '휘두르기' 중… 어느 공격이 더 나은지 같은 건 모르겠긴 했었지만, 그를 따질 새가 없었기도 했고, 또 그럴 여유가 없었던 것만큼이나… 그런 부작용을 앓아가며 싸워도 되겠을 만큼 여유로운 격전이 펼쳐질 것 같지도 않았으니만큼, 별수 없이? 혹은 전략적으로… 말이지.

어쨌든! 그렇게 나는… 정비라면 정비랄 것을 끝마쳐내고서, 고개를 돌려봤는데 말이지? 그래 아직 통로에 몸을 밀어 넣지 못한 동포들이 몇이나 더 되는지… 혹은 남았는지를 확인하기 위해? 혹은 그를 토대로… 내가 장군의 이름으로 얼마의 시간을 더 끌어줘야 할지를 계산하기 위해… 고개를 돌려봤는데… 말이지?

웬걸… 그 행렬이 모두 사라져 있던 것… 아녔었겠어? 그래 우리 동포들이 대견하게도, 혹은 당연하게도? 그 대업을 완수하기 위해 빠르게 다 통로 속으로 들어서 준 것이 아녔고서는 피어오를 일이 없었을 것 같았고, 또 실제로도 없으리라 믿어 의심치 않을 수 있었던 그런 광경이… 나를 맞아주고, 또 반겨주던 것 아녔었겠어?

그 광경은… 자신과 눈을 맞춰냈던 내게! 더 이상 생사의 고비를 넘나들며 시간을 끌어주지 않아도 된다는 달콤하디달콤한 속삭임을! 아니 그에서 그치지 않고, 어서 '협의된 대로' 나 역시도 그 통로 속에 들어와 최선두에 서서… 그들의 수적 우위를 무마시키고, 그들을 모두 갈아버리자는… 미치도록 달콤하디달콤했던 속삭임을 건네주고 있는 것 같았더랬지.

뭐… 들었으니만큼 잘 알겠지만, 그 속삭임은 퇴짜를 놓을 이유랄 게 없었던 속삭임이었던 만큼, 나는 그를 고막 너머로 넘겨냄과 동시에… 그를 승낙하고 통로 속으로 들어가기 위해 빠르게 뒷걸음질을 쳐댔었더랬지. 그래 그에 빠르게 들어서야 했었던 것은 맞긴 했지만, 그렇다고 해서 그들에게 등을 보여가며 냅다 달렸었다가는, 큰 화를 당해버릴 수도 있으니만큼… 뒷걸음질을 쳐가며 그곳으로 들어가는… 치밀하면서도 전략적인 면모를 보여가며 그 통로 속으로 빨려가듯 들어갔었더랬지.

뭐… 우리가 얻어냈던 그 지식들을 그들 '역시' 얻어냈을 리는 만무했고, 또 그랬으니만큼… 우리가 세워뒀던 전략들을 그들이 간파해냈을 리 '역시' 만무했었던 만큼! 그래 그러니까 말하자면, 그들은 우리가 그곳으로 들어섰고, 또 들어서려 하는 이유를 알았을 리가 없었으니만큼, 당연한 이야기겠지만, 그들은… 내가 그렇게 통로 속으로 빨려가듯 들어가자… 고마워 죽겠었게도 나를 따라 빨려 들어오듯 그 통로 속으로 들어와 '주기' 시작하던 것 아녔었겠어?. 그래 그곳이 자기네들의 무덤이 되리라는 것을 모른 채! 아니 아니… 그곳은… 우리네들이 그네들의 무덤을 찾아주겠다는 목표 아래… 엄선하고 엄선한 끝에 뽑힌 엄선되고 엄선된 곳이라는 것을 모른 채… 말이지.

당연한 이야기겠지만, 우리의 작전은… 그 통로에 몸을 들이는 이방인들의 수가 곧 성과로 직결되는 작전이었던 만큼! 달리 말하면, 최대한 많은 이방인들이 그 통로에 들어설수록 더 큰 성과를 낳게 되는 작전이었던 만큼, 나는… 뒷걸음질을 멈출 생각일랑 하지 않고서, 더욱 깊고, 또 깊은 곳… 아니면 깊고도 깊은 곳으로 파고들기 시작했지. 그 통로의 그림자에 젖어 어두워지는 이방인들의 얼굴이 많아질수록? 보다 많은 이방인들이 협곡에 들어섰다는 것이 되며, 그들의 합은 곧 성과로 치환될 것이라는 합당하디합당한 셈을 이어가며… 계속 뒷걸음질을 쳐댔더라는 거야.

어쨌든! 그렇게… 뒷걸음질을 행하다 보니… 어느덧… 앞서 언급했던 조건에 부합하는 이방인들의 얼굴들의 합이… 서른을 넘겨있던 것 아녔었겠어? 아니 달리 말하면, 그렇게 뒷걸음질을 쳐대는 것으로… 서른을 넘길 정도의 이방인들을 통로 속으로 끌어오는 데에 성공해 있었던 것… 아녔었겠어?

그것은 충분히 고무적인 일이었지만! 맞아, 쾌재를 부를 것까지는 없더라도… 승리의 미소 정도는 옅게나마라도 꽃피워내 볼 수 있겠을 정도는 됐었던 일이었긴 했지만, 알다시피 그네들의 군세가 보통이 아녔기는 했었던 만큼, 나는… 그쯤에서 한 번 지어봐도 되겠을 미소를 지어내는 것마저도 유예하고서… 이행해 마땅했던 다음 뒷걸음질을 이행했었는데… 말이지?

웬걸… 내 발목 혹은 정강이 어딘가에… 무언가가 걸리던 것 아니었겠어? 아니 바닥에 우뚝 솟아 있었던 무언가가… 뒷걸음질을 이행하려 했던 내 발목 혹은 정강이 어딘가를 때려버리는 듯했고, 나는 그 덕분에… 그만 뒤로 벌러덩 넘어지고야 말았었더랬지.

뭐… 그네들과 거리를 벌려뒀다면 벌려둔 상태로 뒷걸음질을 이행하고 있었기야 했었던 만큼, 일촉즉발의 상황이었던 것은 아녔었긴 했지만, 그렇다고 해서 뭐… 상황이 완전히, 또 마냥 대단히 여유롭기만 했었던 것은 아녔었던 만큼! 아니 사실 그런 쪽으로 접근할 게 아니라… 알다시피 최대한 빠르게, 또 많이 뒷걸음질을 쳐서 더 많은 이방인들을 보다 빠르게 들여야 했었던 상황이었던 만큼… 나는 뒤로 벌러덩 넘어지느라 무의미하게 날려버렸던 시간을 복구해내기라도 하려는 듯… 그 어느 순간들보다도 기민하게 몸을 일으키고서는, 보폭을 되는대로 벌려내 서너 걸음가량을 가히 껑충 뛰다시피 뒤로 옮겨냈었는데 말이지? 또 그로써… 원래, 또 본디 뒷걸음질이란 게 그런 행위이기야 하니만큼, 특별하게 언급할 것도 없겠다 싶긴 하지만, 어쨌든… 지나왔던 길을 다시 돌아보게 되었는데 말이지?

웬걸 바닥에… 이상한 게 널브러져 있던 것 아녔었겠어? 그래 정황상 내 뒷걸음질을 멈추게 했다 못해 나를 넘어뜨리게까지 했었던 것이라 보는 게 맞겠다 싶은 것이… 보이던 것 아녔었겠어?

그래 내가 지나왔던 그 길에… 절대 거기에 있어서는 안 됐었던 것이 하나 있던 것… 아녔었겠어?

그것은 바로 넘어져 있었던? 혹은 엎어져 있었던 핸태초이…였었더랬지. 대열의 어디쯤에 위치해 있었다가 '떨어져나와' 거기에 그렇게 널브러져 있게 되었던 것이었는지는! 또 어떤 경위로 그렇게 되어 있었던 것이었는지는 모르겠었긴 했지만, 일단 엎어져 있었던 핸태초이…말이지. 겁에 질렸던 것이었는지! 아니면 그냥 넘어지는 과정에서? 혹은 그렇게 내게 본의 아니게 잠깐이나마라도 깔려버렸던 과정에서 새로이 고통을 앓게 되어서 그랬었던 것이었는지는 모르겠지만, 일단 모종의, 또 불명의 이유로… 가쁘게 숨을 몰아쉬며

그 광경

눈물을 머금고 있었던 햄태초이… 말이지.

뭐… 하나 마나 한 이야기겠지만? 그렇게 햄태초이가 넘어져 있었던 광경은? 혹은 햄태초이가 넘어져 있었던 그 상황은? 그와 눈을 맞춰냈던 그 당시의 나를… 그 자리에 그대로 얼어붙게 만들어냈던 광경이자 상황이었고!

반대로 그 이방인에게는! 그래 뭐… 나를 따라 통로로 들어서고 있었던 그 이방인들의 행렬에서 선두에 섰던 이방인이자! 내가 뒷걸음질을 이행하다가… 잠시 넘어짐으로써, 그를 중단시켜냈다가… 또 그를 재개했다가, 햄태초이와 눈을 맞춰냄으로써, 그를 다시 중단시키는 그 일련의 일들을 이행하고 있었던 동안에도… 다른 거 없이 계속 나 하쿠피루와 우리네들을 향한 추격을 이행하고 있었음으로써… 어느덧 손을 들어 올려 포크를 내리꽂기만 한다면 햄태초이를 운명시킬 수 있을 위치에까지 닿아있었던 그 이방인에게… 그 광경이자 상황은!

그 위치의 요구대로? 혹은 그 상황의 요구대로? 아니면 뭐… 직접 묻지는 않았었던 만큼, 정확히 어떤 목표가 품어져 있었는지는 모르겠고, 또 알 길이 없었긴 했지만, '정황상' 그네들의 가슴 속에 품어져 있으리라 보는 편이 맞겠지 싶었던… 우리네들을 절멸시켜내자는 사명의 요구대로? 팔을 높게도 들어 올리고, 그를 내리꽂게끔 했었던 광경이자 상황…이었었나 보더라고? 그래 지체 없이… 말이지. 맞아, 방금 같은 표현 정도는 무리 없이 쓸 수 있겠을 것이… 그는 그 광경과 눈을 맞춰내고, 또 그 상황이 어떤 상황인지를 인지해냄과 거의 동시에… 손을 들어 올렸다가 그를 빠르게도 내려버리는 것으로다가… 자신의 손에 들려있었던 포크와 핸태초이의 그 가엽디가여운 몸뚱어리 간의 합일을 성사시켜냈었거든.

그렇게… 결코 합일을 이뤄내서는 안 됐었던 그 둘이 합일을 이뤄내고야 말았던 광경을 눈에 담아냈던 그때! 또는 그를 눈에 담음으로써, 그 광경이 시사해대던… 다른 존재도 아닌 '이방인'이 그 둘 간의 합일을 성사시키고야 말았다는… 불쾌하디불쾌하면서도 자명하디자명한 사실을 취해내게 되었던 그때!

난데없게도… 들려오던 것 아녔었겠어? 보다 정확히는, 그리 깊지 않았었던 기억 속에 파묻혀있었던 한 구절이… 자신이 깊게 묻히게끔 만들었던 그 흙더미들을 제 손으로 파헤치고서, 그에서 몸을 끄집어내… 스스로 내 고막 속으로 들어서던 것 아녔었겠어? 풀어보자면, 그 언젠가의 핸태초이가 뱉어냈었던 구절이자… 다음과 같았었던 구절이 말이지.

"그거 죽이는… 거? 그 이방인들…이랑 싸우는 거? 그… 이방인들을 죽이는 거… 그거… 그거 안 하면… 안 되나요?"

그 구절을 다시 들었더니? 혹은 그런 상황에서… 그 구절을 다시 들었더니… 헛웃음인 것 같기도 하고, 또 탄식인 것 같기도 했던 무언가가 절로 토해지던 것 아녔었겠어? 그럴 수밖에 없었겠을 것이… 그 구절은… 물론 그 당시의 핸태초이는 몰랐었겠지만, 멀리도 아니고, 또 다른 존재도 아니고… 바로 다음 날 자신을 운명 시키게 되는 존재이자 족속이었던 그 이방인들을 죽이지 말아 달라는 차원에서… 다른 누구도 아닌 햄태초이 그가 뱉었던… 구절이자 부탁의 언사…였었으니까! 맞아, 그 구절은… 그 옛날이라면 옛날이었겠을 그 언젠가의 햄태초이가… 모종의, 또 불명의 경위를 통해 그 이방인들을 향한 선의? 아니면 일말의 동정심? 아니면 뭐… 그냥 '살인'이라는 행위 자체를 향한 비호? 뭐… 무엇이었는지는 모르겠고, 또 사실 무엇이었는지 같은 건 별로 중요하지 않겠을 그 무언가를 품어뒀던 것이 아녔고서는, 뱉어낼 수 없었을 구절…이었으니까! 혹은 반대로 그를 뱉어내는 것으로… 자신의 품에는 그런 게 품어져 있다는 것을 증명해줬었던 구절…이었으니까!

그렇게 생각해봤더니? 아니 그냥 거기까지 갈 것도 없이… 그냥 그런 상황이 펼쳐지고야 말았다는 것을 새삼스럽다면 새삼스럽게 인지해봤더니… 말이지? 정말… 미치겠던 것 아녔었겠어? 그래 이건 정말… 있을 수 없는 일이겠다 싶던 것! 맞아, 일어나서는 안되는 일이 일어나버렸다 싶던 것… 아녔었겠어? 그래 정말… 눈이 절로, 또 질끈 감겼을만큼의 분노가… 치밀어오르던 것 아녔었겠어?

뭐… 눈을 질끈 감아내는 것이 분노를 치유하는, 또 해소하는 행위이지는 않으니만큼… 당연한 이야기겠지만, 그러는 동안에도 내 분노는… 사그라들 줄을 모르던 것을 넘어… 계속 진해지고, 또 몸집을 부풀려대기까지 했던 끝에… 기어이 '괴수' 따위의 표현 정도는 어렵지 않게 써볼 수 있겠을 만큼 대단히도 육중한 육신을 지닌 존재로의 변모…랄 것을 이뤄버리고야 말았고!

그는 자신의 생장이… 그른 일도, 또 무의미한 일도 아니라는 것을 증명하기라도 하려는 듯! 그 거대해졌던 다리로다가… 내 머릿속 어딘가에 가부좌를 틀고 있었던 '이성'이랄 것을 걷어차 내 머릿속에서 퇴거시키고서는, 그로써 생겨버렸던 빈자리에… 자신의 육중하디육중했던 엉덩이를 밀어 넣고야 말았었더랬지. 그래 그러니까 조금 전까지 나를 그저 작전의 완수를 위한 움직임만을 이행하도록 만들었었던 그 친구를 쫓아내고, 그 자리에 앉아… 그를 대신해… 내 몸뚱어리에게 명령이랄 것을 내려주기 시작했었더라는 거야.

그 명령은… 많고 많은 것들 중에서… '말살'! 그래 그 천인공노할 만큼 잔악무도했던 그 파렴치한들을 향한 '말살'이었던 덕분에….

나는… '날아들 듯'… 빠르게 그네들에게 달려들고야 말았었더랬지. 그래 그것도 무려 그 이방인이 햄태초이의 몸뚱어리에서 포크랄 것을 채 빼내기도 전에… 그의 몸뚱어리에 내 포크를 쑤셔 넣는 것으로다가 그를 운명시키기까지 할 수 있었을만큼 빠르면서도 거침없이… 말이지.

뭐… 하나 마나 한 이야기겠지만, 그렇게 순식간에 복수라면 복수였겠을 것을 완수했던 것은 충분히 유의미한 일이었기야 했었다지만! 또 그 성과랄 것은… 아니 굵직하지 않았던 성과…였었긴 했었다지만, 그 분노라는 친구는… 겨우 그 정도로는 만족할 생각이 없었나 보더라고? 아니 애초에… 처음부터 건네받았던 명령 자체가 말살이었던 만큼, 그가 그것만으로 만족해 다시 이성이라는 친구를 복권시켜 줄 가능성 같은 건⋯ 나조차도 염두에 뒀지를 않았었 기야 했었다지만, 어쨌든⋯ 그랬었나 보더라고?

그래 방금 같은 표현 정도는 무리 없이 써볼 수 있겠을 것이⋯ 그는 내게⋯ 자신이 내려줬던 명령이 말살이었더라는 것을 잊기라 도 했었냐고! 이런 '철퇴' 비스무리한 것으로는 말살이랄 것을 이 행하기 어렵지 않겠냐고 다그치며⋯ 그렇게 그가 꽂혀버렸던 포크 를⋯ 잔뜩 힘을 주어 앞으로 밀어버리게끔 하던 것 아녔었겠어? 그 래 내 몸뚱어리가 그런 행위를 이행하게끔 만들던 것⋯ 아녔었겠 어? 맞아, 그 앞에 꽂혀있었던 이방인의 몸뚱어리가⋯ 포크에서 빠 져 나가떨어지지 않고서는 못 배겼을만큼의 반동을 일으키기 위 해⋯ 내가 그를 내던지듯 뻗어내게끔 만들었었더라는 이야기지.

당연한 이야기겠지만, 그것은! 그래 그 정도의 반동을 일으키는 것은⋯ 그가 매달려 있었던 포크를 휘둘러대는 것과는 궤를 달리 하는 힘을 쏟아내야만 이행할 수 있었던 행위였던 만큼, 나는⋯ 힘 을 최대한으로 끌어내기 위해 눈을 질끈 감고서 그를 뻗어냈고!

그렇게 내 팔이 완전히 뻗쳐지자⋯ 포크가⋯ 순식간에라면 순 식간에 가벼워지던 것 아녔었겠어? 그래 모르긴 몰라도 그 이방인 이 그렇게 포크에서 빠져서 나가떨어졌던 게 아녔고서는 피어오르 지 않았을 그런 느낌이⋯ 느껴졌었더라는 거지. 달리 말하면, 힘을 끌어올리기 위해 눈을 질끈 감아냈던 내 판단이? 혹은 그 정도의 힘을 끌어올렸던 내 판단이 '참'이었다는 것을 알려주는 듯했던 느 낌을⋯ 취해낼 수 있었더라는 거야.

더해… 그뿐만 아니라….

모르긴 몰라도… '정황상' 그 이방인의 사체가 포크에서 떨어져 나와 다른 이방인들을 향해 날아간 끝에… 그네들과 부딪힌 게 아녔고서는 피어오를 일이 없을 것 같았던 '퍽'에 가까웠던 둔탁하디 둔탁했던 소리와….

역시 마찬가지로… 모르긴 몰라도 '정황상' 그에 부딪힌 다른 이방인이 내질렀던 비명이라 취급해볼 수 있겠었고, 또 실제로도 그랬었으면 좋았겠다 싶었던 "으악!"에 가까웠던 비명 역시도… 들을 수 있었더랬지.

그래 일단 그렇게… 그를 혼신의 힘을 다해 앞으로 뻗어내는 일이 마무리되었고, 또 완수되었음으로써, 더 눈을 감고 있을 이유가 없게 되었기도 했고! 그뿐만 아니라… 그를 느끼고, 그것들을 듣는 것으로다가… '모르긴 몰라도' 그것이 '어떤 식으로든' 성공적으로 매듭지어진 것 같다는 짐작이자 추측 정도야 꽃피워낼 수 있었던 나는… 앞서 언급했듯 감아둘 이유가 없었던 눈을… 다시 떠냈었고!

그로써… 잠시 이별했었던 세상과의 재회를?

혹은 웬걸… 그러는 동안 펼쳐져 있었던 새로운 세상이자 광경과의 첫 만남을… 이뤄낼 수 있었더랬지. 그래 정말 해괴망측했던 광경! 맞아, 사실상 눈에 담겼던 모든 이방인들이… 넘어져 있었고, 또 서로가 서로에게 깔려있었고, 또 그렇게 서로가 서로와 얽히고 설키는 방식으로다가 거대한 유기체 비스무리했던 것으로 변모해뒀던 광경과의… 첫 만남을 말이지.

앞서 언급했듯 그네들이 그러한 변모를 이뤄내고 있었던 동안⋯ 나는 눈을 질끈 감고 있었던 상황이었던 만큼, 제대로 보지는 못했었지만! 그럼에도 불구하고 나는 알 수 있었지. 아니 못해도 짐작 정도는⋯ 어렵지 않게 꽃피워낼 수 있었지.

그런 광경이 펼쳐지게 되었던 이유? 혹은 펼쳐질 수 있었던 이유? 그것은 결국 그 통로가 좁아터졌었던 덕분에, 그네들의 행렬이⋯ 그네들에게 있어서만큼은 '본의 아니게' 일렬로 진행되고 있었던 상황에서⋯ 내가 그 행렬이자 그 행렬의 선두에게⋯ 그네들과 똑같거나 비슷한 수준의 크기와 무게를 지닌 고깃덩이를 던져냈기 때문이라는 것! 그래 내가 그런 행위를 이행했음으로써 생성되었던 '던져진 고깃덩이'라는 것이⋯ 선두에 있었던 자를 넘어뜨리고, 또 그렇게 넘어진 자가 '본의 아니게' 자신의 바로 뒤에 있었던 자에게 있어서는 또 '던져진 고깃덩이'가 되어 그를 또 넘어뜨리고, 또 그가 마찬가지의 방식으로 다음을 넘어뜨리고⋯의 과정이 반복되어 줬기 때문이라는 것! 그래 내가 그네들에게 연쇄추돌과 연쇄 낙상을 앓게 했었기 때문이라는 것? 혹은 그를 야기시킬 행위를 이행했기 때문이라는 것⋯.

아 물론⋯ 그것만으로도 됐다면 됐겠고, 또 충분했다면 충분했겠지만, 사실 그보다 더 근원적이고, 또 더 직접적인 이유랄 것은 따로 있었다면⋯ 있었던 것 같더라고?

그래 결국 그러한 광경이 펼쳐지게 되었던 직접적인 원인은⋯ 사실 '그저' 고깃덩이를 그들에게 던져내는 것뿐이었던 그 행위가!

그래 그러니까 그에 부딪힌 한 명을 겨우 넘어뜨리는 결과만을 낳고 끝난다고 해도 문제 될 것이 없겠을 만큼… 시답잖았다면 시답잖았던 그 행위가… 그네들이 연쇄추돌과 연쇄낙상을 앓게 하는 행위로까지 변모해줬기 때문이었고!

그 행위가… 그러한 행위로까지의 변모를 이행할 수 있었던 이유? 그것은 당연하게도… 또 말해 뭐하나 싶긴 하게도… 결국 그 통로가 좁아터졌었기 때문, 또 덕분인 것… 같더라고? 그래 우리가 '지식'이랄 것을 취했고, 또 그의 요구대로 좁디좁은 통로를 '미리' 찾아뒀고, 또 그로써 그곳을 '미리' 전장으로 간택해뒀었기 때문, 또 덕분인 것 같더라고? 만약 그런 곳을 미리 찾아두지 않았거나 미리 전장으로 간택해뒀지 않았었더라면? 우리는 널찍하디널찍한 협곡의 광장에서 그들과 맞붙게 되었을 것이고, 그랬었더라면, 그들이 '굳이' 일렬을 유지하며 우리네들에게 달려올 이유도 없게 되었을 것이고, 그리된다면… 이리한 광경은 펼쳐지지 못했을 것이니만큼… 결국… 결국….

우리가 지식을 취해냈고, 또 그의 요구에 응했기 때문, 또 덕분이었던 것… 같았지. 그래 그 덕분에 이런 광경이, 또 상황이 펼쳐지고… 빚어질 수 있었던 것이었다는 짐작… 추측 정도는… 어렵지 않게 피워낼 수 있었더랬지.

그러한 짐작들이… 더없이 감미로웠기 때문이었을까? 그래 그러니까 스스로 빚어냈던 짐작에 스스로 매료될 수밖에 없었을 만큼 감미로웠기 때문이었을까? 아니면 뭐… 앞서 줄기차게도 언급했듯 그 존재들은 분명 죽어 마땅했던 존재들이었기는 했었다지만, 그래도 일단 눈앞에… 더없이 많은 이들이 죽어버린 참혹한 구석이 없지만은 않았던 광경이 펼쳐져 있었기 때문이었을까? 맞아, 눈을 맞추는 것만으로도 머리가 지끈했을 만큼 참혹하기는 했었던 광경이 펼쳐져 있었기 때문이었을까? 뭐… 잘은 모르겠고, 또 별로 중요하지도 않겠다지만, 나는 그렇게 그와 눈을 맞추고서… 한참 동안이라면 한참 동안 얼어붙었었더랬지. 좋은 의미로든, 또 나쁜 의미로든 간에 말이지.

그렇게 얼어붙은 채로? 3초…는 우습게도 넘길 시간을 태워낸 뒤… 내가… 그 광경에 대한 감상이었다고 말해도 되겠고, 또 실제로도 일정 부분 그러했을 한숨… 비스무리했던 것을 늦게나마라면 늦게나마 토해냈던 그때!

돌연… 피어올라 흩뿌려지던 것 아녔었겠어? 그 유기체 속에서? 혹은 그 유기체의 일부분이자 어딘가에서… "으윽…."에 가장 가까웠던 듯했던 신음이 피어올라 흩뿌려지던 것 아녔었겠어? 그래 그 유기체의 일원이자… 그 유기체 어딘가에 위치해 있었던 누군가 혹은 누군가들이… 그 부침 속에서도 '용케도' 목숨을 건져내 토해냈던 것이 아녔고서는 피어오를 일이 없지 싶었던 소음이자 신음이….

또 방금 언급했던 그런 것에 의거해? 그래 누군가가 '아직' 죽지 않았던 게 아녔고서는, 그런 것이 피어올랐을 리가 없었던 것에 의거해? 상황이 '아직' 종결되지 않았다는 것을 알려주는 듯했던 불쾌한 속삭임이라고 해석해볼 수 있겠을… 그런 신음이 말이지.

뭐… 하나 마나 한 이야기겠지만, 나는 그를 고막 너머로 넘겨 냄과 동시에 퍼뜩 정신을 차려내고서는! 빠르게 몸을 해동시켜낸 뒤… 그 유기체에게 달려들었지. 유기체의 일부이자 그 이방인들 하나하나를 밟고, 또 넘어가며… '아직' 눈을 뜨고 있거나 '아직' 신음을 토해내고 있었던 자들을 찾아내… 손에 쥔 포크로다가 그네들을 하나씩, 차례대로… 또 죄다 운명시키기 시작했지. 그리되는 과정에서 뒤통수를 심하게 찧기라도 했었거나… 뭐… 기타 등등 별로 궁금하지 않았던 다른 경위들을 통해 이미 두 눈이 감겨있었던 이방인들은 시원하게 무시해버리고서, 앞으로 또 앞으로 나아가며… 아직 뜨여 있었던 이방인들의 눈을 죄다 감겨줬었더랬지.

뭐 그렇게 내가… 어느덧 그 행렬의 중간을 살짝 넘긴 지점에 닿았었던 그때! 그래 그러니까 앞서 언급했듯 그러는 동안 마주쳤던 뜨여 있었던 눈들의 주인들을 다 운명시키는 노고를 이행해대며 중간을 살짝 넘긴 지점에까지 도달하는 데에 성공했던 그때! 그래 그러니까 이제 지나가야 하는 길이 지나온 길보다 더 짧아지는 분기점에? 혹은 뭐… 직접 다 세어보지는 않았음으로써, 모른다고 봐야겠지만, '정황상'… 미처 운명당하지 못했음으로써, 손수… 또 부러 새로이 운명시켜야 하는 이들이… 운명당한 이들보다 더 적어질 수밖에 없었던 기점에까지 도달하는 데에 성공했던 그때!

돌연 그 유기체의 끝자락즈음 되는 곳에서? 그래 멀다면 먼 곳에서… '용케도' 그때까지도 낙상사나 압사랄 것에 닿지 않았었던 것도 모자라… 모종의, 또 불명의 경위로 몸뚱어리를 움직이기까지 할 수 있었던? 혹은 어쩌다 보니 움직일 수 있게까지 되었던 듯했던 다섯 남짓의 이방인들이… 그 유기체에서 떨어져나와 통로 바깥으로 도망가던 것 아녔었겠어? 그래 그 연쇄추돌 및 낙상 사태에 심각하게 휘말리지 않았었던 덕분에, 그냥 몸을 어느 정도만 움직이면 그에서 몸을 빼낼 수 있었던 상황에 놓여있었던 것이었는지! 아니면 그저 행렬의 후방에 있었다는 이유만으로… '아직' 감기지 않았었던 눈을 감김 당하는 상황에 닿는 것을 미뤄냈다면 미뤄낼 수 있었고, 그 틈을 타 몸부림을 처댄 끝에… 자기네들의 몸뚱어리에 어느 정도는 걸쳐져 있었던 다른 동포들 혹은 고깃덩이들을 밀어내고서, 그 유기체에서 몸을 끄집어낼 수 있게 되었던 것이었는지는 모르겠지만! 어쨌든 간에 모종의, 또 불명의 경위로 그때까지 살아남아있었고, 또 몸을 움직일 수까지 있었던 듯했던 다섯 남짓의 이방인들이… 그런 필사의 탈출을 감행하고야 말던 것 아녔었겠어?

당연한 이야기겠지만, 그들이 그렇게 '살아서', 또 멀쩡하다면 멀쩡한 상태를 유지한 채로 통로 바깥으로 빠져나가는 광경은? 아 물론 그들도 어느 정도의 상흔을 입기야 했었겠지만… 일단 그 유기체의 일부가 되어버린 덕분에, 이렇다 할 저항도 이행하지 못하게 되었고, 그러니 그냥 가까이 다가가 그저 미처 못 감아둔 눈을 감겨주기만 하면 쉽게도 운명시킬 수 있었던 다른 이방인들과는 달리! 일단 '최소한' 내달릴 수는 있는 상태를 유지한 채로 통로 바깥으로 빠져나가는 광경은? 그와 눈을 맞춰냈던 그 당시의 내게… 그 유기체를 빠르게 훑고, 그로써 찾아냈던 아직 감겨 있지 않았었던 넷 남짓 되었던 이방인들의 도합 여덟 개의 눈들을 빠르게 감겨내고서, '퍼뜩' 그들을 따라 통로 바깥으로 나갈 것을 요구하고 있는 듯했던 광경…이었더랬지.

뭐… 하나 마나 한 이야기겠지만, 그 지침은… 이행하지 않을 이유가 없었던 지침이었던 만큼, 나는… 그러한 지침이 하달됨과 거의 동시에… 언급했던 여덟 개의 눈들을 다 감겨내는 데에 성공했고….

또 그렇게 그 지침의 마지막 것을 이행하기 위해… 통로 바깥으로 나가기 위해… 유기체들을 밟고, 또 밟으며 전진…했었더랬지. 아니아니… 전진…하려던 찰나!

무언가가… 내 발목에 턱하고 걸리던 것 아녔었겠어? 아니 정확히는, 무언가가 내 발목을 붙잡고, 세게 움켜쥐던 것… 아녔었겠어/ 맞아, 누군가가 그랬던 게 아녔고서는 앓기 어려웠을 모종의, 또 불명의 촉감이… 내 발목 언저리에서 피어오르던 것… 아녔었겠어?

뭐 그런 상황이었으니만큼, 당연한 이야기겠지만, 나는 그런 느낌이 피어오름과 동시에? 혹은 그로써 내 걸음이 멈춰졌던 동시에… 시선을 아래로 옮겨냈고!

그 덕분에, 나는… 그 유기체의 어딘가에서 웬… 이방인의 것 같아 보였던 손이 올라와… 내 발목을 붙잡아뒀었던 광경과 눈을 맞춰낼 수 있었더랬지.

그렇게 그와 눈을 맞춰냄과 동시에? 혹은… 마찬가지로 내 걸음이 완전히 멈춰졌던 동시에? 뭐… 다른 이방인들에게 깔려있어서 보이지는 않았었기는 했지만, 위치상… 그 손의 주인의 머리가 있을 법했던 어딘가에서? 뭐 손의 위치로 보나… 구절이 피어올랐던 방향으로 보나… 그렇게 보는 편이 맞겠을 어딘가에서… 다음과 같은 구절이 피어올라 흩뿌려지기까지 하던 것 아녔었겠어?

"못… 간다. 못 지나…간다, 절대로! 우리도… 우리도 좀 살자, 이 새끼야!"

하나 마나 한 이야기겠지만, 그 구절은… 다음과 같은 답변 외에는 그 어떠한 답변도 이어 붙여지는 것을 허용하지 않았던 구절…이었었더랬지. 아니 이었던 것 같아서… 나는 그를 뱉어냈었지.

"허… 뭐라 카노, 지금? 우리도 좀… 살자꼬? 느그도 좀… 살자꼬? 그게 무슨 개소리고, 어? 지금… 지금 누가 누구 때문에 이렇게 죽어 나가고 있는데! 우째… 우째 그런 이야기를 할 수가 있노? 우리가 지금 얼마나, 또 몇이나 죽어 나가고 있는지는… 아나?"

그는 말이지? 그래 그런 얼굴 없는 이방인… 또 얼굴을 보려야 볼 수가 없었던 이방인은… 그에 다음과 같은 염치없는 답변? 혹은 적반하장식의 답변을 이어 붙여냈었더랬지. 그가 뱉어냈던 첫 구절이자 인사말이 그따위로 이루어져 있었던 게… 사실 다른 이유가 있었던 게 아니라 그저 자신이 염치없고, 또 적반하장에 찌든 족속이었기 때문이었다는 것을 늦게나마라도 증명하기라도 하려는 듯… 내 발목을 더욱 강하게 움켜쥐면서! 그래 그를 잡고 있었던 손에 힘을 잔뜩 줘가면서 말이지.

"우리라꼬… 우리라꼬 이러고… 싶겠나? 우리라꼬… 이래 싸우고 싶겠나? 우리라꼬 안 아프고, 안 죽나? 우리라꼬… 우리라꼬 이러고 싶어서… 이러고 있겠냔… 말이다!

우리는… 말이다? 이렇게 안 하면… 죽는다! 이래라도 안 하면… 다 죽어버려서… 이제 좀 고만 좀 죽을라꼬! 그래 우리도 좀… 살아볼라꼬 이러는 기다! 느그는… 모르제? 느그는… 배가 안 고파봐서… 모르제? 이렇게라도 안 하면 죽는다는 기… 얼마나 비참하고… 또 얼마나 피를 말리는 일인지… 모르제? 우리도… 우리도 다 살라꼬 이러는… 기다, 살라꼬!"

뭐… 무슨 부연 설명이 덧붙어야겠냐마는, 그 답변은… 영 틀려 먹었었던 답변이었지. 그래 그 답변은… 그에 다음과 같은 자명하디자명한 사실만이 들어찬 답변을 이어 붙여주는 식으로다가… 정정… 혹은 논파랄 것을 해주지 않으면 안 되겠다 싶었을만큼 틀려 먹었고, 또 글러 먹었던 답변…이었더랬지.

"와 그렇게 안 하면… 죽는 기고? 아니아니… 와 그렇게 안 하면… 죽는다 생각하는… 기고? 우리가… 우리가 어데 그러더나? 우리가… 언제 그라더나? 우리가 어데… 느그 고향 땅을 이래 쑥대밭으로 만들어가면서… 그래… 살아가더나? 느그가… 어디 사는 누구! 또 어디서 굴러먹던 새끼들인지는 모르겠지만… 일단 그래 하더나? 우리가 그카더냐꼬! 아니아니… 안 그러면 우리가… 죽기라도 하더나? 그래 우리가 안 그래 버리면 죽어가지고… 그래… 버리더나? 그래 우리가… 죽기 싫다고, 또 도저히 못 죽겠다고… 남이 만든 것을 우리들 것처럼 쓰고, 또 남의 땅에 쳐들어가고, 남들을… 유린! 그래 문자 그대로 유린해가면서… 그렇게… 그렇게 비열하기 짝이 없게… 굴고… 그카더나?

절대 아니다. 우리는… 그런 적 없었다. 그런 적 없었는데도… 우리는… 우리는 잘 살았다! 이래 잘 살아왔고, 또 앞으로도… 잘 살아갈 끼다!"

헌데 말이지? 그때는 몰랐었지만! 아니 알았었다고 해도, 그러한 답변을 출격시키기야 했을 것이니만큼, 알았는지 몰랐는지 같은 건 별로 중요하지 않겠다지만, 애석하게도, 그 답변은… '논파'라는 임무를 완수할 수 있는 답변이… 아녔었더라고? 그래 그 답변은… 그 임무를 완수해내지 못했지.

아 방금처럼만 이야기하고 끝내버리면, 그게 그 답변의 문제인 것처럼 비칠 수 있겠으니… 정정해 보자면!

애초에 그가 뱉어냈던 답변이나 말에… 합당한 답변을 뱉어내준다면, 그가 자신의 부족함을 인정하거나… 자신의 패배를 받아들일 것이라 생각했던 것 자체가 패착이었더라고? 그래 그는 자신의 주장이 논파되는 것 자체를 받아들이지 않는 존재…였었더라고? 뭐… 방금 같은 표현 정도는 무리 없이 써볼 수 있겠을 것이… 그는 그에 다음과 같은 얼토당토않았었던 답변을 이어 붙였었거든. 그래 빚어졌던 것 자체가 잘못, 또 빚어내는 것 자체가 과오였을 만큼 끔찍하디끔찍했던 답변을 말이지. 뭐… 자신의 것이 논파당했다는 것을 인정하고 싶지 않아서… 그랬었던 것이었는지! 아니면 그에게… 그 답변이 합당한 답변이라는 것을 파악해낼 만큼의 지능이… 없었었어서 그랬던 것이었는지는 모르겠지만….

"그래 그런 적… 없었어도… 잘 살 수 있었겠지! 내 그거까지는… 부정 안 한다. 아니… 그건 맞다꼬 생각한다.

헌데… 니… 그거 아나? 그거는… 그거는 느그가… 여기에 와서 그럴 수… 있었던 기라는 거… 아나? 바깥에만 나가면… 묵을 게 지천으로 깔린 이런 데에서… 살고 있어서… 그럴 수… 있었던 기라는 거… 아냐꼬! 느그가 사는 데가… 이런 데가 아녔었더라면! 그래 우리가 사는 데와 진배없거나… 캤었더라면… 느그라꼬… 느그라꼬 안 이럴 수가… 있었겠나? 뭐… 내도 느그가 어떻게 사는지는 잘 모르겠긴 하는데… 하여튼 간에… 지금 느그가 하고, 또 사는 것처럼… 그래 살 수 있었겠냐꼬! 그래 느그라고 뭐… 뾰족한 수가… 있었겠냐꼬, 이 새끼야…."

나는… 말이지? 그를 고막 니미로 넘거내는 것만으로도… 알 수 있었지. 보다 정확히는, 그를 고막 너머로 넘겨내고, 이전까지 이어졌다면 이어졌었던 그 짧다면 짧았던 대화를 복기해내는 것만으로도… 알 수 있었지.

그가 지금껏… 대화를 그따위 태도로 이행할 수밖에 없었던 이유? 또 그것도 모자라… 방금 언급했던 그따위 답변을 뱉어낼 수밖에 없었던… 이유?

그것은 바로 그의 가슴속에… '오만'이랄 것이 품어져 있었기 때문이었었더라는 것을 말이지. 그래 그 답변, 또 지난 답변들? 또 그

그 광경   215

대화를 그렇게 이행했던 태도? 그것들은 모두 오만이랄 것을 모태로 두고 피어올랐었던 것? 혹은 오만…의 농간이었더라는 것을… 나는… 나는 알 수 있었지. 아니 확신하기까지 할 수… 있었지.

방금 같은 표현 정도는… 무리 없이? 아니 그 조금의 어려움도 없이 쓸 수 있겠던 게….

그는 우리가 어떻게 살아왔는지에 대해 전혀 모르는 상태에서! 맞아, 우리가 애킨스에게 유린당하고서는… 그러지 않기 위해 지식이랄 것을 취해내고, 또 그에 의거해 식량을 직접 옮겨가며 살아왔었더라는 것을!

또 그 대화를 이어가고 있었던 당사자였던 그네들에게 유린당하고, 또 운명당하고서는… 마찬가지로 그러지 않기 위해 발로 뛰어가며 지식이랄 것을 취해내고, 또 그의 요구에 따라 발로 뛰어가며, 그네들의 무덤을 찾아내오며… 살아왔었더라는 것을 '아예' 모르는 상태에서!

맞아, 지금의 우리는? 또 우리가 몸을 뉠 수 있었던 평화는? 아니 그냥… 우리네들의 삶 그 자체이자 지금의 우리는… 우리가 우리네들의 발로 뛰어 만들어낸 결과물이라는 것을 '아예' 모르는 상태에서… 그따위 답변이자 망발을 확신이라면 확신에 찬 채로 뱉어냈었으니까! 그래 그럴 수 있었던 것? 혹은 그런 생각을 꽃피워낼 수 있었던 것? 그건… 가슴 속에 오만이랄 것이 품어져 있지 않다면 불가능한 일이라 생각되었거든. 또 실제로도 그러했을 것… 같았고! 아니 그러했으리라… 믿어 의심치 않을 수 있었고… 말이지.

눈에 보이는 것을 보이는 대로 믿고, 또 귀에 들리는 것을 들리는 대로 믿는… 오만! 그래 눈에 보이는 광경이 '어떻게' 형성되게 되었는지 따위에는 관심 없고, 또 그를 알아내려 하지도 않았던 것도 모자라… 그냥 냅다 성급한 결론부터 내려버리는… 오만! 아니 내려버리게끔 하는… 오만… 말이지.

어쨌든! 앞서 언급했듯… 그를 들음으로써, 그가 '오만'이라는 치명적인 병환을 앓고 있다는 것을? 아니 그를 넘어… 그는 '이미' 그를 중증으로까지 앓고 있는 중환자! 손을 써보기에도 늦었고, 또 인성이 글러 먹어서… 손을 써보고 싶지도 않던 중환자라는 것을 비로소라면 비로소 알게 되었던 그 당시의 내가 뱉어낼 수 있었던 답변이자… 그에게 내려줄 수 있겠었던 소견은… 다음과 같은 답변 하나뿐이었었더랬지.

"아니다. 아니… 아닌 게 아니라… 틀렸다!

니 방금 뭐라갰노? 우리가 여기에… 그래 이런 곳에 살고 있어서… 이럴 수 있었던 기라꼬? 그건… 그건 절대 아이다. 여기에 뭐… 음식이 자라나는 나무라도… 있는 줄 아나? 또 일전에 느그가 털어먹으려다가 못 털어먹었었던… 그 식량창고! 거기는… 뭐 자고 일어나면 음식이 바로바로 생겨있고 카는 그런… 곳인 줄 아나? 아니 애초에… 그것들이 와… 다 거기 있었었는지는 아나? 하… 느그는 뭐… 생각이나 해볼 수 있겠나? 사실은 우리가… 바깥에 있었던 것들을 다 거기에 옮겨둬서… 그렇게 되어 있었던 것이라는 걸… 느그는… 느그는 뭐… 생각이나 해볼 수 있겠나? 느그는… 모른다! 아니 알았으면… 아까 같은 말… 못한다! 우리가 어떻게 살아왔는지를 알면… 방금 같은… 얼토당토않은 개 헛소리! 하거들랑 못 한다꼬!

아까도… 내 말했듯이… 느그가 정확히 어떤 곳에 살고, 또 그 곳이… 어떤 곳인지는 모르겠지만! 그… 있다이가? 우리? 우리는… 뛴다! 뛰고, 또 구른다! 우리가 먹을 건 직접 발로 뛰어서 찾아내고, 또 쟁여내고… 그래 살아간다! 또 그래 살아왔고! 또 애킨스인가 뭔가 하는 것에게서 살아남고 싶어지면, 그럴 수 있을 방법…들까지도… 발로 뛰어서 찾아내고! 또 실제로도 찾아냈고, 그렇게 살아왔다. 또 살아왔고… 어. 마찬가지로… 느그들한테서도… 고만… 고만 좀 죽고 싶어서… 그럴 수 있을 방법들까지도 발로 뛰어서 찾아내고, 또 실제로도 찾아냈고, 하여튼… 하여튼 그렇게 살아왔다! 우리 힘으로, 우리 발로, 우리 머리로… 우리는… 우리를 말 그대로 견인…해 오면서! 그래 살아왔단 말이다! 이건 우리가 어디 사는지! 어떤 곳에 사는지 같은 거랑은… 하등… 하등 상관없는 이야기다, 아나?

그런 우리가! 그랬던 우리가… 그럴 수 있었던 게… 고작… 우리가 이런 곳에 있었기 때문이었다꼬? 그래 우리가 이런 곳에 살아서… 이럴 수 있었던… 기라꼬? 우리가 이런 곳에 있지 못했더라면… 이러지… 못했을… 끼라고? 개소리… 개 헛소리 집어치워라, 이 빡대가리 새끼야!

그래… 딱 얘기해주꾸마! 우리는… 이런 곳에 살아서 이리 살 수 있게 된 기 아니라… 우리가 그렇게 해서… 그래 그렇게 굴렀었어서… 지금 이렇게 살 수 있는 기고….

느그는… 우리처럼 그러지 않았었어서… 지금처럼 그따위로 사는 기다! 느그의 삶을 견인하는 방법을 모르고, 또 상황에… 대처하는 방법을 몰라서… 지금처럼 그렇게… 남의 것이나 뺏들어 먹으면서… 사는 기다! 아니아니… 뺏들어 먹지 못 하면… 죽게… 되는 기다! 그래서 그러는 기다! 이게 명백한… 사실이다, 명백한… 사실….

이건… 이런 건! 느그도… 그래 느그도 해보려면 다 해볼 수 있는 기다! 아니아니… 해야 하는 기다! 아무리 힘들어도… 또 많이 어려워도… 결국은 해야 하는 기다! 그래 이렇게… 살아야 하는 기라꼬! 느그처럼… 남의 것을 탐하고… 그래 사는 것은… 있다이가? 문자… 문자 그대로 '오답'! 오답이다! 틀린 기고, 안 되는 기란 말이나! 살아남기 위해서는… 자기 발로… 또 지기 머리로… 우리처럼! 느그말고 우리처럼 하는 기…."

그 답변이자 소견을… 거기까지 전개해냈던 그때! 그래 그러니까 합당하디합당한 사실만이 담겨 있었던 답변이었던 동시에 소견이기도 했었던 것을 뱉어내고 있었던 상황이었던 만큼, 그를 진중하디진중한 어투로 뱉어내고 있었던… 그때!

웬걸… 절대 피어올라서는 안 됐었던 게… 피어오르던 것 아녔었겠어? 그래 정황상 그 환자가 뱉어냈던 것이라 믿어 의심치 않을 수 있겠었던 헛웃음… 비스무리했던 게 피어올라… 흩뿌려지던 것 아녔었겠어? 그래 진료에 충실히 임하고 있었던 그 의사의 가슴 속에 들어차 있었던? 혹은 들어차 있음으로써, 그 의사가… 그 진료랄 것을 그렇게나 진중하게 이행할 수 있게 해줬던… 그를 위해 소견을 마무리 지어줘야겠다는 선의이자 직업의식, 또 직업윤리를 단숨에 꺼뜨렸을 만큼 불쾌하기 짝이 없었던 헛웃음이 말이지.

뭐… 그런 게 꺼뜨려졌던 상황이었으니만큼 당연한 이야기겠지만, 그 의사는… 그러한 헛웃음이 흩뿌려짐과 동시에… 어디까지나 그를 위한 행위였던? 혹은 그를 위한 행위일 수밖에 없었던 그 소견을 매듭지어내는 것을 유예해내고서는! 아니 어쩌면, 완전히 접어버리고서는… 다음과 같은 반문을 토해내고야 말았었고….

"뭐고? 뭐고? 뭐…뭘 빠개노, 이 새끼야!"

그 환자는! 방금 자신이 그냥 헛웃음을 뱉어냈던 게 아녔었다는 듯! 그래 자신은 애초부터 그 진료에 협조적으로 임할 생각일랑 없었다는 듯… 다음과 같은 답변을? 아니아니 답변도 되지 못할 시건방지기 짝이 없던 비아냥의 언사를 뱉어냈었더랬지. 그래 그런 의사의 권위에 대한 도전…이나 진배없었던 행위를… 이행하고야 말았었더라는 거지.

"진짜로… 그래 생각하나, 니는? 아니… 느그들은?"

뭐… 그 의사는! 그 언젠가의 자신이 히포크라테스의 선서인가 뭔가 하는 것을… 그냥 이행했던 것이 아녔었다는 듯! 아니면 뭐… 사후적으로나마라도 자신이 행했던 그 선서의 요구에 따라… 그런 환자라도 보듬어줄 만큼 자애로운 존재로 거듭나기라도 하려는 듯!

아니면 그냥… 그렇게 비아냥을 뱉어내는 것으로 진료를 망쳐버린 경위에 대한 궁금증이 늦게나마라면 늦게나마라도 피어오르기라도 했었던 듯… 그에 다음과 같은 협조적이라면 협조적인 답변이자 반문을 이어 붙여냈었더랬지.

"그게… 도대체 뭔 개소리고?"

음… 글쎄? 그 의사가 앞서 그런 반문을 뱉어냈던 경위가… 무엇이었는지는 모르겠고, 또 별로 중요하지도 않겠다지만… 그가 그에 그러한 반문을 뱉어냈던 것은 명백한 오판이었지 싶어. 그래 그 환자는 그런 선의 아닌 선의를 발휘하거나… 배려를 이행해줘 마땅했던 환자가 아녔었거든. 보건대 그에게 필요했던 것은 진료 중단 및 입원, 또 구금…이었었더라고? 방금 같은 표현 정도는 무리 없이 쓸 수 있겠을 것이… 그는 그에 다음과 같은 쓰레기 같았던 답변을 이어 붙여내는 것으로… 자신이 중증 중에서도 중증 환자라는 것을 직접 증명해줬었거든.

"우리는… 우리는 그저… 눈앞에 있는 것들을… 썼던 거뿐이다! 그기… 그기 전부다. 느그들… 그래 느그들처럼… 말이다! 느그나 우리나… 놓고 보면 다 똑같고! 뗄 거 다 떼고 보면… 똑같다! 그냥 눈앞에 있는 걸 쓰고… 주어진 데서 살고, 묵을라면 달리고… 달리고 나면 묵고… 그르는 기… 피차 하는 짓이 똑같다, 이 말이다! 그래 하는 짓이 똑같고… 또 똑같이 사는 기고… 똑같이 살아왔다! 우리는 느그고… 느그는 우리다! 느그가 우리랑… 뭐 달라봤자… 얼마나 다르겠노? 아니아니… 뭐 얼마나 다르겠다고 생각하고 있는… 기고? 우리가 느그였으면… 우리도 느그처럼 살았겠지, 안 글나? 또 느그가 우리였으면… 우리처럼 살았을 거고… 또 그렇게… 우리가… 됐겠지, 안 글나? 그랬으면 지금 니가… 니 말대로… 그런 빡대가리 새끼가 되어 있었겠고, 지금 내가… 니한테… 이래 붙잡혀있었겠네, 그쟈? 안 글냐꼬, 이 새끼야!"

어때? 직접 들어보니까… 방금 내가 왜 그 환자에게 그 정도로까지 박한 평가를 내렸었는지가 다 이해가 되지? 그래 그렇게 그가… 영 글러 먹고, 또 영 틀려먹었었던 것들로 속을 채워둔 답변을 뱉어냈었더라는 걸 알고 나니까… 이제 다 이해가 되지? 맞아, 정정해 줄 것이 한 무더기였던 답변! 외려 맞는 걸 찾는 게 더 쉬웠겠다 싶었을 만큼… 틀려먹고, 또 글러 먹은 것들로만 속을 채워뒀던 답변을 뱉어냈다는 걸 알고 나니까… 다 이해되지? 알 것도 같고, 응?

어쨌든! 물론 그 답변은 그렇게나 쓰레기 같았던 답변이었긴 했지만, 그래도 다행스럽다면 다행스러웠게도, 시사하는 바가 있었던 답변이었기는 했었어. 아니 그 의사는… 그를 그렇게 여겼었던 것 같아. 다르게 표현해 보자면, 그 의사는… 그가 많고 많은 답변들 중에서 '하필' 혹은 '마침' 그런 답변을 뱉어냈던 덕분에, 그에 대한 확진을 내릴 수 있었던 듯해. 그래 이견의 여지가 없을 만큼 확실했던 확진을 말이지.

그래 모르긴 몰라도… 그 당시의 의사의 생각은 그랬었던 거 같아. 듣고 보니까… 그는 오만하기만 했던 것을 넘어… 무려 '무지'했기까지 했었다고 생각…했었던 거 같아. 그래 무지 '했음으로써' 잘못된 믿음이나 그릇된 믿음이랄 것을 품어볼 수밖에 없었고, 또 그를 광적으로 신봉했음으로써, 이 사달이 났다면 났던 것…이었다고 생각…했었던 거 같아. 앞서 언급했듯 보이는 것을 보이는 대로'만' 믿게 했을 만큼 중증의 오만을 앓고 있었던 덕분에, 상황을 보이는 대로밖에 해석할 수 없었던 것도 모자라….

보이는 것을 보이는 대로 믿음으로써 품게 되었던 잘못된 믿음이나 그릇된 믿음이… '사실은' 잘못된 믿음이나 그릇된 믿음이었다는 것을 분간조차도 못 했음으로써… 이 사달이 났다면 났던 것…이었다고 생각…했었나 보더라고? 그렇게 볼 수밖에 없겠을 것이… 그 의사가 뱉어냈었던 답변이자 소견은… 다음과 같았었거든.

"허… 우리가 느그들이랑… 같다꼬? 피차 똑같고, 또 다를 기 없다꼬? 모르는가 보네! 느그들이 사실은… '쥐'라는 이름을 지닌 생명체… 아니 족속들이라는 것을… 완전히 모르고 있는가 보네! 까맣게 모르고 살았는가 보네, 그쟈?

느그는… 느그가 그런 곳에 살아서 비열한 게 아니고! 그래 그런 곳에 살아서… 살라꼬 비열해진 게 아니라… 느그는… 느그는 그냥 쥐'라서' 비열한 기다! 그래 그냥 태생이 비열한 쥐라는 족속이었어서… 비열한 기고! 냄새나는 쥐라는 족속이었어서… 냄새가 나는 기고… 그런 기다! 그기… 그기 전부다! 별… 별… 말 같쟎은 이유… 또 시답쟎은 이유… 들먹이고, 또 덧붙이지… 마라! 느그는… 느그는 쥐다!

그런 족속인… 느그들이랑… 우리가… 우째 같을 수가 있겠노?
느그랑 우리는… 같을 수가 없다! 그러니만큼 무슨 일이 있어도…
우리가 느그가 되고, 또 느그가 우리가 되는 일 같은 건… 일어날
수가… 없다! 우리가 느그 사는 데에서 살았으면… 느그가 됐을 끼
라꼬? 느그는 쥐고… 우리는 쥐가 아닌데… 어째 그럴 수 있겠노?
그게 가당키나 한 이야기가? 그거는… 어디에 사는 걸로 바꿀 수
있는 게 아닌… 그… 뭐라 하꼬? 대자연의 섭리! 그래 그런 기다!
대자연의 섭리를… 니 맘대로 허물려 하지 말고… 또… 바꿀라 하
지… 마라! 느그는… 느그는 그럴 수 없고, 그럴 자격도 없다! 알아
들었나, 이 새끼야!"

그 의사의 소견은! 보다 정확히는, 그 의사가… 지식이랄 것을
오랫동안, 또 많이 취해왔었음으로써… 그의 말에 숨어 있었던 병
환들을 찾아낼 수 있었고, 또 그로써 뱉어낼 수 있게 되었던 그 소
견은! 그가 괜히 의사가 될 수 있었던 게 아니라는 것을 증명하기
라도 하듯… 감히 이견이랄 것을 제기해 볼 수 없겠을 만큼 자명하
디자명한 사실만으로 속을 채워뒀던 소견? 또 고막 너머로 넘겨냄
과 동시에 고개를 아니 끄덕여볼 수 없었을만큼 대단했던 소견…이
었었지만 말이지?

애석하게도, 그를 건네받았던 환자의 입장은… 그렇지 않았었나
보더라고? 그래 그에게 그 소견은… 다음과 같은 반문을 이어 붙
여봐야 쓰겠었던 소견? 혹은 그러지 않고서는 직성이 풀리지 않겠
다 싶었던 소견…이었었나 보더라고? 뭐… 그의 지능이… 그저 고

막 너머로 넘겨내기만 해도 알아듣고, 다 이해할 수 있었을만큼 명확했던 그 소견을 알아듣고, 또 이해할 수 없었을 만큼 처참했기 때문이었는지! 아니면 그냥 그의 인성이… 그렇게나 직관적이고, 또 친절하다 못해 앞서 언급했듯 자명하디자명한 사실만이 담긴 소견을 뱉어냈던 의사에게 딴죽을 걸고 싶어 했을 만큼 불량해 빠졌었기 때문이었는지는 모르겠고, 또 별로 중요하지도 않겠다지만, 어쨌든 간에… 그에게 그 소견은… 다음과 같은 반문을 이어 붙여봐야 쓰겠었던 소견…이었었나 보더라고?

"허… 재밌네. 그래 처음 듣는다, 내도! '쥐'? 우리는 우리를 그렇게 부른 역사가 없는데… 우짜꼬? 완전히… 완전히 금시초문이네! 우리는… 우리가 '쥐'인 줄 몰랐지! 그래 맞다! 평생을 모르고… 살았다, 니 말이 맞다!

뭐… 말 나온 김에… 내도… 내도 하나만 좀 물어보자! 그라모… 그라모 느그는… 뭐고? 느그는… 느그들을 뭐라 부르면서 사노?"

음… 글쎄? 정성스레 그를 진료해줬고, 또 그런… 결코 짧지 않았고, 또 허점이랄 것도 없었던 소견을 내놓아줬던 자신에게… 그 딴 식으로 딴죽을 걸어대는 그의 행태가 못마땅했기 때문이었을까? 또는 뭐… 그와 결이 같다면 같게도, 그 반문이… 그저 딴죽을 걸기 위해 피어오른 비아냥이라는 것을 잘 알고 있었기 때문이었을까? 그래 그러니까 애초에 그가 정말 그를 궁금해했어서 그런 반문을 던졌던 게 아니라… 그저 진료에 훼방을 놓기 위해 그를 던져냈던 것이었다는 것을 잘 알고 있었기 때문이었을까? 뭐… 무엇 때문이었는지는 모르겠고, 또 무엇 때문이었는지 같은 건 별로 중요하지 않겠다지만, 일단 그 의사는… 모종의, 또 불명의 이유로 그 반문을… 그에 어떤 답변을 이어 붙여내든 상관없을 반문이라 취급했던 듯했고, 그에 의거해… 그에 그 조금도 머리를 굴려내지 않고도 빚어낼 수 있었던 다음과 같은 답변을 이어 붙여냈었더랬지.

 "뭐… '가르시아…의 뜻을 잇는 자들'…이라고… 부른다고들… 카데? 그래 그렇게 부르는 걸로… 안다. 우떻노? 답이 좀… 됐나?"

 음… 글쎄? 내 기억이 맞는다면, 그 심술꾸러기 환자? 혹은 인성이 덜 되어 먹은 환자는! 그 답변이 빚어지게 되었던 경위 같은 것에는 관심도 없다는 듯? 혹은 아무럼 어떻겠냐는 듯 낭창하디낭창한 어투로다가… 그에… "봐라! 우리랑 똑같다고 안 캤나? 우리도… 쥐가 아니라… 그… 뭐꼬? 카도쿠라의 뜻을 잇는 자들…인데!" 따위의 답변? 혹은 그와 엇비슷했던 것으로 기억되는 답변이자….

 그때는 몰랐었지만, 실제로는 유언…이자 마지막 날숨이었었던 것을 이어 붙여냈었더랬지. 그래 방금 같은 표현 정도는 무리 없이 써볼 수 있겠을 것이… 그 답변이 흩뿌려짐과 동시에… 그 환자의 손은… 의사의 발목에서 힘없이 떨어져나와 바닥에 널브러졌었고, 그때를 기점으로… 그 유기체 어디에서도, 이성적인 답변이랄 것은 커녕 한낱 숨소리마저도 피어오르지 않게 되었었거든. 뭐… 직접 묻지 않았으니만큼 잘 모르겠고, 또 '이제는' 물을 수도 없게 되었으니만큼 평생 모르겠지만, 그는 아마… '압사'랄 것을 당해버렸던 것 아녔었을까 싶어. 알다시피 그는… 그런 담화랄 것이 진행되기 전부터도 이미 오랫동안이라면 오랫동안… 자기네들의 동포들에게 심하게도 깔려있었던 상황이었으니까! 그래 담화를 그렇게나 오래 진행했던 상대방이었던 그 의사에게조차도… 단 한 순간도 얼굴을 보여주지 못했었을 만큼… 심하게도 깔려있었던 상황이었으니까! 또 들었으니만큼 잘 알겠지만, 담화가 꽤 오래라면 오랫동안 진행되었으니만큼, 그렇게 보는 편이 맞지 않을까 싶은데… 아닌가? 그래 당할만했던 압사…를 당해버렸다고 보는 게 맞겠지 싶은데… 아닌가?

어쨌든! 뭐… 그 의사는! 아니아니… 나는 그렇게… 담화를 나누던 상대가… 대자연의 섭리에 의해 운명당한 듯했음으로써, 담화가 종료되었으니만큼… 당연한 이야기겠지만! 타의에 의해 시작되었던 담화를 이행하느라 중단시켜뒀던 추격을 재개하기 위해 발걸음을 옮거댔었더랬지.

알다시피 그 담화가… 그 환자이자… 용케도 살아남아있었던 이방인! 또 동포에게 그저 깔려있기만 했었던 그 이방인을 '압사'에 닿게 할 만큼 오랫동안 진행되었었던 덕분이었을까? 아니면 우연찮게도, 그 행렬의 절반 너머의 부분들이자… 그렇게 발걸음을 재개한 이후에 닿게 되었던 부분들에 위치해 있었던 이방인들 중에서는… 애초부터 미처 감기지 않았었던 눈들의 소유자가 존재하지도 않았었던 덕분이었을까? 뭐… 무엇 때문이었는지는 모르겠고, 무엇 때문이었는지 같은 건 별로 중요하지도 않겠다지만, 어쨌든 간에…

그렇게 내가 다시 걸었던? 혹은 새롭게 걸었던 여로에는… 따로 눈을 감겨줘야 했던 이방인이 없었었던 덕분에, 나는… 거침없이 발걸음을 내딛고, 또 내디딜 수 있었더랬지.

그렇게 나는 얼마 걷지 않고… 마침내 그 통로 바깥이자 광장으로의 복귀를 성공적으로 완수할 수 있었고….

그와 동시에 안도의 한숨? 혹은 그를 표방한 무언의 환호를 토해냈었더랬지. 그래 우리가 기어이… 우리네들이 꽃피워낸 전략을 통해 서른 남짓의 이방인들이자… 사실상 그 통로에 들어섰던 모든 이방인들을 갈아버리는! 이보다 더 나은 성과가 있을 리 만무하다고 여겨졌을만큼 유의미한 성과를 낳았었다는 감격적이디감격적인 사실이 뱉어내기를 요구했었던 무언의 환호를 말이지. 물론 알다시피 그때는 아직… 앞서 언급했듯 다섯가량 되었던 잔당! 그래 문자 그대로의 잔당이 남아있었고, 그를 퍼뜩 찾아내 그들을 운명시켜야 하는 상황이었음으로써, 그를 뱉어내기에는… 아직 일렀다면 일렀던 감이 없지 않아 있었던 것도 같기는 했지만, 일단 나는 그를 뱉어냈어. 뭐… 전쟁이 아닌 전투에서 승리를 거머쥐었다는 의미의 환호이자… 중간 환호? 혹은 뭐… 앞서 언급했듯 산적한 과제가 남아있기는 했으니만큼, 그를 조금 더 잘 진행해 보자는 취지로! 그래 결의를 다지는 의미로… 말이지. 사실은 그냥 한낱 숨 고르기를 이행했던 것이었을 수도 있겠지만….

어쨌든! 그렇게 환호를 내지르고 나니? 아니면 잔뜩 연체되어 있었던 숨 고르기를 이행하고 나니… 그들이 하나둘 통로에서 빠져

나와… 내 곁으로 모여주던 것 아녔었겠어? 그래 합의에 따라 통로 깊은 곳에 파고들어 있었던 동포들이! 또는 그곳에서 숨을 죽인 채로… 내가 명령이랄 것을 하달해주기만을 기다리고 있었던 듯했지만, 뭐… 알다시피 상황이… 명령이랄 것을 하달해주기 곤란하게끔 진행되다가 종결되어졌었음으로써, 그 명령이랄 것이 끝끝내 하달되지 않았던 덕분에, 기다리다 못해 통로 바깥으로 나와줬던 듯했던 동포들이… 말이지.

또 뭐… 다행스럽게도 살아남았던 것도 모자라… 광장으로 걸어 나오며, 통로 곳곳에 흩뿌려져 있었던 포크들을 하나씩 쥐기까지 했던 것에 더해… 동공이랄 것을 완전 연소시키기라도 할 것처럼 눈을 이글이글 태워대기까지 하고 있었던 동포들이… 말이지.

어쨌든! 뭐… 숨 고르기라면 숨 고르기였겠을 것을 다 이행해뒀었기도 했고! 또 그 동포들이… 그냥 다른 거 없이 걸어 나오는 것으로 이행해도 되었을 복귀를… 포크들을 집어 들고서, 또 눈빛을 그리 태워대면서 이행해줬기도 했으니만큼! 맞아, 그렇게 결의랄 것을 보여가며 이행해줬기도 했으니만큼, 당연한 이야기겠지만, 나는 그네들이 다 빠져나왔다는 것을 확인해냄과 동시에… 너희들이 봤는지는 모르겠지만, 아직 살아남은 '잔당'들이 있고, 그를 찾아내 '소탕'해야 우리가 '비로소' 진정한 평화를 되찾을 수 있게 된다는… 썩 씁쓸한 구석이 있었기는 했던 사실을 전파해댔었더랬지.

뭐… 하나 마나 한 이야기겠지만, 그 당시의 우리네들 중에서… '진정한 평화'랄 것을 원하지 않아 했었던 존재는 없었던 만큼, 우리는… 그 구절이 흩뿌려짐과 동시에 누가 먼저랄 것도 없이 발걸음을 옮겨댔었지.

그렇게 우리는… 처음 닿았던 목적지이자 광장, 또 그 잔당들이 분명 들어섰던 곳이었던 광장을 샅샅이도 수색했지만, 애석하게도… 그곳에는 그들이 있지 않았었더랬지. 사실 뭐… 그 담화라면 담화였겠고, 진료라면 진료였겠을 것이 생각보다 오랫동안 진행되어줬었던 만큼? 아니 사실 거기까지 갈 것도 없이… 알다시피 이행될 것이라 예상치도 못했었던 그런 담화나 진료 따위에 결코 적지 않은 시간을 허비해버렸던 만큼? 그래 그것이… 잔당들이 그들의 몸뚱어리를 숨겨내거나… 협곡을 빠져나가기에는 충분했을 정도의 시간 동안은 진행되어줬었던 만큼… 그 광장에 그들이 '아직' 남아있을 가능성은… 없다고 보는 편이 맞았겠다 싶었긴 했지만! 맞아, 일단 광장에 닿았어서… 그를 누비고 있었던 그 당시의 나조차도… 그곳에 그들이 있을 리는 만무하다고 생각하고 있었긴 했지만, 어쨌든 그들은 광장에는 없었더랬지.

그러니만큼 역시 그럴 수밖에 없었겠지만, 우리는… 모든 방들과 통로들을 들쑤셔대기 시작했지. 그래 모든 방들과 통로들에 얼굴을 들이밀고, 그곳이 비어 있으면 그곳의 부피만큼의 평화가 되찾아졌다는 결론을 내리고서, 다음 방으로! 또 그렇게 닿은 다음 방을… 앞선 방에서 행했던 것과 같은 것을 같은 방식으로 수색하고서는? 혹은 그 수색을 반복하고서는, 마찬가지로 다음 방으로! 그렇게 모으고 모은 되찾아진 평화의 합이 협곡이 품어둔 공간이자 부피의 총합과 같아진다면… 상황 종료! 아니면 그를 반복하는 중에 그 잔당들이 자기네들의 더러운 몸뚱어리를 쑤셔 넣어둔 방에 닿게 된다면, 그네들을 모두 운명시키는 것으로… 역시 상황 종료! 그런 간단명료하면서도 직관적인 셈을 이어가며… 협곡의 그 모든 곳들에 대한 수색을 이행해냈었더라는 거야.

음… 어쨌든! 그렇게 우리는… '진정한 평화'를 되찾겠다는 일념하에… 앞서 언급했던 그 행위를 쉬지 않고, 또 빠르게 반복해댔던 덕분에? 혹은 진정한 평화를 향한 우리네들의 열망이… 우리네들의 몸뚱어리가 그렇게 기민하게 움직일 수 있게 해줬던 덕분에… 그리 많은 시간을 태워내지 않고도 협곡의 절반가량에 대한 수색을 끝마칠 수 있었고, 또 그 과정에서 얼굴을 들이밀었던 방들이 모두 빈방이었던 덕분에, 우리는… 되찾은 평화의 합을 협곡의 절반 치까지 끌어올리는 데에 성공하기까지 했었더랬지.

그렇게 우리는… 그에 의거해 나머지 절반을 채우기 위해… 반대쪽이라 건너편이라 명명해볼 수 있겠을 곳? 그래 절반 치의 미지수를 품고 있었던 곳이자… 조우성우가 격전을 벌이고 있을 통로가 품어져 있었던 협곡의 왼편이라면 왼편이었겠을 곳으로 발걸음을 옮겨냈었더랬지.

뭐… 당연한 이야기겠지만, 우리네들의 가슴 속에 품어져 있는 것만으로도… 그 절반 치의 수색을 더없이 빠르게 이행해줄 수 있게 해줬었던… 그 진정한 평화를 향한 열망? 그것은 아직 고고히도 우리네들의 가슴 속에 터를 잡아두고 있었고, 또 그의 가호 역시

여전하고, 또 확실하고… 유효했던 덕분에, 우리는 왼편에 대한 탐색 역시도 속전속결로 이행할 수 있었고….

덕분에 우리는… 빠르다면 빠른 시간 만에… 세 곳이자 세 칸만의 공란을 남겨둔 상황에 닿을 수 있었더랬지.

하나씩 나열해 보자면….

조우성우에게 할당되었던 통로였음으로써, 잔당이 들어가봤자 뼈도 못 추리고 박살 나버릴 곳이었으니만큼, 굳이 수색을 이행해봐야 할까 싶었던 통로 하나와!

왼쪽으로, 또 오른쪽으로 취급해보기도 뭣했었던 덕분에, 일단 어디에도 포함해두지 않았었지만, 알다시피 그 누구보다 강인했던 노호중우가 직접 세워냈던 문으로 봉해져 있었던 곳이었으니만큼, 사실 약해빠졌던 그네들이 들어서 운신했을 가능성을 염두에 둬보는 것 자체가 어려웠음으로써, 마찬가지로 굳이 수색을 이행해봐야 할까 싶었던 바구중바구의 침소!

끝으로… 붙여볼 만한 수식어가 없겠었음으로써, 당장 들어서서 얼굴을 들이밀어 봐야겠었던 완전 불명의 별실 한곳! 그렇게 도합 세 곳이자 세 칸의… 공란만을… 남겨둔 상황에 닿을 수 있었더랬지.

어쨌든! 그리되었던 상황이었던 만큼… 마지막 그 별실인가 뭔가 하던 곳으로 들어서려 했었던 그때!

웬걸… 앞서 언급했던… 조우성우의 몫으로 할당되었던 그 통로에서… 말이지? 얼핏 봐도 한때는 이방인이었을 것 같아 보였고, 또 사실 애초에 그랬어야만 했었던 한 구의 사체이자 고깃덩이가 토해져 나오던 것 아녔었겠어? 보다 정확히는, 통로 바깥으로 밀려 나듯 토해져 나와… 통로 바깥에 닿음과 동시에, 그대로 펄럭거리며 바닥에 쓰러지던 고깃덩이 하나가… 뱉어져 나오던 것 아녔었겠어? 그래 마치 자신에게는 자신의 몸뚱어리를 움직일 힘이랄 게 남아있지도, 혹은 애초에 존재하지도 않았었다는 듯… 펄럭거리며 쓰러지고서는, 그 조금의 미동도 보이지 않던 고깃덩이가… 말이지.

그는… 그런 행위를 이행하는 것을 통해… 그 일련의 과정과 눈을 맞췄었던 우리네들에게! 자신은 이렇게나 힘없이, 가냘프게 쓰러지는 존재이니만큼? 또 그렇게 쓰러져서는 그 조금의 미동도 보이지 못하는 존재이니만큼… 이렇게 자신이 통로 바깥으로 나오게 된 경위는… 결국 누군가가 '안에서' 자신을 바깥으로 밀어냈기 때문이라는 것을 알려주고, 또 증명하고 있는 것 같았어. 또 그러니만큼 그에 의거해… 이 통로 안에는… 그럴 수 있는 존재가 있다고 여겨보는 편이 맞을 것이라는 귀띔이자 속삭임을 건네주고 있기까지 하는 것 같았더랬지.

뭐… 그가 그런 귀띔을 건네줬었기 때문이었을까? 아니면 들었다시피 잘 알겠지만, 그 귀띔이… 그를 고막 너머로 넘겨내는 것만으로도, 그 광경이자… 그를 뱉어냈던 통로에 관심을 갖게 했을 만큼 유의미했던 귀띔이었기 때문이었을까? 아니면 뭐… 하나 마나 한 이야기겠지만, 일단 그 사체이자 고깃덩이는 분명 '이방인'이었던 것' 같아 보였기는 했지만, 그와는 별개로… 알다시피 그 통로는 조우성우를 위시한 다른 동포들이 들어서기로 합의했었던 곳이었으니만큼, 그런 통로에서 고깃덩이이자 사체가 토해져 나오는 것은! 맞아, 한때는 생명체였을 고깃덩이가 토해져 나오는 것은… 아니 주목해볼 수가 없었던 일이었기 때문이었을까? 뭐 잘은 모르겠고, 무엇 때문이었는지 같은 건 별로 중요하지 않겠다지만, 일단 우리는… 그 불명의 별실에 대한 수색을 이행해야 한다는 것을 까맣게도 잊어버리고서는, 발걸음을 멈춰내고, 그 통로와 눈을 맞춰냈었더랬지.

그렇게 뭐… 무슨 이유? 또 어떤 경위에서였건 간에 우리가 관객이 되는 것을 자처해 걸음을 멈춰내고서 그 통로와 눈을 맞춰내자… 그 통로는! 그에 보답하기라도 하려는 듯 이내 첫 번째 것과 엇비슷한 외형을 지니고 있었고, 또 엇비슷한 상태에 놓여있었던 듯했던 고깃덩이이자… 두 번째 사체, 또 두 구째의 사체를 토해줬고!

그 두 번째 사체가… 마치 그러기 위해 협곡 바깥으로 몸뚱어리를 끄집어냈었다는 듯! 일말의 지체함 없이… 첫 번째 사체이자 자신의 앞, 또 바로 직전에 토해져 나왔었던 사체가 행했었던 일련의 행위들을 이행해주자! 그래 '똑같이' 펄럭거리며 바닥에 엎질러지듯 쓰러지자….

그 통로는! 기다렸다는 듯? 혹은 그에서 끝날 리가 있겠냐는 듯… 또 그다음 고깃덩이를 토해줬었더랬지. 맞아, 앞선 두 선지자들이 이행했던 것과 똑같은 행위만을 답습하던 세 번째 고깃덩이를 말이지.

그렇게 그 통로는 그 행위를 끝도 없이 반복해대는 것으로 네 번째, 다섯 번째, 스무 번째 고깃덩이를 협곡에 뱉어줬고, 그로써 협곡에… 여섯 구째, 일곱 구째… 아니 종국에는 세기가 벅찼었음으로써 세지 않았고, 또 그러니만큼 잘 모르겠지만… 못해도 서른 마흔다섯 째쯤은 됐었던 듯했던 사체가 쌓여버렸던 그때! 그래 그로써 그 사체들이 '무더기'의 형상을 띠게 되었던 그때!

그 통로는! 마치 이를 뱉어내기 위해 그 정도나 되었던 사체들을 토해내기라도 했었다는 듯… 드디어라면 드디어, 또 비로소라면 비로소… 사체가 아닌 것을 토해줬었더랬지. 그래 언제 자신이 오롯이 사체만을 토해냈었냐는 듯… 제 발로 걸어 나오던 생명체를 토해줬었더랬지.

당연하게도? 혹은 그래야만 했었었게도! 그 정체는 조우성우…였었더랬지. 그래 그렇게 살아서 걸어 나오는 것으로다가… 자신이 이방인들을 갈아냈다는 것을, 또 할당된 작전을 완수해냈다는 것을 증명해내던 조우성우! 그래 그렇게 다시 만날 것이라, 또 그럴 수 있을 것이라 믿어 의심치 않았었던 조우성우…였었더랬지.

그렇게… 그런 그여야만 했고, 또 다행스럽게도 실제로도 그랬었던 그가 걸어 나와줬었음으로써? 혹은 통로가… 그런 그여야만 했고, 또 다행스럽게도 실제로도 그랬었던 그를 뱉어줬던 덕분에, 우리는… 이방인의 피일 것 같았고, 또 '정황상' 실제로도 그랬었을 피를 함뿍 묻혀둔 채로 혈의환향을 이뤄낸 서로를 부둥켜안을 수 있었더랬지. 더해 서로를 다시 만났다는 기쁨에 젖어? 혹은 그랬던 상대가 자신에게 다시 찾아와줬다는 감격에 젖어… 그간 겪어온 시런들만큼이나 진했었던 눈물을 쏟아대고, 또 그 시련들을 극복하는 데에 소요되었던 시간만큼이나 길었던 시간을… 그렇게 서로를 부둥켜안은 채로 태워냈었더라는 거야. 우리는 우리대로? 혹은 장군들은 장군들끼리! 또 그러는 동안 그 통로에서 빠져나왔던 조우 성우의 '슬하'라면 슬하에 있었던 동포들은… 나 하쿠피루의 슬하에 있었다면 있었던 동포들과 짝을 맞춰 서로를 부둥켜안고서, 그런… 환희의 눈물? 또 살아남았다는 감격스럽디감격스러운 사실이 낳은 감격의 눈물… 그런 것들을 끝도 없이 쏟아댔었더라는 거야. 끝도 없이, 또 더없이 격정적으로….

어쨌든! 그렇게 우리가… 무엇을 모태로 두고 영글어 올랐었었든 간에… 일단 짙을 수밖에 없었고, 또 뜨거울 수밖에 없었으며, 끝으로 많을 수밖에 없었던 눈물들을 한참, 또 하염없이 쏟아내고 있었던 그때!

돌연, 또 난데없이… 피어오르던 것 아녔었겠어? 장군 집단이 아닌… 민초 집단이라 해봐야겠을 그 집단들 중 어느 덩어리 속에서… 바구지누의 목소리가 입혀져있었던 다음과 같은 구절이… 말이지.

"저기… 저기 있다!"

딱 들었으니만큼 잘 알겠지만, 그 구절은! 눈물에 가히 절여져있었다시피 했던 그 당시의 우리네들에게… 퍼뜩 앞을 제대로 볼 수 있을 수준으로까지 눈물을 닦아내고서, 자신의 아버지였던 바구지누에게 시선을 옮겨낼 것을 강요했던 구절이었고! 그래 그런 많은 것들을 강요해대던 욕심쟁이 구절이었고!

뭐… 우리는! 아니 못해도 나는! 여간 귀찮았던 게 아니지 않았지만, 알다시피… 그 구절은… 고결하디고결한 동포 바구지누가 뱉었던 구절이었고, 마찬가지로 그에 들어찼던 그 요구 역시… 그가 했었던 것이었으니만큼, 별수 없다면 별수 없이… 그의 뜻대로 고개를 돌려줬었더랬지.

그랬던 나를 반겨줬던 광경이… 어떤 광경이었는지 알아? 그것은 바로… 웬걸? 바구지누가 난데없게도 손가락을 뻗어… 우리네들 기준으로는 뒤편이었던 어딘가이자… 바구중바구의 침소가 있는 쪽을 가리키고 있었던 광경… 아녔었겠어? 혹은 그러는 것으로다가 우리네들에게… 시선을 다시 한번 자신의 손가락 끝이 향해 있는 곳으로 옮겨줄 것을 요구하고 있었던 광경… 아녔었겠어?

마찬가지로 또 별수 없이? 혹은 뭐… 못할 것도 없이 그렇게… 그의 손가락의 끝을 따라 협곡의 가장 깊은 곳이자… 앞서 언급했듯 바구중바구의 침소가 있는 곳? 혹은 침소로 시선을 옮겨냈던 우리를… 맞아줬던 광경이 어떤 광경이었는지 알아?

그것은 바로… 그렇게 서로를 부둥켜안고 감격의 눈물을 쏟아내느라? 혹은 재회가 낳은 기쁨을 만끽하느라… 잠시 잊고 있었다면 잊고 있었던 그 잔당들! 맞아, 그 다섯 남짓의 이방인들이… 굳게 닫혀있었던 바구중바구의 침소의 문에 꼴사납게도 매달린 채… 그를 열어재끼려 발버둥을 쳐대고 있었던 광경…이었더랬지.

그 광경은… 그와 눈을 맞춰냈던 그 당시의 우리들에게? 혹은 최소한 내게만큼은… 전혀 다른 두 개의 감정을 동시에 앓게 하는 광경이었었더랬지.

우선 첫 번째 감정은… 아쉬움! 뭐… 딱 바구중바구의 침소와… 앞서 언급해뒀던 그런 완전 불명이었던 별실! 그래 겨우 그 두 곳의 공란을 지워내기만 한다면, 그 지난하면서도 손이 많이 가던 셈을 끝마칠 수 있었던 상황에서? 혹은 그 지난하면서도 손이 많이 가던 셈을 끝마쳐내는 것을 목전에 뒀었던 상황에서… 그들이 그렇게 한참 늦게라면 한참 늦게 모습을 드러내 줬던 것에 대한 아쉬움! 맞아, 진즉에 모습을 드러내 줬었더라면, 그 셈을 그만큼이나 이행하지 않아도 되었었을 것이라는… 합당하디합당했던 사실이 낳아줬던 아쉬움…이었고!

두 번째 감정은 바로… 안도와 감사…였었더랬지. 그래 그때나마라도 그들이 그렇게 모습을 드러내 줬다는 사실이? 또 그로써 그네들을 절멸시켜내면, 그 어느 평화보다도 완전한 평화가 되찾아질 것이라는 합당하디합당했던 사실이 낳아줬던 안도…와 감사…였었더랬지. 뭐… 사실 그런 감정을 앓아볼 수밖에 없었겠을 것이… 따지고 보면, 그 수색을 통해… 모든 방들에 그들이 없었다는 것을 알아냈다고 해서? 또 실제로도 없었다고 해서… 협곡에 완전한 평화가 도래했다고 보기는 사실 어렵다면 어려울 수도 있었긴 했잖아? 그래 맹점이 있다면 있을 수도 있었었잖아? 그래 뭐 그들에게 그런 걸 고안할 수 있을 만큼의 지능이나… 그를 실행에 옮기고, 성공적으로 이행할 수 있을 만큼의 신체 능력이랄 게 갖춰져 있지는 않다고 봤었음으로써, 가능성을 염두에 둬보기가 어려웠긴 했지만⋯ 사실 깊이 파고들어 보자면, 그네들이 용케도 발각당하지 않고서 살아남아 어딘가에 숨어 있었다가⋯ 우리가 특정 방에 대한 수색을 끝마쳐내고, 그로써 그 특정 방을 들어설 이유 없는 방이라 취급하고서 넘겨버릴 때, 잽싸게 또 용케도 그 방에 들어가 운신⋯ 혹은 은신하는 식으로다가⋯ 비겁하게도 안전을 도모해낼 수도 있었던 상황⋯이었었잖아? 아니 사실 거기까지 갈 것도 없이⋯ 결국 협곡의 방들이 비어 있었던 것을 통해 그만큼의 평화가 되찾아졌다고 보고, 또 그 합을 키우기 위해 움직이는 것은 결국 이러나저러나 그 잔당들이 찾아지지가 않아서 고안한 궁여지책에 불과하니만큼! 그래 결국 그들을 직접 찾아내 운명시키는 것보다 더 나은 방법일 리가 만무했었던 만큼⋯ 이러나저러나 그들이 그렇게라도, 또 그때나마라도 모습을 드러내 줬던 것은⋯ 고맙다면 고마웠던 일, 또 다행스러웠다면 다행스러웠던 일⋯이었긴 했지. 아니 그렇게 어겨볼 만했지. 그래 그들이 그래 줬던 덕분에, 우리네들에게는⋯ 그네들을 확실히 운명시키는 것으로 완전한 평화를 불러일으키는 선택지⋯랄 것이 추가되었던 상황이었으니⋯.

    어쨌든! 우리는⋯ 그런 유의미했던 감상이 피어오름과 동시에⋯ 그에 전적으로 동의한다는 의사를 피력하기라도 하려는 듯⋯ 빠르게 내달렸었지. 온전하고 완연한 평화를 향한 갈망을? 혹은 그와 동의어라면 동의어였겠을 시련들의 종결에 대한 갈망을 속도로 치환시켜내기라도 한 듯 빠르게⋯ 말이지.

그렇게 빠르게 달려냈던 덕분에, 우리는! 보다 정확히는, 개중에서도… 선두에 섰던 나 하쿠피루와 조우성우는… 장군의 이름으로? 혹은 소유자를 장군으로 만들었을만큼 썩 괜찮은 수준이었던 몸뚱어리들을 소유함으로써… 부여받게 되었던 장군으로서의 책무를 다하는 의미로? 다른 동포들과는 비교를 불허할 만큼 빠르게 달려… 그네들이 고개를 돌려 우리네들이 자기네들에게 접근하고 있다는 것을 인지해내기도 전에? 아니면 고개를 돌려봐야겠다는 '한낱' 생각마저도 꽃피워내지조차도 못했었을 만큼 찰나라면 찰나였던 순간 만에 그들의 앞에 닿을 수 있었고! 아니아니 포크를 뻗으며 그네들에게 날아들면… 그 포크를 그네들의 몸뚱어리에 꽂아넣을 수 있겠을 만큼 가까웠던 곳에 닿을 수 있었고!

우리는… 그 위치의 요구대로? 혹은 우리가 그에 닿음으로써 빚어졌던 그 상황의 요구대로… 포크를 뻗으며, 우리네들의 몸뚱어리를 날렸었더랬지.

그렇게 그네들에게 날아들어… 나 하쿠피루와 조우성우… 각자에게 가장 가까이 있었던 두 이방인들의 몸뚱어리에다가… 각자의 포크를 밀어 넣듯 쑤셔 넣는 행위는! 그 두 이방인들을… 난데없게도 자기네들에게 뻗쳐진 포크와 난데없는 합일을 이뤄내게끔 했던 행위였던 동시에… 그들이 "으악!" 따위의 비명이자 그에 대한 감상이랄 것을 뱉어내게끔 만들었던 행위였기도 했으며….

'또' 그와 동시에… 포크들의 진행 방향에 따라? 또 그 포크들에 실려있었던 우리네들의 힘이자 무게의 요구에 따라… 그들의 몸뚱어리가… 밀려난 끝에? 바구중바구의 침소의 문에 '쾅' 소리가 났을 정도로 심하게 부딪히게끔 만들었던 행위였기도 했으며! 그래 그렇게 만들어냈던 행위였기도 했으며….

'또' 그와 동시에… 그런 일련의 과정을 '함께'라면 함께 치러냈던 바구중바구의 침소의 문이… '우지끈'에 가까운 비명이자… 감상 비스무리했던 것을 토해내게끔 만들었던 행위였기도… 했으며….

'또' 그와 동시에… 그런 소리가 그냥 혹은 허투루 피어올랐었던 것이 아니라는 듯… 그 침소의 문이 부서지고, 또 내려앉게끔 만들었던 행위였기도… 했으며….

'또' 그와 동시에… 그 여파로? 그 문에 사실상 의탁하고 있다시피 했던 그 셋 남짓의 이방인들과 두 구의 사체가… 균형을 잃고, 침소 속으로 밀려들어 가… 흩뿌려지듯 넘어지게끔 만들었던 행위였기도? 혹은 그런 행위'였기까지' 했을뿐더러….

'또' 그와 동시에… 그 여파로! 혹은 연쇄적으로… 나 하쿠피루와 조우성우 역시… 그에 쏟아지듯 '함께' 들어가게끔 만들어내기까지 했던 행위…였었더라고? 혹은 그렇게 쏟아져 들어가… 그 세 이방인들과 두 구의 사체 위에 불쾌하게도 포개어지게끔까지도 만들었던 행위…였었더라고?

애석하게도! 그 행위가 그러한 행위였던 덕분에? 보다 정확히는, 그 행위가 '하필' 그네들의 몸뚱어리 위에 우리네들의 몸뚱어리가 포개어지게 만드는, 또 가까워지게 만드는 결과를 낳는 행위였던 덕분에, 우리는⋯ 아주 오래간만에 맡아볼 수 있었더랬지. 아니 '우리'는 모르겠고, 최소한 나는⋯ 아주 오래간만에 맡아볼 수 있었어. 그들의 몸에 '언제고' 배어있었던 악취이자⋯.

맡아냄과 동시에⋯ 그를 맡은 자가 눈을 아니 감지 못하게 했을 만큼 지독했던 악취! 또 그를 맡은 자가⋯ 그 악취의 근원지와 조금이라도 더 멀리, 또 빠르게 멀어지기 위해 몸을 옆으로 굴려내게 했던 것도 모자라⋯ 결코 끊기지 않을 것처럼 길게 이어지고, 또 반복되던 기침을 뱉어대며 몸부림을 쳐대게 했을 만큼 심각했던 악취를 말이지. 하나 마나 한 이야기겠지만, 뭐⋯ 알다시피 낯설 수가 없었고, 또 실제로 낯설지도 않았었지만, 아무리 그렇게 자주라면 자주 맡아봐도⋯ 당최, 또 도무지 적응이 되지 않던? 아니 자주 맡아낸다고 해서 정녕 적응이 되는 악취이기는 할까 싶었을만큼, 늘 더러웠고, 늘 끔찍했던⋯ 그런 악취를 말이지.

그렇게⋯ 그런 악취가 내 몸속으로 파고들었던 덕분에? 혹은 그 악취가 그런 악취였던 덕분에, 앞서 언급했듯 내가 눈을 질끈 감아버리는 것으로다가⋯ 암흑천지의 세상에 들어선 채로⋯ 고통 속에 몸부림치고 있었던 그때!

들려오던 것 아녔었겠어? 그래 바구중바구의 목소리가 입혀져 있었던 다음과 같은 구절이⋯ 말이지.

"뭐꼬, 이게 갑자기!"

나는 말이지? 당연한 이야기겠지만, 그 구절을 고막 너머로 넘겨냄과 동시에⋯ 암흑천지의 세상과 지체 없이 작별을 고하고서는!

아니 알다시피 그곳에 들어섰던 게 내 자의이지는 않았었던 만큼, 방금 같은 표현을 써서는 안 되겠고, 안간힘을 다해 그곳에서 탈출해내고서는… 다음과 같은 답변을 뱉어내며 몸을 일으켰지. 아무래도 그럴 수밖에 없었겠을 것이… 들었겠다시피 잘 알겠지만, 그 구절은! 그저 흩뿌려지는 것만으로도? 혹은 그의 목소리가 입혀진 채로 흩뿌려지는 것만으로도… 내가… 잊고 있었다면 잊고 있었던 충격적이디충격적인 사실을 떠올려내게끔 했었던 구절…이었었거든. 그래 악취에 신음하느라 잠시 잊고 있던 사실! 아니 어쩌면, 들었으니만큼 잘 알겠지만, '그곳'에 들어서는 과정이 의도치 않았고, 또 난데없었고, 또 격정적이었으며, 또 찰나라면 찰나의 순간 만에 이뤄졌던 덕분에, 잊고 있었던? 혹은 앞서 언급해뒀던 이유들로 인해 차마 관심이랄 것을 기울여보지도 못했었음으로써, 어쩌면 품어보지도 못했던 사실이었던… 우리는 지금 위대하고, 또 유일한 영도자 바구중바구의 침소에 들어왔다는… 충격적이라면 충격적인 사실을! 보다 정확히는, 다른 존재도 아닌 '무려', 또 '하필' 이방인들과… '함께' 그곳에 들어서 있다는 충격적이디충격적인 사실을 알아차릴 수 있게 해줬던 구절…이었었거든.

어쨌든! 그를 통해 그 상황의 심각성을 깨달아냈던 그 당시의 내가 뱉어낼 수 있었던 답변은… 다음과 같은 답변 하나뿐이었었더랬지. 그러기 위해 택할 수 있었던 어투는 뭐… 당연하게도, 다급하디다급한 어투…뿐이었었고….

"바구중바구 님! 피하십시오! 이들이… 이들이 그 족속들입니다! 그 '쥐'인가 뭔가 하는… 족속들입니다! 비열하고 악취 나는 이들에게서! 예, 이들에게…서! 옥체를… 옥체를 보전하십시오!"

뭐… 답변의 내용이 내용이었으니만큼 당연한 이야기겠지만, 그 답변은! 그를 고막 너머로 넘겨냈던 바구중바구를 얼어붙게 만들었던 답변이었고!

또 그와 동시에… 그를 뱉어내기 전까지는 몰랐었지만! 아 물론 앞서 언급했듯 그 구절은 뱉어낼 수밖에 없었던 구절이었기는 했었던 만큼, 그를 알았었다고 해도 그를 안 뱉지는 않았었겠으니만큼… 그를 알았는지 몰랐는지 같은 건 그렇게까지 크게 중요하지 않겠다지만, 어쨌든 간에 그 답변은… 말이지? 흩뿌려짐과 동시에… '아직' 사체이지는 않았었던 그 셋의 이방인들이… 별안간 모종의, 또 불명의 눈빛 교환을 하게끔 만들었던 답변이었기도… 했었더라고? 그래 그런 수상쩍기 짝이 없던 행동을 하게끔 만들었던 답변이었기도… 했었더라고, 불쾌하게도?

직접 묻지 않았었던 만큼 잘 모르겠고, 또 이제는 물을 수도 없게 되었으니만큼, 평생 모르겠지만… 또 그러니만큼 조심스럽긴 하지만, '추측건대' 그들은 아마 '옥체' 혹은 '피하십시오!' 따위의 표현에 주목했었던 듯해. 아니면 내가 다급하다다급한 어투를 택했던 것에 주목했었던 것이었을 수도 있겠고, 또 그도 아니라면… 그 모든 것들을 죄다 적절히 섞어냈던 것이었을지도 모르지. 하여튼 간에 중요했던 것은… 그들은 내 답변을 듣고서? 혹은 '그러했던' 내 답변을 듣고서, 자기네들의 눈앞에 있는 늙고 병든 저 존재가! 사실은 그저 늙고 병들기만 한 존재가 아니라… 그랬던 그의 늙고 병든 몸뚱어리에 '옥체'라는 표현이 씌워져야 했을 만큼 대단한 존재라는 추측이자 해석을! 또 그렇게 다급하디다급한 어투로다가 대피하라는 간언을 올려내야 했을 만큼 대단한 존재라는 추측이자 해석을 낳았었던 듯했었더라는 것…이었더랬지.

그뿐만 아니라….

그 존재이자 바구중바구는… 시해해 마땅한 존재라는 결론까지도… 내려버렸었던 듯했었더라는 것…이었더랬지. 아니 내려버렸었다고 확신해. 그래 그럴 수 있겠을 것이… 그들은… 그 눈빛 교환이랄 것을 부자연스러울 만큼 빠르게 매듭지어내고서는, 냅다 몸을 일으켜… 넘어지는 과정에서 떨어뜨렸던 포크를 '다시' 집어 들고서는, 바구중바구를 향해 달려갔었거든. 맞아, 앞서 언급해뒀던 그런 결론을 꽃피워냈던 것이 아녔고서는 이행할 수 없었을 그런 행위를… 이행하고야 말았었거든.

뭐 당연한 이야기겠지만, 그 행위는! 또는 뭐… 그네들이 그런 선택을 택함으로써 빚어졌던 그 상황은! 그 당시의 나 하쿠피루와 조우성우를… 퍼뜩 그 두 구의 사체에 꽂혀있었던 각자의 포크를 뽑아 들고서, 그네들 못지않게? 혹은 그네들이 출력한 속도를 우습게도 상회할 만큼 빠른 속도를 출력해 그네들에게 달려들어… 바구중바구를 향해 달려가고 있었던 세 이방인들 중 두 이방인들의 몸뚱어리에다가 갓 뽑아냈던 그를 다시 혹은 새롭게 꽂아 넣게끔 하는 데에 부족함이 없었던 상황이었고! 그래 그런 조치를… 그렇

그 광경

245

게나 빠르게 이행하게끔 했던 상황이었고!

그로써 우리는… 찰나라면 찰나였겠을 순간 만에… 바구중바구를 시해하려 드는 이방인을 셋에서 무려 하나로까지 줄여낼 수 있었더랬지.

그렇게 찰나라면 찰나였겠을 순간 만에… 유의미하다유의미했던 성과를 낳아내기까지 했지만, 애석하게도, 그 당시의 우리는 웃을 수 없었어. 아니 웃기는커녕 안도의 한숨마저도 쉬어보지 못하고, 몸을 다시 움직여야만 했었지. 다른 게 아니라 그렇게 두 동포가 운명당하는 동안에도… 그 이방인은! 맞아, 상황이 그리되었던 덕분에, 한순간에 단신이 되어버렸던 그 이방인은! 자신이 단신이 되었다는 것에 굴하지 않고서? 혹은 동포들의 죽음에 눈물을 흩뿌려지기는커녕… 뒤를 한번 돌아보지 않고서 진격이랄 것을 계속 이행해냈었거든. 그로써 어느덧 바구중바구와의 거리를 '한껏' 좁혀내는 데에 성공해 있었던 상황이었거든. '한껏' 같은 추상적인 표현만 쓰고 치울 게 아니라… 그는 어느덧… 세 발짝만을 더 내딛고서 포크를 뻗어낸다면, 어렵지 않게 바구중바구를 운명시킬 수 있었을만큼? 아니아니 그에 대한 시해를 완수할 수 있었을만큼… 그와 확연히, 또 유의미하게 가까워져 있었던 상황…이었었거든. 그러니만큼 안도의 한숨 같은 건… 감히 뱉어보려야 뱉어볼 수가 없었지. 이방인과 바구중바구 둘 간의 거리만을 놓고 본다면, 오히려 더 위험해졌다고도, 또 급박해졌다고도 볼 수 있었던 상황이었으니….

어쨌든! 상황이 그리되어줬던 덕분에, 우리에게 허용되었던 선택지? 또 우리가 택해볼 수 있었던 선택지는… 하나뿐이게 되었었더 랬지.

그래 그 포크를 다시 뽑아 들고, 달리고, 그를 향해 몸을 던져서 그를 그에 꽂아내는… 복잡다단했던 선택지가… 아니라! 그래 성공하기만 한다면, 그 이방인을 단숨에 운명시킬 수 있었으니만큼, 확실하다면 확실한 선택지라 볼 수 있었기는 했지만, 그만큼 많다면 많은 시간을 투자해낼 것을 요구하기도 했었던… 선택지? 혹은 그 정도의 시간을 투자해야만 '비로소' 완수할 수 있었던 그런 선택지가 아니라….

결국 어찌어찌 몸만을 겨우 내던져서, 그 이방인의 발목을 붙잡아내는 선택지! 그래 그로써 그를 넘어뜨려… 어찌어찌 그의 진격만을 멈춰내게 하는 선택지! 앞서 언급했던 그 선택지처럼… 많은 시간을 투자해낼 것을 요구하는 선택지이지야 않았었긴 했지만, 완수해봤자… 겨우 그의 진격을 '일단은' 멈춰내고, 또 그로써 바구중바구가 '일단은', 또 '당장은' 운명당하지 않게 하는 것이… 낳을 수 있는 성과의 최선이자 전부…였었던 그런 선택지! 또 이방인을 단박에 운명시킬 수 있는 선택지가 아녔었음으로써, '추후에 따로 이행해야 할 일'이랄 게 남아있게 되는… 썩 그리 깔끔하지도, 확실하지도 못했었던 선택지! 그래 그런 선택지뿐…이었었더랬지.

어쨌든! 그렇게 우리는 그 상황의 요구대로… 그에게 몸을 던져내 그의 발목을 낚아채듯 잡아 강하게 움켜쥐었고….

그로 인해 그 이방인은 당연하디당연하게도 진격이랄 것을 더 이행하지 못하고서, 포크를 떨어뜨리며 넘어지고야 말았었더랬지.

그렇게 넘어지고야 말았던 그가! 그래 자신이 운명당하는 것이 '추후에 따로 해야 할 일'이 되어버렸던 덕분에, 용케도 숨이 끊어지지 않았었던 그가! 몸을 다시 일으키기 위함이었는지? 아니면 그저 포크를 다시 집어 들기 위함이었는지는 알 수 없었고, 또 별로 궁금하지도 않았다지만, 어쨌든 간에… 모종의, 또 불명의 경위를 통해 택했던 격정적인 몸부림을 치기 시작했던 그때! 그래 그에게 있어서만큼은, 자신에게 주어진 상황의 요구대로… 그렇게 몸부림을 치기 시작했던 그때!

돌연? 아니 어쩌면, 난데없이… 다음과 같은 구절이 피어올라… 침소에 흩뿌려지던 것 아녔었겠어? 그래 다급하다면 다급한 구석이 있었던 듯했던 어투가 배어있었고, 또 바구중바구의 목소리가 입혀져 있었던 구절 말이지.

"잠깐! 모두… 모두 잠깐!"

글쎄? 그 구절에게 어떠한 감상을? 또 해석을 안겨줄 수 있을까? 무엇이 제일 낫겠을지? 아니 어쩌면, '맞'겠을지 같은 건 잘 모르겠고, 또 별로 중요하지도 않겠다지만, 그 당시의 우리는… 그를 그렇게 해석해냈어.

조금도 이해가 되지 않았었긴 했지만, 일단 그가 모종의, 또 불명의 이유로… 그 이방인이 운명당하는 것을 원치 않아 하고 있다는 것을 증명하는 듯했던 구절? 혹은 그러한 의사를 피력하기 위해 뱉어냈던 구절? 아니면 피력하기 위해 뱉어냈던 것까지는 아녔었더라도, 일단 그가 '그런' 생각을 품고 있지 않았고서는 뱉어져 나올 일 자체가 없었을 구절이었기는 했으니만큼, 그가 '그런' 생각을 품고 있다는 것 정도는 넌지시라면 넌지시나마도 증명하고 있는 듯했던 구절? 정도라 해석했지. 그럴 수밖에 없었겠을 것이⋯ 만약 그 구절이 흩뿌려지지 않았었더라면, 우리는 사실상 바로 그 '추후에 따로 해야 할 일'이랄 것을 이행, 또 완수하기 위해⋯ 그렇게 멈춰버린 그의 몸 위에 올라타거나! 그의 몸뚱어리를 아래라면 아래이자 우리네들의 품속으로까지 끌어와⋯ 그를 맨손으로 운명시키기 위해 힘을 써댔을 것이 분명했으니! 그래 그랬던 상황에서⋯ 그가 그 구절⋯ 혹은 그런 구절을 뱉어내는 것으로다가⋯ 그를 막아냈던 것이나 다름없었으니⋯.

어쨌든! 그는⋯ 말이지? 자체적으로 머리랄 것을 굴려내 명령이랄 것을 빚어내 하달해대는⋯ 그이자 암군에게는 윤허되지 않았었던 월권행위를 저질러낸 지후⋯ 우리가 뭐⋯ 별수 없이라면 별수 없이 그를 받아들이는 것으로다가⋯ 문자 그대로 자의로 굳어주자⋯ 웬걸⋯ 만족감이랄 것으로 속을 채워뒀던 것이 분명해 보였던 미소를 꽃피워내던 것 아녔었겠어? 또 그에서 그치지 않고, 고개를 약하게 두어 번가량 끄덕여대기까지 하던 것 아녔었겠어? 그래 그런⋯ 헛웃음도 채 뱉어져 나오지가 않았었던 행위를 이행해줬었더라는 이야기지. 그래 정말 속 터지게도 말이야. 백번 양보해서 그가 그것이 월권행위라는 것을 몰랐었다 치더라도! 또 암군도 왕이기는 하니만큼, 그도 한 번쯤은 명령이랄 것을 하달해볼 수 있다치더라도! 그래 그러니만큼, 그 행위가… 영 글러 먹은 행위까지는 아녔었다 쳐주더라도… 하필 하고 많은 명령들 중에서 그따위 것을 빚어내 하달했던 덕분에! 그래 협곡이 진정한, 또 완전한 평화를 되찾는 것을 지연시키는 명령을 빚어내 하달했던 덕분에, 우린… 우린 정말 미치고 팔짝 뛸 것 같았었는데 말이지.

뭐… 바구중바구는… 우리네들의 입장이 그랬었더라는 것을 아는지 모르는지? 혹은 자신이 '하필' 그런 명령을 하달해줬던 덕분에, 자신에 대한 위협이 해소되지 못하게 되었다는 것을 아는지 모르는지? 혹은 그따위 것들에는 관심도 없다는 듯… 태평하게, 또 태연자약하게, 또 굼뜨디굼뜨게… 자신의 몸뚱어리를 뒤로 돌려내고서는! 침소의 벽이자 침소 한쪽에 쌓여있었던 자신의 짐 더미에 자신의 몸뚱어리를 쑤셔 넣던 것 아녔었겠어? 더해 그러고서는 다음과 같은… 혼잣말일 것 같았고, 또 그렇게 보는 편이 맞겠다 싶었을 구절을 끝도 없이 중얼거리기 시작하기까지 했었더랬지. 그래 마치 그를 뒤지고 있기라도 하듯… 어깨를 들썩거려대면서 말이지.

"오셨는가! 진정으로… 오셨는가! 살아…계셨었는가!"

그는 그런 해괴망측한 행위? 또 경위불명의 행위를 10초는 너끈히 넘길 수 있을 만큼 길다면 길었던 시간 동안 반복한 뒤… "여기 있다!" 따위의 역시 혼잣말이었겠을 것을 뱉어내고서는… 몸을 다시 뒤로 돌려냈었지. 그래 웬 네모난 나무 상자 비스무리했던 것을 품에 끌어안아 둔 채로 말이지. 정황상 그가 그 짐 더미에서 찾아내 꺼내 들었던 것이라 보는 게 맞겠지 싶었던 것? 혹은 몸소 그의 품에 들어서듯 안겨 있는 것으로다가… 조금 전의 바구중바구가 왜 그런 해괴망측한 행위를 이행했었는지를 증명해대고 있는 것 같았었던 그 썩 친절하다면 친절했던… 상자 비스무리했던 것을… 끌어안아 둔 채로 말이지.

뭐… 초면이었던 외관을 지녔었던 그 상자와의 첫 만남에서? 또 앞서 언급했듯… 바구중바구가 10초가량이라는 결코 짧지 않았던 시간을 온전히 짐 더미를 뒤져내는 것에 투자해낸 뒤에야 '비로소' 그를 건져 올려낼 수 있게 되었던 것으로 미루어봤을 때, 모르긴 몰라도… 그 옛날의 그가 그렇게나 꼭꼭 숨겨둬야 했었을 만큼 대단하거나 소중한 존재라고 해석해보는 게 맞겠었지 싶었던 그 상자와의 첫 만남에서… 내가 뱉어낼 수 있었던 첫인사랄 것은… 다음과 같은 구절… 하나뿐이었었더랬지.

"뭐… 뭡니까, 그게?"

그렇게 내가 유인하게 뱉어낼 수 있었던 인사말이자… 또 실제로도 뱉어냈었던 인사말에는… "보물…." 따위의 답변이 이어 붙었었더랬지. 뭐 당연한 이야기겠지만, 그 답변을 뱉어냈던 화자는 그 상자가 아닌 바구중바구였어. 그런 오해는 없었으면 좋겠고….

어쨌든! 뭐… 들었으니만큼 잘 알겠지만, 그 답변은… 다행스럽다면 다행스러웠게도 청자가 원하는 정보를 담고는 있었던 덕분에, 썩… 들어봐 줄 수 있겠었던 답변이었긴 했지만! 그래 그 정도는 되었던 답변이었기는 했지만….

그러면서도 한편으로는, 무성의하다 싶을 만큼? 혹은 그게 전부인가 싶었을만큼 간결했음으로써, 고막 너머로 넘겨냄과 동시에 고개를 아니 갸우뚱거려볼 수밖에 없었던 답변…이었기도 했었더랬지. 뭐… 방금 같은 표현 정도는 무리 없이 써볼 수 있겠을 것이… 뭐… 들었으니까 알 거 아냐? 그 답변에는… 정확히 그것이 어떤 것인지? 또 그것이 어쩌다 보물이 된 것인지? 혹은 그와 결이 같다면 같게도, 바구중바구가 '왜' 그를 보물로 취급하기로 한 것인지에 대한 것이 들어차 있지 않았었잖아? 그래 그렇게나 중요한 것들이 들어차 있지 않았었던 답변이었는데! 혹은 그런 중요한 것들이 품어져 있지 않았던 답변이 고막 속으로 들어섰던 상황이었는데… 고개를 갸우뚱거리지 않아볼 수가….

어쨌든! 뭐… 애석했게도, 바구중바구는! 자신의 답변이 청자에게 어떤 감상을 앓게 했었는지! 혹은 청자가 자신의 그 답변에 어떠한 해석을 내렸는지 같은 것들에는 관심도 없다는 듯… 그저 눈을 병적으로 끔뻑여대기만 하며… 우리네들을 향해 다가오기만 했었더랬지. 그래 그 답변에 서려있었던 많디많은 개선점들을 개선하기 위한 움직임 같은 건… 이행해 줄 생각일랑? 혹은 그 답변에 있었던 공란이랄 것들을 채워줄 수 있을 보충 구절이랄 것을 뱉어줄 생각일랑 추호도 없다는 듯… 입을 굳게도 처닫은 채로 말이지.

그렇게 그는! 그 마지막 이방인이… 그의 두 동포들의 희생을 틈타서도 '좀처럼' 좁혀내지 못했었던 거리를! 혹은 우리네들에게 제압당했음으로써, '끝내는' 좁혀내지 못했었던 그 거리이자 세 발짝 남짓을… 무려 자신의 두 발로다가 직접 좁혀내 그 이방인의 앞에

도달하는 기행 중의 기행을 선보이고서는, 그걸로도 성에 차지 않는다는 듯… 기어이 그 이방인의 앞에 퍼질러 앉기까지 하던 것 아녔었겠어?

그러고서는… '역시' 그걸로도 성에 차지 않는다는 듯… 품에 들어서 있었던 상자를 열어재끼고, 그 상자에 품어져 있었던? 혹은 품어져 있었던 듯했던 무언가를 꺼내 들기까지 하던 것 아녔었겠어? 아니 그러는 것 같아 보였던 행위를… 이행해내던 것 아녔었겠어? '무언가'… 그래 아무리 그 당시의 우리가… 그 이방인의 몸뚱어리의 길이만큼 바구중바구와 떨어져 있었던 상황이었다 해도… 그 '무언가'가 적당한 크기의 몸집의 소유자였었더라면, 못해도 그의 형태 정도는 눈에 담을 수 있었겠지만, 그나마도 담을 수 없었던 것을 통해? 그래 그 정도도 보이지 않았었던 것을 통해… 몹시 얇거나 몹시 작은 것이라고밖에 추측해볼 수 없겠었던 무언가를… 말이지.

그러고서 그는… 마찬가지로 '역시' 그걸로도 성에 차지 않는다는 듯! 혹은 우리네들에게 '점입가경'이라는 표현이 어떤 표현인지를 알려줄 심산이기라도 하다는 듯… 그 무언가인 것을? 혹은 무언가이기라도 할 것을… 한쪽 손에 쥐고서는, 나머지 반대쪽 손으로… 웬걸… 그 천인공노할 이방인의 손을 어루만져대기 시작하던 것… 아녔었겠어? 아니 쓰다듬어대기 시작하던 것… 아녔었겠어? 그래 그것도 무려 아주 부드럽게, 또 자애롭게… 말이지.

그렇게 그는… 한참이라면 한참 동안 무탈히, 또 '다소' 안정적으로 그를 이행하다가! 그래 그로써 그 해괴망측한 일들의 연쇄를… 소강상태라면 소강상태에 접어들게 했었다가… 갑자기 또 웬걸… 그를 단숨에 멈춰내고서는, 질끈 눈을 감아버리더니… 이내 고개를 떨궈버리기까지 하던 것… 아녔었겠어?

또 그것만으로는… 만족…하지 못한다는 듯… 더없이 격정적으로 흐느껴대기 시작하던 것 아녔었겠어? 아니 그렇게만 언급하고 말 게 아니라… 앞서 언급했듯 멀리라면 멀리 떨어져 있었던 우리네들의 눈에도 명확히 담겼을만큼… 크게 어깨를 들썩거려대면서! 또 그랬던 우리네들에게도 들렸을만큼 큰 소리를 피워올리면서… 흐느껴대던 것 아녔었겠어? 그래 그 해괴망측한 일들의 연쇄가… 언제 소강상태에 닿았었냐는 듯! 혹은 언제 자신이… 그를 소강상태에 닿게끔 했었냐는 듯… 그런 또 다른 해괴망측하고, 또 앞선 행동들과 비교를 불허할 만큼 자극적이었던 행위를 이행하기 시작했었더라는 거지. 물론 해괴망측함의 정도는… 그 천인공노할 이방인의 손을 어루만져대는 것에 비할 바가 못 됐었긴 했지만, 일단 자극성만큼은….

어쨌든! 뭐… 그런 상황이었으니만큼 당연한 이야기겠지만, 방금까지 손을 어루만짐 당하는 고초를 겪은 당사자였던 그 이방인의 입장은… 우리보다 더하면 더했겠지만, 일단 객원이라면 객원, 또 관객이라면 관객이었던 나 하쿠피루와 조우성우가… 그 연쇄가 낳은 해괴망측함과! 또 그 연쇄가 이내 또 다른 해괴망측한 행위를 낳을 것이라는 합당하디합당했던 생각이 낳은 두려움…이라면 두

려움이었겠을 것에 떨며, 그 감정의 요구대로 마른침을 삼켜버렸었던 그때! 아니아니 최소한⋯ 나만큼은 마른침을 삼켜냈었던 그때!

그가⋯ 그가 고개를 냅다 들어 올리고서는, 그 반동으로 인해 눈에서 떨어져나왔다시피 했던 눈물 수 방울가량을 공중에 흩뿌려가며⋯ 토해내던 것⋯ 아녔었겠어? 그래 그 해괴망측한 행위들의 연쇄의 끝자락에 걸쳐져 있었던 대미⋯랄 것을 열어재끼는 개회사와도 같았었던 구절을 말이지. 우리의 예상이 맞았었게도, 실제로 존재하고 있었던 또 다른 해괴망측한 행위이자⋯ 대미⋯랄 것을 열어재끼는 개회사와도 같았었던 구절을⋯ 말이지.

"믿고⋯ 믿고 있었습니다! 살아계셨으리라고⋯ 믿고 있었습니다, 카도쿠라⋯ 님!"

그는⋯ 말이지? 그렇게 격정적으로 개회사를 뱉으며 대미를 열어재껴냈던 것이? 혹은 그 대미를 열어재끼기 위해 그 일련의 연쇄들을 밟아냈던 것이 결코 허사가 아녔었다는 듯⋯ 본격적으로, 또 더없이 열정적으로 그 대미랄 것을 진행해가기 시작했지. 그래 방금 같은 표현 정도는 무리없이 쓸 수 있겠을 것이⋯ 그는⋯ 그렇게 흩뿌려졌던 그 구절의 파편들이 채 증발되기도 전에⋯ 다음과 같은 구절을 추가로 토해냈었거든.

"예, 저는 믿고 있었습니다! 살아계셨으리라는 것도⋯ 믿고 있었고! 또 그러니만큼 이런 날이 와주리라는 것⋯ 역시도⋯ 믿고 있었습니다! 아니 믿어 의심치 않으며⋯ 가히 평생을 살아왔습니다! 그랬던 만큼 이제 저는! 예, 이제 저는 죽어도 여한이 없겠고, 또 죽어서 조상님들을 뵐 낯도… 있겠습니다! 위대하고, 또 숭고하셨던 할아버지! 또 조상님들! 예, 가르시아 님… 부첵 님… 탈보트 님… 예, 그분들이… 눈을 감으시던 그 순간까지도 궁금해하셨…었다는 것에 대한… 답을… 답을 찾아냈고! 또 그로써 그분들의 숙원… 이랄 것들을 다 이뤄 드리고, 또 한을 다 풀어드렸으니… 이제 저는… 이제 저는… 죽어도 여한이… 죽어도 여한이 없겠습니다!

하… 카도쿠라… 님! 이 길고 긴 시간을… 대체 어떻게 태워내셨습니까? 어떻게 지내셨습니까? 이런 표현… 더 없는 결례고, 또 무례라는 것을 잘 알고 있지만, 저는! 아니 어쩌면 저희는… 사실… 돌아가신 줄로만… 알았었습니다! 예, 카도쿠라 님께… 책임을 전가하는 것은 아니긴 합니다만, 너무도 긴 시간을 부재하셨음으로써… 그렇게 생각해 볼 수밖에… 없었습니다! 예, 저희가 그렇게 생각해 볼 수밖에 없었을만큼 길고, 또 길었던 그 시간을… 대체… 대체 어떻게 태워내셨습니까? 그동안 대체… 대체 어떻게… 어떻게 지내셨었냐는 이야기입니다!

아 물론 그거야… 아무렴이라고 치고! 아 실제로… 일단 이렇게 살아계신다는 것을 확인했으니까… 죄송스럽지만, 그건 아무렴 어떻겠냐 싶으니까… 일단 그렇게 치고 넘기고….

하… 죄송…합니다! 이렇게 살아계신 줄 알았었더라면… 그러지… 않았었을 텐데! 예, 직접 찾아뵙기 위해… 세상 모든 곳들을 다 뒤지고, 헤매고… 누볐을 텐데! 예, 다 들쑤시고 다녔었을 텐데… 그러지 않았었어서, 또 그러지 못했었어서… 죄송합니다! 그리

하여 결국 이렇게 저희를 직접 찾아오시게끔 만들어버려… 죄송합니다! 죽음으로라도 사죄하고 싶을 만큼! 아니 그럴 수 있다면? 또 그걸로 된다면… 당장 그러고 싶을 만큼… 죄송…합니다!

그것뿐만 아니라… 이런 저만이… 카도쿠라 님이 살아계신다는 영광스럽디…영광스럽고, 또 다행…스럽디…다행스러운 소식을 접하게… 되어… 가르시아 님, 또 부첵… 님…께도 죄송하고, 하여튼 그런 심경입니다. 저뿐이게 되어서… 통탄스럽고… 죄송하고….

또 그와 결…이 같다면 같게도, 이런 저만이… 맞아드리게 되어 죄송…하다는 마음도 있습니다! 예, 그 결코 없을 수가 없는 마음도… 품어져… 있습니다! 그나마 남아있는 지금의… 제 모습이나 상태랄 것이… 어떻게 보일지 모르겠고, 또 좋게 봐주신다면 감사하기야 하겠습니다만, 사실… 저는 지금 정신이 그리 마냥 온전치만은 못한 상태…입니다. 잠에서 깨어나면 꼭 정신이 멀쩡한 것만 같아서… 하루를 무탈히 보낼 수 있을 것만 같다가도! 저도 모르는 사이에… 또 저조차도 모르겠을 경위로… 잠깐 정신을 잃어버리고, 겨우 정신을 되찾아내면… 그러는 동안 꼬박 몇 시간이 지나 있곤 하는 상태! 이따금씩 하루가 지나 있기까지 하는 상태! 뭐… 그 정도로 심각하게 온전치 못한 상태입니다. 예, 그런 상태인 저만이 이렇게 맞아드리게 되어서… 참 비통스럽고, 또 개탄스럽긴 합니다만, 그래도 하여튼… 감사합니다! 어떻게 이 은혜를 다 갚을 수 있을지 모르겠을 만큼! 또 어떻게 감사 인사를 드려야… 제가 품고 있는 감사함이 다 표해질 수 있을는지도 모르겠을 만큼… 감사… 감사

합니다, 정말로!"

 하나 마나 한 이야기겠지만, 우리는 그에… 그 어떠한 답변도 이어 붙여주지 않았었지. 아니 못했었지. 그럴 수밖에 없었겠을 것이… 들었으니만큼 잘 알겠지만, 그 구절은 '카도쿠라'라는 존재를 청자로 설정해 둔 채로 빚어졌던 구절이자… 또 그 존재가 답변을 뱉어줄 것을 상정하고서 빚어졌던 질문…이었었지만, 알다시피 우리는… 카도쿠라 님이 아녔었으니까!

 어쨌든! 우리는… 그렇게 당연하디당연했게도? 그런 월권행위랄 것을 이행하지 않고서, '그'가 답변을 뱉어주기만을 기다렸다면 기다리고… 있었더랬지. 뭐… 바구중바구에게 직접 묻지는 않았었으니만큼 잘 모르겠었지만, 그가 그 구절을 뱉어내고 있었던 동안은 물론이거니와… 그 구절을 뱉어내기 전부터도 그의 손을 꼭 잡고 있었던 것으로 미루어봤을 때, 카도쿠라…인 듯했던 그 이방인이… 답변을 뱉어주기만을! 그래 그의 구절이 그랬었던 것으로 미루어봤을 때? '공교롭게도'? 혹은 '우연찮게도' 바구중바구의 지난 연설에 등장했었던 가르시아 옹의 친구이자… 우리네들의 조상 중 하나였던 '카도쿠라' 옹과 동명이인이었던 듯했던 그 이방인이… 답변을 뱉어주기만을!

 뭐… 바구중바구가… 분명 초면이었을? 혹은 초면이었을 수밖에 없었을 그의 이름을 어떻게 알고 있을 수 있었는지 같은 건 모르겠긴 했었지만, 일단 그가 모종의, 또 불명의 경위로 그를 미리 알아두지 않았었더라면, 그런 구절을 뱉어낼 수는 없었을 것이었으니만큼! 또 마찬가지로 그가 그와 동명이인이 아녔었더라면, 마찬가지로… 그런 구절을 뱉어낼 수는 없었을 것이었으니만큼… '정황상' 동명이인이라고 봐줄 수밖에 없겠었던 그가? 아니… 그랬음이 확실했던 그가 답변을 뱉어주기만을 기다리고 있었었더라는 이야기야.

다행스럽게도, 그러했던 우리의 선택은… 정답이었지. 아니 어쩌면, 정황상 당연하게도… 정답일 수밖에 없었던 그 선택은 정답이었더랬지. 방금 같은 표현 정도는 무리 없이 써볼 수 있겠을 것이… 그 이방인은! 그 구절이 그렇게 매듭지어지고서부터? 또 앞서 언급했듯 우리가 그 합리적이디합리적이었던 근거들에 의거해 그에게 그 상황에 대한 모든 전권을 위임해내고서 부작위의 세상 속으로 숨어들어 가고서부터 3초…도 채 지나지 않았었던 시간 만에… 다음과 같은 답변이자 반문을 토해줬었거든.

"니가… 니가 카도쿠라… 님의 존함을… 우째 아노? 니가 누군데 우째 알고, 또 그분의 존함을 그리 함부로 입에 올리는… 기고?"

글쎄? 과연 그 당시의 이방인은… 그를 알고 있었었을까? 알고도… 그랬었을까? 맞아, 그 답변이 그런 답변이라는 것을 모르지 않았었지만, 그것 외에는 뱉어낼 게 없었음으로써, 그를 뱉어냈던 것… 혹은 것뿐이었을까? 뭐… 잘 모르겠고, 객원이자 관객이었던 우리가 그를 알았었는지 몰랐었는지 같은 건 중요하지도 않겠다 싶긴 하지만, 일단 우리네들의 입장에서는 '몰랐었게도'… 그 답변이자 반문은! 흩뿌려짐과 동시에… 바구중바구의 얼굴을 싸늘하게

변해버리게 만들었던 답변이자 반문이었었더라고?

또 그와 동시에⋯ 그가⋯ 자신의 얼굴만큼이나 싸늘해진 어투로다가 다음과 같은 답변을 뱉어내게 했었던 답변이자 반문⋯이기까지 했었더라고?

"지금⋯ 뭐라고 하셨⋯습니까? '그분의 존함'⋯이라 카셨습니까? 그라모⋯ 그라모⋯ 그라모! 니는⋯ 카도쿠라 님이 아니시라는⋯ 기가?"

바구중바구는⋯ 말이지? 분명 그것은 얼핏 들었을 때는 질문인 것 같았었기는 했지만, 놀랍게도 실제로는 그렇지 않았었다는 듯! 혹은 질문이었기는 했지만, 꼭 답변이랄 것을 받아 챙기기 위해 그를 뱉어냈었던 것은 아녔었다는 듯! 그래 그에 답변이 이어 붙는지 그러지 않는지 같은 것에는 관심이 없다는 듯⋯ 그를 뱉어냄과 동시에⋯ 곧바로라면 곧바로 다음과 같은 추가 구절 비스무리했던 것을 토해내던 것 아녔었겠어? 그래 그 이방인에게⋯ 그가 답변을 빚어내 뱉어낼 수 있을 만큼의 최소한의 시간적인 여유마저도 제공하지 않고서⋯ 말이지. 또 그때까지는 분명 존재는 하고 있었던 초점이랄 것도 말끔히도 지워낸 채로!

더해⋯ 물론 앞서 언급했듯 작아서 안 보였던 만큼, 확신할 수 없었기는 했었지만, 그가 대화를 거기까지 이행하던 도중에 그를 놓쳤거나⋯ 떨어뜨렸던 것이 아녔었더라면, '정황상' 앞서 언급했던 그 무언가가 '아직' 쥐어져 있다고 보는 게 맞겠었던 손을 바들바들 떨어대기까지 하면서 말이지.

"아이다! 그럴 리가⋯ 없다! 이 털은⋯ 이 털은 분명 카도쿠라 님의 털이라꼬⋯ 카셨단 말이다! 분명⋯ 분명 할아버지가⋯ 마지막 마지막까지 붙잡고 계셨었다던 카도쿠라 님의 털이라꼬⋯ 카셨단⋯ 말이다! 훗날 다시⋯ 또 반드시⋯ 카도쿠라 님과 다시 만나시겠다는⋯ 아니 그분을 되찾으시겠다는⋯ 일념하에⋯ 꼭 움켜쥐어서⋯ 갖고 와서, 고이고이⋯ 평생토록 간직해둔 털이라꼬⋯ 카셨단⋯ 말이다! 그래 그러셨는데! 맞아, 분명 그 수재 속에서도 남겨왔던⋯ 그분의 마지막 흔적⋯이고, 또 그분을 찾을 마지막⋯ 또 유일한 단서라⋯ 카셨었는데! 우째⋯ 우째⋯ 아니란 말이고? 우째 이거랑 똑같은 털을 가진 당신이⋯ 카도쿠라 님이⋯ 아니라는 이야기고? 분명 똑같은데⋯ 분명 똑같은데⋯ 와 아니라는 것이고, 우째서 아니시라는⋯ 것이시고, 대체 왜!"

그렇게 추가로 뱉어냈던 그 구절 역시⋯ 얼핏 들으면 질문 같았기는 했었던 구절이었지만! 그래 중간중간에 듬성듬성 물음표를 박아뒀던 구절이었던 만큼, 질문⋯ 같은 구석이 있기는 했었던 구절이었지만, 그 구절도 앞선 그것과 마찬가지로⋯ 꼭 답변을 듣기 위해 뱉어냈던 구절이었지는 않았었나 보더라고? 그래 방금 같은 표현 역시도 무리 없이 쓸 수 있겠을 것이⋯ 그는 조금 전과 마찬가지로? 아니 사실상 똑같이⋯ 그를 뱉어냄과 거의 동시에! 얼굴을 이방인의 손에 파묻듯 묻어버리고서는⋯ 다음과 같은 구절을 추가로 토해냈었거든. 맞아, 그에게⋯ 그가 답변이랄 것을 빚어내 뱉어낼 수 있을 최소한의 시간적 여유도 할애⋯ 또 제공하지 않고서 말이지.

 "아니…잖습니까! 카도쿠라 님… 맞으시잖습니까! 제발… 제발 그렇다고 해주십시오! 제게는… 제게는 남은 시간이 별로 없단 말입니다! 제발 제게… 그런 가엾디가여운 제게… 카도쿠라 님이 살아게신다는 것을 알고 눈을 감는 영광을… 내려주십시오! 예, 그로써 저를… 평안한 영면에 들 수 있게끔… 해주십시오! 그게… 그게 제 마지막… 마지막 부탁입니다! 부디 제 마지막… 마지막 부탁을… 외면하지 말아 주십시오, 제발….”

 들었으니만큼 잘 알겠지만, 바구중바구는… 물론 질문이 아니기야 했었다지만, 일단 그 어떠한 답변이든 이어 붙는 편이 썩 자연스럽겠지 싶었던 그런 구절을? 혹은 그를 요구하는 구절이었다고 볼 수 있겠었던 구절을 뱉어놓고는… 그 어떠한 답변이 뱉어져 나오든 간에 그를 듣지 못할 것이 분명했을 만큼 강하게, 또 격정적으로 흐느껴대기 시작하던 것 아녔었겠어? 그래 그 상황에 발맞춰… 어떤 답변이랄 게 피어오른다더라도… 그를 파묻어버리고도 남겠다 싶었을만큼 대단히도 큰 소리를 끝도 없이 꽃피워내며… 통곡…이랄 것을 이행했었더라는 거야.

 어쨌든! 그의 흐느낌? 아니 어쩌면, 곡소리랄 것은… 통곡이랄 게 행해지면 행해질수록 크고, 또 진해져만 갔고….

 그 덕분에, 우리는… 당연하다면 당연하게도, 그 흐느낌이랄 게 적당한 때가 되면 멎어줄 것이라는 가당찮았었던 기대랄 것을 접어버릴 수밖에 없었더랬지. 아 물론 따지고 보면, 그런 '기대' 같은 건… 애초에 품었었던 적도 없었기는 했어. 그 당시의 우리가 품었었던 것이라고는? 혹은 품어볼 수 있었던 것이라고는, 뭐… 바구중 바구도 결국 생명체이니만큼, 언제까지 흐느낌이랄 것을 이행할 수 있지는 않을 것이고, 그러니만큼… 그냥 때가 되면 그 흐느낌이랄 게 '어련히' 멎어주지 않을까 하는 합당한 듯하면서도 막연했던 생각…뿐이었었어. 그래 '기대'라고 해보기는 뭣했었던 그게… 전부였었어. 하여튼 뭐… 그런 거라도 품어뒀었기는 했었다지만, 앞서 언급했듯 곡소리가 그랬었던 덕분에! 맞아, 그런 식으로 변해주는 것으로다가… 그의 흐느낌은 멎기는커녕… 더욱 진해지고, 또 짙어지기만 하리라는 것을 증명해대고 있는 것 같았던 덕분에, 우리는 결국 그마저도 품어보지 못하게 되었었던 것! 그래 품어냈던 기대랄 것을 접어냈던 게 아니라… 그런 생각마저도 결국은 품어내지 못하게 되었고, 또 꺼뜨리게 되었던 것….

어쨌든! 그랬던 덕분에, 우리가 모든 것을 포기했더면 포기하고서, 고개를 떨궈버렸던 그때! 아 물론… 앞선 연쇄가… 알다시피 해괴망측한 행위들을 꽁무니에 이어 붙여가며 진행되었었던 것에 의거해… 그 흐느낌이랄 게 용케도? 혹은 기적적으로 멎어준다더라도… 또 다른 해괴망측한 행위가 이행되어줄 것이 분명했으니만큼, 그 흐느낌이랄 게 멎어준다고 해서… 사실 좋을 것도 없을 것 같긴 했지만, 일단 이러나저러나 그 흐느낌이 멎어주는 일 같은 건 일어나지 않을 것이라는 합당하디합당했던 단상의 요구대로… 고개를 떨궜던 그때!

돌연… 멎어주던 것 아녔었겠어? 그래 영원토록 지속될 것만 같았던 그 흐느낌이 돌연 뚝 끊겨주던 것 아녔었겠어? 그로써 침소에는… 그 영원토록 지속될 것 같았던 그 흐느낌은 모종의 경위를 통해 매듭지어졌고, 또 그러니만큼 상황은… 새로운 국면을 맞이하게 되었고, 또 될 것이라는 무언의 속삭임이나 진배없었던 싸늘하디싸늘한 정적이 들어서게 되었지.

뭐… 그 속삭임이 그런 속삭임이었으니만큼 당연히 그럴 수밖에 없었겠지만, 우리는… 그 속삭임을 고막 너머로 넘겨냄과 동시에 고개를 들어 올렸고!

그렇게 다시 눈을 맞춰냈다면 맞춰냈던 세상은… 자신이 그런 류의 정적을 괜히 들어서게 해줬던 것이 아녔었다는 것을 증명하기라도 하려는 듯… 대단하디대단한 변화를 앓아둔 광경을 빚어둔 채로… 우리를 맞아줬었더랬지.

그것은 바로! 혹은 그 세상이라는 존재가 미리 빚어뒀던 광경이자… 그 덕분에, 우리가 눈을 맞춰내게 되었던 광경은… 바로!

이전까지 이방인의 손에다가 얼굴을 파묻고서 흐느낌을 거행하고 있었던 바구중바구가… 언제 그를 그에 처박아뒀었냐는 듯 고개를 꼿꼿이 쳐든 채로? 혹은 어째서인지 시체처럼 창백하게 질려 있었던 얼굴을 곧게도 들어 올린 채로… 입술을 바르르 떨고 있었던 광경…이었더랬지.

뭐… 들었겠다시피 잘 알겠지만, 그렇게나 해괴망측했던 광경과 눈을 맞춰냈었기 때문이었을까? 아니면 그 광경과 눈을 맞춰냄으로써, 우리가 그렇게 '분명' 찰나라면 찰나였겠을 시간 동안이자⋯ 겨우 고개를 한번 떨궜다가 다시 들어 올렸던 사이에! 그래 겨우 그 정도의 일만을 이행했었던 짧디짧은 사이에⋯ 바구중바구에게 '무려' 그 정도나 되었던 변화가 찾아와버렸다는⋯ 믿기 어렵다면 어렵겠었던 사실을 취해버렸기 때문이었을까? 뭐⋯ 무엇 때문이었는지는 모르겠고, 별로 중요하지도 않겠지만 말이지? 어쨌든! 그렇게 우리가⋯ 그 사실이었을 수도, 또 그 광경이었을 수도 있었던 누군가의 요구대로 마른침을 삼켜냈던 그때! 아니아니 그 광경의 해괴망측함과 그 사실의 심상찮음이 우리네들의 무의식을 자극해⋯ 우리네들의 무의식이랄 것이⋯ 우리네들의 몸뚱어리가 마른침을 삼키게 하는 월권행위를 이행해냈던 그때!

돌연⋯ 터져 나오던 것 아녔었겠어? 바구중바구의 목소리가 입혀져 있었던 구절이! 아니면 뭐⋯ 대미를 전개시키기 위해 빚어진 듯했던 구절이? 그도 아니라면, 놀랍게도 존재하고 있었던 그다음의 대미이자 또 다른 대미를 열어재끼는 개회사와도 같았던 구절이 말이지.

"씨⋯ 씨발! 이게⋯ 이게 무슨 냄새고!"

뭐⋯ 하나 마나 한 이야기겠지만, 그 구절은⋯ 그 당시의 우리네들에게 있어서만큼은⋯ 그를 고막 너머로 넘겨냄과 동시에 고개를 끄덕일 수밖에 없었을만큼 보편타당했던 진실? 또 자명하디자명했던 사실을 담아뒀던 구절이었지만! 아니 그렇게만 이야기하고 말게 아니라⋯ 우리가 몸을 직접 굴려대는 것으로 취해내고, 또 확인하기까지 했음으로써, 일말의 의심의 여지 없이 보편타당한 진실이라, 또 자명하디자명한 사실이라 취급할 수 있겠을 것을 담아뒀던 구절이었지만!

애석하게도, 그 이방인에게만큼은… 그렇지 않았었나 보더라고? 그래 그에게 그 구절은… 그를 고막 너머로 넘겨냄과 동시에… '씨익…' 따위의 소리가 피어올랐을 만큼 강하게, 또 거칠게 숨을 세 번가량 몰아쉬고서는, 자신의 손에 돋아나 있었던 손톱을 날카롭게도 세워내… 자신의 손 바로 앞에까지 도달해 있었던 바구중바구의 얼굴이자… 암군의 용안을 날카롭게 할퀴어버리게까지 했을 만큼? 혹은 그런 무언의 답변이자 유형의 답변을 건네줘 볼 수밖에 없었을만큼 못되어 처먹었던 구절…이었었나 보더라고? 아니면 그를 그렇게… 해석했었나 보더라고? 그래 자기네들의 몸뚱어리에 악취가 배어있다는 것을 몰랐었음으로써, 그 구절을… 황당무계한 거짓만이 들어차 있었던 구절이라 해석했던 것? 혹은 그럴 수밖에 없었던 것이었는지! 아니면 그를 잘 알고 있었음으로써, 그 구절을… 그가 자기네들의 치부를 발설하기 위해 불필요하게, 또 고의로 빚어냈던 태생이 간악했던 구절이자… 시비의 언사라 해석했던 것? 혹은 그럴 수밖에 없었던 것이었는지는 모르겠고, 또 별로 중요하지도 않겠으며… '이제는' 그를 물을 수도 없게 되었으니만큼, 평생토록 모르겠지만, 어쨌든 그에게 그 구절은… 그를 뱉어냈던 화자에게 그런 식으로의 응징을, 또 복수를 이행해 마지않을 수밖에 없겠을 만큼… 못되어 처먹은 구절…이었었던 듯해.

어쨌든! 그 이방인이 그 많고 많은 응징 방법들 중 하필 그 방법을 택해줬으니만큼 당연하다면 당연한 이야기겠지만, 바구중바구의 용안에는… 그의 얼굴이 많은 양의 피를 토해내게 했을 만큼 깊고, 또 대단했던 자상이 들어서고야 말았고!

그랬으니만큼 이 역시 당연한 이야기겠지만, 바구중바구는… 그 자상이 낳은 고통에 신음하며? 혹은 순식간에 자신의 시야에 들어서게 되었던… 자신의 것으로 추정되었던 피가 '무려' 다발로 흩뿌려지던 광경에 큰 충격을 받고서는, 두 손으로 얼굴을 움켜쥔 채로 "으악!" 따위의 비명을 내지르며, 그대로 뒤로 벌러덩 넘어지고야 말았었더랬지. 뭐… 그와 우리네들 간의 거리는 그대로였던 만큼, '여전히' 보이지는 않았었음으로써, 확신할 수는 없었기는 했지만, '정황상' 직전까지 손에 들려있었던? 혹은 쥐고 있었다고 보는 게 맞겠었던 보물이자 그 카도쿠라의 털인가 뭔가 하던 것을 바닥에 내넌시듯 흩뿌리면서 말이지.

그 당시의 나는… 말이지? 상황이 그리되었다는 것을? 아니아니… 그런 상황이 벌어지고야 말았다는 것을 인지함과 동시에 "아뿔싸!" 따위의… 상황을 조금이나마라도 바꿔줄 수 없는 무의미하디무의미한 탄식 비스무리한 것을 뱉으며, 그에게 달려들었고, 순식간에 그의 등에 올라타… 그의 목을 졸라대는 데에 성공했었더랬지. 그래 그런 식으로… 그를 완벽히 제압하는 데에 성공했었더랬지. 물론 당연한 이야기겠지만, 그런다고 해서 바구중바구의 상처가 완치되고, 또 그에서 새살이 돋아나지는 것은 아녔었긴 했지만! 또 그런다고 해서… 글쎄? 앞서 들었겠다시피 그 시해랄 것이 순식간에 일어나버렸기도 했고, 또 애초에 바구중바구가 우리네들에게 모든 행동을 멈춰내라는 명령을 내리지만 않았었더라면, 우리는 그를 진즉에 운명시켰을 것이고, 그리되었다면… 그런 일 자체가 일어나지 않았겠을 것이니만큼… 참작의 여지가 있었다면 있었다더라도… 일단 '시해'가 이행되는 것을 막아내지 못했던 것에 대한 책임에서 자유로워질 수 있었던 것은 아녔었긴 했지만! 일단 나는… 그를 최대한 빠르게, 또 최대한 완벽하게 이행했어. 이러나저러나 바구중바구는 나가떨어져 있었던 상황, 또 무방비 상태였고, 그러니만큼 그 이방인은 마음만 먹으면 그에게 두 번째 공격이랄 것을 꽂아줄 수도 있었던 상황이었으니까….

 어쨌든! 앞서 언급해뒀던 그런 경위로 인해… 그렇게 내게 목을 졸리게, 또 몸을 던져내지도 못하게 되었던 그는… 말이지? 글쎄? 앞서 언급했던 그 염려! 그래 그러니까 그가 두 번째 공격을 단행해낼 수도 있다는 염려가 '참'이었다는 것을 증명하기라도 하려는 듯? 혹은 그런 거 없이 그저 숨통을 틀어막힌 생명체라면 마땅히 이행했어야 했을 행위를 이행하는 것뿐이라는 듯? 격정적이디격정적이면서도 한편으로는 시답잖았던 몸부림을 쳐대기 시작하던 것 아녔었겠어? 뭐… 내 제압이 빈틈없이 이행되어줬던 덕분이었는지! 아니면 앞서도 지겹게도 언급했듯… 그네들의 몸뚱어리가 변변찮았고, 그러니만큼 그에 품어져 있었던 힘들 자체가 시답잖았던 덕분이었는지는 모르겠지만, 일단 자신의 몸뚱어리만큼은 격정적이게 움직이게끔 만들어냈지만, 그의 등을 깔고 엎드려있었던 내 몸뚱어리에게는… 그저 미약하디미약한 진동만을 안겨주는 것이 전부였었던 몸부림을 말이지.

그래 그가 그렇게 얼마라면 얼마 동안 그 몸부림이랄 것을 이행해줬고, 또 내가 마찬가지로 얼마라면 얼마 동안 그를 제압한 채로 시간을 태워내는 것으로 나는… 그것이 그가 할 수 있는 최대한의 저항이라는 것을 확인해냈고….

또 그로써 그의 힘이 하찮기 그지없다는 전혀 새롭지 않았던… 문자 그대로 해묵었디해묵었던 결론을 새삼이라면 새삼, 또 '다시금' 도출해낼 수 있었더랬지. 또 그에 의거해 두 번째 공격 같은 건 이행되지 않으리라는? 혹은 그가 그를 이행하지 '못' 하리라는 유의미하디유의미했던 결론까지도 물론 꽃피워낼 수 있었더랬지.

뭐… 그것이 해묵은 결론이었든! 그렇지 않았었든 간에… 일단 이러나저러나… 그런 안도의 한숨을 아니 내쉴 수밖에 없겠을 만큼 괜찮았고, 또 다행스러웠던 결론이 피어올랐던 상황이었으니만큼, 나는… 그의 요구를 받아들이는 의미로다가… 유예해뒀던? 혹은 알다시피 그전까지 해괴망측한 상황들의 연쇄에 신음하고 있었던 덕분에, 감히 내쉬어볼 생각조차 할 수 없었던 안도의 한숨이랄 것을 내쉬었…었는데 말이지? 아니 사실 한숨에 주목할 게 아니라… 그를 내쉬고서는, 그의 여파로… 무언가를 뱉어낸 생명체라면 응당 이행해야 하는 행위였던 들숨…이랄 것을 이행했었는데 말이지?

웬걸… 그때는 몰랐었지만! 아니 앞서 언급했듯 그 당시의 내가 그것을 이행하게 되었던 경위는… 그냥 생명체라면 이행할 수밖에 없었던 것을 이행했던 것뿐이었으니만큼, 그를 알았었다고 한들 그를 이행하지 않지는 않았을 것이었으니만큼, 그 당시의 내가 그를 알았었는지 몰랐었는지 같은 건 별로 중요하지 않겠다지만, 어쨌든 간에… 그 당시에는 몰랐었지만, 그것은 '절대' 이행해서는 안 되는 행위…였었던 것 아녔었겠어? 보다 정확히는, 그것은… 다른 데에서라면 몰라도 그의 몸뚱어리 위에서만큼은? 혹은 다른 상태에서라면 몰라도, 그의 몸뚱어리 위에 그렇게 엎어진 상태에서만큼은 이행해서는 안 되는 행위였었던 것 아녔었겠어?

그래 뭐… 이제는 묘사할 것도 없겠다 싶긴 한데… 그 행위는… 어떻게든, 또 어떤 경위로든 내 몸속으로 파고들어 내 사고회로를 박살 낼 궁리만을 하고 있었던 그 악취들이자… 알다시피 '모든' 그네들의 몸뚱어리에 늘 언제나 배어있었던 것이었음으로써, 당연하다면 당연하게도, 그 당시 내게 깔려있었던 그의 몸에도 역시 배어 있을 수밖에 없었고, 또 실제로도 배어있었던 그 악취를… 내 몸으로 한껏, 또 양껏 들이는 행위…였었더라고? 그래 정말 미치고 팔짝 뛸 것 같았었게도! 또 지겨워 죽겠었게도 말이지.

뭐… 앞서 언급했듯 그 행위는 '그런' 행위였던 덕분에, 내 가엾디가엾었던 몸뚱어리는… 들숨이랄 것이 이행됨과 거의 동시에? 혹은 이행된 직후… 당연하다는 듯? 혹은 어김없이, 또 이변 없이 그 악취들이 잔뜩 들어서서 협잡질을 거행해대는 무대로 변모하고야 말았었더랬지. 그 협잡질은… 무대로다가 자신의 몸을 빌려줬던 이가 두 눈을 질끈 감지 아니할 수 없었을만큼 극심했고, 또 불쾌했던 두통이랄 것을 앓게 하는 협잡이었던 덕분에, 나는 어김없이, 또 이변 없이 다시… 암흑천지의 세상으로 '방출'…당해버리고야 말았지.

뭐… 앞서 언급했듯 그 당시의 나는 대단한 수준의 제압이랄 것을 이행하지 않고 있기는 했었던 만큼! 그래 기껏해야 그를 누르고 있었던 것이 전부였고, 또 그것만으로도 그를 유의미하게 제압하고 있었던 상황이었던 만큼, 사실 그 상황에서… 내가… 암흑천지의 세상으로 방출된다 한들… 그리 큰일이 나는 것은 아녔었긴 했지만! 그래 그네들의 협잡이 그런 협잡이었던 덕분에, 그렇게 눈이 감겨버려도… 그의 목에 감겨 있었던 팔을 풀어내는 자비이자 헛짓거리를 이행하지만 않는다면? 혹은 두통이랄 게… 그 정도나 되었던 만행만을 저질러주지 않는다면, 그를 계속 제압하고 있을 수 있었으니만큼… 큰일이랄 게 일어나기도 어려웠기는 했지만! 맞아, 그러니만큼… 눈을 감고 있다면 감고 있어도 될 상황이었긴 했지만….

사실 당연하게도, 그렇다고 해서 언제까지 눈을 감고만 있을 수는 없었으니만큼! 그래 언제까지 그 암흑천지의 세상을 부유하고 있을 수만은 없었으니만큼… 나는… 여간해서는 돌아가지지 않을 거 같았었던 현실 세계에 돌아가기 위해? 또 여간해서는 열어재껴지지 않을 것 같았던 눈을 열어재끼기 위해? 혹은 여간해서는 눈이 열어재껴지는 것을 허하지 않을 것 같았던 두통을 꺼뜨리기 위해… 안간힘 중에서도 안간힘을 써대기 시작했었더랬지. 그래 그러는 동안에도 간헐적으로 내 콧속으로 파고들던 악취에 신음해가면서… 말이지.

 그렇게… 안간힘 중에서도 안간힘…을 써대고 있었던 그때!

 돌연, 또 난데없이… 피어올라 흩뿌려지던 것 아녔었겠어? 그 당시의 상황이 그랬었던 것에 의거해… 여간해서는 입혀질 일이 없을 것 같았던 목소리가! 그래 신음 외의 것을 뱉어낼 수는 없을 것 같았던 자의 목소리… 맞아, 바구중바구의 목소리가 입혀져 있었고….

 또 다급함이랄 게 잔뜩, 또 찐득하게 묻어 있었던 어투에 몸을 실어뒀었던… 다음과 같은 구절이 말이지.

 "보물! 내… 내 보물!"

 글쎄? 앞서 언급했듯 그 구절이… 다급하다다급한 어투에다가 몸을 실어둔 채로 흩뿌려졌기 때문이었을까? 아니면 이 역시 앞서 언급했듯… 그를 뱉어냈던 존재가 위중하디위중한 상태에 놓여있었던 바구중바구…였었기 때문이었을까? 아니면 그 둘을 종합해… 위중하디위중한 상태에 놓여있었던 위대하고, 또 유일한 영도자가… 다급하게 뱉어냈던 구절을 고막 너머로 넘겨냈던 상황이었기 때문이었을까? 아니면 그냥 내 정신력이… 더없이 대단했던 덕분이었을까? 뭐… 잘은 모르겠지만, 나는 그 구절을 고막 너머로 넘겨냄으로써, 상황이 급박하다는 것을 인지해냄과 동시에… 정신력이랄 것을 최대치로 끌어올려… 가히 봉해져 있다시피 했던 두 눈을 열어재끼는 데에 성공했고….

 그로써… 그 구절이 흩뿌려졌던 세상이자 현실 세계로의 복귀이자 귀환, 또 생환을 이행하는 데에까지 성공⋯했었더랬지.

그렇게⋯ 정신력만으로⋯ 그 당시의 나를 자신의 농간 속에 놀아나게 만들었었던 그 두통이랄 것을 일거에 꺼뜨리고서, 눈을 떠내는 것으로다가⋯ '영웅 출현' 이외의 표현은 허락되지 않았을 만큼 대단했던 복귀를 이행했던 나를 반겨줬던 광경이⋯ 어떤 광경이었는지 알아? 다르게 표현해 보자면, 내가 암흑천지의 세상으로 떠나있었던 동안⋯ 그 바깥세상이자 현실 세계가⋯ 내가 돌아오기만을 기다리며 미리미리 빚어뒀던 광경이 어떤 광경이었는지⋯ 알아?

그것은 바로⋯ 얼핏 봐도 수십 가닥은 되는 듯했던 회색빛 털들이⋯ 공중에 어지럽게도 흩뿌려진 채로 부유 아닌 부유를 이어가고 있었던 광경! 내 몸뚱어리에 깔려있었던 그 이방인과⋯ 기억 속의 다른, 또 모든 이방인들의 몸뚱어리가 회색빛 털로 뒤덮여 있었던 것으로 미루어봤을 때? 또 그 와중에도 그 이방인의 몸부림은 계속되고 있었던 것으로 미루어봤을 때? 그 몸부림의 여파로 그의 몸에서 방출되듯 떨어져나와 흩뿌려진 것이라 믿어 의심치 않을 수 있겠었던 수십 가닥의 털들이⋯ 부유 아닌 부유를 이행하고 있었던 광경⋯.

또⋯ 흉측하게도? 혹은 흉물스럽게도⋯ 바구중바구가 얼굴에 피를 뚝뚝 흘려가며, 바닥에 떨어져 있었던 족히 수십 개는 됐었던 그 이방인의 털들이자⋯ 자신의 보물'들'⋯ 또 카도쿠라 님의 털'들'을 더듬고 있었던 광경⋯.

또 그가 그러고 있었던 와중⋯ 앞서 언급했던 그 부유랄 것을 이행하고 있었던 이방인들의 털들이! 혹은 그렇게 보는 게 맞겠을 털들이… 중력이랄 것의 힘을 이기지 못함으로써, 부유랄 것을 더 이행하지 못하고서, 천천히… 또 조심스럽게 바닥에 떨어지던 광경! 혹은 그 부유를 마치고, 바닥에 몸을 뉘던 광경! 그래 바닥에 '이미' 흩뿌려져 있었던 수십 가닥의 털들이자… 자신의 동포들… 또 바구중바구의 보물'들' 옆에 몸을 뉘던 광경….

그렇게 어느덧… 수십 개의 보물들과 수십 가닥의 카도쿠라… 님의 털들과… 수십 가닥의 이방인의 털들이 바닥에 어지럽게도 흩뿌려져 있게 되었던 광경…이었더랬지.

어때… 참 대단한 광경이었지?

뭐… 이렇게 얘기하면 믿기 어려울 수도 있겠지만….

그 광경과? 혹은 '그러했던' 광경과… 그렇게 눈을 맞추고 있었더니… 웬걸… 내 입이 난데없이도 스스로 움직여 웬 특정 구절을 토해버리는… 월권행위 중에서도 월권행위였던 것을 저질러내던 것 아니었겠어?

아니 어쩌면, 그런 표현보다는….

그 당시의 나는… 그 어떠한 구절이랄 것도 뱉어내지 않았었던 만큼, 내가 뱉어냈던 것이 아니었던 게 분명했지만, 어째서인지 내 목소리가 입혀져 있었던 다음과 같은 구절이… 내 입 언저리 어딘가에서 피어올라 흩뿌려지던 것 아니었겠어? 그래 앞서 언급했듯 그렇게 내 목소리가 입혀져 있기도 했고, 또 내 입 언저리에서 피어올랐었기도 했으니만큼, '얼핏', 또 '정황상' 내가 뱉어냈던 것 같기는 했었지만, 앞서 언급했듯… 맹세코 그 당시의 나는 그 어떠한 것도 뱉어내지 않았었던 상황이었던 만큼… 문자 그대로 경위불명, 또 정체불명… 또 출처 불명의 구절이 피어올라 흩뿌려지던 것 아녔었겠어?

그래 모르긴 몰라도? 혹은 추측건대….

그 광경이 내 눈으로의 침투를 감행해 대충 미간쯤 되는 곳에 닿아… 그곳에서… 그러는 와중에도 계속 내 콧속으로 파고들고 있었던 '후발대'라면 후발대였겠을 새로운 악취들과 만나… 그들과 의기투합해 '함께' 내 머릿속 깊은 곳으로 거침없이 파고든 끝에, 내 무의식이랄 것과 만나… 그를 겁박해… 그가 내 혓바닥이 그런 특정 구절이랄 것을 뱉어내게 하는 암약 중의 암약? 또 협잡 중의 협잡을 감행해냈음으로써 빚어지고, 또 토해져나온 듯했던 구절이! 아니 그게 아녔고서는 말이 안 되었을 구절이… 말이지.

"ㄴㄱ는… ㄴㄱ는 정체가 뭐꼬, 대체?"

뭐… 그 이방인은! 그래 그러니까 그러는 동안에도 내게 목을 졸리고 있었던 그 이방인은! 애석하게도? 아니 어쩌면 내가 '미리' 이야기해주지 않았었으니만큼… 당연하게도? 그 구절이… 내가 빚어내 뱉어냈던 구절이 아녔었다는 것을 몰랐었나 보더라고? 뭐… 일단 이러나저러나 내 입에서 뱉어져 나왔으니만큼… 백번 양보해서 그가 그를 내가 뱉어낸 것이라 여길 수 있었었다고는 쳐도, 일단 그 구절이… 내 '의식'이자… 생명체를 생명체답게 해주는 '의식'이란 친구가 빚어냈던 게 아니라… 한 푼 가치 없는 '무의식'이라는 친구이자… 불구대천의 원수가 빚어냈던 구절이었던 만큼… 무가치했고, 또 무의미하기 짝이 없었던 구절이었었더라는 것을… 몰랐었나 보더라고? 그래 그러니만큼 그에 답변을 이어 붙여줄 필요도, 또 이유도 없다는 것 역시도… 몰랐었던 듯해.

그렇게 볼 수밖에 없겠을 것이… 그는… 그 구절이 흩뿌려짐과 동시에… 나로 인해 멎어만 가던 호흡을 쪼개고, 또 쪼개는 수고로움을 감내해가면서까지… 다음과 같은 답변을 빚어내 토해줬었거든.

"허… 우리? 글쎄? 뭐라 카면 좋겠노? 뭐라 카면 만족할 수 있겠노? 우리? 우리! 그래 우리는 위대하고, 또 유일한 영도자… 카도쿠라 님의 뜻을 잇는 자들…이다!

아니아니… 그냥 이렇게… 이야기하꾸마! 수재 중의 수재…로 인해 고향 땅에서 떨어져나와… 모든 동포들은 물론이거니와… 몸을 의탁하실 곳마저도 잃으셨던 것도 모자라… 음식이라고는 하나 없고, 그냥 악취만이 진동을 하는 땅에 닿게 되셨지만, 그래도 꿋꿋이… 또 끈질기게 살아남으셔서… 지금의 우리들을 있게 해주신… 위대하디위대하고, 또 위대하고 위대하며, 끝으로… 또 위대하디위대하고, 유일하디유일한… 입지전적인… 존재! 그래 그런 존재셨던… 카도쿠라… 님의 뜻을… 잇는 자들! 그래 우리는… 그런… 존재들이다! 아니아니… 그런 존재들이라… 우리를 소개하꾸마! 우떻노? 이해가… 됐나?"

딱 들었으니만큼 잘 알겠지만, 그 답변은… 왠지 낯설지 않았던 사건? 혹은 그렇게 보는 게 맞겠을 사건 혹은 사고에 관한 이야기로 속을 채워뒀던 답변이었지. 그래 예전에 바구중바구가 행했었던 연설 속에 '이미' 한번 언급되었었음으로써, 그를 들었던 내가 모를 리 없었던 사건과… 비슷하다면 비슷한 구석이 있는 듯했던 사건에 관한 이야기로다가 속을 채워뒀던 답변…이었더랬지.

보다 정확히 표현해 보자면, 공교롭게도? 혹은 우연찮게도… 우리네들의 조상님…이라면 조상님이었을 카도쿠라 옹과 동명이인이었던 그네들의 조상이! 마찬가지로 공교롭게도, 혹은 우연찮게도… 우리네들의 조상님이셨던 가르시아 옹과 카도쿠라 옹이 겪으셨었다던 사건과 비슷한 구석이 있었던 사건을 겪었었던 적이 있었더라는 것을 증명하는 듯했던… 혹은 넌지시 알려주고 있는 듯했던 답변….

또 그들이… 그 조상을 위대하고, 또 유일한 영도자라 부른다는 것을? 혹은 부르며 살아왔고, 또 지금도 그러하다는 것을 증명하고 있는 듯했던 답변… 혹은 넌지시 알려주고 있는 듯했던 답변….

가르시아의 뜻을 잇는 자들이나 다름없었던 우리네들과는 달리… 혹은 우리네들'처럼'… 정체불명의 존재였던 카도쿠라의 뜻을 잇는 자들이라는 것을 넌지시 알려주고 있는 듯했던 답변….

아니… 그렇게 해석해보는 게 맞겠다 싶었던 답변…이었더랬지.

그 답변을 건네받았더니! 아니아니… '그런' 답변을 건네받았더니… 문득… 그런 생각이 들던 것 아녔었겠어? 아니아니 문득 그런 생각이 피어오르던 것 아녔었겠어?

만약 그 이방인들의 조상이라던 카도쿠라…라는 존재가… 바구중바구의 연설에 등장했던 그 '카도쿠라'이자… 우리네들의 조상'님'이었던 그 카도쿠라 경… 혹은 옹과 동일한 존재라면?

또 만약 그 이방인의 말에 담겨 있었던 그 '수재'라는 게… 바구중바구의 연설에 등장했었던 그 '수재'와 똑같은 수재였다면! 그래 그 서로 다른 화자의 입에서 뱉어져 나왔던 그 두 개의 수재들이… 사실은 같은 수재… 또 하나의 수재…였었더라면….

또 바구중바구의 연설 속에서는 등장하지 않았었지만! 아니 카도쿠라 님과 가르시아 님이… 생이별을 했었던 상황이었던 만큼, 등장하려야 등장할 수가 없었어서… 결국 등장하지 '못했었던' 것이었긴 했겠지만, 어쨌든 일단 그렇게 그 수재에 휘말린 카도쿠라 옹이… 용케도 죽지 않은 채… 어딘지는 알 수 없었긴 했지만, 일단 냄새나고, 또 먹을 게 없는 척박한 땅이자… 아무렴 어떻겠을 문자 그대로의 '어딘가'에서… 자신의 뜻을 이어줄 자들을 낳을 만큼의 명맥을 유지했었고….

그 결과이자 산물이! 또 그의 뜻을 잇는 자가… 지금 내 몸뚱어리 아래 깔린 이방인이라면….

여차하면? 그래 상황이 반대로 흘러갔거나… 아니면 조금만 이상하게 흘러갔더라면… 내가? 혹은 우리가 카도쿠라의 뜻을 잇는 자가 되었을 것이고, 또 그들이 가르시아의 뜻을 잇는 자가 되었을 것이라는? 아니 그랬을 수도 있었겠다는? 혹은… 그리되었을지도 모르겠다는… 품어보는 것만으로도 불쾌하기 짝이 없었던 생각이 절로 품어지던 것… 아녔었겠어?

그래 다르게 표현해 보자면, 우리는 곧 저들이고… 저들은 곧 우리? 혹은 우리는 '어쩌면' 저들이 될 수도 있었고, 저들은 '어쩌면' 우리가 될 수도 있었으리라는… 혹은 있었을지도 모른다는 불쾌하디불쾌한 생각이… 피어오르더라고? 그래 분명 피어오름과 동시에 즉시 퇴거명령을 내려 마땅하겠을 만큼 불쾌한 생각이었긴 했지만….

묘하게… 통로 끝에서 만났던 그 얼굴 모를 이방인에게서… 그와 아예 똑같은 울림을 품고 있다고 여겨볼 만했던 이야기를 '이미' 건네받았었던 전적이 있었던 덕분에! 그래 일전에 이미 그런 이야기를 들어뒀던 덕분에, 묘하게… 묘하게… 퇴거명령이 내려지지가 않던 그런 생각이… 말이지. 물론 한때 그런 이야기를 들었었다고 해서… 그에게 퇴거명령을 내리지 못할 것은 없었으니만큼, 중요했던 것은 그게 아녔었고! 그래 진정 그것 때문에… 퇴거명령을 내리지 못하겠었던 것은 아녔었고….

묘하게 그럴싸했던 덕분에, 퇴거명령을 감히 내려볼 수가 없겠었던 생각이… 말이지.

뭐… 퇴거명령이 내려지지가 않았었던 것이었든! 아니면 퇴거명령을 감히 내려볼 수가 없겠었던 것이었든 간에… 이러나저러나 그에게 퇴거명령이랄 것을 내리지 못하고서, 그와 동행한 채로… 조금 더 생각이랄 것을 전개시켜봤더니… 말이지? 더없이 근원적이디근원적인 의구심이랄 게 피어오르던 것 아녔었겠어? 이를테면, 그 가르시아와 카도쿠라…라는 존재들이 우리네들에게 어떤 존재인가에 대한 의구심이 말이지.

생각해 보니까… 그들은… 딱 그런 존재! 그래 그 이상도, 또 그 이하도 아녔었던 존재들이었던 것? 혹은 같았던 것… 아녔었겠어?

그들은 그저… 있었다 '칠 수' 있겠었던 존재들! 이러나저러나 지금의 우리가 이렇게 살아있으니만큼, 한때 존재했었으리라고 '칠 수밖에' 없겠었던 존재들! 또 이렇게 이 땅에 발을 딛고 서 있는 상황이니만큼, 이곳에 터를 잡아줬을 것이라고 '칠 수밖에' 없겠었던 존재들…이었던 것 같던 것 아녔었겠어? 그래 우리의 존재를 통해 존재를 증명해낼 수 있었던 존재들이었던 동시에… 그것 외의 것으로는 존재'조차' 증명해낼 수 없었던 존재들…이지 않았을까 싶더라고? 아니 어쩌면, '굳이' 그럴 필요가 없겠었던 존재들…인 것 같았기도 했었고 말이지. 물론 앞서 언급했듯 그들이 존재하지 않았었다면, '정황상' 우리네들도 존재하지 않게 되니만큼, 존재했었다고 치기는 해야겠지만! 아니 그렇게 칠 수밖에 없겠지만, 만약 사실 그렇지 않았었다 하더라도, 작금의 우리가 존재하고 있을 수 있다면? 그래 그 말이 안 되는 전제가 어떤 방식으로든 성립되기만 한다면, '굳이'… 존재했었다고 생각해 '주지' 않아도 되겠을 만큼 무의미한 존재들…이지 않을까… 싶더라고? 그래 그냥… 있다 '치고'… 그 이상도 이하도 아녔었던 존재들….

더해 그뿐만 아니라….

가르시아와 카도쿠라 그 둘은… 그저… 달랐었다 '칠 수' 있겠었던 존재들이기까지 했지 않았을까… 하는 생각도 드는 것도 같더라고? 그래 바구중바구의 연설이 그랬었던 덕분에, 서로 다른 개체들이었다고 '칠 수밖에' 없겠었던 존재들… 말이지.

'누구'는 어떻게 생겼고, '다른 누구'는 어떻게 생겼는지 하며… '누구'의 성격은 어땠었고, '다른 누구'의 성격은 또 어땠었는지 하며… '누구'와 '다른 누구' 중 누가 더 강했는지 따위에 대해서는 아는 바가 전혀 없고, 실제로 그런 차이가 있기나 했었는지마저도 불명이었고, 그저 그냥 앞서 언급했듯… 바구중바구가 그 둘을 다른 개체로 취급하고서 연설이랄 것을 이행해줬던 덕분에, 달랐었다 '치고' 넘어갈 수 있었던 존재들? 혹은 그래야 하지 않을까 싶겠었던 존재들에 지나지 않는 것… 같더라고? 아니 그를 넘어 사실 지금 이 시점에서는, 그 둘이 실제로 달랐었든… 그렇지 않았었든 같은 것은 물론이거니와! 실제로 어디가 어떻게 달랐는지 같은 건… 조금도 중요하지 않기까지 했었던 존재들…이기까지 한 것 같더라고? 그래 그 가르시아라는 존재가… 사실 가루지아, 사도스키, 옥스프링, 데마시아… 심지어 카도쿠라…라는 이름을 지닌 존재였다 한들… 무슨 의미가 있겠나 싶더라고? 그것이 작금의 우리네들에게… 무슨 영향을 주겠나… 싶더라고? 그래 그러니만큼 그냥… 달랐었다 '치고'… 그 이상도 이하도 아녔었던 존재들….

아니면 그에 의거해 그냥 우리네들에게 있어서만큼은 똑같았던 존재들? 혹은 그렇다 쳐도… 이상할 게 없겠고, 또 안 될 게 없겠었던 존재들… 같더라고? 혹은 그렇지 않을까… 싶더라고?

그런 합당하디합당한 생각들에 의거해… 가르시아와 카도쿠라는… 있다 쳐줄 수 있겠을 존재! 또 있다 쳐줘야 겠을 존재! 또 둘 간의 차이를 찾는 게 무의미할 만큼⋯ 똑같은 존재! 그래 그저 우리가 살아있으니 있었다고 치고, 또 그저 다르다고 하니 다른 존재라고 취급해왔던 것이었을 뿐, 실상은 존재했었든⋯ 그렇지 않았었든, 또 달랐었든⋯ 그렇지 않았었든 별 의미 없겠을 존재들이었다고 취급해보기로 했더니 말이지? 아니 그런⋯ 더없이 합당했던 덕분에, 아니 수용하지 않을 수 없겠었던 그 생각을 수용하는 차원에서⋯ 그 둘을 같은 존재들이었다 취급해보기로 했더니 말이지?

뭔가가 좀⋯ 이상한 것도 같던 것 아녔었겠어? 그래 그렇다면! 만약 그것이 사실이라면⋯ 그렇게 카도쿠라와 똑같은 존재인 가르시아의 후손이었던 우리와! 그런 가르시아와 똑같은 존재인 카도쿠라의 후손이었던 그 이방인들이⋯ 작금의 이 시점에서는, 감히 동일선상에 둬볼 수도 없겠을 만큼 다르디다른 존재가 되어버린 게⋯ 설명이 되지도, 또 이해가 되지도 않던 것 아녔었겠어? 그래 그 둘을 세상에 있을 수 있게 한 각자의 조상들은⋯ 그렇게나 똑같은 존재였는 데에 반해⋯ 그들의 후손이었던 우리들은⋯ 이렇게나 판이하고, 또 상이한 존재가 되어버렸던 게⋯ 설명이 되지가, 또 이해가 되지가 않던 것 아녔었겠어? 혹은 반대로⋯ 그렇게 되어있는 작금의 상황이⋯ 설명이 되지가, 또 이해가 되지가 않던 것 아녔었겠어?

카도쿠라의 뜻을 잇는 자들은⋯ 그의 막역지우였던 가르시아의 뜻을 잇는 자들과 맞부딪히면, '유의미한'은커녕 '이렇다 할' 저항도 하지 못하고, 운명당하고, 또 운명당하지 않아봤자 패주⋯해야 했을 만큼 이렇게나 나약한 존재가! 또 가르시아의 뜻을 잇는 자들과는 달리… 이렇게나 비열하고 영악한 존재가 되어 있는 데에 반해….

가르시아의 뜻을 잇는 자들은… 그렇지 않았었던 것을 넘어… 그들과 완전히 반대되는 존재가 되어 있는 게… 설명이 안 되고, 또 이해가 안 되더라는….

어쨌든! 그렇게 뭐… 그런 난제라면 난제였겠을 것에 신음하고 있었던 그때!

떠올라주던 것… 아녔었겠어?

그래 생각해 보니까… 그… 달랐어도 됐었고, 다르지 않았어도 됐었던 그 가르시아와 카도쿠라…라는 두 개체들 사이에… 분명하고 명확했던 차이랄 게 하나 존재하고 있었던 것 아녔었겠어? 그 후대들이 그 정도나 되는 차이를 앓게 했을 만큼 대단한 것이라고 취급해보기 어려웠음으로써? 혹은 들으면 알겠지만, 각 개체들의 본연이 낳았던 차이이지도 않았었음으로써, 주목해보지 않았었지만! 아니 그 조금의 관심마저도 기울여보지 않았있지만, 분명하고, 또 명확했던 차이가 하나… 확실히 있기는 했었던 것 아녔었겠어?

그것은 바로 '근거지'…였었더랬지. 수재 '이후의' 그들이… 혹은 수재'로 인해' 그들이 택하게 되었던 서로 다른 근거지, 또 그가 낳은 차이…였었더랬지. 그래 들은 바에 의거해? 혹은 들은 바가 맞다면… 극명하게 달랐었던 서로 다른 근거지에서… 각자가 여생을 태워냈음으로써 빚어지게 되었고, 또 피어오르게 되었을… 그 근거지들 간의 차이만큼이나 대단하다면 대단했을 차이! 아니 그렇게 보는 것이 맞겠을 차이… 말이지.

그에 주목해보자니….

그 수재가 어떤 방식으로 진행되었고, 또 그에 닿았었던 그 당시의 가르시아와 카도쿠라의 상황이 어땠었는지야 모르겠지만, 그 당시의 가르시아가… '마침' 그 수재에 휩쓸리지 않을 수 있었던 곳에 위치해 있었던 상황에서… 수재가 들이닥쳐줬던 덕분에, 그는 그에 휩쓸리지 않을 수 있었고….

그로써 여생을… 이 협곡이자 그의 고향에서 태워낼 수 있게 되었음으로써! 그래 그러니까 생경한 것들과 미지의 것들이 낳는 위협, 또 불안을 앓지 않으며, 또 배를 곯지도 않으며 여생을 태워낼 수 있게 되었음으로써….

강해질 수 있었던 것이었을지도….

또 비열해지지 않아도 살아갈 수 있었음으로써 '부러' 비열해지지 않을 수 있었던 것? 혹은 비열해지지 않아도 되었던 것이었을지도 모르겠다는 생각이… 드는 것도 같더라고?

또 그와 동시에….

반대로 카도쿠라이자… 이방인들에게 입지전적인 인물로 추앙받았던 그는….

마찬가지로 그 당시의 그가 정확히 어디에 위치해 있었고, 또 어쩌다가 그곳에 위치해 있게 되었던 것이었는지는 모르겠지만, '하필' 그렇게 수재에 휘말리는 곳이었던 곳에 위치해 있었음으로써, 그에 휘말려버렸고….

또 그렇게 혹은 그로써 닿았던 곳이 '하필' 생경한 것들과 미지의 것들만이 가득한 세상! 아니 그것도 모자라 음식을 구하기도 마뜩잖았었던 세상이었던 덕분에….

많은 시간을 배를 곯아가며 태워낼 수밖에 없었고, 그로써 강인해지는 것도 요원했으며….

또 비열해지지 않으면 살아남는 것 자체가 불가능했음으로써, 비열해질 수밖에 없었던 것… 아녔었을까 하는 생각도… 드는 것도 같더라고?

또 조상들이 그래 줬던 덕분에, 그 후대들 역시 보기 좋게… 혹은 별수 없이 그를 답습할 수밖에 없었고….

그 답습이 답습에 답습을 거듭한 덕분에, 작금의 두 집단이 그렇게나 달라지게 되었던 것이었다고 본다면? 그래 그 답습과 답습이… 또 그 답습의 연쇄가… 그 두 집단 사이에 그 정도나 되었던 간극을 낳았다고 본다면, 얼추… 말이 되는 것도 같더라고?

만약 그러했던 가정이 단순 말이 되는 가정인 것을 넘어… 사실이기까지 했다면? 아니 사실이기까지 했다고 본다면….

어쩌면… 그랬었을지도 모르겠다는 생각? 혹은 그랬었기까지 했을지도 모르겠다는 생각도… 드는 것도 같더라고?

사실 우리는… 피해냈던 것? 혹은 피해낼 수 있었던 것이었을지도 모르겠다는 생각도… 드는 것도 같더라고? 그저 바구중바구가 그를 가르시아라고 소개했어서 가르시아라고 취급해줄 수 있겠었던 그 조상이? 아니 그를 넘어… 앞서 언급했듯 그냥 우리가 이렇게 숨을 쉬고 있음으로써, 존재 자체를 부정할 수 없게 되어… 존재했었다고 취급해 줄 수 있겠을 뿐이었던… 이름 모를, 또 얼굴 모를… 존재도 모르는 존재였던… 그 조상이… 그곳에 위치해 있어 줬던 덕분에? 또 그로써 그 수재에 휘말려주지 않았었던 덕분에, 우리는… 비열해지는 운명, 또 몸뚱어리에서 악취가 피어오르게 되는 운명, 끝으로 왜소하디왜소한 육신을 지녔음으로써, 나약해질 수밖에 없게 되었던 운명을 피해냈던 것? 혹은 피해낼 수 있었던 것이었을지도 모르겠다는 생각도….

아니 어쩌면, 우리는 실제로 비열할 수도 있었지만….

앞서 언급했듯 그 조상 덕분에, 비열한 면모를 보이지 않아도 죽지 않을 수 있는 곳에서 살아갈 수 있게 되어서… 그런 비열한 면모를 보여야 하는 상황에 '아예' 닿을'도' 않을 수 있게 되었던 것이었고….

그 덕분에, 사실과는 무관하게? 실제와는 무관하게? 또 우리의 '실체'와는 무관하게? 비열하지 않은 존재가 될 수 있었던 것이었을지도? 혹은 그런 존재'처럼' 보여서… 그렇게 취급받으며, 또 서로를 그리 취급해가며 살아올 수 있었던 것이었을지도 모르겠다는 생각도… 드는 것도 같더라고?

아니 어쩌면… 또 그게 전부가 아니라! 그래 그에서 그치지 않고….

어쩌면 그 이름 모를 조상이… 이곳에 터를 잡아줬던 덕분에! 그래 그러니까 애킨스가 우리에게 닥쳐와도 살아남을 수 있을 만큼 은혜로웠던 곳이자! 뭐… 그가 의도했던 것은 아녔겠다지만, 어쨌든 간에 '알고 보니' 자신의 몸뚱어리를 글자들로 가득 채워뒀던 존재가 바로 앞까지 친히 찾아와주는 곳이었던 이곳에… 터를 잡아췄던 덕분에! 우리가 그와의 만남'까지도' 가질 수 있게 되었고, 또 그로써… 그런 것들과 눈을 맞춰내면 지식이랄 것을 취해낼 수 있다는 것'까지도' 알게 되었고….

또 그를 통해 우리가 수색을 이행할 수 있었으며, 또 그로써 도서관이라는 곳까지도 찾아낼 수 있었으며, 더해 그곳에서 그네들을 무찔러내는 전략을 수립해낼 수 있기'까지도' 했던 것…이었을지도 모르겠다는 생각도… 드는 것도 같더라고?

그래 만약 우리네들의 이름 모를 조상이… 그래 주지 못했었더라면? 맞아, 우리네들의 그 이름 모를 조상이… 수재가 그에게 들이닥쳤던 그 당시… 공교롭게도 그 다른 이름 모를 조상이자… 카도쿠라…라고 한다고 들었던 조상이 위치해 있었던 곳에 위치해 있었음으로써, 그 이방인들의 근거지로 추정되는 각박하디가박한 곳에서 우리네들이 피어오르게끔 만들어냈고….

또 뭐… 직접 가보지는 않아서 잘 모르겠지만, 일단 앞서 언급했던… 그 몸뚱어리에 글자들을 채워뒀던 '그것'이 만약… 그곳에까지 닿아주지 못했었더라면? 그래 그로써 우리네들이 그와 눈을 맞춰내지 못하게끔 했고, 또 그로써 지식을 섭렵했기는커녕… 그런 존재와 눈을 맞춰내면 지식이랄 것을 취해낼 수 있다는 사실까지도 취해내지 못하게끔… 했었더라면? 그래 그런 상황에 닿을 수조차 없게끔 만들어버렸었더라면?

어쩌면 우리는… 전략을 수립할 수 있었기는커녕 그 전 단계에 조차 닿지도 못했었을지도 모르겠다는 생각도… 드는 것도 같더라고?

음… 글쎄? 나조차도 몰랐었지만, 사실 그러한 생각들의 연쇄? 혹은 그러한 의구심들의 연쇄에는… 지난 바구중바구의 연설처럼 '대미'랄 게 있었고, 내가 그 연쇄들을 착실히, 또 충실히 밟았음으로써, 마침내 대미랄 것에 닿을 수 있게 되었던 것이었는지! 그래 그러니만큼 그냥 그 대미에 해당되었던 '마지막' 의구심이 나를 찾아왔었던 것이었는지!

아니면 그냥 그 연쇄의 일부들이었던 그 지난 의구심들이자… 앞서 내가 나열하다시피 언급해뒀던 그 의구심들이… 모이고 모여 합일을 이뤄낸 끝에… 그런 마지막 의구심이랄 것으로 변모해다가… 내게 날아들었던 것이었는지는 모르겠고, 또 별로 중요하지도 않겠다지만, 어쨌든 간에! 생각이 거기까지 미치자… 문득… 이런 의구심이 피어오르던 것 아녔었겠어?

풀어보자면 대략 이랬었던… 복합적이디복합적이었던 의구심이… 말이지.

그렇다면 지금 이 시점에서! 그래 그들이 곧 우리고, 또 우리가 곧 그들이라는? 혹은 '여차하면' 그들이 곧 우리가 될 수도 있었으며, 반대로 우리가 곧 그들이 될 수도 있었다는… 불쾌하기 짝이 없고, 또 마냥 되어 먹지 못한 것 같은 가설이자….

그 통로에서 만났던 얼굴 없는 이방인의 주장이… 꼭 '참'이기라도 한 것처럼 느껴지는 지금 이 시점에서! 혹은 미루어봤을 때, '참' 이었다고 보는 게 맞겠다 싶어진 지금 이 시점에서….

혹은 '참'이라 밝혀지기까지 한 듯했던 지금 이 시점에서….

만약 누군가가 내게… 비열하고, 또 악취가 났음으로써? 또 우리네들의 숭고하고, 고결한 동포 몇몇을 운명시켰음으로써? 그래 그런 비열한 방식을 택했음으로써… 우리네들에게 반드시 '멸해내야만 하는 존재'로 자리매김하게 되었던 그 이방인들이… '정녕' 멸해져야만 하는 존재가 맞는지를 묻는다면? 혹은 '아직도' 그렇게 생각하냐고… 묻는다면?

나는 그에… 어떤 답변을 내릴 수 있을까? 아니 어떤 답변이… 허락될까? 같은 의구심이 말이지.

더해….

또… 앞서 언급했던 그 의구심이 낳아줬던 그 불쾌한 가정이… 현실이 되었다면? 그래 카도쿠라와 가르시아… 그 두 얼굴 모를 조상들이… 완전히 반대되는 곳에 위치해 있었음으로써? 또 그로써 완전히 반대였던 근거지들에서 여생을 태워내고, 우리들이자 각자들을 꽃피워냈음으로써, 그네들이 지금의 우리가 되었고… 우리가 지금의 그네들이 되었고….

그렇게 역사의 수레바퀴가 우리들을 작금이자 오늘날로 데려와… 한순간에 육중해진 그 이방인이… 자신의 몸뚱어리로 나를 깔아뭉개둔 채로… 내가 앞서 언급했던 근거들을 쭈욱 나열해대고서는, '그에 의거해' 자기네들은… 우리네들을 반드시 멸해내야만 하는 존재로 '규정'하기로 했다는 것을 밝히며, 나를 운명시키려 든다면? 또 그 근거들은 자기네들이 직접 몸을 움직이고, 또 살갗을 맞대는 식으로다가 피워올렸던 결론이었으니만큼… 그에 그 어떠한 반론이 제기되는 것도 허용하지 않을 것이라는 의사까지 밝혀낸다면….

우리는 과연… 그를 받아들일 수 있을까? 수긍할 수 있을까?

아니면… 수긍하지 않기로 한다면, 그에 과연 반론이랄 것을 제기해볼 수나 있기나 할까?

악취가 나고, 비열하고, 약해빠진 족속… 또 자기네들의 동포를 운명시켰던 족속들은… 죽어 마땅한 족속들이 맞는데! 분명한데! 어떻게… 어떻게 그에 감히….

뭐… 직접 들었으니만큼 잘 알겠지만, 그렇게 많은 답변을 찾아내 줄 것을 요구했던 의구심이… 나를 찾아와줬던 덕분이었을까? 그래 그랬던 덕분에, 내가 '별수 없이'… 지난한 상념에 빠져들었음으로써, 주위 상황에 신경을 쓸 여력이 없게 되었기 때문이었을까?

아니면 그러는 동안에도… 그 악취랄 것의 내 콧속으로의 침투는 당연하게도 계속되고 있었던 덕분에, 내 두통이 더없이 악화되었음으로써, 결국 내가… 주위 상황에 신경을 쓸 여력이 없게 되었기 때문이었을까? 뭐… 무엇 때문이었는지는 모르겠고, 또 별로 중요하지도 않겠다지만….

나는… 나는… 말이지? 이러나저러나… 제정신이 아니게 되었던 덕분에! 아니아니… 몸뚱어리를 움직여… 다른 행위를 이행할 여력조차 없게 되어버렸던 덕분에, 그의 목을 계속 조르고… 있을 수밖에 없었어. 아니 그보다는, 그 조르고 있었던 손을 풀지 못하거나… 부러 풀지 않는… 부작위랄 것을 이행해버리고야 말았었더랬지.

그의 몸부림이… 모종의, 또 불명의 이유로 완벽하게도 멎어 들었던 그 이후에까지도….

또 어째서인지… 그의 몸뚱어리가… 모종의, 또 불명의 이유로… 더 이상의 들숨이랄 것을 이행하지 못하게 되었던 그 이후에까지도….

불문

다행스럽게도? 아니 어쩌면 기적적이었게도… 바구중바구에게 행해졌던 '시해'는 사실 시해가 아니라 '시해 미수'였어. 아니 어쩌면, 그 당시의 조우성우가… 내가 그 이방인을 제압하고, 또 그 과정에서 피어올랐던 의구심들에 신음하고 있었던 동안… 바구중바구에게 비호처럼 달려들어다가 구호 조치랄 것을 행해줬던 덕분에, 그것이 '시해 미수'가 될 수 있었던 것이었을 수도 있었겠지만, 어쨌든 간에… 결과적으로는 그것은 시해 미수…였거나 시해 미수가 되었고, 그 덕분에, 그는… 살아남아 다시 일상으로 돌아갈 수 있었더랬지. 매일 얼빠진 소리만을 중얼거려대며 하루를 태워내는… 그런 일상으로의 복귀를 이행할 수 있었더라는 거야. 아 물론 알다시피 영원하고, 또 유일했던 청자였던 핸태초이가 사라져버렸던 덕분에, 별수 없이 그는… 그의 공석을 우리네들이라는 불특정 다수로 채워내야 했고, 또 실제로도 그랬었음으로써, 그의 일상은… 이전과는 아예 똑같지만은 않았고, 또 똑같을 수도 없었긴 했지만, 일단 이러나저러나… 일상으로의 복귀이자 생환을… 말이지.

뭐… 여담이라면 여담이겠지만, 우리는… 그가 그런 복귀를 성공적으로 완수해줬던 덕분에? 혹은 그런 일상으로의 복귀를 감행해줬던 덕분에, 두 가지 정도 됐었던 걸로 기억하는 깨달음들을 얻어낼 수 있었어.

첫 번째로는… 사실은 바구중바구가 온종일을 시답잖은 혼잣말들만을 해가며 태워낸다는 깨달음…이었더랬지. 그래 여태껏 핸태초이가 그의 영원하고, 또 유일한 청자로 자리매김해주는 것으로다가… 바구중바구가 우리네들에게 '까지' 말을 뱉어대지 않아도 되었게 만들어줬던 덕분에, 우리로서는 몰랐었고, 또 모를 수밖에 없었었지만, 그는 알고 보니… 입을 한번 열면 닫을 줄을 모르는 존재…였었더라고? 우리이자 청자가… 난색을 표하거나 자리를 피해도… 그때 잠깐뿐, 언제 자신이 퇴짜를 맞았었냐는 듯? 혹은 그 상대방이자 새로운 청자가 언제 자신에게 퇴짜랄 것을 놨었냐는 듯… 이내 다시 안면몰수하고서 우리이자 청자에게 다가와… 지난 히도 길었고, 또 똑같았던 말을 뱉어내는 철면피… 그 자체였었더라는 깨달음이었더랬지. 그런 깨달음이자… 또 한참 늦은 깨달음? 아니 어쩌면, 시기의 문제가 아니라… 그를 깨달아낸다고 해서 핸태초이를 되살릴 수 있었던 것은 아녔었던 만큼, 사실상 깨달으나

마나 했던 그런 깨달음이 첫 번째….

또 두 번째로는….

그래도 그런 존재라도 있어 줘야한다는 깨달음! 그래 그런 존재라도 있어 주는 게… 정말 다행스러운 일이기는 했었더라는 깨달음…이었더랬지. 맞아, 그가 그렇게 '그런' 말들이라도 끝도 없이 뱉어주는 것으로다가… 협곡을 정적 속에서 건져주기는 했었으니만큼! 또 그러지 않았었더라면, 우리는 필시 미쳐버리고야 말았었을만큼… 그런 존재라도 있어 줘서 정말 다행이었었더라는? 혹은 그가 그런 존재여 줘서 정말 다행이었더라는 깨달음…이었더랬지.

그래 방금 같은 표현 정도는 무리 없이 쓸 수 있겠을 것이… 우리는 무려 사흘가량의 시간을 서로 그 어떠한 이야기도 나누지 않으며 태워냈었거든. 또 다른 애킨스나 '그다음' 애킨스는 물론이거니와 그 이방인들마저도 우리를 다시 찾아오지 않았었던 덕분에, 구태여 대화랄 것을 하지 않아도 됐었던 것도 주효…했다면 했겠지만, 아무래도 그보다는….

모종의, 또 불명의 이유로… 어째서인지 그 언젠가 즈음부터 해서 모든 우리네들의 몸뚱어리에서… 그 이방인들의 것들과 똑같았던 악취가 피어오르기 시작했었어서? 혹은 그 언젠가 즈음부터 '이미' 그러고 있었던 상황이었었어서… 차마 대화를 하지 못하겠었던 게 더 컸겠지 싶고, 또 주효했겠지 싶어. 뭐… 대화를 하지 않았었던 것이었든, 못했었던 것이었든 간에… 일단 우리는 대화를 나누지 않는 것으로다가 협곡을… 그에 몸담은 자들의 정신을 분열

시키고도 남았을 만큼 차갑고, 매서웠고, 또 우리네들 모두의 생명력을 갉아먹는 침묵 속에 빠뜨려냈었거든. 아니 앞서 언급했듯 '그랬던' 바구중바구가 있었던 덕분에, 결국 그리되지는 않았었던 만큼… '빠뜨려냈었거든' 같은 표현보다는, '빠뜨릴뻔했었거든'… 같은 표현을 쓰는 게 맞겠지만, 하여튼 그랬었으니까….

음… 어쨌든! 앞서 언급했듯 그렇게 그 마지막 이방인이 운명당하고서부터 사흘째에 도과했던 날이자… 마찬가지로 앞서 언급했듯 애킨스도, 또 이방인도 더 이상 찾아와줬지 않았음으로써, 우리네들이… 전례 없는 평온? 아니 어쩌면, 그네들이 찾아오기 전과 똑같았던 일상에 '다시' 몸을 담가내고서부터 사흘째에 도과했던 날!

누군가가! 누구였는지는 기억나지 않고, 또 부러 기억할 필요도 없음으로써… '누군가'라고 퉁치고 넘어가도 되겠고, 또 그럴 수밖에 없겠을 누군가가… 그런 제안을 토해냈었던 걸로 기억해. 그래 그런 제안을 협곡에 흩뿌러냈었던 걸로 기어해.

언제까지 이렇게… 악취를 풍겨가며 살 수는 없지 않겠냐며! 또 서로의 악취를 맡아가며 살 수는 없지 않겠냐며! 그래 그로써 이렇게… 서로 간에 그 조금의 대화도 나누지 못해가며 살 수는 없는 것 아니겠냐며… 빨리 이 악취들과 작별하고서, 진정한 의미의 평온을 되찾아내자는 제안을… 흩뿌려냈었던 걸로 기억해. 그래 그런… 고막 너머로 넘겨냄과 동시에 고개를 끄덕여볼 수밖에 없었을 만큼 합당했고, 또 구미가 당겼었던 제안을!

아니 단순히 고개를 끄덕이기만 하고 치우지 않고, 그를 곧바로

받아들이고… '어떻게' 그럴 수 있을지에 대한 회의까지도 일말의
지체함 없이 진행하게끔 만들었을 만큼 합당하디합당했고, 또 구미
가 당겼었던 제안을… 말이지.

뭐… 들었다시피 잘 알겠지만, 그 회의는… 그 누구도 어깃장을
놓을 일이 없었을 것을 넘어… 모두가 간절하게, 또 최대한 빠르게
해결하고 싶어 했던 사안을 두고 진행되었던 회의였던 만큼! 또 비
록 운명당한 이들이 다 '결원'이 되어버림으로써, 예전의 회의들보다
야 참석인원이 적어졌긴 했지만, 그래도 일단 바구중바구를 제외한
그 당시의 모든 이들이 참석했음으로써, 마냥 그리 적지만은 않았었
던 인원들이 참여했던 회의였던 만큼… 우리는 그 회의가 빠르게 진
행되어 줄 것이라 믿어 의심치 않았지만, 애석하게도… 실상은 그
렇지 않았지. 아니 못했지. 돌아보면, 그 회의는… 한 시간은 우습게
도 넘겼었던 시간 동안 무의미하디무의미하게 진행됐었던 걸로 기억
해. 물론 지금에 와서 돌아보면, 그럴 수밖에 없었겠을 것이… 그 당
시의 우리네들의 머릿속에는 '몸에서 악취를 빼내는 방법' 같은 생
경하디생경한 난제이자 난관을 박살 낼 수 있을 지식? 혹은 그에 도
움이라도 되어줄 수 있겠을 지식이랄 게 품어져 있지 않았었거든.
물론 알다시피 우리는… 우리를 찾아왔었던 수많은 역경과 고난들
을 우리네들의 손으로 박살 내고, 또 그렇게 극복해왔었던 유능하다
면 유능했던 존재들이었기야 했었다지만, 그랬던 우리에게도 모르는
것은 있었고, 또 그랬던 우리 역시… 모르는 것 앞에서는 나약했던
존재들이기는 했었던 만큼… 그럴 수밖에 없었지.

음… 어쨌든! 그렇게 우리가 답보 중에서도 답보만을 거듭해낸 끝에, 우리가 무의미하게 날려버렸던 시간들의 합이… 앞서 언급했듯 그렇게 한 시간을 갓 넘어서기 시작했었던 때쯤에 닿아서야 우리는… 마침내라면 마침내, 또 비로소라면 비로소… 찾아낼 수 있었지. 아니 그 정도의 시간을 투자해 머리를 굴려낸 뒤에야… 비로소 기억해낼 수 있었지. 여태껏 우리에게 '몰라서 못 했던 것' 같은 건 존재하지 않았었더라는 것을 말이지. 보다 정확히는, 여태껏 우리는… 늘 그런 것들을 지워오면서 살아왔었더라는 것을 말이지. 그래 지식이랄 것을 습득하는 것으로다가… 그를 지워오면서 살아왔었더라는 것을 말이지. 이를테면, '그것'과 눈을 맞춰… 애킨스에게서 살아남는 방법을 찾아내는 것으로다가 '몰라서 못 했던 것'을 지워냈고, 또 '그것들'과 눈을 맞춰… 수적 우위를 무위로 만들어내는 방법을 찾아내는 것으로다가… '몰라서 못 했던 것'을 지워냈고… 그렇게… 그래 그렇게 살아왔었더라는 것을 말이지.

우리는 말이지? 그런 생각을 꽃피워냄과 동시에? 혹은 잊었던 그 기억을 발굴함과 동시에… 지체 없이 회의를 닫아내고서는, 누가 먼저랄 것도 없이 도서관으로 내달리기 시작했었더랬지. 물론 우리가 여태껏 그렇게 해왔었더라는 것이… '앞으로도', 또 '이번에도' 그럴 수 있으리라는 것을 증명하는 것은 아녔었긴 했었던 만큼, 냅다 회의를 닫아버리고 도서관으로 달리기에는… 이른 감이 없지 않아 있었던 것 같긴 했지만! 그러한 맹점은 사실… 이전 상황들에서도 존재해왔었던 것이었고, 또 알다시피… 매번 깨져왔었던 것이었기도 했었으니까!

 또 앞선 것처럼… 그 은혜로웠던 것이… '몸에서 악취를 빼내는 방법'…'까지도' 품고 있는가에 대해서도 역시 불확실하긴 했지만, 그건 사실… 도서관에 닿아야만 판별해낼 수 있는 것, 또 불식시켜 낼 수 있었던 의심…이었으니까! 이러나저러나….

 어쨌든! 우리는 그렇게… 지나쳤던 여로를 악취에 찌들게끔 만들어가면서 열심히 달려낸 끝에… 그 도서관인가 뭔가 하던 곳에 '다시' 닿을 수 있었고….

 그에 닿음과 동시에… 단 한 번도 우리를 배신한 적이 없었던 그 은혜롭디은혜롭고, 또 자애롭디자애롭던 '그것'들과 '다시금' 눈을 맞춰낼 수 있었더랬지. 물론 그것들과 암약이랄 것을 맺어봤던 적은 사실… 한 번밖에 없었기야 했었다지만….

 어쨌든! 뭐… 애초에 그것이 틀려먹은 선택지였었더라면, 우리는 그를 택하지도 않았었을 것이었으니만큼 이런 표현 역시 쓸 것도 없겠다 싶긴 하지만, 그곳으로 향하고! 또 그에 들어차 있었던 것들을 게걸스럽게도 씹어 삼켜대는 선택은… 당연하디당연하게도 정답…이어줬었더랬지. 그래 그 덕분에, 우리는… 이렇다 할 지식들을 취해낼 수 있었고….

 또 그를 통해… 유의미했던 결론'들' 역시도 꽃피워낼 수 있었더랬지.

 이를테면….

 그 옛날의 카도쿠라와 가르시아가 맞닥뜨렸던 그 수재는… '공사'라는 이름의 재해였다는 결론! 그래 식당을 새로 짓기 위해 반드시 이행되어야 했었던 공사라는 이름의 재해였다는 결론! 굉음과 먼지, 또 돌 부스러기들과 다량의 물⋯ 그것들이 한 번에 들이닥쳤었던 것으로 미루어봤을 때? 또 5년 전에 식당이 신설되었었다는 것으로 미루어봤을 때⋯ 그것은 식당을 새로 짓기 위한 공사⋯가 낳은 수재였었더라는 결론! 아니아니 그렇게 보는 게 맞겠다는 결론!

또 우리는⋯ 애석하게도? 또 믿기지 않았었게도⋯ '쥐'⋯라는 족속들이었다는 결론! 아니아니⋯ '쥐'라는 것이 맞았었더라는 결론! 그래 그러니까 애석하게도, 특출나게 유능한 족속들이지는⋯ 못했었더라는 결론! 물론 지식을 습득하고, 그를 통해 전략이랄 것을 꽃피워내기도 했으며, 또 그네들이 먼저 얻어냈던 포크이자⋯ 문명의 산물이었던 그것을! 그를 먼저 취해냈던 그네들보다 외려 더 유용하게 써댔었으니만큼, 최소한 그네들보다는 유능한 족속이었기는 했었⋯겠다지만, 그렇다고 해서⋯ '쥐'⋯가 아니지는 않았었더라는⋯ 결론! 그래 쥐가 아닌 것까지는 아녔었더라는 결론! 보다 정확히는, 우리가 아무리 유능하다고 한들⋯ 우리네들에게 '쥐'라는 이름이 붙는 것을 거부할 수 있을 만큼 유능한 것은 아녔었더라는 결론! 아니아니⋯ 유능하다고 해서 그런 것에 퇴짜를 먹일 수 있게 되는 것은 아니라는 결론! 맞아, 자연의 섭리라는 것은⋯ 그렇게 굴러가지 않으니만큼, 결국 우리는⋯ 쥐⋯가 맞다는 결론! 물론 '인간'이라는 존재이자 족속들이⋯ 환경을 이용해 무언가를 만

불문

299

들고, 또 그를 유용하게 쓰는 식으로다가… 승리랄 것을 취하고, 또 그 승리들을 모으고, 또 모아? 아니아니… 모으고 모을 수 있을 만큼의 많은 승리를 거머쥐었음으로써, 종국에는 뭇 생명체들 위에 군림하는 존재가 될 수 있기까지 했던 것으로 미루어봤을 때! 그래 겨우 그 정도로… 뭇 생명체들과 그 정도나 되었던 차이를 벌려내기까지 했었던 것으로 미루어봤을 때… 결국 환경을 잘 쓰거나… 그 환경이 가져다주는 '수혜'랄 것을 잘 누리는 존재가 이기는 존재고, 또 유능한 존재…라고 볼 수는 있겠지만, 그러니만큼… 우리는 유능한 존재…가 맞기야 하겠지만….

그런 인간'마저도'… '종속과목강문계'…라는 철저한 분류 속에서 그저 한 자리를 차지하고 있을 뿐인 생명체에 지나지 않고, 또 그런 인간들'조차도'… 앞서 언급해뒀던 자연의 섭리랄 것을 거스르지 못하니만큼… 우리라고 해서… 별 뾰족한 수가 있지는 않다는 결론! 맞아, 인간들도 그럴진대! 그들도 결국 그에서 벗어나지 못할 진대… 우리라고 해서… 쥐가 아닐 수 있게 되는 것은 아녔었더라는 결론!

뭐… 일단 우리는 쥐…가 맞고….

또 생명체란 것은 결국… 환경에 기생하는 존재…라는 결론!

더해… 적에게 위해랄 것을 당했을 때, 적을 말살시키는 행위는 '정당방위'라 일컬어지는 행위이자… '정답'에 해당되는 행위라는… 결론! 그래 실제로도 대다수의 생명체들이 그런 상황에서 그것을 택하는 것으로 미루어봤을 때? 혹은 택한다고들 한다던 것으로 미

루어봤을 때? 더해 인간들이 멋대로 꽃피워낸 '법'이라는 이성적이
디이성적인 합의들의 유기체이자… 지식의 집대성과도 같았었던 그
것 역시도… 그것이 '정답'이라고 말하고 있었던 것으로 미루어봤을
때? 그것은 옳은 행위가 맞기는 했었더라는 결론! 또 그러니만큼…
그 당시의 우리가 그들을! 그래 우리네들의 동포들을 운명시켰던
그 이방인들을 운명시켰던 것은 정당방위, 또 정답, 또 옳은 행위…
였었더라는 결론!

다르게 표현해 보자면, 우리는… 옳은 행위를 했었던 것뿐이었
더라는 결론!

하지만… 그에 반해….

'우리와는 달리'… '아직' 동포들이 운명당하지 않았었던 상황이
었음에도 불구하고! 그래 정당방위랄 것이 성립될 조건이랄 게 아
직 갖춰져 있지 않았던 상황이었음에도 불구하고! 그저 자신의 공
격이 미수에 그쳤음으로써, 무안함이나 민망함… 또 분노랄 것을
앓게 되었다는 지극히 '개인적이디개인적인' 이유…만으로?

혹은… 그저 그럴 수 있을 만큼의 힘을 지녔었다는 이유…만으
로?

아니 사실 우리 모두가 그 정도의 힘만큼은 지녔었지만, 우리
모두가 그런 행위를 택했던 것은 아니니만큼, 짐작건대… 또 추측건
대… 그저 다른 거 없이 그의 인성이 빠그라졌다는 이유…만으로?
대단한 게 아니라… '그저' 식량을 '조금' 약탈했을 뿐이었던? 혹은
'그저' 몇 입을 같이 먹었을 뿐이었던… 그 가엾디가여웠던 이방인

불문

을 '그렇게' 완벽하게 박살 내버렸던 노호중우의 '그 행위'는….

정당방위…가 아녔었더라는 결론! 그래 '노호중우'라는 '개체'가 독단적으로 벌였었던 그 행위는… 정당방위가… 아녔었더라는 결론….

또 그러니만큼? 혹은 그에 의거해… 그 이방인들이… 그에 대한 정당방위를 이행하는 차원에서 우리네들을 향해 침공을 가하게 되었음으로써, 우리가 앓게 되었던 일련의 고난들? 또 그렇게 벌어지게 된 참극 중의 참극은….

결국… 노호중우의 잘못…이었더라는 결론….

식량창고에서… 그 가엾디가여운 단신의 이방인과 맞닥뜨렸던 그 당시의 노호중우는… 알다시피 우리네들에게 그의 처우에 대해 묻기는커녕… 또 자비와 관용, 협응 따위의 선택지를 택했었기는커녕… 그를 '먼저'… 해해버리고야 말았었잖아? 그러니만큼… 그렇게 봐볼 수밖에 없겠다는… 결론!

만약 그 당시의 그가… 자비와 관용을 택했었더라면? 아니면 최소한 나 하쿠피루와 조우성우에게… 그를 묻기라도 했었더라면? 우리는 분명 '협응' 따위의 선택지를 택했을 것이었으니만큼, 또 그리되었더라면… 그런 일은 일어나지도 않았을 것이 분명했으니… 결국 다 그의 잘못…이 맞다는 결론….

그래 그러니만큼… 우리네들의 동포들이 꽤 많이 운명당하게 만들었던 것도 모자라!

우리네들이… 정당방위의 차원에서 '알고 보니' 우리네들의 동포였던 그 이방인들을… '무려' 우리네들의 손으로 운명시키게 만들었던! 그래 우리가 동족상잔의 죄를 행하게 만들었던 노호중우! 그 파렴치한에게 이 참극의 책임을 물어야겠다는 결론….

하지만… 하지만! 애석하게도, 알다시피 그는 이제 이 세상에 존재하지 않으니만큼, 그에게 그를 물을 수는 없겠고….

그러니만큼 '별수 없이'… 그냥 이 모든 일들을 불문에 부치고….

다… '없었던 일'…로 만들어야겠다는 결론!

우리는 결국… 노호중우라는 개체의 독단으로 인해 동포를 잃게 된 것도 모자라… 뜻하지 않게 동족상잔의 죄를 범해버리기까지 했던 무고한 희생자…였었더라는 이야기….

그것은 참 좋은 울림이었지.

그러한 결론이 피어올랐었던 만큼… 당연히 오를 수밖에 없었고, 또 실제로도 올랐었던 귀갓길에서는… 그 어떠한 악취도, 또 그 조금의 악취랄 것도 피어오르지도 않았었던 걸로 기억해.

반문

 "아니 하쿠피루야… 이거… 이거 우짜면 좋겠냐꼬… 묻는다이가?"

 깜짝이야, 그지? 나는 몰랐었고, 또 인지하지도 못했었지만, 아마 내가 꽤… 오랫동안 그 사색인가 뭔가를 이행하고 있었었나 봐, 그지? 아니면 뭐… 꽤 오랫동안이라면 오랫동안… 그 기억 속으로의 여정인가에… 몸을 담아뒀었나 봐, 그지? 그래 그 덕분에, 그에게… 꽤 한참 동안이라면 한참 동안 답변이랄 것을 뱉어주지를 못했었던 것이었나 봐, 그지? 아니 그냥 방금같이만 언급하고 끝낼 게 아니라… 얼마나 오랫동안 그를 바람맞혔었는지가 감히 짐작도 되지 않을 만큼… 오랫동안 그를… 바람맞혔었나 봐? 뭐… 다른 근거를 댈 것도 없이… 조우성우… 그는 이제는 없었던 일이 되어버렸던 그 일련의 사건들을 동포로서 함께 해왔었던 존재…였었잖아? 아니 그를 넘어… 이름만 떠올려도 눈시울이 촉촉해지던 임승혁누, 핸태초이… 배구상열우… 추서노우 등등과는 달리… 끝까지 살아남았고, 또 함께 도서관에 닿아 결론을 빚어내기까지 했었으니만큼, 그 이방인들과 우리가 불쾌한 기억 아래 함께 엮여있었다는 것을 모를 리가 없었던 존재였잖아? 또 그러니만큼… 내가… 그와 눈을 맞춰내고서, 장도 중에서도 장도일 수밖에 없었을 기억 속으로의 여정을 떠났으리라는 것 역시도 모를 리 없었던 입장…이었었잖아? 모르는 게 이상했을 입장…이었었잖아? 그랬던 그가… 똑같은 질문을 한 번 더 뱉어내는 식으로다가 독촉을 행했었던 것을 보아하니… 내가 참… 애지간히도 답변을 빚어내지 않고 있었던 듯해. 물론 뭐… 잘 알겠다시피 그 여정에 발을 들였던 것 자체가 내 자의로 행해냈던 일이지는 않았었던 만큼… 그 여정을 그렇게 오랫동안 진행했던 것? 그로써 답변을 미뤄버렸던 것? 그것 역시 고의가 아녔고, 그러니만큼 참작의 여지랄 것이 있기야 하겠지만, 어쨌든….

됐고! 됐고 말이지?

나는 말이지? 그를 그렇게… '본의 아니게' 긴 시간 동안 바람 맞혀냈던 게… 미안해서였을까? 아니면 그것도 그건데… 그보다는, 그냥 조우성우가… 내가 보다 빠르게 그의 처우에 대한 결정을 내려주기를 바라고 있는 것 같아 보여서였을까? 그래 그가… 그렇게 읽힐만한 눈빛을 보내고 있는 것 같아서…였을까? 맞아, 그가… 단숨에 그를 운명시킬 수 있긴 하지만, 자신은 '차마' 노호중우와 같은 전철을 밟지는 못하겠음으로써, 별수 없이 그를 '일단은' 운명시키지 않고서, 내게 그에 대한 처우를 물었으나… 앞서 언급했듯 내가 답변이랄 것을 좀처럼 뱉어주지 않았던 덕분에, 슬… 짜증이 나고 있는 것 같아 보였기 때문이었을까? 그래 그를 매듭지어줄 '협의'랄 게 원체고 진행되지 않았었어서… 슬… 짜증이 나고 있는 것 같아 보였기 때문이었을까? 뭐… 무엇 때문이었는지는 모르겠고, 별로 중요하지도 않겠다지만….

어쨌든 간에! 나는 그에게… 다음과 같은 답변이자… '부러' 내 입으로 꼭 안 뱉어도 됐었을 답변을….

또는 내 입으로는 그다지 뱉고 싶지 않았던 답변을 뱉어버리고야 말았었더랬지.

"아… 그… 뭐… 몰라서… 묻는 거… 아이다이가? 그… 없었던 일로… 하기로… 했었다이가, 다 같이…."

음… 글쎄? 그가 사실 막역지우였던 나조차도 몰랐었지만, 심각하디심각한 건망증을 앓고 있었던 환자였던 것이었을까? 아니면 뭐… 그리 가능성이 높다고 생각되지는 않지만, 그가 모종의 이유로… 자비와 관용, 또 협응 따위의 선택지를 택해보고 싶어졌던 것이었을까? 아니면 이 역시도 그다지 가능성이 높다고 생각되지는 않지만, 그가… 노호중우가 했던 '그것'을 내가 대신해주기를 바랐었어서… 그랬던 것이었을까? 그래 그래서… 에둘러 그러한 우문 중에서도 우문이었을 것을 던져냈던 것이었을까? 뭐… 잘은 모르겠고, 또 별로 궁금하지도 않을뿐더러… 먼 훗날에라도 그에게… 방금 같은 우문을 던졌던 경위에 대해 다시 묻고 싶지도 않아서… 평생… 그래 평생 모르는 채로 남겨둘 수밖에 없겠지만, 어쨌든 간에… 진즉 중에서도 진즉에 이미 다 정해졌었던 것을 부러 되묻는… 귀찮아 죽겠던 행위를 이행했던 조우성우는! 자신의 질문에… 당연히 이어 붙어야 했던 답변이자… 이어 붙을 수 있었던 유일한 답변이었던 방금 같은 답변이 이어 붙음과 동시에… 그에 다음과 같은 답변을 이어 붙여냈었고….

"아… 맞다! 그러기로… 했…었제? 그래그래… 없었던 일로… 하기로… 했었다, 맞다, 맞다….

나는… 그의 답변이 그러했던 것을 통해… 내 의사가 정확히 전달되었다는 것을 인지하고서는! 아니아니… 우리의 결의가 '아직' 유효하다는 것을 인지하고서는, 몸을 뒤로 돌려버렸었더랬지. 그래 그 이방인이 피를 흘리는 광경이… 내 눈에 담기는 것을 거부하는 차원에서!

또는… 그 광경이 내 눈을 통해 내 몸속 깊은 곳으로 들어와… 내 무의식 어딘가에 '아직' 가부좌를 틀고 앉아있었던 '응어리'와 암약하는 것을 막아내기 차원에서! 그래 그네들의 암약이 이뤄지는 것을 미연에 방지하기 위해… 말이지. 그리되면… 정말 귀찮아지기 때문에… 별수 없이….

아… 갑자기 뭔 놈의 응어리냐고 묻는다면… 글쎄….

응어리…랄 것에게도 이름이란 게 있다면… 아마 '죄책감'…이지 않을까 싶었던… 그런 응어리….

 또는 뭐… 이따금씩? 아니 잊을만하면 꼭 다시 한 번씩 다시 피어올라서… 나를 괴롭혀대던 응어리….

 보다 정확한 표현으로는, 그렇게 꼭 다시 한 번씩 피어올라서… 내게… 다음과 같은 물음을 건네주곤 하던… 밉디밉고, 또 귀찮아 죽겠었던 응어리! 그래 그런 응어리라고 답할 수 있을 거 같아. 아니 그런 응어리가… '아직' 내 몸 한구석에 품어져 있다고 답할 수… 있을 거 같아.

 "하쿠피루야! 우리에게 만약 죄라는 게 있다면! 그건… '동족상잔'의 죄가 아니라… '오만'했던 죄…이지 않을까? 그저 보이는 것을 보이는 대로 믿고, 또 들리는 것을 들리는 대로 믿었던 죄! 상황을 주어진 대로 읽고, 또 주어진 대로만 해석했던 죄! 그런 죄…이지 않을까?

 헌데 하쿠피루야… 있잖아? 사실 약한 존재를 약한 존재라 믿고, 또 열등한 존재를… 열등한 존재라 생각하는 게! 그래 그러니까 우리네들에게 추풍낙엽처럼 쓰러지는 그들을… '그에 의거해' 약한 존재로 취급했던 게… 그리 잘못된 일이었을까? 그래 사실이기는 했었던 그것을… 완전무결한 사실로까지 받아들였었던 게… 그렇게나 큰 잘못이었을까? 눈앞에 주어진 상황을… '왜' 그런 상황이 펼쳐지게 되었는가에 대한 의구심을 품지 않고서… 그냥 곧이곧대로 받아들였던 게… 정말 그 정도로까지… 큰 잘못이었을까? 그것이 정말 죄 수준의 오만이었을까? 아니 오만이라는 게 그 정도로까지 간다면… 죄…가 될 수 있는 걸까? 죄…까지도 될 수 있는 걸까?
　아니 그것도 그건데… 그… 하쿠피루야! 우리가 오만했었던 것! 또 우리가 오만했음으로써 빚어졌던 그 일련의 사건들은… 정녕… 없었던 일로 만들어낼 수 있는 일들이기나 할까? 그래 그들을… 애초부터 없었던 존재로 만들기만 한다면? 아니 우리가 그리 취급하기로 했고, 또 그리 기록해 낸다면… 그것이 정말 없었던 일이 되고, 또 그들이 정말… 없었던 존재가 되는 것일까? 아니… 그리될 수 있을까? 또 우리는… 그렇게 할 수 있을까?"
　뭐… 그를 언급했던 것? 또 소개했던 것 자체는 처음이었긴 했지만, 앞서 언급했듯… 그 응어리가 내게 그런 물음을 던지곤 하는 것은… 어제오늘 일이지는 않았었던 만큼! 그에는 사실… 이어 붙일 답변이 정해져 있었지. 그래 말하자면… 그런 거지. 그가 피어올라… 내가 앞서 언급했던 그 물음을 내게 던지면, 나는 그에게 꼭 다음과 같은 답변을 건네주는 것으로나가… 그를 다시 만족시키고, 또 재워왔거든. 맞아, 그렇게 다시 잠에 든 그는… 다시 나를 괴롭히고 싶어지는 그날까지? 아니면 이번처럼… 그럴 명분이 생기는 그날까지… 눈을 뜨지 않는 것! 그래 잠자코, 또 죽닥치고 있어주는 것! 그래 그 일련의 것들은… 마치 시작과 끝이 다 정해진 일종의 단막극… 비스무리했던 것이었더랬지. 맞아, 유구하고, 또 언제나 유효했던 그런 단막극 말이지.
　뭐… 됐고! 그러니만큼 나는… 언제나처럼 다음과 같은 답변이자… 이미 진즉 중에서도 진즉에 미리 다 빚어져 있었던 대사나 다름없었던 그것…을 뱉어냈었더랬지. 그래 앞서 언급했듯… 유구하고, 또 언제나 유효했던 그런 답변을… 말이지.

"잘 알고… 있잖아? 그건… 노호중우의 잘못…이라는… 걸…"

그 답변이 뱉어짐과 동시에… 그는 다시 사라져줬지. 아니아니 다시 합의된 대로… 내 몸속이자 품속으로 돌아가… 깊디깊은 잠에 빠져들고야 말았더랬지. 다행스럽게도, 언제나처럼… 또 한 치의 오차도 없이….

뭐… 그렇게… 그 절차를 밟아내는 것으로다가… 여느 때처럼 그를 다시 재우는 데에 성공했던 그때! 그래 그렇게 그가 다시 합의된 잠에 빠져줬었던… 그때!

내 뒤편 어딘가에서… 흘러나오던 것 아니었겠어? "글쎄?"에 가장 가까웠던 듯했던 소리가… 말이지.

이상…하더라고? 분명 지금 상황은… 정황상 조우성우가 내 의사를 분명히도 전달받았고, 또 알다시피 조우성우는 그럴 수 있을 만큼의 힘을 지녔었던 존재였던 만큼, 누군가의 머리가 박살 날 때나 피어오를 법했던 '빠그작'에 가까웠던 소리가 흘러나와야 했던 상황인데! 그래 그래야 말이 되었던 상황인데….

어째서… 그런 소리가 흘러나왔던 걸까? 그래 꼭 비이성적인 존재였던 누군가의 머리통이 아니라… 이성적인 존재가 뱉어내는 반문 같았었던 그런 소리가… 왜, 또 어쩌다가 흘러나오게 되었던 걸까?

아… 아닌가? 실제로는 '빠그작'… 소리가 피어올랐었는데, 내가 그를 그렇게… 잘못 들었던 걸까?

그렇다면 그게 왜 그렇게 들려왔던 걸까? 맞아, 방금처럼 들려왔던 이유가… 뭘까?

뭐… 모를 일이다, 그지?

시궁창 찬가

초판 1쇄 발행 2025. 1. 27.

지은이 김학필
펴낸이 김병호
펴낸곳 주식회사 바른북스

편집진행 박하연
디자인 양헌경

등록 2019년 4월 3일 제2019-000040호
주소 서울시 성동구 연무장5길 9-16, 301호 (성수동2가, 블루스톤타워)
대표전화 070-7857-9719 | **경영지원** 02-3409-9719 | **팩스** 070-7610-9820

•바른북스는 여러분의 다양한 아이디어와 원고 투고를 설레는 마음으로 기다리고 있습니다.

이메일 barunbooks21@naver.com | **원고투고** barunbooks21@naver.com
홈페이지 www.barunbooks.com | **공식 블로그** blog.naver.com/barunbooks7
공식 포스트 post.naver.com/barunbooks7 | **페이스북** facebook.com/barunbooks7

ⓒ 김학필, 2025
ISBN 979-11-7263-950-1 03810

•파본이나 잘못된 책은 구입하신 곳에서 교환해드립니다.
•이 책은 저작권법에 따라 보호를 받는 저작물이므로 무단전재 및 복제를 금지하며,
이 책 내용의 전부 및 일부를 이용하려면 반드시 저작권자와 도서출판 바른북스의 서면동의를 받아야 합니다.